A cura de Schopenhauer

IRVIN D. YALOM

A cura de Schopenhauer

Tradução
Beatriz Horta

Rio de Janeiro, 2024

Título original: The Schopenhauer Cure

Copyright © 2005 by Irvin Yalom

First Published by HarperCollins Publishers Inc.

Translation rights arranged by Sandra Dijkstra Literary
Agency and Sandra Bruna Agencia Literaria, SL

All Rights Reserved
Todos os direitos desta publicação são reservados por Casa dos Livros Editora LTDA.

Diretora editorial
Raquel Cozer

Gerente editorial
Alice Mello

Editor
Ulisses Teixeira

Releitura
Carol Vaz

Revisão
Aline Canejo
Isis Batista Pinto

Projeto gráfico de capa e miolo
Elmo Rosa

Diagramação
Abreu's System

Os pontos de vista desta obra são de responsabilidade de seus
autores, não refletindo necessariamente a posição da HarperCollins
Brasil, da HarperCollins Publishers ou de sua equipe editorial.

Nenhuma parte desta obra pode ser apropriada e estocada em sistema de banco
de dados ou processo similar, em qualquer forma ou meio, seja eletrônico,
de fotocópia, gravação etc., sem a permissão do detentor do copyright.

CIP-BRASIL. CATALOGAÇÃO NA PUBLICAÇÃO
SINDICATO NACIONAL DOS EDITORES DE LIVROS, RJ

Y17c	Yalom, Irvin D.
	A cura de Schopenhauer / Irvin D. Yalom ; tradução Beatriz Horta. – [2. ed.]. – Rio de Janeiro : Harper Collins, 2019.
	Tradução de: The Schopenhauer cure ISBN 9788595084513
	1. Romance americano. I. Horta, Beatriz. II. Título.
18-54007	CDD: 813 CDU: 82-31(73)

Meri Gleice Rodrigues de Souza – Bibliotecária CRB-7/6439

HarperCollins Brasil é uma marca licenciada à Casa dos Livros Editora LTDA.
Todos os direitos reservados à Casa dos Livros Editora LTDA.
Rua da Quitanda, 86, sala 601A – Centro
Rio de Janeiro, RJ – CEP 20091-005
Tel.: (21) 3175-1030
www.harpercollins.com.br

Para meu grupo de companheiros mais antigos, que me privilegiam com sua amizade, partilham comigo as inevitáveis perdas e subtrações da vida e continuam a me oferecer apoio e sabedoria para a vitalidade da mente: Robert Berger, Murray Bilmes, Martel Bryant, Dagfinn Føllesdal, Joseph Frank, Van Harvey, Julius Kaplan, Herbert Kotz, Morton Lieberman, Walter Sokel, Saul Spiro e Larry Zaroff.

AGRADECIMENTOS

ESTE LIVRO TEVE uma longa gestação e sou muito grato a todas as pessoas que me apoiaram. Aos editores que me ajudaram nesta estranha mistura de ficção, psicobiografia e pedagogia da psicoterapia: Marjorie Braman (enorme apoio e orientação na HarperCollins) e Kent Carroll. E aos meus maravilhosos editores domésticos: meu filho Ben e minha mulher Marilyn. Também aos amigos e colegas que leram trechos ou todo o original e deram sugestões: Van e Margaret Harvey, Walter Sokel, Ruthellen Josselson, Carolyn Zaroff, Murray Bilmes, Julius Kaplan, Scott Wood, Herb Kotz, Roger Walsh, Saul Spiro, Jean Rose, Helen Blau e David Spiegel. Agradeço ao meu grupo de apoio formado por colegas terapeutas, que durante toda a execução deste projeto me ofereceram amizade e apoio irrestritos. E, ainda, à minha incrível e multitalentosa agente literária Sandy Dijkstra, que, entre outras opiniões, sugeriu o título (como fez com meu livro anterior, Os desafios da terapia). Por fim, agradeço à minha pesquisadora assistente, Geri Doran.

Grande parte da correspondência de Schopenhauer continua não traduzida ou mal traduzida para o inglês. Preciso agradecer aos meus pesquisadores assistentes alemães, Markus Buergin e Felix Reuter, pelas traduções e pela excelente pesquisa em bibliotecas. Walter Sokel deu uma ótima orientação e ajudou a traduzir para o inglês os aforismos do início de cada capítulo, que refletem bem a prosa lúcida e vigorosa de Schopenhauer.

Neste livro, como em todos os outros, minha esposa Marilyn foi uma base de apoio e amor.

Vários livros ótimos me ajudaram. Sou imensamente grato à excelente biografia de Rüdiger Safranski, *Schopenhauer e os anos mais selvagens da filosofia* (São Paulo: Geração Editorial, 2011), e à longa e generosa conversa que o autor teve comigo em um café de Berlim. A ideia de uma biblioterapia (curar-se lendo todas as obras de filosofia) veio do excelente livro de Bryan Magee, *Confessions of a Philosopher* (Nova York: Modern Library, 1999). Outros livros que consultei foram: *The Philosophy of Schopenhauer*, de Bryan Magee (Oxford: Clarendon Press, 1983, revisto em 1997); *Schopenhauer: The Human Character*, de John E. Atwell (Filadélfia: Temple University Press, 1990); *Schopenhauer*, de Christopher Janeway (Oxford: Oxford University Press, 1994); *The Philosophers: Their Lives and the Nature of their Thought*, de Ben-Ami Scharfstein (Nova York: Oxford University Press, 1989); *Schopenhauer*, de Patrick Gardiner (Saint Augustine's Press, 1997); *The Philosophy of Disenchantment*, de Edgar Saltus (Nova York: Peter Eckler Publishing Co., 1885); *The Cambridge Companion to Schopenhauer*, de Christopher Janeway (Cambridge: Cambridge University Press, 1999); *Schopenhauer*, de Michael Tanner (Nova York: Routledge, 1999); *Arthur Schopenhauer: Philosopher of Pessimism*, de Frederick Copleston (Andover: Chapel River Press, 1946); *As consolações da filosofia*, de Alain de Botton (Porto Alegre, L&PM, 2013); *Philosophical Counseling*, de Peter Raabe (Westport, Conn.: Praeger); *Philosophy Practice: An Alternative to Counseling and Psychotherapy*, de Shlomit C. Schuster (Westport, Conn.: Praeger, 1999); *Mais Platão, menos Prozac*, de Lou Marinoff (Rio de Janeiro: Record, 2001); *Exercícios espirituais e filosofia antiga* (São Paulo: É Realizações, 2014); *The Therapy of Desire*, de Martha Nussbaum (Princeton, N.J.: Princeton University Press, 1994); *Philosophy for Counseling and Psychotherapy: Pythagoras to Postmodernism*, de Alex Howard (Londres: Macmillan, 2000).

CAPÍTULO

I

Cada vez que respiramos, afastamos a morte que nos ameaça. (...)
No final, ela vence, pois desde o nascimento esse é o nosso destino e ela
brinca um pouco com sua presa antes de comê-la. Mas continuamos
vivendo com grande interesse e inquietação pelo maior tempo possível,
da mesma forma que sopramos uma bolha de sabão até ficar bem
grande, embora tenhamos absoluta certeza de que vai estourar.

COMO TODO MUNDO, Julius conhecia as homilias a respeito da vida e da morte. Concordava com os estoicos, que diziam: "Começamos a morrer quando nascemos", e com Epicuro, que refletia: "Onde estou, a morte não está, e onde ela está, não estou. Então, por que temê-la?" Como médico e psiquiatra, dizia, baixinho, essa frase de consolo no ouvido dos doentes graves.

Embora acreditasse que essas sombrias reflexões fossem úteis para seus pacientes, Julius jamais achou que tivessem algo a ver com ele. Até o momento em que enfrentou uma situação muito difícil, ocorrida havia quatro semanas e que mudou para sempre sua vida.

IRVIN D. YALOM

Foi durante o exame médico anual de rotina. Seu clínico, Herb Katz — um velho amigo e colega de classe na faculdade de medicina —, acabou de examiná-lo e, como sempre, pediu para Julius se vestir e voltar à sala para uma conversa.

Herb sentou-se à mesa e falou, olhando as fichas de Julius:

— No geral, você está muito bem para um sujeito de 65 anos. A próstata está um pouco aumentada, mas a minha também está. Os exames de sangue, colesterol e os níveis de lipídio estão bons, prova de que os remédios e a dieta estão fazendo efeito. Eis a receita para a compra do Lipitor, que, junto com as corridas, reduziu bastante seu colesterol. Portanto, você pode comer um ovo de vez em quando. Eu como dois no café da manhã aos domingos. E esta é a receita para o Synthroid. Aumentei um pouco a dose. Sua tireoide está diminuindo aos poucos; as células boas estão morrendo e sendo substituídas por material fibrótico. Situação perfeitamente benigna, como você sabe. Acontece com todo mundo. Também estou tomando remédio para a tireoide.

"É, Julius, nenhuma parte de nós escapa da velhice. Além da tireoide, a cartilagem do seu joelho está gasta, seus folículos capilares estão morrendo e seus discos lombares superiores não são mais os mesmos. Sua pele também piora de maneira evidente: as células epiteliais estão acabando. Basta reparar nessas ceratoses senis no seu rosto, essas manchas lisas e marrons."

Segurou um espelhinho para Julius olhar.

— Deve ter aparecido mais uma dúzia, desde a última vez em que examinei você. Quanto tempo tem passado no sol? Está usando um chapéu de abas largas, como recomendei? Quero que consulte um dermatologista. Bob King é um bom especialista. Fica no prédio ao lado. Aqui está o telefone dele. Conhece o dr. King?

Julius assentiu.

— Ele pode queimar as manchas mais aparentes com uma gota de nitrogênio líquido. No mês passado, tirou várias minhas. É rápido: só de cinco a dez minutos. Muitos clínicos também estão fazendo isso agora. Há uma mancha em suas costas que quero que ele examine. Não dá para você ver. Fica bem embaixo da omoplata direita. Parece diferente das outras, tem pigmentação desigual e as bordas não são nítidas. Não deve ser nada, mas é melhor ele examinar. Certo, amigo?

"Não deve ser nada, mas é melhor ele examinar." Julius ouviu o tom tenso e forçadamente informal na voz do amigo. Mas, sejamos francos, a frase "tem pigmentação desigual e as bordas não são nítidas", dita de um médico para outro, era alarmante. Era o código para um provável melanoma. Pensando nisso depois, Julius marcou aquela frase, aquele exato momento, como sendo o instante em que a vida despreocupada terminou, e a morte, até então uma inimiga invisível, materializou-se em toda a sua terrível realidade. A morte tinha chegado para ficar, não saiu mais do lado dele, e todos os horrores que se seguiram foram pós--escritos previsíveis.

Anos antes, Bob King tinha sido paciente dele, como também muitos médicos de São Francisco. Julius imperava na comunidade psiquiátrica havia trinta anos. Como professor de psiquiatria na Universidade da Califórnia, treinara levas de estudantes e, cinco anos antes, havia sido eleito presidente da Associação Americana de Psiquiatria.

A fama dele? De médico dos médicos. Terapeuta de ponta. Um profissional sagaz e disposto a fazer tudo para ajudar o paciente. Foi por isso que, dez anos antes, Bob King o procurou para tratar seu velho vício em Vicodin. Era o medicamento que viciava os médicos, porque era fácil de conseguir. Na época, King estava com muitos problemas. Tinha aumentado bastante sua necessidade de consumir esse fármaco, pois o casamento estava acabando, seu consultório ia mal e ele precisava do remédio todas as noites para dormir.

Bob King tentou se tratar, mas todas as portas se fecharam para ele. Os terapeutas que consultou insistiram para que fizesse um programa de recuperação para médicos, ideia que não aceitou porque não queria comprometer sua privacidade frequentando grupos de terapia com colegas viciados. Os terapeutas não iam fazer nada. Se tratassem um médico viciado e em atividade, sem usar o programa oficial de recuperação, arriscavam-se a ser punidos pelo Conselho de Medicina ou processados (caso, por exemplo, o paciente cometesse um erro médico).

Como último recurso antes de largar o consultório e ir se tratar anonimamente em outra cidade, Bob King procurou Julius, que aceitou o risco e confiou que Bob conseguiria largar o Vicodin. Embora a terapia tivesse sido difícil, como sempre é com viciados, Julius tratou o colega por três anos, sem ajuda de um programa de recuperação. E foi um daqueles segredos que todo psiquiatra guarda, um sucesso terapêutico que não poderia de modo algum ser discutido em congresso nem publicado em livro ou revista especializada.

Depois de sair do consultório de Herb Katz, Julius sentou-se no carro. O coração batia tão forte que o veículo parecia balançar. Respirou fundo para dominar o medo crescente, tomou fôlego outra vez e mais outra, ligou o celular e, com mãos trêmulas, pediu uma consulta urgente com Bob King.

— Não gostei — disse Bob na manhã seguinte, enquanto examinava as costas de Julius com uma grande lupa redonda. — Pegue a lupa. Quero que veja. Podemos usar dois espelhos.

Bob pôs Julius ao lado do espelho de parede e colocou um outro, portátil, junto à mancha. Julius olhou o dermatologista pelo espelho: era loiro, de rosto corado, óculos grossos sobre o nariz comprido e imponente. Lembrou-se de Bob contando que, na infância, as outras crianças o provocavam chamando-o de "nariz de pepino". Ele não havia mudado muito em dez anos. Parecia ansioso como na época em que fora paciente de Julius — agitado, chegando sempre alguns minutos atrasado. Julius lembrava sempre da frase do Coelho, de *Alice no País das Maravilhas*: "Estou atrasado, atrasado para um encontro importante", quando Bob entrava correndo em seu consultório. Tinha engordado, mas continuava miúdo. Parecia mesmo um dermatologista. Alguém conhece um dermatologista grande? Julius olhou para os olhos dele — oh, oh, eles pareciam apreensivos —, e as pupilas estavam bem dilatadas.

A CURA DE SCHOPENHAUER

— É aqui. — Julius olhou pelo espelho enquanto Bob mostrava com uma caneta com ponta de borracha. — Esse sinal embaixo do ombro direito, sob a omoplata. Está vendo?

Julius concordou.

Segurando uma pequena régua, ele continuou:

— O diâmetro é menor que um centímetro. Você, com certeza, lembra-se da prática lei ABCD do curso de dermatologia na faculdade...

Julius interrompeu:

— Não me lembro nada do curso de dermatologia. Me explique como se eu fosse idiota.

— Certo. ABCD. A de assimetria: olhe aqui. — Ele passou a caneta por cima da lesão. — Não é redonda, como todas as outras nas suas costas. Veja essa aqui e essa — disse, apontando para duas pequenas manchas próximas.

Julius tentou quebrar a tensão respirando fundo.

— B de bordas, veja aqui. Sei que está difícil. — Bob mostrou outra vez a lesão subescapular. — A parte de cima tem a borda definida, mas o centro, não. Vai sumindo na pele. C de cor. Aqui, desse lado, veja que é marrom-clara. Se eu ampliar com a lupa, há um tom de vermelho, um pouco de preto, talvez até de cinza. D de diâmetro, digamos, de menos de dois centímetros. É de bom tamanho, mas não sabemos quanto tempo tem, ou seja, com que rapidez está crescendo. Herb Katz disse que não havia mancha alguma quando examinou você no ano passado. Por fim, se olharmos com a lupa, não há dúvida: o centro está ulcerado.

Deixando o espelho de lado, ele pediu:

— Vista a camisa.

Depois que Julius terminou de abotoar a camisa, Bob se sentou no banquinho da sala de exame e começou:

— Bom, Julius, você conhece a literatura médica sobre o tema. O caso é preocupante, claro.

— Escute, Bob. Sei que nosso relacionamento anterior faz com que essa situação seja difícil para você, mas, por favor, não me peça para fazer seu trabalho. Não pense que entendo alguma coisa disso. Lembre que estou apavorado, quase em pânico. Quero que assuma a situação, seja totalmente honesto comigo e cuide de mim. Exatamente como fiz com você. E, Bob, olhe para mim! Quando evita me olhar como fez agora, fico assustado para caralho.

— Certo, desculpe. — Ele olhou Julius de frente. — Você cuidou muito bem de mim. Farei o mesmo. — Pigarreou: — Olha, na minha opinião, é um melanoma.

Percebendo que Julius titubeou, acrescentou:

— Mas o diagnóstico em si diz pouco. Lembre-se de que a maioria dos melanomas, eu disse a maioria, é facilmente tratável, mas alguns são foda. Precisamos saber umas coisas com o patologista: é um melanoma mesmo? Se for, qual a profundidade? Ele aumentou? O primeiro passo é a biópsia e uma amostra do tecido para o patologista. Assim que terminarmos, vou chamar um cirurgião-geral para extirpar a lesão. Vou ficar ao lado dele. A seguir, o patologista fará o exame de uma parte congelada e, se o resultado for negativo, ótimo, paramos aí. Se der positivo e for um melanoma, removemos o nódulo mais suspeito e, se necessário, fazemos uma ressecção múltipla do nódulo. Não é preciso internação. Tudo é feito no centro cirúrgico. Tenho certeza de que não será preciso enxerto de tecido e você perde, no máximo, um dia de trabalho. Mas vai sentir alguns dias de desconforto no local da cirurgia. Não há mais o que dizer, até sabermos o resultado da biópsia. Como pediu, vou cuidar de você. Confie em minha avaliação. Já tratei centenas de casos. Certo? Minha enfermeira liga mais tarde para você dando todos os detalhes de hora, local e cuidados preparatórios. Certo?

Julius concordou. Os dois se levantaram.

— Desculpe, gostaria de lhe poupar de tudo isso, mas não posso — disse Bob, entregando um folheto. — Sei que não quer, mas sempre dou mais informações para pacientes nessa situação. Alguns se sentem seguros, outros preferem não saber e jogam fora o folheto quando saem do consultório. Depende da pessoa. Espero que após a cirurgia eu possa dizer algo mais animador.

Mas não houve nada mais animador; as notícias posteriores foram piores ainda. Três dias após a biópsia, eles se encontraram outra vez.

— Quer ler isso? — perguntou Bob, com o diagnóstico final do patologista. Como Julius não quis, Bob deu uma olhada no papel outra vez e disse: — Certo, vamos deixar isso de lado. Preciso dizer que a notícia não é boa. É um melanoma com diversas, como dizer, características notáveis. É profundo, cerca de quatro milímetros, ulcerado e com cinco nódulos positivos.

— O que isso significa? Vamos, Bob, não fique dando voltas. "Notáveis", "quatro milímetros", "ulcerado", "cinco nódulos"? Seja claro: fale como se eu fosse um leigo.

— Significa má notícia. É um melanoma de tamanho considerável e se espalhou pelos nódulos. O perigo é se espalhar mais. Isso só saberemos depois da tomografia computadorizada que marquei para você fazer amanhã, às oito.

Dois dias depois, continuaram a conversa. Bob informou que a tomografia deu negativo. Não havia prova de que o melanoma tivesse se espalhado por outra parte do corpo. Essa foi a primeira boa notícia.

— Mesmo assim, Julius, o melanoma é grave.

— Grave a que ponto? Do que estamos falando? Qual é o índice de sobrevivência? — perguntou Julius, com a voz falha.

— Você sabe que só podemos responder em termos de estatísticas. Cada pessoa é diferente. Mas para um melanoma ulcerado, de quatro milímetros de profundidade, cinco nódulos, as estatísticas mostram uma sobrevida de menos de 25%.

Julius ficou vários minutos com a cabeça caída, o coração batendo pesado, lágrimas nos olhos, antes de pedir:

— Pode continuar. Você está sendo objetivo. Preciso saber o que dizer aos meus pacientes. Como a doença vai progredir? O que vai acontecer?

— É impossível saber exatamente, pois nada mais vai lhe acontecer até o melanoma aparecer em outra parte do corpo. Se isso ocorrer, principalmente se houver metástase, o processo pode ser rápido, talvez semanas ou meses. Quanto aos seus pacientes, é duro dizer, mas seria razoável pensar que você vai ter um ano de saúde.

Julius assentiu devagar, de cabeça baixa.

— Onde está sua família, Julius? Você não devia ter vindo aqui com alguém?

— Acho que você sabe que minha mulher faleceu há dez anos. Meu filho mora na costa Leste, e minha filha, em Santa Bárbara. Ainda não contei nada. Achei que não valia a pena atrapalhar a vida deles sem necessidade. De todo jeito, sou de curtir as tristezas sozinho, mas tenho certeza de que minha filha virá na mesma hora em que eu contar.

— Julius, lamento ser obrigado a dizer tudo isso. Quero terminar com uma pequena notícia boa. Há muita pesquisa sendo feita, talvez uma dúzia de laboratórios de pesquisa muito eficientes trabalhando, aqui e no exterior. Por motivos desconhecidos, nos últimos dez anos a incidência de melanomas aumentou, quase dobrou. Por isso, há muita pesquisa nessa área. Logo deve aparecer uma cura.

Julius passou a semana seguinte em um torpor. A filha, Evelyn, professora de ciências humanas, cancelou as aulas e foi imediatamente passar alguns dias com ele. Julius conversou muito com ela, com o filho, com a irmã, o irmão e os amigos íntimos. Passou a acordar assustado às três da manhã, gritando e com falta de ar. Cancelou por duas semanas as consultas de pacientes individuais e do grupo de terapia e passou horas pensando como e quando dar a notícia para eles.

O espelho dizia-lhe que não parecia um homem que tinha chegado ao fim da vida. Seus nove quilômetros diários de corrida mantiveram o corpo jovem e flexível, sem nenhuma gordura. Havia rugas em volta dos olhos e da boca, não muitas; o pai dele morreu sem nenhuma. Tinha olhos verdes, dos quais sempre se orgulhou. Olhos firmes e sinceros, nos quais se podia confiar e que conseguiam encarar qualquer pessoa. Olhos jovens,

A CURA DE SCHOPENHAUER

do Julius de 16 anos. O homem que ia morrer e o rapaz de 16 anos se viram no espelho décadas afora.

Olhou a boca. Lábios polpudos e simpáticos que, mesmo naquele momento de desespero, estavam prontos a dar um sorriso caloroso. A cabeça era coberta de cabelos negros e rebeldes, grisalhos só nas laterais. Quando era adolescente, no Bronx, o velho barbeiro antissemita de cabelos grisalhos e cara vermelha, que ficava entre a loja de balas de Meyer e o açougue de Morris, xingava os cabelos rebeldes quando os puxava com um pente de aço e cortava-os rente. Agora, Meyer, Morris e o barbeiro estavam mortos, e o jovem Julius de 16 anos estava na lista de espera da morte.

Uma tarde, tentou controlar um pouco o problema lendo sobre melanoma na biblioteca da faculdade de medicina, mas não adiantou. Foi inútil. Mais que inútil: fez com que as coisas ficassem mais horrendas. Quando percebeu o verdadeiro horror que era sua doença, passou a pensar no melanoma como um animal voraz, cravando garras negras na carne dele. Incrível pensar que, de repente, ele não era mais a forma superior da vida. Ao contrário, era um hospedeiro, era comida, alimento para um organismo com células devoradoras que se multiplicavam com enorme rapidez, um organismo que atacava e anexava os protoplasmas próximos e que, naquele momento, estava preparando bandos de células para entrarem na corrente sanguínea e invadirem órgãos distantes — talvez seu silencioso e destrutível fígado, ou seus esponjosos e labirínticos pulmões.

Julius deixou de lado a leitura. Mais de uma semana tinha se passado e precisava seguir em frente, ver o que estava realmente acontecendo.

— Sente-se, Julius — ordenou para si mesmo. — Sente-se e pense na morte. — Fechou os olhos.

"Quer dizer que a morte enfim entrou em cena", pensou ele. Mas não foi uma entrada banal: as cortinas foram abertas por um dermatologista gorducho, com nariz de pepino, lupa na mão e jaleco branco de hospital, com o nome bordado em letras manuscritas azul-escuras no bolso do peito.

E a cena final? Como seria? Tinha toda a possibilidade de ser banal também. O figurino dele seria o amassado pijama listrado dos New York Yankees, com o número cinco do jogador DiMaggio nas costas. O cenário? A mesma cama grande na qual ele dormia havia trinta anos, roupas empilhadas na cadeira ao lado e, na mesa de cabeceira, um monte de romances que ignoravam que jamais seriam lidos. Um final frustrante, choramingueiro. "Com certeza", pensou, "a gloriosa aventura de sua vida merecia algo mais... mais... Mais o quê?"

Lembrou-se de uma cena que tinha visto alguns meses antes, nas férias passadas no Havaí. Ao dar uma caminhada, chegou por acaso a um grande centro de meditação budista e viu uma jovem andando em um labirinto circular feito com pequenas pedras de lava. Ao chegar ao centro do labirinto, a jovem parou e ficou meditando em pé. A reação imediata de Julius a esse tipo de ritual religioso não era muito complacente; costumava ficar entre a zombaria e a repulsa.

Mas agora, ao pensar na jovem meditando, sentiu algo mais terno, uma onda de compaixão por ela e por todos os demais humanos que eram vítimas daquela excêntrica virada de evolução que permite ter consciência de si mesmo, mas não as ferramentas psicológicas necessárias para lidar com a dor da existência transitória. E assim, por anos, séculos e milênios afora, construímos sem parar negações paliativas da finitude. Será que nós, será que algum de nós jamais cessará de buscar um poder superior no qual possamos nos fundir e existir para sempre, parar de querer manuais de instruções dados por um Deus, de querer um desígnio maior, de buscar rituais e cerimônias?

Apesar disso, considerando que seu nome estava na lista de morte, Julius pensou que uma cerimônia discreta não seria de todo ruim. Afastou a ideia como se queimasse, já que a vida inteira ele tinha sido profundamente contra rituais. Sempre havia detestado as formas que as religiões usam para tirar a razão e a liberdade de seus seguidores: os trajes cerimoniais, o incenso, os livros sagrados, os cantos gregorianos com seu som hipnotizante, as rodas de oração dos budistas, os tapetes para ajoelhar, os

A CURA DE SCHOPENHAUER

mantos e solidéus, as mitras e os bastões dos bispos, as hóstias e os vinhos bentos, as extrema-unções, as cabeças batendo e os corpos balançando no ritmo de velhas cantilenas. Ele considerava tudo aquilo parafernália da mais poderosa e duradoura vigarice, que fortalecia os líderes e satisfazia o desejo de submissão da comunidade.

Mas, naquela hora, com a morte ao lado, Julius notou que sua veemência tinha perdido a força. Talvez não gostasse apenas do ritual imposto. Talvez fosse possível elogiar uma cerimônia discreta e criativa. Ficou sensibilizado com a cena que os jornais descreveram dos bombeiros no local do atentado ao World Trade Center em Nova York, todos de pé, tirando os capacetes em homenagem aos mortos, conforme os corpos eram trazidos à superfície. Não tinha nada de errado em honrar os mortos; não, os mortos não, mas a vida daqueles que morreram. Ou seria algo mais do que homenagear, mais do que santificar? O gesto, o ritual dos bombeiros, também não tinha um sentido de ligação? Reconhecer que estavam ligados, que formavam uma unidade com cada uma das vítimas?

Dias após a fatídica consulta com o dermatologista, Julius sentiu um sabor de conexão ao encontrar seu grupo de apoio formado por colegas médicos. Todos ficaram pasmos quando ele contou do melanoma. Depois de incentivá-lo a falar, cada um demonstrou seu choque e sua tristeza. Julius não conseguiu dizer mais nada, nem ninguém. Por duas vezes, alguém começou a falar e parou. Depois, foi como se o grupo concordasse tacitamente que palavras eram desnecessárias. Nos vinte minutos finais, ficaram todos em silêncio. Esses silêncios prolongados em grupo costumam ser estranhos, mas aquele foi diferente, quase consolador. Julius não conseguia admitir, ainda que para si mesmo, que o silêncio parecia sagrado. Mais tarde, achou que as pessoas estavam demonstrando não só tristeza, mas também tirando seus capacetes, atentos, participando e homenageando a vida dele.

"E talvez aquela fosse uma forma de homenagear a vida deles mesmos", pensou Julius. O que mais temos? O que mais senão aquele abençoado e milagroso intervalo de ser e estar consciente? Se algo deve ser homenageado e abençoado, deve ser apenas isto: a incalculável dádiva do mero existir. Viver desesperado porque a vida acaba ou porque não tem outra finalidade maior ou desígnio intrínseco é pura ingratidão. Pensar em um criador onisciente e dedicar a vida a um ajoelhar-se eterno parece sem sentido. Além de um desperdício: por que dar todo esse amor a um fantasma, quando há tão pouco amor em volta da Terra? Melhor aceitar a solução de Einstein e Spinoza: apenas inclinar a cabeça e bater no chapéu para as elegantes leis e mistérios da natureza, mas tratar de viver.

Essas ideias não eram novas para Julius. Ele sempre soube da finitude e da evanescência da consciência. Mas há saber e saber. E a morte em cena fez com que ficasse mais próximo de realmente saber. Não que tivesse ficado mais sábio, mas a falta de outras coisas — ambição, luxúria, dinheiro, prestígio, aplauso, popularidade — proporcionava uma visão mais pura. Não foi esse desprendimento a verdade pregada por Buda? Talvez fosse, mas ele preferia o caminho dos gregos: tudo pela moderação. Perde-se grande parte da graça da vida se nunca tiramos nossos mecanismos de proteção e partilhamos da alegria. Por que correr para a porta de saída antes da hora de fechar?

Alguns dias depois, quando se sentiu mais calmo, com menos ondas de pânico, passou a pensar no futuro. Bob King tinha dito: "Um ano, seria razoável pensar em pelo menos um ano de boa saúde." Mas como passar aquele ano? Julius decidiu que o jeito era não deixar que aquele único ano ficasse ruim por ser apenas um.

Certa noite, sem conseguir dormir e precisando se animar um pouco, foi mexer nos livros da biblioteca. Não encontrou nada em sua área que pudesse, mesmo remotamente, aliviar a situação. Nada que dissesse como uma pessoa deveria viver ou encontrar sentido nos dias de vida que ainda lhe restam. Viu, então, um exemplar bastante manuseado de *Assim falou Zaratustra*, de Nietzsche. Conhecia bem aquele livro: décadas antes, ele o tinha estudado muito quando escrevia um artigo sobre a grande, mas não reconhecida, influência de Nietzsche sobre Freud. Considerava-o um livro corajoso, que, mais que qualquer outro, ensina como reverenciar e celebrar a vida. Sim, podia ser a resposta. Ansioso demais para ler com método, percorreu as páginas aleatoriamente e leu algumas linhas que estavam sublinhadas.

"Mudar 'foi assim' para 'eu quis assim' é o que chamo de redenção."

Entendeu que as palavras de Nietzsche significavam que era preciso escolher sua vida — ele precisava usufruí-la em vez de ser "usufruído" por ela. Em outras palavras, tinha que amar seu destino. E, acima de tudo, havia a pergunta que Zaratustra sempre fazia — se gostaríamos de repetir a mesma vida eternamente. Uma ideia curiosa e, quanto mais Julius pensava nela, mais seguro se sentia: a mensagem de Nietzsche para nós era viver de forma a querer a mesma vida sempre.

Continuou folheando as páginas e parou em dois trechos bem sublinhados em rosa. "Consuma sua vida." "Morra na hora certa."

Isso mesmo. Viva o melhor possível e, só então, morra. Não deixe nada por viver. Julius costumava comparar as ideias de Nietzsche a um teste de Rorschach, pois tinham tantos pontos de vista opostos que a conclusão dependia de quem lesse — ou, no teste, de quem olhasse. Naquele instante, leu de uma forma bem diferente. A presença da morte incitava a uma leitura diferente e mais ampla: página após página, ele percebeu uma ligação panteísta que não tinha visto antes. Por mais que Zaratustra exaltasse, até glorificasse a solidão, por mais que exigisse o isolamento para poder pensar, ainda assim estava preocupado em amar e exaltar os outros, em ajudá-los a se aperfeiçoar e a se exceder, em compartilhar com eles sua maturidade. "Compartilhar sua maturidade — isso era com ele", pensou Julius.

Colocou o livro de volta na estante, sentou-se no escuro e ficou olhando o farol dos carros que atravessavam a ponte Golden Gate, pensando nas palavras de Nietzsche. Após alguns minutos, conseguiu: descobriu o que fazer e como passar seu último ano de vida. Iria viver exatamente do mesmo jeito que o ano anterior e o antes do anterior. Gostava de ser terapeuta, gostava de se ligar a outras pessoas e ajudar a trazer algo à vida. Talvez seu trabalho fosse uma sublimação da ligação que tinha com a esposa. Talvez ele precisasse do aplauso, da ratificação e da gratidão daqueles a quem ajudava. Ainda assim, mesmo se houvesse motivos latentes, ele estava grato pela função que tinha. Abençoada fosse!

Julius foi até o móvel onde estavam seus arquivos, abriu uma gaveta cheia de fichas e de transcrições de sessões gravadas com pacientes havia anos. Olhou os nomes: cada ficha era um monumento a um pungente drama humano que um dia se desenrolara naquela mesma sala. Enquanto olhava as fichas, a maior parte dos rostos veio imediatamente à sua memória. Algumas faces tinham esvaecido, mas, após ler poucos parágrafos das anotações, também voltaram. Outros foram realmente esquecidos; rostos e histórias perdidos para sempre.

Como a maioria dos terapeutas, Julius tinha dificuldade de lidar com os repetidos ataques ao campo da terapia. Os ataques vinham de várias direções: de empresas farmacêuticas e de planos de saúde que financiavam pesquisas superficiais para provar a eficácia dos medicamentos e das terapias mais curtas. Ataques também dos meios de comunicação, que não se cansavam de ridicularizar os terapeutas. Dos behavioristas. Dos milhares de palestrantes sobre motivação; das hordas de curandeiros e de seitas da Nova Era, todos competindo para curar quem tem algum problema. E, claro, havia dúvidas que vinham da própria medicina, como as suscitadas pelas incríveis descobertas neurobiológicas sobre moléculas, relatadas com frequência cada vez maior e fazendo até os terapeutas mais experientes questionarem a importância de seu trabalho.

Julius não era imune a esses ataques e, muitas vezes, duvidava da eficácia do tratamento que oferecia. E, com a mesma frequência, acalmava-se. Claro que ele era um psicanalista eficiente. Claro que oferecia algo de valor para a maioria dos pacientes, talvez até para todos.

Mas a dúvida continuava: "Será que você foi verdadeiramente útil para seus pacientes? Talvez só tenha ajudado os que iam melhorar de qualquer jeito."

"Não. Errado! Não fui eu que aceitei os maiores desafios?"

"Argh, agora chega! Qual foi a última vez em que realmente se esforçou, que chegou a um flagrante limite no tratamento? Ou enfrentou um caso de esquizofrenia grave ou de paciente bipolar?"

Continuou a mexer em velhas fichas e surpreendeu-se com a quantidade de informação pós-terapia que tinha, obtidas através de eventuais contatos depois da análise terminada, consultas de reciclagem, encontros casuais com ex-pacientes ou recados trazidos por novos, indicados pelos antigos. Mesmo assim, será que ele tinha feito uma grande diferença para aquelas pessoas? Talvez os resultados fossem efêmeros. Talvez muitos de seus pacientes bem-sucedidos tivessem tido uma recaída e não lhe contaram por pura bondade.

Tinha consciência de seus fracassos também com as pessoas que não estavam preparadas para seu avançado estilo de tratamento. "Espera aí, Julius", pensou ele. "Como pode saber que foram realmente fracassos? Fracassos para sempre? Você nunca mais viu os pacientes. Todo mundo sabe que muita gente amadurece tarde."

Bateu os olhos na pilha de fichas de Philip Slate. "Por falar em fracasso", pensou ele, "esse foi um." Fracasso antigo e de bom tamanho. Philip Slate. Foi há mais de vinte anos, mas a imagem dele continuava nítida. Os cabelos castanho-claros penteados para trás, o nariz fino e elegante, as maçãs salientes que davam um toque de nobreza ao rosto, e aqueles agitados olhos verdes que lembravam o mar do Caribe. Pensou em quanto detestava tudo nas sessões com Philip. Exceto uma coisa: o prazer de olhar aquele rosto.

Philip Slate era tão alienado de si mesmo que nunca pensou em olhar para dentro, preferindo surfar na superfície da vida e dedicar toda a sua energia ao sexo. Graças à sua bela estampa, não lhe faltavam parceiras. Julius balançou a cabeça ao passar os olhos pela ficha de Philip: três anos de tratamento, todo aquele envolvimento, apoio e afeto, todas aquelas interpretações sem uma gota de progresso. Incrível! Talvez ele não fosse o psicanalista que achava que era.

"Bom, não tire conclusões precipitadas", pensou. Por que Philip faria um tratamento por três anos se não recebesse nada em troca? Por que continuaria a gastar tanto dinheiro por nada? E Deus sabe que Philip detestava gastar dinheiro. Talvez as sessões tivessem mudado Philip. Talvez ele fosse do tipo que amadurecia tarde, um daqueles pacientes que precisa de tempo para digerir o alimento dado pelo analista, daqueles que guardam a boa comida do terapeuta e levam para casa, como um cachorro que guarda o osso para roer depois, sozinho. Julius teve pacientes tão competitivos que escondiam as melhoras só para não darem ao terapeuta a satisfação (e o poder) de tê-los ajudado.

Depois que pensou em Philip Slate, Julius não conseguiu mais tirá-lo da cabeça. Era como se o homem tivesse cavado um buraco e se enraizado lá dentro. Exatamente igual ao melanoma. Seu fracasso com Philip transformou-se no símbolo de todos os seus fracassos na terapia. O caso de Philip Slate tinha algo peculiar. De onde ele tirava toda aquela força? Olhou a ficha e leu a primeira anotação, feita 25 anos antes.

PHILIP SLATE — 11 de dezembro de 1980

Vinte e seis anos, solteiro, branco, químico, funcionário da empresa DuPont — cria novas fórmulas de pesticidas —; muito bonito; veste-se em estilo casual, mas sofisticado, formal; senta-se reto, poucos gestos; não demonstra sentimentos, sério, ausência de humor, não ri nem sorri; só negócios; nenhuma relação social relatada. Recomendado pelo clínico dele, dr. Wood.

MAIOR QUEIXA: "Sou dominado, contra minha vontade, por impulsos sexuais."

POR QUE RESOLVEU SE TRATAR AGORA? A gota d'água foi há uma semana, fato relatado como se fosse decorado.

"Cheguei de avião a Chicago para uma reunião de trabalho, saí no saguão do aeroporto, procurei o telefone mais próximo e consultei minha lista de mulheres na cidade com quem pudesse fazer sexo naquela noite. Estava sem sorte! Todas tinham compromisso. Claro: era sexta-feira à tarde. Eu sabia que ia a Chicago, podia ter ligado antes, até semanas antes.

Depois de falar com o último nome da agenda, desliguei e pensei: 'Que ótimo! Assim, posso ler e dormir bem, que era o que de fato queria fazer.'"

O paciente diz que ficou assustado a semana toda com aquela frase, aquela contradição: "O que de fato queria fazer", que é o motivo específico para procurar tratamento. "É o que quero ver na terapia", ele diz. "Dr. Hertzfeld, se o que realmente quero é ler e dormir bem, por que não posso, não consigo fazer isso?"

Aos poucos, Julius lembrou-se de mais detalhes da análise de Philip Slate. Tinha ficado intelectualmente intrigado com o paciente. Na época da primeira consulta, Julius escrevia um artigo sobre análise e vontade, e a pergunta de Philip — "Por que não consigo fazer o que de fato quero?" — era uma ótima abertura para o texto. Além do mais, lembrou-se da incrível imutabilidade de Philip: após três anos de tratamento, parecia não ter sido afetado, sem mudar nada. E estava mais dominado pelo sexo do que nunca.

Que fim teria levado Philip Slate? Não teve mais notícia desde que o paciente interrompeu de repente o tratamento, há 22 anos. Mais uma vez, Julius se perguntou se, sem saber, teria sido útil a Philip. Subitamente, precisou saber aquilo. Parecia uma questão de vida ou morte. Pegou o telefone e discou para o auxílio à lista.

CAPÍTULO

2

Êxtase no ato da cópula. É isso! Essa é a verdadeira essência e o cerne de tudo, a meta e a finalidade de toda a existência.

— ALÔ, É PHILIP Slate?

— Pois não. É ele.

— Aqui quem fala é o dr. Hertzfeld. Julius Hertzfeld.

— Julius Hertzfeld?

— Uma voz de seu passado.

— Passado distante. Período plistocênico. Julius Hertzfeld. Incrível! Deve ter quantos anos? No mínimo, vinte. E a que devo o telefonema?

— Bem, Philip, estou ligando por causa de pagamento. Acho que você ficou devendo nossa última sessão.

— Como? A última sessão? Mas tenho certeza de que...

— É brincadeira, Philip. Desculpe... Há coisas que não mudam. O velho aqui continua animado e espontâneo. Agora vou falar sério. Para resumir, estou ligando porque estou com problemas de saúde e pensando em me aposentar. Enquanto amadurecia essa ideia, fui tendo uma necessidade irresistível de encontrar alguns ex-pacientes, só para acompanhar o caso, satisfazer minha curiosidade. Posso explicar melhor depois, se você quiser. Então, pergunto: poderia se encontrar comigo? Conversar durante uma hora? Rever nosso tratamento e dizer o que você tem feito? Será interessante para mim e vai me ajudar. Quem sabe? Talvez seja bom para você também.

— Hum, uma hora. Por que não? Suponho que sem cobrar?

— Não, a não ser que você queira me cobrar, Philip. Estou pedindo seu tempo. Pode ser no fim desta semana? Digamos... Na sexta à tarde?

— Sexta? Ótimo. Combinado. Dou-lhe uma hora, às treze. Não precisa pagar, mas dessa vez vamos nos encontrar em meu consultório. Estou na Union Street, 431. Perto da Franklin. Procure o número do consultório no quadro da portaria. Estou listado como dr. Slate. Também sou terapeuta agora.

Julius teve um arrepio ao desligar o telefone. Girou a cadeira e esticou o pescoço para dar uma olhada na Golden Gate. Depois daquela ligação, precisava ver alguma coisa bonita. E sentir um pouco de calor nas mãos. Encheu o cachimbo de espuma do mar de fumo Balkan Sobranie, acendeu o fósforo e tragou.

"Ah, que delícia", pensou. Aquele sabor cálido de terra no fumo da Latakia! Aquele cheiro delicioso de mel não tinha igual no mundo. Difícil acreditar que não fumava havia tantos anos. Entrou em um devaneio e pensou no dia em que parou de fumar. Devia ter sido logo depois daquela consulta ao dentista, seu vizinho de consultório, o velho dr. Denboer, que morreu havia vinte anos. Vinte anos? Será possível? Julius ainda era capaz de ver muito bem a cara comprida de holandês e os óculos de aro dourado. O velho dr. Denboer estava embaixo da terra havia vinte anos. E ele, Julius, continuava em cima. Por enquanto.

"Essa bolha no céu da boca parece um problema. Vamos precisar de uma biópsia", disse o dr. Denboer, balançando de leve a cabeça. E, embora o resultado da biópsia tivesse sido negativo, chamou a atenção de Julius, porque na mesma semana foi ao enterro de Al, seu velho parceiro de tênis, tabagista, morto de câncer do pulmão. Influiu também o fato de estar lendo *Freud, vida e agonia*, de Max Schur, médico de Freud, que contava como o câncer, causado por fumar charuto, devorou aos poucos o palato, a mandíbula e, finalmente, a vida de Freud. O médico prometeu ajudar Freud a morrer quando fosse a hora e, no dia em que Freud enfim disse que estava com tanta dor que não fazia mais sentido continuar vivendo, Schur mostrou ter palavra. Aplicou uma dose fatal de morfina. Isso que era médico. Hoje, onde se vai achar um dr. Schur?

Mais de vinte anos sem fumar e também sem comer ovos, queijos ou gordura animal. Abstinência com saúde e alegria. Até o dia daquele maldito exame clínico. Agora, podia tudo: fumar, tomar sorvete, comer costeleta de porco, ovos, queijo, tudo. Que diferença fazia? Que diferença fazia qualquer coisa? Dentro de um ano, Julius Hertzfeld estaria enterrado, as moléculas dispersas, à espera da próxima tarefa. E, mais cedo ou mais tarde, em alguns milhões de anos, todo o sistema solar estaria acabado.

Sentindo que a cortina do desespero estava começando a baixar, Julius passou a pensar no telefonema para Philip Slate. Philip, terapeuta? Como era possível? Lembrava-se dele como um homem frio, insensível, indiferente aos outros. A julgar pelo telefonema, continuava o mesmo. Julius segurou o cachimbo e balançou a cabeça em silenciosa surpresa, enquanto abria a ficha de Philip e continuava lendo as anotações transcritas da primeira sessão.

PROBLEMA ATUAL: dominado pelo sexo desde os 13 anos — masturbação compulsiva da adolescência até hoje (às vezes, quatro a cinco vezes por dia); obcecado por sexo; masturba-se para se acalmar. Passou a maior parte da vida fixado em sexo: "No tempo que gastei correndo atrás de mulheres poderia ter feito um doutorado em filosofia, mandarim e astrofísica".

Relacionamentos: solitário. Mora com um cachorro em uma casa pequena. Sem amigos homens. Nenhum. Nem contato com conhecidos do passado, do colégio, da faculdade, do doutorado. Muito isolado. Jamais teve um relacionamento duradouro com uma mulher. Evita-os (prefere sexo casual). Às vezes, chega a ver uma mulher durante um mês — em geral, a mulher rompe, porque quer mais dele, ou se irrita por estar sendo usada, ou porque ele encontra outras. Deseja novidade (gosta da caçada sexual), mas nunca se sacia. Às vezes, quando viaja, atrai uma mulher, faz sexo, livra-se dela e, uma hora depois, sai do hotel à caça, outra vez. Mantém registro das parceiras que teve; nos últimos doze meses, fez sexo com noventa mulheres. Diz tudo isso sem qualquer emoção — nem vergonha, nem vantagem. Fica ansioso se não tem um encontro à noite. Sexo costuma fazer o efeito de um Valium. Depois do ato, fica calmo o resto da noite e pode ler tranquilamente. Sem atividades ou fantasias homossexuais.

Como é uma noite típica? Sai cedo, atrai uma mulher em um bar, vai para a cama (prefere antes de jantar) e livra-se dela o mais rápido que pode — se possível, sem ter que lhe pagar jantar, mas, em geral, acaba sendo obrigado. É importante ter maior tempo para ler antes de dormir. Não assiste à televisão, não vai ao cinema, não tem vida social, não pratica esporte. O único lazer é ler e ouvir música clássica. Leitor voraz de clássicos, história e filosofia. Nada de ficção, nada atual. Queria falar dos filósofos Zeno e Aristarco, seus atuais interesses.

Passado: nasceu em Connecticut, filho único, classe média-alta. O pai, banqueiro, suicidou-se quando Philip tinha 13 anos. Não sabe das circunstâncias ou dos motivos do suicídio. Vaga ideia de que o pai piorou com as críticas contínuas da mãe. Amnésia da infância: lembra-se pouco dos primeiros anos e nada do enterro do pai. A mãe se casou de novo quando ele tinha 24 anos. Solitário na escola, estudioso fanático, nunca teve amigos próximos. Depois que entrou para Yale, aos 17, afastou-se da família. Fala com a mãe pelo telefone uma ou duas vezes por ano. Não conhece o padrasto.

TRABALHO: químico de sucesso — criou novos pesticidas à base de hormônios para a DuPont. Trabalha das oito às dezessete horas, sem grande interesse pela área. De uns tempos para cá, tem se entediado. Mantém-se informado das pesquisas em sua área, mas só dentro do horário de trabalho. Tem alto salário e ações na bolsa de valores. Precavido, gosta de verificar as aplicações e controlar os investimentos. Almoça sempre sozinho, estudando o movimento das bolsas.

IMPRESSÃO: esquizoide, compulsivo sexual — muito distante. Não olhou para mim. Impressão de nada pessoal entre nós. Não demonstra ter relacionamentos pessoais. Respondeu à pergunta sobre que impressão teve de mim com cara de surpresa, como se eu estivesse falando catalão ou suaíli. Parecia irritado. Fiquei pouco à vontade com ele. Sem qualquer senso de humor. Nada. Muito inteligente, articulado, mas de poucas palavras — ele me faz trabalhar duro. Bastante preocupado com o preço do tratamento (embora possa pagar com folga). Pediu abatimento no preço. Recusei. Pareceu insatisfeito por eu começar com um pouco de atraso. Perguntou logo se podia compensar o atraso no fim da sessão para não ter prejuízo. Perguntou duas vezes com que antecedência tinha que cancelar uma sessão para não precisar pagar.

Fechando a pasta, Julius pensou: "Agora, 25 anos depois, Philip é terapeuta. Existe alguém no mundo menos adequado para esse trabalho? Ele parece o mesmo: sem senso de humor, preocupado com dinheiro... vai ver eu não devia ter feito aquela brincadeira sobre a falta de pagamento. Terapeuta sem senso de humor? E uma pessoa tão fria... E aquela exigência de marcar o encontro no consultório dele." Julius teve outro arrepio.

CAPÍTULO
3

A vida é uma coisa miserável. Decidi passar a vida pensando nisso.

UNION STREET ESTAVA ensolarada e animada. O tilintar dos talheres e o som alegre de conversa de almoço vinha das mesas apertadas dos restaurantes na calçada (Prego, Betelnut, Exotic Pizza e Perry's). Balões azuis e vermelhos amarrados nos parquímetros avisavam da liquidação de fim de semana na calçada. Enquanto ia para o consultório de Philip, Julius mal olhou as pessoas almoçando e as barracas com pilhas de roupas de grife do verão. Também não viu nenhuma de suas vitrines preferidas, a loja de móveis japoneses antigos Morita e a loja tibetana Asian Treasures, com o alegre telhado colorido do século XVIII exibindo uma incrível mulher guerreira, que ele jamais deixava de admirar quando passava por lá.

Também não pensou em morte. As dúvidas em relação a Philip Slate fizeram com que não pensasse naquelas coisas inquietantes. Primeiro, a dúvida em relação à própria memória: como conseguiu se lembrar de Philip com tanta clareza? Onde ficaram escondidos o rosto, o nome e a história de Philip durante todos aqueles anos? Era difícil de acreditar que a lembrança de toda a sua relação com Philip era um processo neuroquímico localizado em algum ponto do córtex cerebral. Era provável que o paciente estivesse em uma intricada rede "Philip" de neurônios conectados que, quando acionados pelos neurotransmissores certos, entravam em ação e projetavam uma imagem de Philip em uma tela em seu córtex visual. Achou incrível pensar que tinha um pequeníssimo robô projecionista dentro do cérebro.

Mais intrigante ainda era o enigma de querer encontrar Philip. De todos os pacientes antigos, por que escolheu aquele para levantar todo o arquivo de memória? Seria apenas porque o tratamento foi tão malsucedido? Certamente, era mais que isso. Afinal, havia muitos outros pacientes que ele não tinha conseguido ajudar. Mas quase todos os rostos e nomes dos fracassos tinham sumido sem deixar vestígio. Talvez porque a maioria dos fracassos tivesse largado o tratamento logo. Philip era um fracasso incomum, que tinha insistido. E, puxa, como insistiu! Em três frustrantes anos, nunca faltou a uma sessão. Nunca chegou atrasado um minuto, era caro demais para desperdiçar. Até que um dia, sem qualquer aviso, anunciou de forma simples e definitiva, no final da sessão, que aquela era a última.

Mesmo quando Philip interrompeu a análise, Julius ainda o considerou tratável, mas sempre achou que todo mundo era. Por que fracassou? Philip tinha a intenção de resolver seus problemas, era desafiador, inteligente, com cabeça para pensar. Embora Julius quase nunca aceitasse um paciente do qual não gostasse, não havia nada de pessoal em não gostar de Philip: ninguém gostaria. Bastava lembrar que ele nunca teve amigos.

Embora pudesse não gostar de Philip, adorava o enigma intelectual que ele representava. Sua maior reclamação ("Por que não posso fazer o que de fato quero?") era um ótimo exemplo de paralisia da vontade. E o tratamento podia não ter sido útil, porém, foi muito bom para os textos de Julius. Teve muitas ideias a partir das sessões, usadas em seu festejado artigo "O terapeuta e a vontade", e em seu livro *Desejar, querer e agír*. Achou, de repente, que talvez tivesse explorado Philip. Naquele momento, de posse de um senso maior de ligação, poderia tentar se redimir, pudesse conseguir o que não pôde antes.

O número 431 da Union Street era um modesto prédio de esquina, dois andares, de tijolos aparentes. No saguão, Julius viu o nome afixado na parede: "Philip Slate, Ph.D., orientação filosófica." "Orientação filosófica? Que diabo era aquilo? Daqui a pouco, teremos barbeiros oferecendo terapia 'tonsural' e verdureiros anunciando aconselhamento 'verdurial' e 'legumial'", Julius ironizou. Subiu a escada e tocou a campainha.

Uma cigarra soou enquanto a tranca da porta se abria com um clique, e Julius entrou em uma saleta de espera de paredes nuas, com apenas uma poltrona de dois lugares em vinil preto pouco convidativa. Philip estava na porta do consultório propriamente dito e, sem se aproximar, fez sinal para Julius entrar. Não estendeu a mão para cumprimentá-lo.

Julius comparou Philip com a imagem que tinha na memória. Combinava bastante. Não havia mudado muito nos últimos 25 anos, exceto por algumas rugas em volta dos olhos e uma certa flacidez no pescoço. Os cabelos castanho-claros continuavam penteados para trás, os olhos verdes ainda eram profundos, arredios. Julius lembrava que raras vezes seus olhos haviam encontrado os de Philip em todos aqueles anos juntos. Philip lembrava um daqueles colegas muito arrogantes, que ficavam sem tomar notas na aula, enquanto ele e todos os demais queriam pegar tudo que pudesse aparecer depois, numa prova.

Ao entrar no consultório, Julius pensou em fazer graça com aqueles móveis espartanos: uma mesa gasta e atulhada de coisas, duas cadeiras descombinadas, com cara de desconfortáveis, uma parede enfeitada só com um diploma. Mas pensou melhor, sentou-se empertigado na cadeira que Philip mostrou e aguardou seu comando.

— Bom... Quanto tempo... Muito tempo... — Philip falava com voz formal, profissional, e não demonstrou nervosismo em liderar a sessão e, assim, trocar de papel com seu antigo terapeuta.

— Vinte e cinco anos. Consultei meus arquivos.

— E qual o motivo para me procurar, dr. Hertzfeld?

— Quer dizer que não vamos bater um papinho antes? — perguntou Julius, ao mesmo tempo em que pensou "Não, esqueça!", lembrando que Philip não tinha senso de humor.

Philip parecia não ter se perturbado.

— Essa é uma técnica elementar de entrevistas, dr. Hertzfeld. O senhor sabe como é. Dar as coordenadas. Já marcamos dia e local, aliás, minha sessão é de sessenta minutos, não os cinquenta de sempre, e o preço, no caso, a ausência de cobrança. Assim, o próximo passo é a meta. Estou tentando me colocar à sua disposição, dr. Hertzfeld, para que a sessão seja a mais eficiente possível para o senhor.

— Certo, Philip. Agradeço. A pergunta que você fez, "Por que agora?", é sempre boa, uso sempre. Foca a sessão. Vai direto ao assunto. Como falei pelo telefone, estou com problemas de saúde graves, por isso tive vontade de ver e avaliar meu trabalho com os pacientes. Talvez seja a idade, a hora de fazer um balanço de vida. Acho que, quando você tiver 65 anos, vai entender.

— Quanto ao balanço de vida, tenho que acreditar no que você diz. Não entendi direito o motivo para querer me ver ou a qualquer de seus pacientes, nem tenho interesse nisso. Meus clientes me pagam uma quantia, e eu lhes dou minha orientação especializada. Nossa troca termina aí. Quando terminamos, eles sentem que valeu o preço, e sinto que fiz o melhor que pude. Nem me passa pela cabeça vê-los algum dia no futuro. Mas estou à sua disposição. Por onde começar?

Julius não costumava se alongar nas sessões. Era um de seus pontos fortes; as pessoas achavam que ele era direto. Mas, naquele dia, obrigou-se a ir devagar. Estava pasmo com o jeito brusco de Philip, mas não foi lá para lhe dar conselhos. Queria apenas a versão honesta do trabalho que fize-

A CURA DE SCHOPENHAUER

ram juntos e, quanto menos Julius comentasse de seu estado psicológico, melhor. Se Philip soubesse do desespero, da busca de sentido, da necessidade que Julius estava sentindo de ter tido algum papel duradouro na vida do outro, poderia, sem ser por pena, dizer exatamente o que Julius queria ouvir. Ou talvez, devido ao seu espírito antagonista, podia fazer exatamente o inverso.

— Bom, começo agradecendo a boa vontade em aceitar me ver. O que quero é, primeiro, sua opinião sobre nosso trabalho conjunto, como ajudou você ou não. Segundo, e esse é um pedido mais difícil, gostaria muito de ter um resumo de sua vida desde a última vez em que nos encontramos. Gosto de saber o fim das histórias.

Se ficou surpreso com o pedido, Philip não demonstrou. Calou-se alguns minutos, de olhos fechados, unindo a ponta dos dedos. Em uma voz comedida, começou:

— A história ainda não está no fim. Na verdade, minha vida mudou tanto nos últimos anos que é como se estivesse começando agora. Mas vou fazer uma cronologia a partir da terapia. Garanto logo que a terapia foi um fracasso absoluto. Uma perda de tempo e de dinheiro. Acho que cumpri meu papel como paciente. Pelo que lembro, cooperei bastante, trabalhei duro, não faltei às consultas, paguei em dia, lembrei-me dos sonhos, segui tudo o que você disse. Concorda?

— Se concordo que você foi um paciente participante? Com certeza. Diria até mais: foi dedicado.

Olhando para o teto outra vez, Philip concordou e prosseguiu:

— Pelo que lembro, eu o vi durante três anos inteiros. E, em grande parte desse tempo, duas vezes por semana. São muitas horas. Pelo menos duas mil. Cerca de vinte mil dólares.

Julius quase reagiu. Toda vez que um paciente dizia uma coisa daquelas, o reflexo dele era acrescentar: "Um buraco no bolso." E depois mostrar que os temas tratados na análise tinham dificultado a vida do paciente durante tanto tempo que não podiam mudar de uma hora para outra. Costumava dar também um dado pessoal: que sua análise didática tinha sido cinco vezes por semana, durante três anos, somando mais de sete mil horas. Mas Philip, naquele momento, não era paciente dele, e Julius não estava lá para convencê-lo de nada. Estava para ouvir. Mordeu o lábio em silêncio.

Philip prosseguiu:

— Quando comecei o tratamento com você, eu estava no fundo do poço. Na sarjeta, para ser mais exato. Trabalhava como químico e criava novas formas de matar insetos. Estava entediado com a profissão, entediado com a vida e com tudo o mais, exceto com as leituras de filosofia e a reflexão sobre os grandes enigmas da história. Mas o procurei por causa de meu comportamento sexual. Lembra-se disso?

Julius concordou.

— Eu estava descontrolado. Só queria sexo. Estava obcecado. Insaciável. Tremo de pensar na vida que levava. Queria seduzir o maior número possível de mulheres. Após o coito, a compulsão dava uma breve trégua, mas logo o desejo voltava.

Julius reprimiu um sorriso por Philip usar a palavra coito e pensou no estranho paradoxo de ele chafurdar na carnalidade, mas evitar qualquer jargão vulgar.

— Era só nesse curto período logo após o coito que eu conseguia viver de forma plena e harmoniosa, quando conseguia me conectar com os grandes pensadores do passado.

— Eu me lembro de você com os filósofos Aristarco e Zeno.

— Sim, esses e muitos outros desde então, mas as tréguas, os espaços não compulsivos eram curtos demais. Agora estou livre. Agora estou em um plano superior o tempo todo. Mas vou continuar recapitulando minha análise com você. Não é essa a função principal?

Julius concordou.

— Eu me lembro de ter ficado muito apegado à nossa análise. Tornou-se outra compulsão, mas, infelizmente, não substituiu a sexual, apenas coexistiu com ela. Eu me lembro de esperar cada sessão com ansiedade e terminar desapontado. É difícil lembrar muita coisa do que fizemos.

Acho que tentamos compreender a compulsão a partir da minha história de vida. Entender... Sempre tentávamos entender. Mas todas as soluções me pareciam suspeitas. Nenhuma tese era bem argumentada ou bem estruturada e, pior, nenhuma teve o menor efeito sobre minha compulsão.

"E era uma compulsão. Eu sabia que sim. E que precisava parar com aquilo. Demorei, mas acabei concluindo que você não sabia como me ajudar e perdi a confiança em nosso trabalho conjunto. Lembro que gastou um tempo enorme explorando meus relacionamentos com os outros e sobretudo com você. Isso nunca fez sentido para mim. Não fazia na época. Continua não fazendo. Com o tempo, ficou doloroso me encontrar com você, doloroso ficar explorando nosso relacionamento como se ele fosse real, ou duradouro, ou qualquer outra coisa, menos o que realmente era: a compra de um serviço."

Philip parou e olhou para Julius com as mãos espalmadas para cima, como quem diz: "Você perguntou, aí está a resposta."

Julius estava pasmo. Uma voz, que não parecia ser dele, disse:

— Perfeito, ótimo. Obrigado, Philip. Agora, o restante de sua história. O que fez desde então?

Philip juntou a palma das mãos, encostou o queixo nos dedos, olhou para o teto para se concentrar e continuou:

— Bom, vejamos. Vou começar pelo trabalho. Minha capacidade de criar agentes hormonais para impedir a reprodução de insetos foi ótima para a empresa e meu salário foi subindo. Mas eu estava muito entediado com a química. Então, aos 30 anos, um dos seguros que meu pai fez em meu nome venceu. Foi a dádiva da liberdade. Eu tinha como me sustentar por vários anos, então cancelei as assinaturas de publicações sobre química, larguei o trabalho e passei a dar atenção ao que eu realmente queria na vida: ter cultura.

"Eu continuava mal, ansioso, obcecado por sexo. Tentei outros analistas, mas nenhum conseguiu me ajudar mais do que você. Um deles, que tinha sido aluno de Jung, falou que eu precisava de mais que psicanálise. Disse que, para um viciado como eu, a maior esperança de libertação estava na conversão espiritual. Essa sugestão me levou à filosofia da religião, principalmente às ideias e aos costumes do Extremo Oriente, os únicos que faziam algum sentido. Os demais sistemas religiosos não conseguiam abordar as questões filosóficas fundamentais e usavam Deus para evitar a verdadeira análise filosófica. Cheguei a passar algumas semanas em centros de meditação. Foi interessante. Não aplacou minha obsessão, mas tive a impressão de que ali havia alguma coisa interessante. Só que ainda não estava preparado para ela.

"Enquanto isso, exceto pelo período de castidade forçada no *ashram*, o centro de meditação, continuei a caçada sexual. Como sempre, fiz sexo com muitas mulheres, às dezenas, às centenas. Às vezes, duas por dia, em qualquer lugar, a qualquer hora que conseguisse uma, exatamente como quando estava me tratando com você. Sexo uma vez, às vezes duas vezes com a mesma mulher e depois passava adiante. Após a primeira vez, nunca era excitante. Você deve conhecer o velho ditado que diz: 'Só se pode fazer sexo pela primeira vez, com a mesma garota, uma vez.'"

Philip tirou as mãos do queixo e virou-se para Julius.

— Esse ditado era para ser engraçado, dr. Hertzfeld. Eu me lembro de uma vez em que você disse que era interessante que eu, em todas as horas em que estivemos juntos, jamais contei uma piada.

Julius, que naquele momento não estava com qualquer disposição para bobagens, forçou-se a sorrir, embora sabendo que foi ele quem contou aquela piada para Philip. Pensou em Philip como sendo um grande boneco mecânico com uma chave para dar corda no alto da cabeça. Estava na hora de dar corda outra vez.

— E então? O que aconteceu?

Olhando para o teto, Philip continuou:

— Então, um dia tomei uma decisão. Já que nenhum terapeuta tinha conseguido me ajudar e, desculpe, inclusive você, dr. Hertzfeld...

— Já entendi isso — interrompeu Julius, e acrescentou, rápido: — Você não precisa pedir desculpas. Está apenas respondendo às minhas perguntas com sinceridade.

— Desculpe, não tive a intenção. Continuando: como a terapia não tinha me dado uma resposta, resolvi me curar, fazer uma biblioterapia, um tratamento através dos livros, assimilando o pensamento dos maiores sábios que já existiram. Assim, comecei a ler filosofia com método, desde os pré-socráticos até Popper, Rawls e Quine. Após um ano de estudo, minha compulsão sexual não tinha melhorado, mas cheguei a algumas conclusões importantes: estava no caminho certo, e a filosofia era o meu negócio. Esse foi um grande passo; me lembro de termos comentado que eu não me sentia à vontade em lugar algum.

Julius concordou:

— É... Também me lembro disso.

— Resolvi que, como ia passar anos lendo filosofia, podia transformar aquilo em profissão. Meu dinheiro não ia durar para sempre. Então, fiz mestrado em filosofia na Columbia. Fui bem, defendi minha tese e, cinco anos depois, fiz o doutorado. Passei a dar aulas e, há dois anos, me interessei em aplicar a filosofia ou, como prefiro chamar, me interessei pela filosofia clínica. E cá estou.

— Você não terminou de contar sobre a cura.

— Bom, na Columbia, em minhas leituras, conheci um psicanalista, o analista perfeito, que me deu o que ninguém conseguiu.

— Ele é de Nova York? Como se chama? Na Columbia mesmo? Pertence a que sociedade psicanalítica?

— Ele se chama Arthur... — Philip parou e ficou olhando Julius com um meio sorriso.

— Arthur?

— Arthur Schopenhauer, meu terapeuta.

— Schopenhauer? Você está brincando comigo, Philip.

— Nunca falei tão sério.

— Conheço pouco sobre Schopenhauer, só os clichês sobre seu enorme pessimismo. Nunca ouvi o nome dele citado no contexto da terapia. Como ele conseguiu ajudar você? O quê...?

— Detesto ter que interromper, dr. Hertzfeld, mas tenho um cliente chegando e até hoje não consigo me atrasar para um compromisso. Isso não mudou. Por favor, me dê seu cartão de visita. Em outra ocasião, conto mais sobre ele, o terapeuta feito para mim. Não exagero ao dizer que devo a vida ao gênio de Arthur Schopenhauer.

CAPÍTULO

4

1787 — O gênio: começo difícil e falso início

Talento é quando um atirador atinge um alvo que os outros não conseguem. Gênio é quando um atirador atinge um alvo que os outros não veem.

COMEÇO DIFÍCIL: O gênio tinha apenas dez centímetros de comprimento quando houve a tempestade. Em setembro de 1787, o mar amniótico que o envolvia se encapelou, jogando--o de um lado para o outro e ameaçando a frágil ligação com a praia uterina. A água do mar recendia a raiva e medo. Ele foi invadido pelos amargos ácidos da nostalgia e do desespero. Acabaram-se para sempre os suaves e doces dias flutuando. Sem ter para onde ir e sem esperança de sossego, seus pequenos impulsos neurais dilataram-se e espocaram em todas as direções.

O que se aprende quando pequeno aprende-se melhor. Arthur Schopenhauer nunca esqueceu suas primeiras lições.

Falso início, ou como Arthur Schopenhauer quase foi inglês: "Arthurrr. Arthurrr. Arthurrr", escandia cada letra Heinrich Floris Schopenhauer. Arthur era um excelente nome para o futuro chefe da importante empresa comercial Schopenhauer.

Era o ano de 1787, e Johanna, a jovem esposa de Heinrich, estava grávida de dois meses quando ele decidiu: se o filho fosse menino, ia se chamar Arthur. Homem honrado, Heinrich não permitia que nada viesse antes do dever. Exatamente como seus antepassados entregaram-lhe a direção da grande casa comercial Schopenhauer, ele a passaria para o descendente. Os tempos estavam difíceis, mas Heinrich tinha certeza de que seu futuro filho iria dirigir a empresa rumo ao século XIX. Arthur era um nome perfeito para o cargo. Escrevia-se igual nos maiores idiomas europeus, passaria com facilidade por todas as fronteiras do país. Mas, acima de tudo, era um nome inglês!

Durante séculos, os antepassados de Heinrich comandaram os negócios com grande eficiência e sucesso. O avô hospedou Catarina, a Grande, imperatriz da Rússia; e, para garantir seu conforto, mandou jogar conhaque no piso de todos os aposentos da hóspede e atear fogo para que ficassem secos e perfumados. O pai de Heinrich recebeu a visita de Frederico, rei da Prússia, que passou horas tentando inutilmente convencê-lo a mudar a empresa de Danzig, na Polônia, para seu país. A direção da grande casa comercial estava agora com Heinrich, que garantia que um Schopenhauer com o nome de Arthur levaria a empresa a um brilhante futuro.

A Schopenhauer vendia grãos, madeira e café, e era, havia muitos anos, uma das maiores empresas de Danzig, a respeitável cidade integrante da Liga Hanseática que dominava o comércio na região báltica. Mas os maus tempos tinham chegado à grande cidade livre. Com a Prússia ameaçando pelo lado oeste, a Rússia, pelo leste, e a Polônia fraca, incapaz de continuar garantindo a soberania da cidade, Heinrich tinha certeza de que os tempos de liberdade e estabilidade comercial de Danzig estavam perto do fim. A Europa estava imersa em distúrbios políticos e financeiros, com exceção da Inglaterra. A Inglaterra era o rochedo. Era o futuro.

A CURA DE SCHOPENHAUER

A empresa e a família Schopenhauer teriam um porto seguro na Inglaterra. Mais que um porto seguro, a empresa iria prosperar se seu futuro
dirigente fosse nascido lá e tivesse nome inglês. Herr Arthurrr Schopenhauer, ou melhor, Mister Arthurrr Schopenhauer, um inglês capitane-
ando a empresa, era essa a senda para o futuro.

Assim, sem dar ouvidos aos protestos da esposa grávida, que era quase
uma adolescente e implorava para ter o primeiro filho na presença tranqui-
lizante da mãe, Heinrich partiu com ela a reboque, na longa viagem rumo
à Inglaterra. A jovem Johanna ficou consternada, mas teve que obedecer à
vontade irredutível do marido. Depois que se instalaram em Londres, ela
retomou seu temperamento extrovertido e seu encanto logo conquistou a
sociedade. Escreveu em seu diário de viagem que recebeu muito apoio dos
novos e simpáticos amigos ingleses e que logo se sentiu cheia de atenções.

Atenção e carinho demais para o casmurro Heinrich, cujo ciúme logo se
transformou em pânico. Nervoso, sentindo uma tensão que parecia prestes a arrebentar no peito, ele precisava fazer alguma coisa. Então, saiu de
Londres em um rompante, levando a esposa grávida de quase seis meses de
volta a Danzig, em um dos invernos mais rigorosos do século. Anos depois,
Johanna escreveu como se sentiu ao ser arrancada de Londres: "Ninguém
me ajudou, tive que vencer o sofrimento sozinha. O homem me arrastou
por metade da Europa para conseguir controlar a própria inquietação."

Esse, portanto, foi o tempestuoso ambiente da gestação do gênio: um
casamento sem afeto, uma mãe assustada e revoltada, um pai ansioso e
ciumento, duas árduas viagens pela Europa no inverno.

CAPÍTULO
5

*Uma vida feliz é impossível. O máximo que
se pode ter é uma vida heroica.*

JULIUS SAIU ATORDOADO do consultório de Philip. Desceu a escada apoiado no corrimão, trôpego, e cambaleou ao sair na luminosidade do dia. Ficou em frente ao prédio, sem saber se virava à esquerda ou à direita. A liberdade de uma tarde sem compromissos trouxe confusão em vez de alegria. Julius sempre foi uma pessoa ocupada. Quando não estava atendendo pacientes, tinha projetos e atividades (escrever, dar aulas, jogar tênis, fazer pesquisas) exigindo sua atenção. Mas, naquele dia, nada parecia importante. Ele desconfiava de que nada jamais tinha tido importância. Sua cabeça deu importância a coisas e depois, esperta, apagou os rastros. Naquele dia, ele enxergou através do emaranhado de uma vida. Não tinha nada importante para fazer e caminhou devagar, sem rumo, pela Union Street.

Quase no fim da área de escritórios depois da Fillmore Street, uma velha aproximou-se, empurrando ruidosamente um andador. "Nossa, que figura!", pensou Julius. Virou o rosto para o lado, depois olhou para trás para avaliar. As roupas da mulher (vários suéteres sob um enorme casacão) não eram para um dia quente como aquele. A mulher tinha cara de esquilo e mexia a boca sem parar, com certeza para segurar a dentadura. Mas o pior era aquela bola de carne em uma das narinas, uma verruga rosada e transparente do tamanho de uma uva, com vários pelos duros e compridos.

"Velha idiota", pensou Julius, e acrescentou logo: "Não deve ser mais velha que eu. Na verdade, ela sou eu amanhã, com a verruga, o andador, a cadeira de rodas." Ao se aproximar dela, ouviu-a resmungar:

— Vamos ver o que tem nessas lojas aí na frente. O que deve ter? O que vou achar lá?

— Senhora, não tenho a menor ideia, estou apenas dando uma volta por aqui! — gritou Julius para ela.

— Não estava falando com você.

— Não há mais ninguém por perto.

— Isso não significa que eu esteja falando com você.

— Se não era comigo, era com quem? — Julius colocou as mãos em concha na testa e fingiu procurar para cima e para baixo na rua vazia.

— Isso é de sua conta? Malditos malucos de rua... — resmungou a mulher, batendo o andador no chão e seguindo seu caminho.

Julius teve um calafrio. Olhou em volta para ver se alguém tinha visto a cena. "Puxa", pensou, "perdi as estribeiras. Que merda eu estava fazendo? Ainda bem que não tenho pacientes esta tarde. Sem dúvida, ver Philip Slate não me fez bem."

Virou-se na direção do inebriante cheiro de café da Starbucks e resolveu que uma hora com Philip dava direito a um espresso duplo. Sentou-se em uma cadeira à janela e ficou assistindo às pessoas passando na calçada. Nenhum velho à vista, nem dentro, nem fora do café. Com 65 anos, ele era a pessoa mais velha por ali, o mais velho dos velhos, envelhecendo ainda mais por dentro, à medida que o melanoma continuava a silenciosa invasão.

Duas balconistas ousadas flertavam com alguns fregueses da loja. Eram aquele tipo de garota que jamais olhavam para ele, jamais flertaram com ele quando jovem, nem trocaram olhares depois que envelheceu. Era hora de ver que sua vez jamais chegaria, que aquelas garotas casadouras e peitudas, com cara de Branca de Neve, jamais chegariam para ele com um sorriso tímido e perguntariam: "Ora, você não tem aparecido aqui. Como vão as coisas?" Isso nunca iria acontecer. A vida era bem linear e irreversível.

Chega. Chega de ter pena de si mesmo. Ele sabia o que dizer aos queixosos: trate de olhar para fora, de sair de dentro de você. Sim, era esse o jeito: descobrir como transformar aquela merda em ouro. Por que não escrever sobre o tema? Talvez em estilo de diário ou blog. Depois, algo mais visível (o quê, por exemplo?), talvez um artigo no *Journal of the American Psychiatric Association*, sobre "O psiquiatra frente à morte". Ou algo comercial para o suplemento dominical do *The New York Times*. Podia ser. Por que não um livro? Qualquer coisa como *Autobiografia de uma morte*. Nada mal! Às vezes, quando o título é forte, o livro vai se escrevendo sozinho. Pediu um espresso, pegou a caneta e desdobrou um saco de papel que achou no chão. Começou a rabiscar, a boca em um meio sorriso, pensando na origem humilde de seu grande livro.

Sexta-feira, 2 de novembro de 1990, 16 dias após o DDM (Dia da Descoberta da Morte)

Sem qualquer dúvida, procurar Philip Slate foi uma má ideia. Má ideia achar que poderia conseguir alguma coisa dele. Má ideia encontrar com ele. Nunca mais. Philip, terapeuta? Inacreditável, um terapeuta sem empatia, sem sensibilidade, sem afeto. Falei ao telefone que estava com problemas de saúde e que esse era, em parte, o motivo para querer encontrá-lo. Ele nem perguntou o que eu tinha. Sequer um aperto de mão. Frio. Desumano. Ficou a vinte passos de mim. Durante três anos, trabalhei muito por aquele sujeito. Dei tudo a ele. O melhor que eu tinha. Filho da puta ingrato.

Ah, sim, sei o que ele diria. Consigo até ouvir aquela voz precisa e sem alma: "Nós fizemos uma transação comercial: dei dinheiro e você deu serviços especializados. Paguei cada hora de consulta. A transação terminou. Estamos quites, não lhe devo nada."

Ele então acrescentaria: "Devo menos que nada, dr. Hertzfeld, pois o senhor ficou com o melhor de nossa troca. Recebeu o pagamento completo, enquanto eu não recebi nada."

O pior é que ele tem razão. Não me deve nada. Costumo brincar dizendo que a psicanálise é uma vida a serviço. Serviço feito com amor. Não tenho nenhum saldo com ele. Por que esperar retribuição? De todo modo, seja o que for que eu esteja querendo, ele não tem para dar.

"Não tem para dar." Quantas vezes eu disse isso aos meus pacientes, referindo-me a maridos, esposas, pais e mães? Mesmo assim, não posso largar Philip, esse homem inexorável, empedernido, egoísta. Será que faço uma ode à obrigação que os pacientes têm com seus terapeutas anos depois?

E por que tanto interesse? Por quê, entre todos os meus pacientes, escolhi falar com ele? Continuo sem saber. Achei uma pista em minha pasta de anotações: procurei-o por achar que estava falando com meu fantasma quando jovem. Talvez haja mais de um vestígio de Philip em mim, o eu que em meus 10, 20, 30 anos ficou escondido pelos hormônios. Achei que sabia o que ele ia fazer, achei que tinha uma pista para curá-lo. Por isso insisti tanto? Por que dei mais atenção e mais energia a ele do que a quase todos os meus pacientes juntos? Em todo consultório de terapeuta, há sempre um paciente que consome uma quantidade enorme de energia e atenção. Para mim, Philip foi esse paciente durante três anos.

Naquela tarde, Julius voltou para uma casa escura e fria. O filho, Larry, tinha passado o fim de semana com ele, mas foi embora para Baltimore na segunda-feira de manhã, onde fazia pesquisa neurobiológica no hospital Johns Hopkins. Julius quase ficou aliviado com a saída do filho, pois o olhar angustiado e os esforços carinhosos mas desajeitados para confortá-lo deram mais tristeza do que serenidade. Julius pegou o telefone, começou a ligar para Marty, um dos colegas no grupo de apoio, mas estava desanimado demais. Colocou o fone no gancho e ligou o computador para copiar as anotações feitas no saco amassado da Starbucks. Uma notícia o saudou na tela: "Você tem e-mail." Para sua surpresa, a mensagem era de Philip. Leu rapidamente:

"No final de nossa conversa hoje, você perguntou sobre Schopenhauer e como a filosofia dele me ajudou. Também deu a entender que gostaria de saber mais sobre ele. Talvez seja de seu interesse minha palestra no Coastal College, na próxima segunda-feira, às dezenove horas (Sala Toyon, Fulton Street, 340). Estou ministrando um curso sobre filósofos europeus e, na segunda-feira, farei uma breve exposição sobre Schopenhauer (tenho que cobrir 2 mil anos em doze semanas). Talvez possamos conversar um pouco após a palestra. Philip Slate."

Na mesma hora, Julius respondeu: "Obrigado. Estarei lá." Abriu a agenda na segunda-feira seguinte e escreveu a lápis: "Sala Toyon, Fulton Street, 340, dezenove horas."

Às segundas-feiras, Julius atendia um grupo de terapia das 16h30 às dezoito horas. Mais cedo, nesse dia, ficou pensando se contava ao grupo sobre a doença. Tinha resolvido adiar a notícia para os pacientes individuais até se reequilibrar, mas o grupo colocava um problema diferente: os participantes costumavam falar nele, e era bem possível que alguém notasse uma mudança de comportamento e comentasse.

Mas as preocupações foram infundadas. O grupo aceitou a desculpa do resfriado para ele cancelar as duas sessões anteriores e Julius passou a tratar das duas últimas semanas na vida de cada um. Stuart, um pediatra baixo e atarracado, que parecia sempre distraído como se estivesse com pressa para atender o próximo paciente, parecia oprimido e pediu para falar. Foi um pedido totalmente fora do comum; em um ano de grupo, Stuart raramente pediu ajuda. Tinha entrado no grupo por pressão da esposa, que lhe enviou um e-mail dizendo que, se não fizesse uma terapia e mudasse, iria largá-lo. Disse também que mandava uma mensa-

A CURA DE SCHOPENHAUER

gem eletrônica porque ele dava mais atenção ao contato por computador do que a qualquer coisa dita diretamente. Na semana anterior, a mulher tinha radicalizado, saindo do quarto do casal, e grande parte da sessão foi passada ajudando Stuart a avaliar seus sentimentos naquela situação.

Julius gostava muito do grupo. Muitas vezes, ficava impressionado com a coragem das pessoas quando assumiam novas atitudes e grandes riscos. Aquela sessão também foi assim. Todos apoiaram Stuart por mostrar que estava vulnerável, e a sessão passou rápido. No fim, Julius estava melhor. Ficou tão preso ao tema da sessão que, por uma hora e meia, esqueceu o próprio desespero. Isso era comum. Todo terapeuta de grupo sabe das grandes propriedades curativas de um grupo. Muitas e muitas vezes, Julius tinha entrado em uma sessão inquieto e saído bem melhor, embora sem ter, é claro, tocado em nenhum problema próprio.

Mal teve tempo para um jantar rápido no We Be Sushi, que ficava perto do consultório. Ia sempre lá e, ao sentar-se, foi saudado pelo chefe dos sushimen, Mark. Quando não estava acompanhado, preferia ficar no balcão, pois, como todos os pacientes, não se sentia à vontade sozinho em uma mesa de restaurante.

Julius pediu o de sempre: rolinhos Califórnia, enguia no vapor e um sortido de maki vegetariano. Gostava muito de sushi, mas evitava peixe cru por medo de parasitas. Àquela altura, toda essa batalha contra invasores externos parecia piada! No fim, que ironia, o problema seria interno. Que se foda. Julius jogou os cuidados para o alto e pediu um ahi sushi para o surpreso chef. Comeu com grande prazer, antes de correr para a sala Toyon e seu primeiro encontro com Arthur Schopenhauer.

CAPÍTULO
6

Mamãe e papai Schopenhauer — Zu Hause

A sólida base de nossa visão do mundo e também o grau de sua profundidade são formados na infância. Essa visão é depois elaborada e aperfeiçoada, mas, na essência, não se altera.

QUE TIPO DE pessoa era Heinrich Schopenhauer? Duro, rígido, reprimido, inflexível, orgulhoso. Conta-se que, em 1783, cinco anos antes do nascimento de Arthur, a cidade de Danzig foi bloqueada pelos prussianos e havia pouca comida e forragem para os animais. Os Schopenhauer foram obrigados a aceitar que um general inimigo se instalasse na casa de campo deles. Como retribuição, o oficial prussiano ofereceu a Heinrich o privilégio de receber forragem para os cavalos. Mas ele respondeu:

— Minhas cocheiras têm bastante forragem, e quando acabar a comida dos cavalos, mando matá-los.

E como era Johanna, a mãe de Arthur? Romântica, gentil, criativa, alegre, sedutora. Embora toda a Danzig de 1787 achasse a união de Heinrich e Johanna um grande acontecimento, na realidade, foi um trágico desencontro. A família dela, os Troisener, era de origem modesta e sempre admirou os arrogantes Schopenhauer. Assim, quando Heinrich, aos 38 anos, passou a cortejar Johanna, de apenas 17, os pais ficaram muito satisfeitos e ela aceitou a escolha deles.

Será que Johanna achava seu casamento um erro? Leia o que escreveu anos depois, quando dava conselhos para moças sobre casamento: "Toda moça que pensa em se casar fica atraída pelo esplendor, a distinção e o título obtidos através dos laços matrimoniais (..) Um erro que terá por consequência um duro castigo pelo restante da vida."

"Um duro castigo pelo restante da vida" — duras palavras da mãe de Arthur. Em seus diários, ela confidenciou que, antes de ser cortejada por Heinrich, teve um jovem amor que o destino afastou, e ela, então, resignada, aceitou a proposta de casamento de Heinrich. Será que teve escolha? É bem provável que não. Esse típico casamento de conveniência do século XVIII foi acertado pelos pais dela, por questões de posse e posição social. Será que havia amor? Não se falou em amor entre Heinrich e Johanna. Nunca. Mais tarde, em suas memórias, ela escreveu: "Eu não fingia amor ardente, nem ele exigia." Também não havia muito amor para outras pessoas na casa — nem para o pequeno Arthur, nem para a irmã Adele, nascida nove anos depois.

O amor dos pais gera amor pelos filhos. Às vezes, ouve-se falar de pais que se amam tanto que consomem todo o amor disponível na casa, deixando apenas cinzas de carinho para os filhos. Mas esse modelo econômico, de amor zero, não faz muito sentido. O inverso parece verdadeiro: quanto mais se ama, mais isso se reflete nos filhos e nos outros, de uma maneira afetuosa.

A falta de amor na infância teve graves implicações no futuro de Arthur. As crianças que não recebem carinho materno costumam não se sentir seguras para gostarem de si mesmas, para acreditarem que os outros vão gostar delas ou para gostarem de viver. Na idade adulta, tornam-se distantes, recolhidas em si mesmas, e têm uma relação difícil com os outros. Foi esse o cenário psicológico que formou a visão de mundo de Arthur.

CAPÍTULO
7

*Se olharmos a vida em seus pequenos detalhes, tudo parece bem
ridículo. É como uma gota d'água vista em um microscópio, uma
só gota cheia de protozoários. Achamos muita graça como eles
se agitam e lutam tanto entre si. Aqui, no curto período da vida
humana, essa atividade febril produz um efeito cômico.*

FALTANDO CINCO MINUTOS para as dezenove horas, Julius
bateu as cinzas de seu cachimbo de espuma do mar e entrou na
sala Toyon. Sentou-se na quinta fila da direita e olhou o auditório: trinta fileiras a partir do estrado onde seria dada a palestra. A maioria
dos duzentos lugares estava vazia; havia umas trinta poltronas quebradas
e isoladas com plástico amarelo. Dois mendigos e suas coleções de jornais
espalhavam-se pelas poltronas da última fila. Cerca de trinta poltronas
estavam ocupadas por alunos desleixados, espalhados pelo auditório, com
exceção das três primeiras filas, que continuavam vazias.

"Exatamente como em um grupo de terapia", pensou Julius. "Ninguém quer sentar perto do orientador." Até em seu grupo, naquela tarde, os lugares ao lado dele ficaram vazios para os que chegassem atrasados, e ele brincou dizendo que ficar ao seu lado parecia ser um castigo pelo atraso. Julius pensou na terapia de grupo e seu folclore a respeito de lugar na sala: as pessoas mais dependentes sentam à direita do orientador, enquanto os mais paranoicos ficam bem na frente dele. Mas, pela sua experiência, a relutância de sentar ao lado do orientador era a única regra confirmada sempre.

O mau estado e o estrago da sala Toyon eram típicos do campus do Coastal College da Califórnia, que tinha começado como escola de comércio vespertina. Depois, ampliou-se e funcionou por pouco tempo como escola de administração à tarde. Naquele momento, estava em fase de decadência. No caminho para a sala, passando pelo insípido quarteirão de hotéis, restaurantes e delegacias policiais, Julius quase não conseguiu diferençar os estudantes desleixados dos mendigos que moravam por lá. Que professor não se sentiria desmoralizado em um lugar como aquele? Julius começou a entender por que Philip queria mudar de profissão e trabalhar em um consultório.

Olhou o relógio. Dezenove horas. Pontualmente, Philip entrou na sala, com um traje profissional de calça cáqui, camisa xadrez e blazer de veludo grosso, com acabamento de couro nos cotovelos. Tirando as anotações da palestra de uma pasta adequadamente gasta, e mal olhando a plateia, começou:

— Este é um resumo da filosofia ocidental, palestra 18, sobre Arthur Schopenhauer. Hoje, vou ser erradio e me aproximar de minha presa de forma mais indireta. Se parecer sem método, peço compreensão. Prometo voltar logo ao assunto em pauta. Vamos iniciar falando sobre os grandes debutes da História.

Philip deu uma olhada na plateia buscando algum sinal de compreensão e, não encontrando, apontou para um estudante sentado mais perto dele e mostrou o quadro-negro. Depois, soletrou e definiu três palavras, "e-r-r-a-d-i-o", "c-o-m-p-r-e-e-n-s-ã-o" e "d-e-b-u-t-e-s", que o aluno copiou no quadro. Quando o rapaz ia voltar para seu lugar, Philip mostrou uma poltrona na primeira fila e mandou que ficasse lá.

— Quanto aos grandes debutes, fiquem tranquilos. Vão entender aos poucos por que inicio a palestra assim. Imaginem Mozart encantando a corte imperial vienense ao tocar espineta com perfeição, aos 9 anos. Ou, se o nome de Mozart não lhes diz muita coisa — nesse ponto, um leve sorriso do palestrante —, pensem em algo mais próximo de vocês, os Beatles, aos 19 anos, cantando suas músicas para o público de Liverpool.

"Outros incríveis começos incluem o extraordinário Johann Fichte." Ele fez sinal para o estudante escrever "F-i-c-h-t-e" no quadro. "Alguns de vocês se lembram desse nome, da última palestra, quando discuti os grandes filósofos idealistas alemães que seguiram Kant no fim do século XIII e no início do XIX, Hegel, Schelling e Fichte? Entre esses, a vida e o começo de Fichte foram os mais interessantes, pois ele era um pastor de gansos pobre e analfabeto em Rammenau, pequena aldeia alemã cuja única fama eram os inspirados sermões do padre aos domingos.

"Bem, certo domingo, um rico aristocrata chegou à aldeia muito atrasado para ouvir o sermão. Ficou do lado de fora da igreja, desapontado, até que um velho aldeão aproximou-se e disse para ele não se preocupar, que o pastor de gansos, o jovem Johann, poderia repetir o sermão inteiro. O aldeão chamou o menino, que realmente repetiu tudo, literalmente. O barão ficou tão impressionado com a incrível memória do menino que patrocinou a educação dele e conseguiu que frequentasse o Pforta, famoso colégio interno onde, mais tarde, passaram muitos pensadores alemães famosos, inclusive o tema de nossa próxima palestra, Friedrich Nietzsche.

"Johann teve excelente desempenho no colégio e depois na universidade, mas, quando seu mecenas morreu, não pôde se sustentar e aceitou o emprego de tutor em uma residência. Foi contratado para dar aulas a um jovem sobre a filosofia de Kant, que ele ainda não tinha lido. Logo se encantou com a obra do divino Kant..."

De repente, Philip olhou para suas anotações, e depois para a plateia. Não vendo qualquer sinal de interesse, perguntou, baixinho:

— Olá, tem alguém aí na plateia? Kant, Immanuel Kant, Kant, lembram? — Fez sinal para o rapaz do quadro-negro escrever "K-a-n-t". — Na semana passada, falamos sobre ele durante duas horas. Kant, que, ao lado de Platão, forma a dupla de maiores filósofos do mundo. Garanto uma coisa: Kant será tema no teste final. Ah, vejo sinais de vida na plateia, movimento, alguns olhos se abrindo. Uma caneta entrando em contato com o papel.

"Então, em que parte eu estava? Ah, sim. O pastor de gansos. A seguir, Fichte recebeu um convite para ser tutor particular em Varsóvia, na Polônia, e, sem um tostão, foi a pé até a cidade. Chegando lá, não conseguiu o emprego. Como estava a poucos quilômetros de Königsberg, cidade natal de Kant, resolveu conhecer o mestre em pessoa. Caminhou dois meses e, ousado, foi direto à casa de Kant, bateu na porta, mas não foi recebido. Kant era metódico e não recebia estranhos. Na semana passada, contei a vocês a monotonia de seus horários, tão rígidos que os habitantes da cidade podiam acertar os relógios quando o viam sair para a caminhada diária.

"Fichte achou que não conseguiu falar com o filósofo porque não tinha cartas de recomendação, e resolveu escrever. Em um ataque extraordinário de energia criativa, escreveu seu primeiro texto, o famoso *Ensaio de uma crítica a toda revelação*, que usava a visão de Kant sobre a ética e o dever, conforme interpretados pela religião. Kant ficou tão impressionado com o texto que não apenas concordou em receber Fichte como incentivou a publicação do ensaio.

"Devido a um estranho mal-entendido, talvez um golpe de marketing do editor, o texto saiu anonimamente. Era um trabalho tão brilhante que os críticos e os leitores pensaram que fosse uma nova obra de Kant. O filósofo acabou tendo que fazer uma declaração pública de que o autor daquele excelente artigo não era ele, mas um jovem muito talentoso chamado Fichte. O elogio de Kant garantiu o futuro de Fichte na filosofia, e, um ano e meio depois, ele foi convidado para dar aulas na Universidade de Jena."

"Isso", disse Philip, tirando os olhos de suas anotações, absorto, e depois socando o ar em uma esquisita demonstração de entusiasmo. "Isso é o que chamo de um começo!"

Nenhum estudante olhou ou deu sinal de notar a breve e estranha demonstração de entusiasmo. Se ele ficou frustrado com a falta de reação da plateia, não demonstrou, e, sem se alterar, continuou:

— Agora, pensem algo mais próximo de vocês: o começo de grandes atletas. Quem esquece de Chris Evert, Tracy Austin ou Michael Chang, que venceram campeonatos profissionais de tênis aos 15 ou 16 anos de idade? Ou os prodígios adolescentes do xadrez Bobby Fischer e Paul Morphy? Ou José Raúl Capablanca, que ganhou o campeonato nacional de xadrez em Cuba aos 11 anos?

"Por fim, quero falar em um debute literário, o mais brilhante de todos os tempos, de um rapaz de 20 e poucos anos que brilhou na literatura com um romance fantástico..."

Nesse ponto, Philip parou para fazer suspense e olhou para cima, o rosto brilhando de segurança. Tinha segurança do que fazia, era evidente. Julius olhou, sem acreditar. O que Philip queria? Que os alunos ficassem na beira das poltronas, trêmulos de curiosidade, perguntando-se quem era aquele prodígio literário?

De sua poltrona na quinta fila, Julius virou a cabeça para examinar a plateia: os estudantes, olhos parados, jogados nas poltronas, rabiscavam ou olhavam jornais, fazendo palavras cruzadas. À esquerda dele, um aluno tinha se esticado sobre duas poltronas e dormia. À direita, no final da fila, um casal de alunos trocava um longo beijo. Na fila bem na frente, um rapaz cutucava o outro e os dois olhavam de esguelha para o fundo da sala. Julius ficou curioso, mas não virou para ver o que era, deveria ser a saia de alguma mulher, e voltou sua atenção para Philip, que insistia:

— E quem foi esse prodígio? Seu nome era Thomas Mann. Na idade de vocês, isso mesmo, na idade de vocês, começou a escrever uma obra-prima, um maravilhoso romance chamado *Os Buddenbrook*, que publicou quando tinha apenas 26 anos. Thomas Mann, que espero que vocês conheçam, tornou-se uma das maiores figuras do mundo literário no século XX, tendo ganhado o Nobel de Literatura. — Nesse ponto, soletrou "M-a-n-n" e "B-u-d-d-e-n-b-r-o-o-k" para seu escriba no quadro--negro. — Lançado em 1901, o livro conta a vida de quatro gerações de uma família alemã burguesa e todas as suas adversidades.

"E o que isso tem a ver com filosofia e com o tema da palestra de hoje? Conforme prometi, saí um pouco da ideia central para voltar com mais força ainda."

Julius ouviu um movimento na plateia e o som de passos. Os dois rapazes que tinham se cutucado, bem na frente dele, juntaram seus pertences com estardalhaço e saíram da sala. O casal que se beijava no final da fila tinha ido embora, e até o estudante no quadro-negro havia sumido.

Philip continuou:

— Para mim, os trechos mais marcantes de Os Buddenbrook estão no final do romance, quando o protagonista, o velho patriarca Thomas Buddenbrook, está para morrer. É surpreendente que um escritor de 20 e poucos anos tivesse tal noção e sensibilidade em relação ao fim da vida. — Um leve sorriso nos lábios e Philip segurou o livro com páginas marcadas. — Recomendo essas páginas para qualquer pessoa que pretenda morrer.

Julius ouviu o riscar de fósforos. Eram dois estudantes que acendiam cigarros ao sair do auditório.

— Quando a morte veio buscá-lo, Thomas Buddenbrook ficou confuso e desesperado. Nada do que acreditava o consolava: nem a religião, que há muito tinha deixado de satisfazer às suas necessidades metafísicas, nem seu ceticismo e sua inclinação pelo materialismo de Darwin. Nada, nas palavras de Mann, conseguia oferecer ao doente "uma só hora de calma, ao se aproximar dos olhos penetrantes da morte".

Nesse ponto, Philip olhou para cima.

— O que ocorre a seguir é de grande importância e aqui começo a me aproximar do tema de nossa palestra desta noite.

"Em seu desespero, Thomas Buddenbrook viu por acaso em sua estante um livro de filosofia barato e mal encadernado, que tinha comprado havia anos em um sebo. Começou a ler e sentiu um conforto imediato. Ficou maravilhado, como diz Mann, como 'uma mente-mestra poderia se apoderar dessa coisa cruel e irônica chamada vida'.

"A extraordinária clareza de visão no livro de filosofia encantou o doente, e as horas se passaram sem que ele parasse de ler. Até chegar ao capítulo intitulado 'Sobre a morte e sua relação com nossa imortalidade'. Inebriado pelas palavras, continuou, como se lesse para viver. Ao terminar, Thomas Buddenbrook tinha se transformado em um homem que encontrou o conforto e a paz de que precisava.

"O que descobriu o doente?" De repente, Philip usou uma voz de oráculo. "Ouça bem, Julius Hertzfeld, porque isso pode ser útil para sua prova final na vida..."

Chocado por alguém se dirigir diretamente a ele em uma palestra, Julius aprumou-se na poltrona. Olhou em volta, nervoso, e se surpreendeu ao ver que a plateia estava vazia. Todos tinham ido embora, até os dois mendigos.

Mas Philip, imperturbável com a plateia ausente, continuou, calmo:

— Lerei um trecho de *Os Buddenbrook*. — Ele abriu um livro barato em mau estado. — Você deve ler esse livro, principalmente o Capítulo Nove, com muita atenção. Será de imenso valor para você, muito mais do que tentar encontrar sentido nas lembranças de pacientes de muitos anos atrás.

"Será que eu queria continuar vivo em meu filho? Em uma personalidade ainda mais fraca, insegura e medrosa do que a minha? Cego e pueril engano! O que meu filho pode fazer por mim? Onde estarei depois de morto? Ah, é tão brilhantemente claro. Estarei em todos aqueles que já disseram, dizem ou dirão 'eu', sobretudo naqueles que dizem com mais segurança, mais força e alegria! Será que alguma vez detestei a vida, esta pura, forte e implacável vida? Loucura e engano! Detestei apenas a mim mesmo por não conseguir suportá-la. Amo todos vocês, abençoados, e logo, deixarei de estar separado de vocês por um cárcere apertado; dentro em breve, aquela parte de mim que os ama se libertará e estará com vocês e em vocês, com vocês e em vocês todos."

Philip fechou o livro e voltou às anotações.

— Quem era o autor do trecho que tanto transformou Thomas Buddenbrook? Mann não revela no romance, mas, quarenta anos depois, ele escreveu um excelente ensaio no qual dizia que o autor era Arthur Schopenhauer. E conta que, aos 23 anos, teve a grande alegria de ler Schopenhauer pela primeira vez. Ficou não apenas encantado com o som das palavras, que descreve como "tão perfeitas e consistentemente claras, tão harmoniosas, com uma apresentação e linguagem tão fortes, tão elegantes e infalivelmente adequadas, tão apaixonadamente brilhantes, tão magníficas e alegremente severas como nenhum outro escritor na filosofia alemã", mas também com a essência do pensamento de Schopenhauer, que descreve como "emocional, empolgante, jogando com contrastes enormes, entre instinto e mente, paixão e redenção". Mann concluiu que descobrir Schopenhauer era uma experiência preciosa demais para guardar só para ele e usou-a imediatamente de forma criativa, oferecendo o filósofo para o sofrido herói de seu romance.

"Não só Thomas Mann, mas outras grandes mentes admitiram sua dívida com Schopenhauer. Tolstoi chamou-o de 'gênio por excelência'. Para Richard Wagner, ele foi 'uma dádiva do céu'. Nietzsche disse que sua vida nunca mais foi a mesma depois que comprou um exemplar gasto de Schopenhauer em um sebo em Leipzig e, como disse, deixou 'aquele gênio dinâmico e lúgubre agir na mente'. Schopenhauer mudou para sempre o mapa intelectual do Ocidente. Sem ele, Freud, Nietzsche, Hardy, Wittgenstein, Beckett, Ibsen, Conrad seriam muito diferentes e menos fortes."

Philip pegou um relógio de bolso, consultou-o um instante e, bem solene, informou:

— Aqui termina minha introdução a Schopenhauer. A filosofia dele tem tal amplidão e profundidade que não comporta um resumo. Por isso, preferi atiçar sua curiosidade, na esperança de que leia com atenção o capítulo, que tem sessenta páginas. Prefiro dedicar os últimos vinte minutos da palestra às perguntas da plateia e ao debate. A plateia tem alguma pergunta, dr. Hertzfeld?

A CURA DE SCHOPENHAUER

Sem se alterar com o tom de voz de Philip, Julius mais uma vez deu uma olhada na plateia vazia. Depois, perguntou com delicadeza:

— Philip, será que não percebeu que sua plateia foi embora?

— Que plateia? Eles? Os alunos, digamos assim? — Philip revirou a mão com menosprezo para mostrar que não mereciam a atenção dele. O fato de chegarem e saírem não fez qualquer diferença. — Hoje, dr. Hertzfeld, você é minha plateia. Fiz a palestra só para você — disse sem demonstrar qualquer estranheza por conversar com uma pessoa a nove metros de distância, em um auditório deserto e escuro.

— Certo, aceito o desafio. Por que sou sua plateia hoje?

— Pense um pouco, dr. Hertzfeld.

— Gostaria que me chamasse de Julius, já que eu o chamo de Philip, e suponho que goste. Então, é no mínimo adequado que me chame de Julius. Ah, já tratamos disso também. Lembro bem que, anos atrás, pedi, por favor, para me chamar pelo nome porque não somos estranhos.

— Não costumo tratar meus clientes pelo nome. Sou consultor profissional, não amigo deles. Mas, já que você quer ser chamado assim, que seja. Vou começar de novo. Você pergunta por que é minha plateia. A resposta é que estou apenas atendendo ao seu pedido de ajuda. Pense, Julius, você me procurou querendo uma sessão e dentro desse pedido havia outros.

— É mesmo?

— É. Vou me estender sobre o tema. Primeiro, sua voz tinha um toque de pressa. Era muito importante para você se encontrar comigo. Obviamente, seu pedido não era pela simples curiosidade de saber como estou. Não. Você queria mais. Mencionou que sua saúde estava ameaçada e, com 65 anos, deve estar frente à morte. Portanto, eu só podia concluir que você estava assustado e buscando algum tipo de consolo. Minha palestra hoje é uma resposta ao seu pedido.

— Uma resposta por vias tortas, Philip.

— Tão tortas quanto seu pedido, Julius.

— Concordo! Mas, pelo que lembro, você jamais deu importância às vias tortas.

— Mas agora me sinto à vontade. Você pediu ajuda e dei, apresentando o homem que, mais que qualquer um, pode ser útil a você.

— Então sua intenção era me consolar mostrando como o personagem doente de Mann recebeu consolo de Schopenhauer?

— Exato. E ofereci apenas um petisco, uma amostra do que pode ter. Há muita coisa que eu, como seu guia no pensamento de Schopenhauer, posso lhe oferecer, e gostaria de fazer uma proposta.

— Proposta? Philip, você continua a surpreender. Agora estou curioso.

— Fiz o curso de orientação e cumpri todas as exigências para receber o registro do Estado, mas faltam as duzentas horas de supervisão por um profissional. Posso continuar praticando como filósofo clínico, área que não está regulamentada, mas o registro de orientador tem várias vantagens, inclusive seguro contra tratamento inadequado de paciente e licença para divulgar melhor meu serviço. Ao contrário de Schopenhauer, não tenho respaldo financeiro nem qualquer apoio acadêmico. Você viu o desinteresse pela filosofia demonstrado pelos alunos idiotas dessa porcaria de universidade.

— Philip, por que temos que conversar aos berros? A palestra terminou. Não prefere sentar-se e continuar a discussão mais à vontade?

— Claro. — Philip juntou suas anotações, enfiou-as na pasta e sentou-se em uma poltrona na primeira fila. Embora mais próximos, ainda estavam separados por quatro fileiras de poltronas, e Philip era obrigado a virar a cabeça para ver Julius.

— Acho que você está propondo uma troca: eu faço sua supervisão e você me dá aulas sobre Schopenhauer? — perguntou Julius, agora em voz baixa.

— Isso mesmo! — Philip virou a cabeça, mas não o bastante para encarar Julius.

— E já pensou como seria nosso acerto na prática?

— Pensei muito. Na verdade, dr. Hertzfeld...

— Julius.

— Sim, sim, Julius. Eu ia dizer que pensei semanas em ligar para você e pedir a supervisão, mas fui adiando, sobretudo por motivos financeiros. Então, fiquei impressionado com a incrível coincidência de você me ligar. Na prática, sugiro um encontro semanal e dividir nossa consulta: durante meia hora você dá orientação sobre meus pacientes e, na outra meia hora, oriento você sobre Schopenhauer.

Julius fechou os olhos e ficou pensando.

Philip esperou dois minutos e disse:

— O que acha da proposta? Embora eu tenha certeza de que nenhum aluno vá aparecer, tenho hora marcada depois da palestra. Por isso, tenho que voltar para o prédio da administração.

— Bem, Philip, não é uma proposta que se recebe todos os dias. Preciso de mais tempo para pensar. Vamos nos encontrar de novo esta semana. Tenho as tardes de quarta-feira livres. Você pode às dezesseis horas?

Philip concordou.

— Às quartas, termino às quinze. Pode ser em meu consultório?

— Não, no meu. Fica na minha casa, na Pacific Avenue, 249. Perto de meu antigo consultório. Olha, fique com meu cartão de visita.

Trechos do diário de Julius.

"Fiquei pasmo com a proposta de Philip após a palestra. Com que rapidez uma pessoa entra na área do outro! Parece as lembranças que surgem nos sonhos, em que o cenário mostra que você já esteve naquele lugar em outro sonho. O mesmo ocorre quando se fuma um baseado; dá-se dois tapinhas e, de repente, estamos em um lugar conhecido, pensando coisas que só surgem sob o efeito da erva.

Com Philip, é o mesmo. Basta ficar um pouquinho com ele e pronto: voltam as velhas lembranças que tenho, somadas a um estranho efeito-Philip. Como ele é arrogante! Quanto desprezo! Está se lixando para os outros. Mesmo assim, alguma coisa forte (o que seria?) me atrai nele. Seria a inteligência? Seria a arrogância e o desligamento somados a uma tremenda ingenuidade? Não mudou nada em 22 anos. Não, mudou sim! Está livre da compulsão sexual. Não precisa mais ficar farejando xoxotas. Vive nas esferas mais altas do intelecto, como sempre quis. Mas seu espírito manipulador continua lá, tão óbvio; ele nem percebe como é evidente, achou que eu ia aceitar correndo a proposta, que daria duzentas horas de meu tempo em troca do que ele me ensinaria sobre Schopenhauer. Ainda teve o descaramento de falar como se a sugestão fosse minha, como se fosse eu quem quisesse e precisasse. Não nego que tenho um certo interesse por Schopenhauer, mas passar duzentas horas com ele para aprender sobre o filósofo não faz parte de minhas prioridades agora. E, se aquele trecho que leu sobre o Buddenbrook doente é um bom exemplo do que Schopenhauer pode me oferecer, fico gelado. A ideia de reintegrar-se à unidade universal sem qualquer interferência minha ou de minhas lembranças é um gélido consolo. Não. Nem chega a ser consolo.

E qual a atração que exerço sobre ele? Essa é outra pergunta a ser feita. Aquela agressão que me fez no outro dia, dos 20 mil dólares que gastou na análise comigo — talvez esteja querendo um retorno do investimento.

Supervisionar Philip? Fazer com que ele seja um analista legítimo, sacramentado? Tenho minhas dúvidas. Será que quero patrociná-lo? Como posso dar minha bênção se acredito que uma pessoa que odeia (e ele odeia) não pode ajudar ninguém a crescer?"

CAPÍTULO
8

Tempos felizes da infância

A religião tem todas as coisas ao seu favor: a revelação feita por Deus aos homens, as profecias, a proteção do governo, das figuras mais respeitáveis e importantes. Mais que isso, tem também o enorme privilégio de poder gravar sua doutrina na mente das pessoas quando elas são crianças e, com isso, as ideias se tornarem quase congênitas.

JOHANNA ANOTOU EM seu diário que, quando Arthur nasceu, em fevereiro de 1788, ela, como todas as mães jovens, gostava de brincar com seu "novo boneco". Mas bonecos novos logo ficam antigos, e, poucos meses depois, estava cansada do brinquedo e passou a se sentir entediada e isolada em Danzig. Algo novo surgia nela, um vago sentimento de que a maternidade não era seu verdadeiro destino, que havia um outro futuro à sua espera. Os verões passados na casa de campo da família eram bastante difíceis. Embora Heinrich, acompanhado de um padre, ficasse os fins de semana com ela, o restante do tempo passava sozinha com o bebê e as criadas. Por causa de seu enorme ciúme, Heinrich proibiu a esposa de receber os vizinhos ou sair de casa, fosse qual fosse o motivo.

Quando Arthur estava com 5 anos, a família sofreu um grande trauma. A Prússia anexou a cidade de Danzig. Logo depois, as tropas prussianas ficaram sob o comando do mesmo general para quem Heinrich, anos antes, dera uma resposta ríspida. Então, a família se mudou para Hamburgo em 1797, e lá, em uma cidade estranha, Johanna deu à luz Adele e sentiu-se ainda mais presa e angustiada.

Heinrich, Johanna, Arthur, Adele: pai, mãe, filho e filha, os quatro juntos, mas não ligados.

Para Heinrich, Arthur era uma crisálida que se transformaria no futuro chefe da casa comercial Schopenhauer. Heinrich era o pai tradicional, que cuidava dos negócios e não pensava no filho. Só iria entrar em ação e assumir seus deveres paternos quando Arthur saísse da infância.

E a esposa? Que planos tinha para ela? Era a chocadeira dos Schopenhauer. Mas tinha muita vida, o que era um perigo. Por isso, ela precisava ser contida, protegida e reprimida.

O que achava Johanna? Tinha caído em uma armadilha! Seu esposo e provedor fora um erro mortal, seu triste carcereiro, que consumiu sua energia. E o filho, Arthur? Não fazia parte da armadilha, não era ele a tampa de seu caixão mortuário? Talentosa, Johanna queria cada vez mais se expressar e se realizar. E Arthur seria, infelizmente, uma triste recompensa para a autorrenúncia dela.

E a filha caçula, Adele? Recebia pouca atenção do pai, teve papel secundário na cena familiar e passaria a vida inteira como assistente da mãe.

Assim, cada um tomou seu rumo.

O pai, cheio de ansiedade e angústia, buscou a morte 16 anos após o nascimento de Arthur. Subiu até o último andar do armazém da casa comercial e de lá saltou para as águas gélidas do canal Hamburgo.

Graças a esse salto, a mãe escapou da armadilha matrimonial, tirou dos sapatos a poeira de Hamburgo e foi, rápido como o vento, para Weimar, onde logo inaugurou um dos mais animados salões literários da Alemanha. Tornou-se grande amiga de Goethe e outros letrados importantes, escreveu uma dúzia de livros românticos que venderam muito, vários

A CURA DE SCHOPENHAUER

tendo como tema mulheres obrigadas a se casar contra a vontade, mas que se recusavam a ter filhos e continuavam querendo amar.

E o jovem Arthur? Seria um dos maiores sábios que já existiram. E um dos mais desesperados, que detestava a vida, e, aos 55 anos, escreveria:

"Poderíamos prever que, às vezes, as crianças parecem inocentes prisioneiras, condenadas não à morte, mas à vida, sem ter consciência ainda do que significa essa sentença. Mesmo assim, todo homem deseja chegar à velhice, época em que se pode dizer: 'Hoje está ruim e cada dia vai piorar até o pior acontecer.'"

CAPÍTULO
9

*Em um espaço infinito, inúmeras esferas luminosas em torno
das quais rodam dezenas de outras menores, quentes no centro e
cobertas com uma casca dura e fria onde uma névoa bolorenta
originou a vida e os seres conhecidos. Esta é a realidade, o mundo.*

A ESPAÇOSA CASA DE Julius em Pacific Heights era bem maior do que qualquer uma que ele poderia comprar agora: ele foi um dos afortunados milionários de São Francisco que teve a sorte de comprar uma casa, qualquer casa, trinta anos antes. A compra foi graças à herança de trinta mil dólares que a esposa dele, Miriam, recebeu, e, ao contrário de qualquer investimento feito pelo casal, o valor da casa subiu como um foguete. Após a morte de Miriam, Julius pensou em vender a casa, que era grande demais para uma pessoa só, mas acabou transferindo seu consultório para o primeiro andar.

Quatro degraus levavam da rua para um patamar no qual havia uma fonte revestida de azulejos azuis. À esquerda, uma pequena escada dava

A CURA DE SCHOPENHAUER

acesso ao consultório de Julius. À direita, uma escada maior ia para a casa. Philip chegou exatamente na hora marcada. Julius cumprimentou-o na porta, acompanhou-o até o consultório e mostrou uma poltrona de couro marrom.

— Aceita um café ou chá?

Philip não olhou em volta quando se sentou e, ignorando a pergunta de Julius, disse:

— Estou esperando sua resposta sobre a supervisão.

— Ah, mais uma vez, vai direto ao assunto. Estou com dificuldade de resolver isso. Muitas dúvidas. Há alguma coisa em seu pedido, uma enorme contradição que me intriga muito.

— Claro... Quer saber por que peço sua supervisão depois de ficar tão insatisfeito com você como terapeuta, não?

— Exatamente. Em uma linguagem bastante clara, você disse que nosso tratamento foi um fracasso absoluto. Perda de três anos e de muito dinheiro.

— Não há contradição em meu pedido — replicou Philip, na hora. — É possível ser um terapeuta e supervisor competente mesmo falhando com determinado paciente. As pesquisas mostram que o tratamento não faz efeito para cerca de um terço dos pacientes. Além disso, sem dúvida tive uma participação importante no fracasso da terapia, por ser teimoso, rígido. Seu único erro foi escolher a terapia errada para mim e insistir nela durante tempo demais. Mas reconheço seu esforço e até seu interesse em me ajudar.

— Que bom, Philip... Parece razoável. Mesmo assim, é estranho pedir supervisão de um terapeuta que não lhe deu nada. Se fosse eu, procuraria outro. Tenho a impressão de que existe mais alguma coisa que você não está dizendo.

— Talvez eu deva fazer uma pequena correção. Não é verdade que não recebi nada. Você disse duas coisas que me marcaram e podem ter servido para eu melhorar.

Por um instante, Julius ficou furioso por ser obrigado a pedir detalhes. Será que Philip achava que ele não queria saber? Será que era tão desligado assim? Finalmente, desistiu e perguntou:

— Quais foram as duas coisas?

— Bom, a primeira não parece muito importante, mas teve certa força. Eu tinha contado a você uma de minhas noites típicas: atrair uma mulher, levar para jantar, fazer a cena de sedução em meu quarto, seguindo a mesma sequência e com a mesma música para dar clima. Lembro-me de perguntar o que você achava de minha noite. Se achava desagradável ou imoral.

— Não lembro o que respondi.

— Disse que não achava nem desagradável nem imoral. Apenas chato. Tive um choque ao pensar que minha vida era um tédio, monótona.

— Ah, interessante. Essa foi uma coisa. E a outra?

— Estávamos falando sobre epitáfios. Não lembro por quê. Mas acho que falei a frase que eu escolheria.

— É bem provável. Sempre pergunto isso quando estou em um impasse e preciso de uma intervenção de impacto. Então?

— Bom, você sugeriu que meu epitáfio fosse "Ele gostava de foder" e que a frase podia servir para a lápide de meu cachorro também, que podia usar a mesma para nós dois.

— Duro. Fui tão agressivo assim?

— Se foi ou não, não interessa. O importante é a eficácia e a adequação. Bem mais tarde, uns dez anos depois, aproveitei isso.

— São as intervenções de efeito retardado! Sempre achei que são mais importantes do que se pensa. E sempre quis estudar isso. Mas, voltando aos motivos de estarmos hoje aqui, por que não quis falar sobre esse assunto em nosso último encontro, reconhecer que, apesar de pouco, fui útil para você?

— Julius, não sei se é importante para nossa discussão, que é saber se você quer ou não ser meu terapeuta supervisor. Em troca, eu seria seu orientador sobre Schopenhauer.

— O fato de você não achar importante faz com que seja mais importante. Olha, não vou usar de meias palavras. Eis o que acho, de cara: não sei se você tem condições de ser um terapeuta e, por isso, talvez não faça sentido essa supervisão.

— Você disse se tenho condições? Explique melhor, por favor — pediu Philip, sem qualquer sinal de constrangimento.

— Bem, digamos que sempre considerei a psicoterapia mais como uma vocação do que uma profissão, adequada para pessoas que se interessam e se importam com os outros. Não vejo isso em você. O bom analista quer aliviar o sofrimento, quer ajudar as pessoas a crescerem. Mas só vejo em você desdém pelas pessoas: pense como dispensou e insultou seus alunos. O terapeuta tem que interagir com os pacientes, mas, para você, pouco importa o sentimento dos outros. Pense em nossa situação. Você me disse que, pelo que falei ao telefone, eu estava com uma doença fatal. Mesmo assim, não me deu uma só palavra de consolo ou solidariedade.

— Será que ajudaria se eu cuspisse umas besteiras solidárias? Dei mais, muito mais. Preparei e fiz uma palestra inteira para você.

— Eu agora percebo isso. Mas foi feito de uma maneira tão indireta, Philip, que me senti usado, e não acolhido. Teria sido melhor para mim, bem melhor, se você fosse direto, se tivesse enviado uma mensagem de seu afeto para o meu. Nada muito grande, talvez só umas perguntas sobre a situação e como estou me sentindo, ou, porra, podia ter dito: "Lamento saber que você está morrendo." Seria difícil?

— Se eu estivesse doente, não gostaria de ouvir isso. Teria preferido as ferramentas, as ideias, a visão de Schopenhauer em relação à morte. E foi o que fiz para você.

— Até agora, Philip, você não se incomodou de confirmar se estou com uma doença mortal.

— Eu estava enganado?

— Vamos, Philip. Diga tudo. Não vai me magoar.

— Você disse que estava com problemas graves de saúde. Pode me contar mais um pouco?

— Muito bem, Philip. Começou bem. Uma pergunta direta é bem melhor. — Julius parou para pensar e ver até que ponto poderia contar a Philip. — Bom, há poucas semanas, soube que estou com um tipo de câncer de pele chamado melanoma maligno, que é bastante perigoso, embora meus médicos garantam que estarei bem por um ano.

— Tenho mais certeza ainda de que a visão de Schopenhauer dada em minha palestra seria muito útil para você. Lembro-me de que, em nossa análise, você disse uma vez que a vida é uma situação temporária, a qual tem uma solução permanente. Isso é puro Schopenhauer.

— Philip, isso foi uma piada.

— Bom, nós sabemos o que seu guru Sigmund Freud pensava a respeito de chistes. Continuo achando que a sabedoria de Schopenhauer tem muita coisa útil para você.

— Não sou seu supervisor. Isso ainda está para ser resolvido. Porém, vou dar a primeira lição de terapia de graça. Não são as ideias, nem a visão, nem as ferramentas que realmente interessam na psicanálise. Se, ao final de um tratamento, você perguntar ao paciente qual foi o processo da análise, do que ele se lembra? Nunca das ideias e sempre do relacionamento com o terapeuta. Eles quase nunca se lembram de uma conclusão importante do terapeuta, mas se lembram com carinho da relação. E me arrisco a dizer que isso serve para você também. Por que se lembra tão bem de mim e valoriza tanto o que aconteceu entre nós, a ponto de agora, depois de tantos anos, querer que eu seja seu supervisor? Não é por causa daqueles dois comentários que fiz, por mais instigantes que fossem. Não. É por alguma ligação que tem por mim. Acho que você deve ter um grande afeto por mim e que nosso relacionamento, por mais difícil que tenha sido, foi significativo. Por isso, está me procurando de novo, na esperança de receber algum tipo de afeto.

— Tudo errado, dr. Hertzfeld.

— É, tão errado que a mera menção da palavra "afeto" faz você correr para trás de títulos formais.

A CURA DE SCHOPENHAUER

— Tudo errado, Julius. Primeiro, aviso para não cometer o erro de achar que sua visão é a verdadeira, a *res naturalis*. E que sua função é impor sua visão aos outros. Você precisa e valoriza os relacionamentos e conclui de forma errada que eu, ou melhor, todo mundo deve fazer o mesmo, e, se eu discordo, é porque estou reprimindo minha necessidade de relacionamento.

"É provável que, para uma pessoa como eu, um enfoque filosófico seja bem preferível. A verdade é que nós dois somos muito diferentes. Eu jamais tive prazer na companhia dos outros, as bobagens que dizem, as exigências que fazem, seus esforços insignificantes e efêmeros. Suas vidas sem sentido são um aborrecimento e um obstáculo para minha comunhão com os inúmeros grandes pensadores do mundo com algo importante a dizer."

— Então, por que ser terapeuta? Por que não fica com os grandes pensadores do mundo? Por que se incomoda em oferecer ajuda a essas vidas sem sentido?

— Se, como Schopenhauer, eu tivesse uma herança para me sustentar, garanto que não estaria aqui hoje. É apenas uma questão de necessidade financeira. As despesas com estudos reduziram minha conta bancária. Recebo uma miséria pelas aulas, a faculdade está quase falida e acho que não vai renovar meu contrato. Preciso de poucos clientes por semana para pagar minhas despesas, levo uma vida muito sóbria, não preciso de nada, exceto da liberdade de ter o que é realmente importante para mim: ler, pensar, meditar, ouvir música, jogar xadrez e caminhar com Rugby, meu cachorro.

— Você ainda não respondeu à minha pergunta: por que me procurou, se é óbvio que trabalho de maneira totalmente diferente da que você quer? Também não respondeu à minha hipótese de que algo em nosso relacionamento passado faz você me procurar.

— Não respondi porque foge ao assunto. Mas, já que parece tão importante para você, vou continuar avaliando sua tese. Não vá pensar que estou questionando a existência de necessidades interpessoais básicas. Schopenhauer disse que os bípedes, termo dele, precisam se juntar em volta do fogo para se aquecer. Mas avisou do perigo de se chamuscarem por ficarem muito perto do fogo. Ele gostava dos porcos-espinhos, que se encostam para se aquecer, mas usam os espinhos para manter a distância. Schopenhauer valorizava muito o isolamento. Dependia apenas de si mesmo para ser feliz. Nesse ponto, não estava sozinho. Outros grandes homens, como Montaigne, por exemplo, concordavam com essa ideia.

"Eu também temo os bípedes e concordo que o homem feliz é o que consegue evitar quase todo mundo. E como não concordar que os bípedes criam o inferno aqui na Terra? Schopenhauer dizia: '*Homo homini lupus*', o homem é o lobo do homem. Tenho certeza de que ele inspirou o livro *Entre quatro paredes*, de Sartre."

— Certo, Philip. Mas você confirma o que eu acho: que não está preparado para trabalhar como terapeuta. Sua visão das coisas não deixa espaço para amizades.

— Toda vez que me aproximo de alguém, acabo ficando com menos para mim mesmo. Não tive uma amizade na idade adulta, nem me preocupo em ter. Você deve se lembrar de que fui uma criança solitária. Minha mãe não se interessava por mim e meu pai era tão infeliz que acabou se matando. Para ser sincero, jamais encontrei uma pessoa com algo interessante para me oferecer. Não que não tenha procurado. Toda vez que tentei ser amigo de alguém, tive a mesma experiência de Schopenhauer, que disse só ter encontrado pessoas infelizes, de inteligência limitada, mau coração e más intenções. Falo de pessoas vivas, não dos grandes pensadores do passado.

— Você me conheceu, Philip.

— Aquele era um relacionamento profissional. Estou falando em relações sociais.

— Dá para perceber isso em seu comportamento. Com o desprezo que sente e a incapacidade de se relacionar por causa desse desprezo, como vai interagir com os outros de forma terapêutica?

— Nesse ponto, estamos de acordo: tenho que conseguir me relacionar socialmente. Schopenhauer disse que, usando de um pouco de amizade e afeto, é possível manipular as pessoas da mesma maneira que é preciso aquecer a cera para usá-la.

Julius levantou-se, balançando a cabeça. Serviu um café para ele e ficou andando de um lado para o outro.

— A cera não é apenas uma metáfora ruim. É uma das piores metáforas para psicanálise que já ouvi. Aliás, é a pior. Sem dúvida, você não está usando sua inteligência. Nem está conseguindo que eu aprecie seu amigo e terapeuta Arthur Schopenhauer.

Julius sentou-se de novo, deu um gole no café e disse:

— Não vou perguntar outra vez se aceita café porque concluí que a única coisa que você quer é a resposta para a supervisão. Você parece bem decidido, Philip. Por isso, serei simpático indo direto ao assunto. Sobre a supervisão, decidi que...

Philip, que evitou olhar para Julius durante toda a conversa, encarou-o pela primeira vez.

— ...Você é muito inteligente, Philip. Sabe bastante coisa. Talvez encontre um jeito de usar seu conhecimento na terapia. Talvez acabe dando contribuições a ela. Espero que sim. Mas não está preparado para ser um terapeuta. Nem para ter uma supervisão. Suas qualidades, sua sensibilidade e sua consciência precisam ser trabalhadas, bem trabalhadas. Mas quero ser útil a você. Falhei uma vez e agora tenho outra chance. Consegue me ver como seu aliado, Philip?

— Respondo à pergunta depois de ouvir sua proposta, que, imagino, virá a seguir.

— Puxa! Está bem. Eis a proposta: eu, Julius Hertzfeld, concordo em ser supervisor de Philip Slate com a única e exclusiva condição de ele frequentar meu grupo de terapia como paciente.

Dessa vez, Philip ficou assustado. Não tinha previsto aquela proposta de Julius.

— Você está brincando.

— Nem um pouco.

— Depois de tantos anos patinando na lama, finalmente consegui arrumar minha vida. Quero me sustentar como terapeuta e, para isso, preciso de um supervisor, mais nada. Mas você oferece o que não quero e não posso pagar.

— Repito que você não está preparado para uma supervisão nem para ser terapeuta, mas acho que essa terapia de grupo pode começar a suprir as falhas. São essas as minhas condições. Primeiro, uma terapia de grupo, e só depois faço a supervisão.

— Quanto custa a terapia de grupo?

— Não muito. Setenta dólares a sessão de noventa minutos. Aliás, pagos mesmo quando você não comparecer.

— Quantos pacientes há no grupo?

— Tento manter uma média de sete.

— Sete vezes 70 dólares são 490 dólares por uma hora e meia. É um bom negócio. E qual o objetivo de sua terapia de grupo?

— O objetivo? O que nós estávamos falando? Olha, Philip, vou ser claro: como você pode ser terapeuta se não sabe que merda há entre você e os outros?

— Não, não. Entendi esse objetivo. Minha pergunta foi mal formulada. Nunca fiz terapia de grupo e queria saber como funciona. Que vantagem levo em ouvir as pessoas contarem suas vidas e seus problemas? Só de pensar nesse coro de infelicidades já me assusto, mas, como diz Schopenhauer, é sempre um prazer saber que os outros sofrem mais do que você.

— Ah, você está pedindo uma explicação. É pertinente. Sempre informo o paciente que começa sobre o funcionamento desse método de terapia. Todo terapeuta deveria fazer isso. Pois vou lhe dizer. Primeiro, meu enfoque é do relacionamento entre as pessoas e tenho por hipótese que elas estão lá devido a dificuldades em manter relações duradouras.

— Mas esse não é o meu caso. Não quero nem preciso.

— Eu sei, eu sei. Ria do que eu disse, Philip. Falei apenas que suponho que existem tais dificuldades. Você pode concordar ou não. Quanto ao meu objetivo no grupo, serei bem claro: é ajudar cada pessoa a entender o melhor possível como ela ou ele se relaciona com cada um no grupo, inclusive com o terapeuta. Mantenho um enfoque de "aqui e agora", um conceito essencial para você ter como analista. Em outras palavras, o grupo trabalha sem conotação de tempo. Enfocamos o agora. Não é preciso investigar muito o passado de cada um. Enfocamos o presente. Esqueça o que as pessoas dizem que deu errado em outros relacionamentos. Acredito que as pessoas têm, no grupo, o mesmo comportamento que criou problemas para elas na vida. Acredito também que vão usar o que aprendem dos relacionamentos no grupo nos relacionamentos fora dele. Está claro? Se quiser, posso lhe dar algumas apostilas.

— Está claro. Quais são as regras básicas do grupo?

— A primeira é discrição absoluta. Não se comenta com ninguém de fora sobre os integrantes do grupo. Segunda, procurar se mostrar e ser sincero em suas impressões sobre os outros e o que sente por eles. Terceira: tudo deve se passar dentro do grupo. Se as pessoas têm contato fora da sessão, isso deve ser trazido depois para o grupo.

— Só assim você aceita fazer minha supervisão?

— Só. Se quiser que eu treine você, essa é a condição.

Philip ficou em silêncio, de olhos fechados, cabeça apoiada nas mãos. Abriu os olhos e disse:

— Vou aceitar sua ideia apenas se você considerar as sessões no grupo como de supervisão.

— Isso é um exagero, Philip. Consegue imaginar o dilema ético em que me coloca?

— Pode imaginar o dilema que sua proposta me coloca? Dar atenção às minhas relações com os outros quando não quero que ninguém seja nada para mim. Além disso, você não falou que melhorando meu desempenho social vou ser um terapeuta mais eficiente?

Julius levantou-se, levou a xícara de café para a pia, balançou a cabeça, pensando onde tinha se metido, e voltou para a cadeira. Expirou devagar e disse:

— Está bem. Eu considero as horas de terapia de grupo como sendo de supervisão.

— Outra coisa: não discutimos a logística de minha orientação sobre Schopenhauer.

— Seja como for, teremos que aguardar, Philip. Outra recomendação na terapia: evite relacionamentos dúbios com os pacientes, porque interferem no tratamento. Estou falando de qualquer tipo de relacionamento: amoroso, de negócios e até de professor com aluno. Por isso e por você, prefiro que nosso relacionamento seja claro e definido. Assim, sugiro que comecemos com o grupo e depois, no futuro, passemos a uma relação de supervisão e, depois ainda, talvez, não estou prometendo nada, uma orientação sobre filosofia. Embora, no momento, eu não tenha muita vontade de estudar Schopenhauer.

— Mesmo assim, podemos estabelecer uma quantia para sua orientação filosófica.

— Isso é uma possibilidade, mas bem remota, Philip.

— Mesmo assim, gostaria de estabelecer uma quantia.

— Você continua a me surpreender. As merdas que preocupam você! E as que não preocupam.

— Mesmo assim, quanto cobrar?

— Costumo cobrar pela supervisão o mesmo que pela análise individual, com desconto para estudantes que estão começando.

— Certo — disse Philip, assentindo.

— Espera aí, Philip. Quero ter certeza de que ouviu eu falar que essa orientação sobre Schopenhauer não é muito importante para mim. Quando comentamos sobre isso pela primeira vez, apenas demonstrei certo interesse em saber como o filósofo tinha lhe ajudado tanto. Você foi em frente e achou que tínhamos feito um arranjo.

— Espero aumentar seu interesse pelo trabalho dele. Schopenhauer tinha muito a dizer sobre nossa área. E antecipou Freud em muitas coisas, que usou todo o trabalho dele sem nem reconhecer.

— Vou ficar atento, mas repito: grande parte do que falou não aumenta meu interesse em conhecer melhor o trabalho dele.

— Inclusive o que eu disse na palestra sobre sua visão da morte?

— Principalmente. Pensar que um dia me juntarei a uma vaga e etérea força universal não me dá qualquer consolo. Se a consciência não permanece, que consolo há? Da mesma maneira, pouco consola saber que as moléculas de meu corpo se dispersarão no espaço e que meu DNA acabará fazendo parte de alguma outra forma de vida.

— Gostaria que lêssemos juntos os ensaios dele sobre a morte e sobre a permanência do ser. Se fizermos isso, tenho certeza de que...

— Agora não, Philip. No momento, estou mais interessado em viver o mais plenamente possível e não em pensar na morte. Só isso.

— A morte está sempre presente, é o horizonte de todas as preocupações. Sócrates foi bem claro: "Para aprender a viver bem, é preciso aprender a morrer bem." E Sêneca: "Só quem aceita a morte e está pronto para morrer pode sentir o verdadeiro sabor da vida."

— Sim, sim, conheço essas frases. Pode ser que, no fundo, sejam verdade. E não tenho problema em juntar a sabedoria da filosofia à psicoterapia. Sou totalmente a favor. Sei também que Schopenhauer foi útil a você de várias maneiras. Mas não em todas: talvez ainda precise de ajuda e é nesse ponto que entra o grupo. Espero você aqui em sua primeira sessão, segunda-feira às 16h30.

CAPÍTULO
10

Os anos mais felizes da vida de Arthur

Na infância, o aparelho sexual ainda está inativo, enquanto o cérebro já funciona plenamente. Por isso, essa é a época da inocência e da felicidade, o paraíso perdido do qual sentimos falta pelo resto da vida.

QUANDO ARTHUR FEZ 9 anos, o pai concluiu que estava na hora de cuidar da educação do menino. O primeiro passo foi mandá--lo passar dois anos no porto francês de Le Havre, na casa de um colega de negócios, Gregories de Blesimaire. Lá, Arthur teve que aprender francês, traquejo social e, como disse Heinrich, "escolarizar-se nos livros do mundo".

Um menino expulso de casa, separado dos pais aos 9 anos? Quantas crianças não considerariam esse exílio um marco dramático na vida? Mais tarde, porém, Arthur viu esses dois anos como "os mais felizes de sua infância".

A CURA DE SCHOPENHAUER

Algo importante ocorreu em Le Havre: talvez pela única vez na vida Arthur sentiu-se amado e gostou de viver. Passou anos lembrando com prazer do simpático casal Blesimaire, com o qual conheceu algo parecido com o amor de pai e mãe. As cartas que escreveu para casa elogiavam tanto o casal que a mãe de Arthur precisou lembrar-lhe das qualidades e da generosidade de seu pai: "Não se esqueça de que seu pai deixou você comprar aquela flauta de marfim que custou uma moeda de ouro."

Outro fato importante durante a estada em Le Havre foi que Arthur arrumou um amigo, um dos poucos que teve na vida. Anthime, filho dos Blesimaire, era da mesma idade, e os dois aproximaram-se e trocaram algumas cartas depois que Arthur voltou para Hamburgo.

Anos mais tarde, quando tinham 20 anos, eles se reencontraram e saíram algumas vezes à procura de aventuras amorosas. Depois, os caminhos e os interesses mudaram. Anthime virou comerciante e sumiu da vida de Arthur por trinta anos, quando voltaram a se corresponder. Arthur queria conselhos sobre finanças e Anthime respondeu que poderia administrar as posses do amigo em troca de algum pagamento, mas Arthur parou de escrever de repente. Na época, ele suspeitava de todo mundo. Não confiava em ninguém. Deixou de lado a carta de Anthime e escreveu no verso do envelope uma frase cínica de Graciano, filósofo espanhol que o pai admirava muito: "Entre nos negócios do outro para cuidar dos seus."

Arthur e Anthime viram-se pela última vez dez anos depois, em um estranho encontro no qual não acharam muito o que conversar. Arthur disse que seu amigo de tantos anos tornara-se "um velho insuportável" e escreveu em seu diário que "o encontro de dois amigos após uma vida inteira é um desapontamento com a própria vida".

Outro fato marcou a estada em Le Havre: Arthur foi apresentado à morte. Enquanto morava na França, um colega de infância, Gottfried Jänisch, faleceu em Hamburgo. Embora Arthur parecesse não se perturbar e dissesse que nunca mais pensou no colega, parece que jamais se esqueceu dele ou do choque de seu primeiro contato com a morte, pois, trinta anos depois, anotou no diário um sonho que teve: "Eu estava em um país desconhecido. Havia um grupo de homens em um campo e um deles, alto e esguio, não sei por que se apresentou como sendo Gottfried Jänisch e me deu as boas-vindas."

Arthur não teve muita dificuldade em interpretar o sonho. Na época, estava morando em Berlim, onde havia uma epidemia de cólera. A imagem onírica de juntar-se a Gottfried só podia significar um aviso de morte próxima. Assim, resolveu escapar da morte saindo de imediato da cidade. Foi para Frankfurt e viveu lá trinta anos, principalmente por achar que a cidade não poderia ser atingida pela doença.

CAPÍTULO

II

Primeira sessão de Philip no grupo

A maior sabedoria é ter o presente como objeto maior da vida, pois ele é a única realidade. Tudo o mais é imaginação. Mas poderíamos também considerar isso nossa maior maluquice, pois aquilo que existe só por um instante e some como sonho não merece um esforço sério.

PHILIP CHEGOU QUINZE minutos adiantado na primeira sessão de terapia de grupo, usando as mesmas roupas dos dois encontros com Julius: a amassada e desbotada camisa xadrez, a calça cáqui e a jaqueta de veludo. Impressionado com a indiferença de Philip por roupas, móveis de escritório e plateia de estudantes, ou, aparentemente, por qualquer pessoa com quem se relacionasse, Julius mais uma vez colocou em dúvida sua ideia de convidá-lo para participar do grupo. Será que foi uma avaliação profissional correta ou era a velha *chutzpah* mostrando a cara feia outra vez?

Chutzpah: "ousadia descarada", em ídiche, palavra sem uma correspondência exata em outras línguas, mas bem definida na história do menino que matou os pais e depois pediu clemência aos jurados por ser órfão. Julius sempre se lembrava dessa palavra quando pensava em como enfrentava a vida. Talvez ele tivesse uma ousadia descarada desde que nasceu, mas resolveu adotar esse comportamento no outono em que fez 15 anos e mudou-se com os pais do Bronx, em Nova York, para Washington. O pai sofreu um revés financeiro e instalou a família na região noroeste da cidade, em uma das pequenas casas iguais da Farragut Street. As dificuldades financeiras paternas não eram para ser comentadas, mas Julius sabia que estavam ligadas às pistas de corridas de Aqueducte e a uma égua chamada She's All That, que o pai tinha em sociedade com Vic Vicello, um de seus parceiros no pôquer. Vic era um sujeito difícil de definir, que usava lencinho rosa-choque no bolso do paletó esporte amarelo e não entrava na casa deles se a mãe estivesse lá.

O novo emprego do pai era gerenciar uma loja de bebidas que pertencera a um primo, morto do coração aos 45 anos (coração, aquele inimigo soturno, que tinha lesado ou matado uma geração inteira de judeus asquenazes cinquentões, criados com creme azedo e fatias de carne de peito). O pai detestava o novo emprego, mas conseguiu manter as contas da família em dia. Além de o salário ser bom, as longas horas de funcionamento da loja o mantinham longe da Laurel e Pimlico, as pistas de turfe próximas.

Em setembro de 1955, no primeiro dia de aula na escola Roosevelt High, Julius tomou uma grande decisão: ia se reinventar. Ninguém o conhecia em Washington. Era uma alma livre e sem passado. Os três anos que passou na Public School 1.126, no Bronx, não foram de dar orgulho em ninguém. Jogar era tão mais interessante do que as outras atividades escolares, que ele passava todas as tardes na pista de boliche recebendo apostas nele ou no amigo Marty Geller, grande jogador de canhota. Julius mantinha também uma pequena banca na qual aceitava apostas de dez para um para quem marcasse três jogadores de beisebol que fizessem seis lances no dia em que o apostador escolhesse. Fosse qual fosse o nome que os trouxas escolhessem (Mantle, Kaline, Aaron, Vernon ou Stan Musial, o Cara), acertavam no máximo uma a cada vinte ou trinta apostas. Julius

A CURA DE SCHOPENHAUER

andava com valentões da mesma laia. Ganhou fama de briguento na rua para intimidar prováveis caloteiros. Nas aulas, ele se fazia de burro porque achava legal e matava muitas aulas à tarde para ver Mantle jogar no campo do Yankee Stadium.

Tudo mudou no dia em que ele e os pais foram chamados à sala do diretor, que apresentou o livrinho de apostas que Julius procurava sem parar havia dois dias. O castigo foi duro: não sair à noite por dois meses, não ir ao boliche nem ao Yankee Stadium, não praticar esporte depois das aulas, ficar sem mesada. Julius viu que o pai não estava dando muita importância ao fato. Estava era intrigado com o fato de três jogadores acertarem seis lances. Apesar de tudo, Julius gostou do diretor e ficou tão assustado de ser considerado mau aluno que resolveu se emendar. Mas, como isso era querer demais, o máximo que conseguiu foi ganhar nota cinco, o que já era uma melhora. Não deu para fazer novos amigos: estava preso ao papel que tinham lhe destinado e ninguém conseguia ver nele o novo garoto que decidira ser.

Por causa disso, mais tarde, Julius teve uma estranha sensibilidade para o fenômeno do papel a que se destinou: viu muitos pacientes mudarem totalmente, mas continuarem sendo vistos do mesmo jeito pelo restante do grupo. Isso ocorre também nas famílias. Muitos pacientes passavam por maus bocados ao visitarem a casa dos pais: tinham que ficar atentos para não serem jogados no velho papel que a família lhes reservara e precisavam de muito esforço e energia para convencer pais e parentes de que tinham de fato mudado.

O grande teste de Julius na reinvenção de si mesmo começou com a mudança da família. Aquele primeiro dia de aula em Washington era uma manhã fresca de verão. Julius pisou no chão coberto de folhas de plátanos e entrou pela porta da frente da Roosevelt High pensando em um bom plano de mudança. Reparou nos cartazes do lado de fora do auditório que indicavam os candidatos a presidente de turma e teve uma boa ideia. Antes mesmo de saber onde ficava o banheiro dos meninos, ele já tinha se candidatado.

Candidatar-se foi uma jogada ambiciosa. Mais que isso: foi como querer sair do buraco apostando nos incompetentes jogadores de beisebol do Washington Senators, time que pertencia ao pão-duro Clark Griffith. Julius não sabia nada sobre a escola e não conhecia um colega de classe. Será que o velho Julius do Bronx teria se candidatado? De jeito nenhum. Mas era por isso mesmo, exatamente por isso que o novo Julius aceitou o desafio. O que podia acontecer de pior? O nome dele estaria lá, e todos reconheceriam Julius Hertzfeld como uma força, um líder potencial, um cara a se pensar. Além do mais, ele adorava agitar as coisas.

Claro, os adversários iriam rejeitá-lo como uma piada de mau gosto, um mosquito, um desconhecido, um nada. Sabendo que essas críticas seriam feitas, Julius preparou-se e pensou em argumentar que um recém--chegado podia enxergar erros invisíveis para os que estão muito perto. Ele tinha a vantagem da lábia, aperfeiçoada em muitas horas na pista de boliche convencendo os babacas nos jogos. O novo Julius não tinha nada a perder e, destemido, procurou os grupinhos de alunos para anunciar:

— Olá, sou Julius, novo na área. Espero que votem em mim para representante de turma. Não sei nada de política estudantil, mas, às vezes, uma visão nova é a melhor visão. Além disso, sou totalmente independente. Não tenho nem um grupinho, pois não conheço ninguém.

O fato é que Julius não só se reinventou como venceu a eleição. A Roosevelt High tinha um time de futebol que perdeu dezoito jogos seguidos e um time de basquete quase tão ruim quanto. Portanto, estava desmoralizada. Os outros dois candidatos podiam ser derrubados. Catherine Schumann, a inteligente filha de um pastor baixinho e de cara comprida, que iniciava a reza antes de cada assembleia na escola, era afetada e impopular. Já Richard Heishman era bonito, de cabelos ruivos e pescoço vermelho, zagueiro do time de futebol, mas com um bocado de inimigos. Julius liderou os votos de oposição. Além disso, para a própria surpresa, foi imediatamente apoiado por todos os alunos judeus, que eram trinta por cento da escola e até então mantinham uma participação discreta e apolítica. Eles o adoraram com aquele amor que os tímidos, indecisos e discretos judeus que viviam abaixo da linha divisória Mason-Dixon tinham pelos decididos e arrojados judeus de Nova York.

A eleição foi a virada na vida de Julius. Foi tão recompensado pelo atrevimento que reformulou toda a sua identidade com base na pura ousadia descarada, *chutzpah*. Passou a ser disputado pelas três fraternidades judaicas da escola, que o consideravam um cara com coragem e personalidade, o indefinível Santo Graal da adolescência. Em pouco tempo, estava cercado de colegas no refeitório e depois da escola era visto de mãos dadas com a encantadora Miriam Kaye, editora do jornal da escola e única aluna inteligente o bastante para competir com Catherine Schumann como oradora oficial de fim de ano. Julius e Miriam tornaram-se inseparáveis. Ela o apresentou à arte e à estética, e ele jamais conseguiu fazer com que ela entendesse o alto nível de dramaticidade contido em um lance de boliche ou beisebol.

É, ele foi longe graças à ousadia descarada. Julius continuava ousado. Orgulhava-se disso e, mais tarde, gostava de ser definido como um sujeito original, um independente, o terapeuta que tinha coragem de aceitar pacientes que derrotaram outros terapeutas. Mas a ousadia tinha seu lado ruim: a megalomania. Julius errou algumas vezes ao querer fazer mais do que poderia ser feito, pedindo a pacientes que mudassem mais do que podiam ou deixando outro sem uma longa terapia que acabava não dando resultado.

Portanto, será que foi por compaixão ou por simples insistência clínica que achou ainda ser possível recuperar Philip? Ou foi por excesso de ousadia descarada? Sinceramente, não sabia. Ao conduzir Philip para a sala de terapia de grupo, deu uma longa olhada em seu relutante paciente. Philip estava com os cabelos castanho-claros penteados para trás, sem repartir, a pele tensa nas maçãs salientes, os olhos atentos, o andar pesado como se estivesse sendo levado para a forca.

Julius teve uma onda de compaixão e ofereceu consolo com a voz mais suave e confortadora que conseguiu.

— Sabe, Philip, os grupos de terapia são muito complexos, mas têm uma característica totalmente previsível.

Se Julius esperava uma pergunta sobre qual era a característica totalmente previsível, não deu sinal de desapontamento com o silêncio de Philip. Continuou falando como se o outro tivesse demonstrado a esperada curiosidade.

— É que a primeira sessão em um grupo de terapia é mais agradável e mais acolhedora do que os novos integrantes esperam.

— Eu estou bem, Julius.

— Então, apenas pense no que falei caso fique nervoso.

Philip parou na porta do escritório onde ele e Julius estiveram alguns dias antes, mas Julius tocou no braço dele e o conduziu pelo corredor até a porta seguinte, que dava para uma sala com três paredes cobertas de estantes, do piso ao teto. Na quarta parede, três janelas com vidraças em caixilho de madeira abriam para um jardim japonês com pinheirinhos, dois montes de pequenos seixos e um lago estreito de dois metros de comprimento onde deslizavam carpas douradas. Os móveis da sala eram simples e funcionais, apenas uma pequena mesa ao lado da porta e sete confortáveis cadeiras de vime colocadas em círculo, com mais duas de reserva, nos cantos.

— Chegamos. Essa é a sala de minha biblioteca e do grupo. Enquanto aguardamos os outros, vou dar as coordenadas de funcionamento da casa. Nas segundas-feiras, destranco a porta da frente uns dez minutos antes da hora da sessão e as pessoas entram nesta sala. Chego às 16h30 e começamos, terminando às dezoito. Para facilitar o controle, o pagamento é feito ao final de cada sessão. Basta deixar um cheque na mesa ao lado da porta. Alguma dúvida?

Philip balançou a cabeça e olhou a sala, respirando fundo. Foi direto para as estantes, enfiou o nariz perto dos livros encadernados de couro e respirou outra vez, demonstrando grande prazer. Continuou lá e percorreu, atento, os títulos.

Logo em seguida, chegaram cinco pessoas e cada uma olhou as costas de Philip antes de se sentar. Apesar da agitação que causaram, Philip não virou a cabeça, nem interrompeu a tarefa de examinar os livros de Julius.

Em seus mais de 35 anos como terapeuta de grupos, Julius tinha visto muita gente chegar. A situação era previsível: o novo integrante está bastante apreensivo e comporta-se de forma respeitosa com os outros, que dão boas-vindas e se apresentam. De vez em quando, em um grupo recém-formado, alguns se enganam achando que os benefícios da terapia são diretamente proporcionais à atenção que recebem do terapeuta, podendo haver uma certa má vontade com os novatos. Porém, em grupos já formados, as pessoas são simpáticas: acham que o grupo completo é bom para a eficácia da terapia.

Às vezes, o recém-chegado entra direto na discussão, mas, em geral, fica em silêncio por quase toda a primeira sessão, enquanto tenta ver quais são as regras, e espera até alguém convidá-lo a participar. Mas um novo membro tão indiferente que fica de costas e ignora os outros? Julius jamais tinha visto uma coisa daquelas. Nem em grupos de pacientes psicóticos na enfermaria psiquiátrica.

"Sem dúvida", pensou Julius, "foi besteira convidar Philip para o grupo." Naquela sessão, ele tinha que falar de seu câncer, o que era mais que suficiente para a agenda do dia. Sentiu um peso por ter que se preocupar com Philip.

"O que está havendo com Philip? Será que está só morrendo de medo e timidez? É pouco provável. Não, deve estar irritado com minha insistência para fazer a terapia e, em seu estilo passivo-agressivo, está mandando o grupo e eu à merda. Céus! Gostaria de dependurá-lo em um varal para secar. Não fazer nada. Deixar que ele afunde ou nade. Seria um prazer sentar-me e apreciar o ataque feroz que o grupo certamente faria."

Julius não costumava guardar o fim das piadas, mas se lembrou de uma que ouviu anos antes. Um filho diz para a mãe:

— Não quero ir à escola hoje.

— Por quê? — pergunta a mãe.

— Porque detesto os alunos e eles me odeiam.

— Pois tem que ir por dois motivos — diz a mãe. — Primeiro, você tem 45 anos, e segundo, é o diretor.

Sim, Julius era adulto. E o terapeuta do grupo. Seu trabalho consistia em integrar novos membros, protegê-los dos outros e deles próprios. Ele nunca era o primeiro a falar em uma sessão. Preferia incentivar os integrantes a isso, mas, naquele dia, não tinha escolha.

— Dezesseis e trinta. Vamos começar. Philip, pegue uma cadeira. — Philip se virou para olhá-lo, mas não fez menção de pegar nada. "Vai ver ficou surdo", pensou Julius. "Será que é um idiota social?" Só depois de Julius fazer sinais enfáticos com os olhos indicando uma cadeira vazia foi que Philip sentou-se.

Julius então lhe disse:

— Este é nosso grupo. Falta uma pessoa, Pam, que está viajando por dois meses. — Virando-se para o grupo, informou: — Comentei há algumas sessões que talvez trouxesse uma pessoa nova. Estive com Philip na semana passada e ele começa hoje. "Claro que começa hoje", pensou Julius. "Burro, comentário burro. Pronto! Chega de levar o outro pela mão. Ele que afunde ou nade."

Nesse instante, Stuart entrou na sala, correndo da clínica pediátrica no hospital e, ainda de jaleco branco, resmungou uma desculpa pelo atraso e afundou-se em uma cadeira. Todos então olharam para Philip, e quatro pessoas se apresentaram e deram as boas-vindas: "Meu nome é Rebecca. Tony. Bonnie. Stuart. Olá. Prazer em conhecê-lo. Seja bem-vindo. Bom você estar aqui com a gente. Precisamos de sangue novo, quer dizer, de novas contribuições."

O integrante que faltou falar era um rapaz bonito, com a cabeça precocemente calva e um halo de cabelos castanho-claros no alto, um corpo forte de juiz de futebol meio velho que, em uma voz calma, disse:

— Olá, meu nome é Gill. Espero, Philip, que você não ache que o estou ignorando, mas hoje preciso muito falar. Nunca precisei tanto do grupo quanto agora.

Nenhuma reação de Philip.

— Certo, Philip? — insistiu Gill.

Assustado, Philip arregalou os olhos e assentiu.

Gill virou-se para os rostos familiares do grupo e começou:

— Aconteceram muitas coisas e tudo culminou esta manhã, depois de uma sessão com o psicanalista de minha mulher. Nas últimas semanas, contei para vocês que o analista de Rose deu-lhe um livro sobre abuso sexual de crianças e ela se convenceu de que sofreu abuso quando pequena. Isso se transformou em uma ideia fixa na cabeça dela. Como é mesmo que se diz? Uma ideia fixada? — perguntou Gill para Julius.

— Uma *idée fixe* — interveio Philip, falando em francês perfeito.

— Isso, obrigado — disse Gill, que deu uma olhada em Phillip e acrescentou, baixo: — Opa! Essa foi rápida. — Voltou para sua história. — Bom, Rose tem essa ideia fixa de que foi molestada pelo pai quando era criança. Não consegue pensar em outra coisa. Ela se lembra de algum abuso sexual? Não. Tem alguma testemunha? Não. Mas o analista acha que, se ela está deprimida, com medo de sexo, tem lapsos de atenção e emoções descontroladas, sobretudo raiva de homens, então sofreu abuso. É o que diz o maldito livro. E o analista dela jura que é isso mesmo. Assim, há meses, como já contei aqui até enjoar, não falamos em outra coisa. A psicanálise de minha esposa é nossa vida. Não há espaço para mais nada. Não há outro assunto. Nossa vida sexual está morta e enterrada. Nada. Esqueça. Duas semanas atrás, ela pediu para eu ligar para o pai, pois não fala com ele, e convidá-lo para uma sessão da análise. Queria que eu também fosse, "por proteção", conforme ela disse.

"Então liguei e ele concordou na hora. Ontem, pegou um ônibus em Portland e apareceu na sessão hoje de manhã carregando a maleta surrada, pois depois voltaria direto para a rodoviária. A sessão foi um desastre. Um horror. Rose simplesmente despejou tudo no pai sem parar. Sem limites, sem uma palavra de agradecimento pelo velho ter viajado centenas de quilômetros por causa dela e dos noventa minutos da sessão. Acusou-o de tudo, até de convidar os vizinhos, os parceiros de pôquer, os colegas de trabalho no corpo de bombeiros, ele foi bombeiro, para fazerem sexo com ela quando criança."

— Qual foi a reação do pai? — perguntou Rebecca, uma mulher alta e esguia, de quarenta anos, muito bonita, que estava inclinada para a frente, ouvindo atentamente o relato de Gill.

— Ele foi equilibrado e sensato. É um sujeito ótimo, de uns 70 anos, gentil, carinhoso. Foi a primeira vez que o vi. Ele foi incrível. Puxa! Gostaria de ter um pai assim. Ficou só sentado lá ouvindo e disse a Rose que, se ela estava com tanta raiva, devia ser melhor colocar para fora. Negou, calmo, todas as loucas acusações e supôs, acho que tinha razão, que ela estava com raiva porque ele largou a família quando Rose tinha 12 anos. Disse que a raiva foi adubada, uma palavra dele, que hoje tem um sítio, pela mãe, que envenenou a cabeça da filha desde pequena contra o pai. Disse que teve que largar o casamento, estava deprimido com a vida que levava com a mulher e teria morrido se continuasse lá. Vou dizer uma coisa: conheço a mãe de Rose e ele acertou. Acertou em cheio.

"Então", continuou Gill, "ao final da sessão ele pediu carona até a rodoviária e, antes de eu responder, Rose disse que não se sentia segura de ficar no mesmo carro que o pai. 'Entendi', disse ele, e foi embora com a maleta.

"Bem, dez minutos depois, Rose e eu passávamos de carro pela Market Street e vi aquele velho grisalho e curvado carregando uma mala. Começava a chover, e pensei: 'Que merda.' Perdi a calma e disse a Rose que ele viera lá de Portland por causa dela, para a sessão de análise dela, estava chovendo e, porra, eu ia levá-lo à rodoviária. Parei no meio-fio e ofereci-lhe carona. Rose me fuzilou com o olhar e disse que, se ele entrasse no carro, ela sairia. Mandei fazer o que bem entendesse. Mostrei uma loja da Starbucks e disse para esperar lá. Eu voltaria logo. Ela saiu, irritada, e, cinco horas depois, ainda não tinha aparecido na Starbucks. Fui de carro para o Golden Gate Park e fiquei andando sem parar. Estou pensando em nunca mais voltar para casa."

Depois de dizer isso, Gill encostou-se na cadeira, exausto.

Todo o grupo (Tony, Rebecca, Bonnie e Stuart) aprovou em coro.

— Muito bem, Gill... Já estava na hora... Puxa! Você conseguiu... Fez muito bem.

E Tony acrescentou:

— É difícil expressar a alegria que sinto por você se livrar dessa filha da puta.

E Bonnie:

— Se precisar de um lugar para dormir, tenho um quarto vago — disse, nervosa, passando a mão nos cabelos castanhos e crespos e ajustando os óculos de armação amarela. — Não se preocupe: sou bem mais velha que você e minha filha está em casa — acrescentou, com uma risadinha.

Julius não estava satisfeito com a pressão que o grupo exercia. Tinha visto muitos pacientes saírem de grupos por medo de desapontar os demais. Assim, fez sua primeira intervenção:

— Você está recebendo bastante apoio, Gill. Como está se sentindo?

— Ótimo. Muito bem mesmo. Só que não quero desapontar as pessoas. Foi tudo tão rápido... Aconteceu hoje de manhã. Estou confuso. Não sei o que fazer.

— Você quer dizer que não quer substituir as exigências de sua mulher pelas exigências do grupo — disse Julius.

— É. Acho que sim. Entendo o que quer dizer. Certo. Mas é uma coisa confusa. Eu preciso, preciso mesmo desse apoio, obrigado, preciso de ajuda. Isso pode ser uma mudança na minha vida. Todo mundo falou, menos você, Julius. E, claro, nosso novo colega de grupo. Seu nome é Philip, não?

Philip concordou.

— Philip, sei que você não conhece meu caso. — Gill virou-se para encarar Julius: — Mas você conhece. O que acha? O que acha que eu deveria fazer?

Sem querer, Julius encolheu-se e esperou que ninguém tivesse percebido. Como quase todo terapeuta, ele detestava aquelas perguntas, as malditas "O que eu faço?" e "O que eu não faço?". Tinha percebido que ia ser feita.

— Gill, você não vai gostar de minha resposta. Não posso lhe dizer o que fazer: essa é uma decisão sua, não minha. Um dos motivos para você estar neste grupo é aprender a confiar na própria avaliação. Outro motivo para minha resposta é que só sei de Rose e de seu casamento por meio do que você diz. E é difícil você não me dar uma informação tendenciosa. A única coisa que posso fazer é ajudá-lo a ver como contribuir para a vida que tem. Não podemos entender ou mudar Rose. Aqui é você quem importa, seus sentimentos, seu comportamento. Porque é isso que você pode mudar.

Fez-se silêncio. Julius estava certo: Gill não gostou da resposta. Nem o restante do grupo.

Rebecca tirou as duas presilhas e sacudiu os longos cabelos negros, antes de prendê-los de novo e quebrar o silêncio dirigindo-se a Philip:

— Você é novo aqui. Não sabe tudo o que sabemos. Mas, às vezes, da boca de um bebê recém-nascido...

Philip ficou quieto. Não dava para saber nem se ele tinha ouvido o que foi dito.

— Tem algum comentário a fazer sobre isso, Philip? — perguntou Tony em uma voz suave que não era comum nele. Tony era moreno, tinha muitas marcas de acne no rosto e um corpo esguio e atlético, valorizado pela camiseta preta dos San Francisco Giants e pelos jeans apertados.

— Tenho uma observação e um conselho — disse Philip, com as mãos entrelaçadas, a cabeça para trás e os olhos no teto da sala. — Nietzsche uma vez escreveu que a maior diferença entre o homem e a vaca era que a vaca sabia como existir, como viver sem angústia, ou seja, sem medo, no bendito presente, sem o peso do passado e a preocupação com os horrores do futuro. Mas nós, humanos infelizes, somos tão perseguidos pelo passado e pelo futuro que só podemos passar rapidamente pelo presente. Sabe por que sentimos tanta saudade da maravilhosa infância? Segundo Nietzsche, porque foi a única época despreocupada, ou seja, sem preocupação antes de termos lembranças tristes e graves do lixo do passado. Permita que acrescente uma coisa: estou falando de um ensaio de Nietzsche, mas essa ideia não era dele. Como tantas outras, Nietzsche tirou-a de Schopenhauer.

Fez uma pausa. Caiu um silêncio pesado sobre o grupo. Julius mexeu-se na cadeira. "Ah, merda, eu devia estar louco quando quis trazer esse sujeito para cá. Foi a pior e a mais estranha maneira que já vi de um paciente entrar em um grupo", pensou.

Bonnie quebrou o silêncio. Olhando direto para Philip, disse:

— Muito interessante, Philip. Sei que vivo lamentando a infância perdida, mas nunca percebi que ela parece livre e maravilhosa porque não tem o peso do passado. Obrigada. Não vou esquecer.

— Nem eu. Muito interessante mesmo. Mas... você disse que tinha um conselho? — perguntou Gill.

— Tenho. É o seguinte. — Philip falava sem alterar a voz e ainda sem olhar para ninguém. — Sua mulher é uma dessas pessoas particularmente incapazes de viver no presente porque está sobrecarregada de passado. É um navio afundando. Aconselho-o a saltar do navio e sair a nado. Sua mulher vai causar uma onda enorme quando afundar. Por isso, sugiro que nade o mais rápido e mais longe que puder.

Silêncio. O grupo parecia pasmo.

— Puxa! Ninguém pode lhe acusar de não replicar. Perguntei uma coisa e você respondeu. Obrigado, gostei muito. Seja bem-vindo ao grupo. Qualquer outro comentário que tiver, quero ouvir — disse Gill.

— Bom... — disse Philip, continuando a olhar para o teto. — Nesse caso, vou acrescentar uma coisa. Kierkegaard dizia que algumas pessoas têm duplo desespero, isto é, estão desesperadas, mas não sabem. Você deve estar nesse desespero duplo. Quero dizer o seguinte: grande parte do sofrimento de uma pessoa vem por sentir desejo, realizá-lo, ter um instante de saciedade que logo se transforma em tédio e, por sua vez, é interrompido pelo surgimento de outro desejo. Schopenhauer achava que era essa a condição humana universal: desejar, saciar-se, entediar-se e desejar outra vez.

"Voltando a você: não sei se já pensou nesse ciclo de desejos sem fim. Talvez esteja tão preocupado com os desejos de sua esposa que não vê os próprios, não? Não foi por isso que as pessoas hoje cumprimentaram você aqui? Não foi por, finalmente, não querer se definir pelos desejos dela? Em outras palavras, pergunto se não adiou ou não fez o que precisava fazer por você pois estava preocupado em atender aos desejos dela."

Gill escutou, boquiaberto, com olhar fixo em Philip.

— Profundo. Isso que falou tem algo de profundo e importante, essa ideia do desespero duplo, mas não estou entendendo bem.

Todos olhavam para Philip, que continuava a só ter olhos para o teto. Rebecca terminou de colocar as presilhas no cabelo e perguntou:

— Philip, você quer dizer que a terapia de Gill só vai começar quando ele se livrar da mulher?

E Tony:

— Ou que a relação impede que ele veja como está fodido? Sei disso pela minha relação com a terapia. Nessa semana, concluí que fico tão preocupado em me envergonhar de ser carpinteiro, operário, ganhar pouco, ser rejeitado, que não trato do verdadeiro problema que deveria estar cuidando aqui.

Julius observou, perplexo, o grupo sedento pelas palavras de Philip, concordando. Percebeu uma vontade de competir surgindo dentro dele, mas se conteve dizendo a si mesmo que as metas do grupo estavam sendo atendidas. "Calma, Julius, o grupo precisa de você. Não vão largar você para ficar com Philip. É ótimo o que está acontecendo aqui. Eles estão assimilando o novo membro e também colocando temas para futuras sessões."

Ele tinha pensado em falar, naquela dia, sobre a doença. De certa forma, era obrigado a isso, pois já tinha falado com Philip do melanoma e, para não dar a impressão de uma relação especial com ele, precisava avisar o grupo. Mas foi tomado por outros assuntos. Primeiro, pela urgência que Gill tinha que falar e, depois, pela total fascinação do grupo por Philip. Olhou para o relógio. Faltavam dez minutos para a sessão terminar. Não dava tempo. Resolveu que começaria a próxima sessão com a má notícia. Ficou em silêncio e deixou o tempo correr.

CAPÍTULO
12

1799 — Arthur aprende o que é escolher e outros horrores

Os reis deixaram aqui suas coroas e cetros; os heróis, suas armas. Mas os grandes espíritos, cuja glória estava neles e não em coisas externas, levaram com eles sua grandeza.

ARTHUR SCHOPENHAUER, AOS 16 ANOS,

NA CATEDRAL DE WESTMINSTER, EM LONDRES

QUANDO O MENINO Arthur, de 9 anos, voltou de Le Havre, o pai matriculou-o em uma escola particular especializada em preparar futuros comerciantes. Lá, ele aprendeu o que os bons comerciantes da época deviam saber: fazer contas com moedas estrangeiras, escrever cartas comerciais nas línguas europeias mais importantes, estudar as rotas de transporte, os centros comerciais, a produção agrária e outros temas igualmente fascinantes. Mas Arthur não ficou fascinado, não tinha interesse naqueles assuntos, não fez amigos na escola e ficava cada dia mais apavorado com o plano do pai para o futuro dele: fazer um aprendizado de sete anos com um magnata local dos negócios.

O que Arthur queria? Não a vida de um comerciante. Odiava até a ideia. Queria ser um erudito. Muitos colegas dele também não gostavam de pensar em um longo aprendizado, mas o protesto de Arthur era mais profundo. Apesar da firme recomendação dos pais — uma carta da mãe mandava que "deixasse de lado todos esses escritores por um tempo (...) Você tem 15 anos e já leu e estudou os melhores autores alemães, franceses e parte dos ingleses" —, ele passava todas as horas livres estudando literatura e filosofia.

Heinrich, o pai, ficava desesperado com os interesses de Arthur. Já havia sido informado pelo diretor da escola que o filho era apaixonado por filosofia e tinha excepcional talento para erudições, e seria bom transferi-lo para um ginásio, no qual se prepararia melhor para a universidade. No fundo, Heinrich pode ter entendido a sensatez do conselho. Era evidente que o filho lia e compreendia vorazmente todos os livros de filosofia, história e literatura da enorme biblioteca dos Schopenhauer.

O que Heinrich podia fazer? Estava em jogo sua sucessão na empresa, assim como o futuro dela e o compromisso com os antepassados de manter a estirpe da família. Além disso, tremia de pensar em um herdeiro do nome sobrevivendo com os parcos proventos de um erudito.

Primeiro, Heinrich pensou em criar uma renda anual vitalícia para o filho através de sua igreja, mas seria caro demais. Depois, os negócios iam mal e ele também foi obrigado a garantir o futuro financeiro da esposa e da filha.

Então, foi surgindo uma solução em sua cabeça, de certa maneira diabólica. Heinrich vinha resistindo há algum tempo aos pedidos de Johanna para fazerem uma longa viagem pela Europa. Os tempos estavam difíceis e a política interna tão instável que ameaçava a segurança das cidades da Liga Hanseática, o que exigia dele atenção constante nos negócios. Mas o cansaço e a vontade de largar o peso das responsabilidades no trabalho minaram sua resistência ao pedido da esposa. Aos poucos, imaginou um plano inspirado que teria dois propósitos: agradar à esposa e decidir o futuro de Arthur.

A CURA DE SCHOPENHAUER

Resolveu dar uma escolha ao filho de 15 anos:

— Ou você acompanha seus pais em uma grande viagem de um ano por toda a Europa, ou fica com a carreira de erudito. Ou promete para mim que, no dia em que voltar da viagem, começa o aprendizado nos negócios, ou esquece a viagem, fica em Hamburgo e imediatamente passa a estudar os clássicos e assim se preparar para a vida acadêmica.

Imagine-se um menino de 15 anos tendo que tomar uma decisão que valeria pelo restante da vida. Talvez o sempre pedante Heinrich estivesse dando uma lição de vida. Talvez estivesse ensinando ao filho que as escolhas são excludentes, que, para todo sim, existe um não. (Anos depois, Arthur escreveria: "Aquele que quer ser tudo não pode ser nada.")

Ou será que Heinrich estava dando ao filho um aperitivo de renúncia? Ou seja, se não podia renunciar ao prazer da viagem, como renunciaria aos prazeres mundanos e teria a vida modesta de um erudito?

Talvez estejamos sendo muito generosos com Heinrich. É mais provável que sua proposta fosse falsa, pois sabia que o filho não ia, nem podia, recusar a viagem. Nenhum rapaz de 15 anos podia fazer isso no ano de 1803. Na época, uma viagem assim custava uma fortuna, e poucos privilegiados faziam isso na vida. Antes da invenção da fotografia, os lugares no exterior só eram conhecidos por desenhos, quadros, livros e diários de viagem (gênero, aliás, que Johanna Schopenhauer iria explorar mais tarde com muito brilho).

Será que Arthur achou que estava vendendo a alma? Será que ficou atormentado com a decisão? Não se sabe. Sabemos apenas que, em 1803, aos 15 anos, ele partiu com o pai, a mãe e um criado em uma viagem de 15 meses por toda a Europa Ocidental e a Grã-Bretanha. Adele, a irmã de 6 anos, ficou com um parente em Hamburgo.

Arthur registrou muitas impressões em seus diários de viagem, escritos, como pediram seus pais, na língua do país visitado. Tinha enorme talento para línguas e, mesmo jovem, já era fluente em alemão, francês e inglês, além de ter noções de italiano e espanhol. Acabaria dominando uma dúzia de línguas modernas e antigas e tendo por hábito (como quem visitasse sua biblioteca poderia notar) fazer anotações nas margens dos livros na língua em que foram escritos.

Os diários de viagem de Arthur dão uma pequena ideia dos interesses e traços que iriam formar a base de sua personalidade. Um forte subtexto nos diários é a atração pelos horrores da humanidade. Com muitos detalhes, ele descreve cenas impressionantes de mendigos esfomeados na Westfália, multidões fugindo em pânico da guerra iminente (as campanhas napoleônicas estavam para começar), os bandos de ladrões, batedores de carteira e bêbados em Londres, os grupos de saqueadores em Poitiers, a guilhotina exibida para o público em Paris, os 6 mil condenados às galés em Toulon mostrados como animais em um zoológico, acorrentados pelo restante da vida em navios parados e arruinados demais para navegar. Arthur descreveu também a fortaleza em Marselha onde havia estado o Homem da Máscara de Ferro, além do Museu da Peste, no qual se lia a recomendação de que as cartas enviadas das partes isoladas da cidade deveriam antes ser mergulhadas em baldes de vinagre quente. E, em Lyon, Arthur observou que as pessoas caminhavam, indiferentes, pelo mesmo lugar onde seus pais e irmãos foram mortos na Revolução Francesa.

Arthur aperfeiçoou o inglês em um colégio interno em Wimbledon, na Inglaterra, onde estudou Lorde Nelson. Assistiu a execuções públicas e ao chicoteamento de marinheiros, visitou hospitais e asilos, e andou pelos enormes e atulhados cortiços de Londres.

Quando jovem, Buda morou no palácio do pai, onde foi poupado de conhecer os pobres do mundo. Só quando saiu do palácio pela primeira vez, viu os três grandes males da vida: os doentes, os velhos e os mortos. Descobrir a natureza trágica e terrível da existência fez com que renunciasse a tudo e buscasse alívio do sofrimento.

A vida e a obra de Arthur Schopenhauer também foram profundamente influenciadas por essas visões precoces do sofrimento. Ele percebeu a semelhança de sua experiência com a de Buda e, anos depois, ao escrever sobre a viagem, disse: "Aos 17 anos, sem educação escolar, entendi a

A CURA DE SCHOPENHAUER

miséria do mundo, como Buda em sua juventude, ao ver a doença, a dor, a velhice e a morte."

Arthur nunca teve uma fase religiosa, não tinha fé, e quando jovem quis acreditar, teve vontade de fugir de uma vida totalmente descrente. Mas, se acreditasse na existência de um Deus, teria passado por dura prova na viagem pelos horrores da civilização europeia. Aos 18 anos, escreveu: "É esse o mundo que dizem ter sido criado por um deus? Não, deve ter sido por um demônio!"

CAPÍTULO
13

No fim da vida, a maioria dos homens percebe, surpresa, que viveu provisoriamente e que as coisas que largou como sem graça ou sem interesse eram, justamente, a vida. E assim, traído pela esperança, o homem dança nos braços da morte.

O PROBLEMA É QUE o gatinho acaba virando gato.

O problema é que o gatinho acaba virando gato.

Julius sacudiu a cabeça para afastar os versos incômodos e sentou-se na cama, acordando. Eram seis da manhã, uma semana tinha se passado, dia do grupo outra vez, e as palavras do poeta Ogden Nash davam voltas na cabeça dele como música de fundo, em mais uma noite maldormida.

Todo mundo sabe que a vida é uma sucessão de perdas, mas poucos sabem que uma das piores perdas que nos aguardam nas décadas finais é dormir mal. Julius sabia bem disso. Suas noites consistiam em um leve cochilo que quase nunca chegava a um profundo e abençoado sono em fre-

A CURA DE SCHOPENHAUER

quência delta, interrompido por tantos despertares que ele muitas vezes temia se deitar. Como tantos insones, acordava achando que tinha dormido menos horas do que dormiu ou que passou a noite acordado. Em geral, só conseguia se convencer de que dormira revendo o que pensou à noite e percebendo que, acordado, não pensaria coisas tão estranhas e irracionais.

Naquela manhã, não tinha a menor ideia de quantas horas havia dormido. Os versos do gatinho-gato deviam ter aparecido em um sonho, mas as outras coisas em que pensou durante a noite ficaram em uma terra de ninguém, sem a clareza e a objetividade da vigília, nem os ardis caprichosos dos pensamentos oníricos.

Sentou-se na cama, repetindo os versinhos de olhos fechados, seguindo a recomendação que dava aos pacientes para separar as fantasias e imagens que aparecem entre o sono e a vigília. O poema falava nas pessoas que gostam de gatinhos, mas não quando eles viram gatos. E o que isso tinha a ver com ele, Julius? Gostava de gatinhos e de gatos, gostou dos dois gatos na loja do pai, gostou dos filhotes deles e dos filhotes dos filhotes, não conseguia entender por que os versos grudaram na cabeça dele de forma tão cansativa.

Pensando melhor, talvez os versos fossem um lembrete amargo de como ele tinha passado a vida inteira preso ao mito errado de que tudo em Julius Hertzfeld (seu destino, sua fama e sua glória) era uma espiral ascendente e que a vida só iria melhorar. Claro, ele agora percebia que o inverso era verdade (o versinho estava certo). A idade do ouro vinha primeiro, a inocência, o engatinhar, as brincadeiras, o esconde-esconde, as brincadeiras de pique, construir fortes com caixotes vazios de bebidas na loja do pai, quando não sentia o peso da culpa, do engano, do conhecimento ou do dever. Aquela tinha sido a melhor época da vida. Com o passar dos anos, a chama diminuiu e a vida ficou implacavelmente mais sombria. O pior ficava no fim. Lembrou-se do que Philip falou da infância na sessão anterior. Sem dúvida, Nietzsche e Schopenhauer acertaram.

Balançou a cabeça, triste. Era verdade: ele nunca tinha realmente desfrutado o momento, nunca tinha sentido o presente, nunca pensou: "É isso, agora, hoje, é isso o que eu quero! Os velhos bons tempos são hoje, exatamente agora. Vou ficar nesse instante. Vou criar raízes nesse lugar para sempre." Não, ele sempre achou que o melhor da vida ainda estava por ser descoberto e ansiava pelo futuro, quando estaria mais velho, mais inteligente, maior, mais rico. E então veio a revolta, a grande virada, a súbita e dramática desidealização do futuro e o início do doloroso desejar o que já tinha sido.

Quando foi aquela mudança? Quando a nostalgia substituiu a promessa dourada do amanhã? Não foi no colégio, onde ele considerava tudo como um prelúdio (e um obstáculo) para o grande prêmio: entrar na faculdade de medicina. Também não foi na faculdade, na qual, nos primeiros anos, ansiava para sair das salas de aula e entrar nas enfermarias como médico, de jaleco branco, um estetoscópio saindo do bolso ou dependurado casualmente no pescoço como um xale de aço e borracha. Também não foi no terceiro e no quarto anos da faculdade, quando enfim assumiu seu posto no hospital. Então, desejou mais autoridade: ser importante, tomar decisões médicas vitais, salvar pessoas, batalhar, olhar um paciente e empurrá-lo na maca pelo corredor para o centro cirúrgico em uma emergência. Também não foi quando se tornou residente-chefe de psiquiatria, escondido atrás da cortina do xamanismo, e ficou pasmo com os limites e as incertezas da profissão que escolheu.

Sem dúvida, a mania crônica de não se prender ao presente tinha destruído seu casamento. Ele gostou de Miriam desde o instante em que a viu no colégio, ao mesmo tempo em que a considerou um impedimento para não aproveitar a multidão de mulheres que queria ter. Julius nunca admitiu por completo que sua caçada tinha acabado ou que a liberdade de obedecer ao desejo estava, no mínimo, reduzida. Quando começou no hospital, descobriu que o dormitório dos residentes ficava ao lado dos quartos da escola de enfermagem, cheia de jovens que queriam casar e adoravam médicos. Era uma verdadeira loja de doces, e ele se empanturrou de todos os sabores.

A mudança deve ter sido só depois da morte de Miriam. Nos dez anos seguintes ao acidente de carro que a levou, sentiu mais carinho por ela

A CURA DE SCHOPENHAUER

do que quando era viva. Às vezes, ficava angustiado ao pensar em sua satisfação física com Miriam. Os momentos realmente idílicos e sublimes da vida tinham surgido e acabado sem que ele aproveitasse de verdade. Mesmo naquela hora, dez anos depois, não conseguia pronunciar seu nome rápido, tinha que fazer uma pausa em cada sílaba. Sabia também que não se interessaria muito por nenhuma outra mulher. Várias tinham afastado a solidão dele por algum tempo, mas logo percebeu, e elas também, que jamais iriam ocupar o lugar de Miriam. Nos últimos tempos, a solidão era atenuada pelos dois filhos e por um vasto círculo de amigos homens, vários deles colegas no grupo terapêutico de apoio. Nesses anos, tinha passado todas as férias com os filhos e os cinco netos. Mas todas essas ideias e lembranças foram apenas trechos e partes do que pensou durante a noite. O principal foi ensaiar o que teria que dizer ao grupo de terapia naquela tarde.

Já havia contado do câncer para muitos amigos e para os pacientes individuais, mas, estranho, estava bastante preocupado com seu desempenho no grupo. Achava que tinha um pouco a ver com o fato de ser apaixonado pelo grupo de terapia. Havia 25 anos que aguardava ansiosamente por cada sessão. O grupo era mais que um bando de gente, pois tinha vida própria e personalidade forte. Apesar de não restar ninguém do grupo original (exceto ele, claro), havia um sentimento persistente e estável, uma cultura (no jargão da profissão, uma série de normas tácitas) que parecia imortal. Nenhum integrante era capaz de listar as normas do grupo, mas todos sabiam se determinado comportamento convinha ou não.

Aquela atividade exigia dele mais energia do que qualquer outra na semana, e Julius esforçava-se muito para manter o grupo navegando. Era como um venerado e misericordioso navio que havia transportado uma horda de gente atormentada até portos mais seguros e mais felizes. Quantas pessoas? Bom, como a média de permanência era de dois a três anos por pessoa, achava que tinha tido pelo menos uma centena de passageiros. De vez em quando, lembrava-se de alguém que tinha saído, fragmentos de uma permuta, uma imagem passageira de um rosto ou fato.

IRVIN D. YALOM

Pena que esses fogos-fátuos de memória fossem só o que sobrara de horas ricas e vibrantes, de fatos borbulhantes de vida, significado e pungência.

Anos antes, Julius tinha experimentado gravar o grupo em vídeo e mostrar na sessão seguinte alguma coisa especialmente problemática. As velhas fitas tinham formato antigo, que não era mais compatível com os equipamentos atuais. Às vezes, ele pensava em pegá-las no porão, mandar transcodificá-las e ressuscitar os pacientes que se foram. Mas nunca fez isso. Não aguentava se expor à ilusão de vida armazenada em uma fita brilhante e ver com que rapidez o instante presente e todos os seguintes sumiriam no nada das pequenas ondas eletromagnéticas.

Os grupos de terapia precisam de tempo para alcançar estabilidade e segurança. Muitas vezes, um grupo novo rejeita quem não consegue (por falta de motivação ou capacidade) se envolver, isto é, interagir com os outros e analisar essa interação. Pode haver, então, semanas de conflitos difíceis, com os integrantes competindo por uma posição de poder, atenção e influência, mas, quando ganham confiança, a possibilidade de cura aumenta. Scott, um colega de Julius, uma vez comparou um grupo de terapia com uma ponte construída em uma batalha. Na primeira fase da construção, há diversas vítimas (ou seja, gente que larga o grupo), mas, depois que a ponte fica pronta, conduz muitos (as pessoas que estavam antes e todos os que chegaram depois) para um lugar melhor.

Julius tinha escrito artigos em publicações especializadas sobre as diversas formas de a terapia de grupo ajudar os pacientes, mas era sempre difícil descrever o ingrediente mais importante: o ambiente curativo. Em um artigo, comparou esse ambiente com um tratamento contra uma grave lesão na pele, em que o paciente fica imerso em banhos calmantes de aveia.

Uma das maiores vantagens adicionais dessa atividade (nunca citada na literatura especializada) é que um bom grupo costuma curar os pacientes e também o terapeuta. Julius costumava sentir alívio após uma sessão, mas nunca soube de que forma exatamente aquilo funcionava. Será que era apenas uma questão de esquecer de si mesmo por noventa minutos, ou do ato altruístico da terapia, ou mesmo de aproveitar-se do pró-

A CURA DE SCHOPENHAUER

prio conhecimento, orgulhoso de sua capacidade e de merecer a admiração dos outros? Todas as opções anteriores? Julius desistiu de saber. Nos últimos anos, aceitava a explicação simplista de apenas mergulhar nas águas curativas do grupo.

Comunicar ao grupo sobre o melanoma parecia um momento grave. Ele achava que uma coisa era contar à família, aos amigos e a todos os colegas; outra, tirar a máscara para sua plateia, aquele seleto bando para o qual ele havia sido a cura, o médico, o sacerdote e o xamã. Era um passo irreversível admitir que estava incapacitado, confessar em público que a vida não era mais uma espiral para cima rumo a um futuro maior e mais brilhante.

Julius pensou muito em Pam, que estava ausente e só voltaria de viagem dentro de um mês. Lastimou que ela não estivesse lá para ouvir aquela revelação. Achava que ela era a pessoa-chave no grupo, uma presença sempre confortadora e curativa para os outros (e para ele). Ficou aborrecido porque o grupo não conseguiu ajudá-la em sua raiva e em sua obsessão com o ex-marido e o ex-amante, e ela, desesperada, foi buscar ajuda em um centro de meditação budista na Índia.

Assim, lidando com todos esses sentimentos, Julius entrou na sala do grupo às 16h30. Todos já estavam sentados e olhavam um papel que sumiu quando ele entrou.

"Que estranho", pensou. "Será que estava atrasado?" Deu uma olhada rápida no relógio. "Não, 16h30 em ponto." Esqueceu aquilo e começou a recitar o que tinha ensaiado.

— Bom, vamos começar. Como sabem, não costumo iniciar a sessão, mas hoje é exceção porque preciso tirar um peso do peito, uma coisa difícil de dizer. É o seguinte: cerca de um mês atrás, soube que estou com uma forma grave ou, melhor, mais que grave, uma forma letal de câncer de pele, um melanoma maligno. Eu achava que estava bem de saúde. Soube disso em um recente exame médico de rotina...

Julius parou. Alguma coisa estava errada. O rosto e a linguagem não verbal das pessoas não estavam combinando. O comportamento deles estava errado. Deveriam ter se virado e olhado para ele, mas ninguém olhou, ninguém o encarou. Olhavam para o outro lado, para o nada, menos Rebecca, que estudava disfarçadamente o papel no colo.

— O que há? — perguntou Julius. — Será que não estou sendo claro? Vocês parecem preocupados com outra coisa. Rebecca, o que está lendo?

Na mesma hora, ela dobrou o papel, enfiou na bolsa e evitou olhar para Julius. Ficaram todos quietos até Tony quebrar o silêncio.

— Bom, vou falar. Não posso falar por Rebecca, só por mim. O problema, quando você estava falando, é que eu já sabia o que ia contar sobre sua saúde. Por isso, era difícil olhar para você e fingir que estava ouvindo uma novidade. Ao mesmo tempo, não podia interrompê-lo e dizer que já sabia.

— Como? Como sabia o que eu ia dizer? Que diabo está havendo?

— Julius, desculpe, vou explicar — disse Gill. — Quer dizer, de certa forma, o culpado sou eu. Depois da última sessão, eu continuava mal, sem saber se ia para casa e onde dormir naquela noite. Insisti para irmos todos à lanchonete, onde continuamos a conversar.

— Ah, sim? E daí? — insistiu Julius, rodando a mão em pequenos círculos como se dirigisse uma orquestra.

— Bom, Philip contou qual era o problema, de sua saúde e do mieloma maligno.

— Melanoma — corrigiu Philip, calmo.

Gill deu uma olhada no papel que tinha na mão.

— Isso, melanoma. Obrigado, Philip. Continue. Estou confuso.

— Mieloma múltiplo é um câncer dos ossos — disse Philip. — Melanoma é câncer da pele. A palavra vem de melanina, pigmento da pele.

— Então, esses papéis são... — interrompeu Julius, indicando para Gill ou Philip explicarem.

— Philip baixou na internet informações sobre sua doença e fez um resumo para nós, que entregou quando entramos na sala, minutos atrás. — Gill estendeu a cópia dele para Julius, que leu o título: "Melanoma maligno."

Atordoado, Julius recostou-se na cadeira.

— Eu, hum, não sei como dizer, me sinto invadido, parece que eu tinha uma grande notícia para dar a vocês e a reportagem de minha vida, ou de

A CURA DE SCHOPENHAUER

minha morte, foi furada. — Virando-se para Philip, perguntou: — Você pensou em como eu me sentiria?

Philip continuou impassível, sem responder nem olhar para Julius.

— Julius, você não está sendo justo — disse Rebecca, tirando a presilha, soltando os longos cabelos pretos e enrolando-os em um coque no alto da cabeça. — Philip não fez nada de errado. Primeiro, ele não queria ir à lanchonete depois da sessão. Disse que não se enturmava, que tinha que preparar uma aula. Nós quase tivemos que arrastá-lo.

— Isso mesmo — concordou Gill, acrescentando: — Falamos sobretudo de mim, de minha mulher e de onde eu poderia dormir naquela noite. Depois, claro, perguntamos a Philip por que ele estava fazendo terapia, o que é bastante natural, toda pessoa que entra responde a isso, e ele nos contou sobre o telefonema que você deu por causa da doença. Ficamos muito surpresos e tivemos que insistir para ele contar tudo. Considerando a situação, acho que ele não conseguiria escapar da gente.

— Philip até perguntou se era legal o grupo se reunir sem você.

— Legal? Philip usou essa palavra? — perguntou Julius.

— Bom, não. Fui eu que usei — explicou Rebecca. — Mas era o que ele queria dizer e contei que costumamos nos encontrar depois na lanchonete e que você nunca foi contra. Só pede que contemos tudo a quem não estava presente para não haver segredos entre nós.

Foi bom Rebecca e Gill darem um espaço de tempo para Julius se acalmar. A cabeça dele ardia com pensamentos negativos. "Esse babaca, filho da puta, traiçoeiro. Tentei ajudá-lo e eis a retribuição: toda boa ação é castigada. Posso imaginar o quanto falou nele mesmo e que fez terapia comigo primeiro porque... aposto uma nota que esqueceu de propósito de contar que fodeu com mais de mil mulheres sem ter qualquer afeto ou interesse por nenhuma."

Porém, Julius esqueceu tudo isso, afastou o rancor aos poucos e considerou os fatos ocorridos após a última sessão. Viu que, claro, o grupo insistiria para Philip ir à lanchonete e ele se sentiria obrigado a ir. Na verdade, Julius achava que estava em falta por não ter avisado Philip daquelas reuniões periódicas pós-sessão. E, claro, o grupo iria perguntar por que Philip estava na terapia. Gill tinha razão. Eles sempre perguntam a uma pessoa nova e claro que Philip teria que contar aquela estranha história e o arranjo deles. Como não? Quanto à ideia de distribuir informação sobre o melanoma maligno, obviamente foi para ser simpático com o grupo.

Julius estava trêmulo, não conseguia sorrir, mas tomou coragem e continuou:

— Bom, vou me esforçar para falar nisso. Rebecca, empreste-me esse papel. — Deu uma olhada rápida. — As informações médicas parecem corretas, por isso não vou repeti-las. Vou apenas completar com o que aconteceu. Começou quando meu médico percebeu uma mancha diferente nas minhas costas, que a biópsia confirmou ser um melanoma maligno. É evidente que por isso cancelei as sessões por duas semanas. Foram semanas duras, muito duras. Mergulhei fundo. — A voz de Julius fraquejou. — Como veem, ainda é difícil. — Parou, tomou fôlego e prosseguiu: — Os médicos não podem prever, mas o importante é que acreditam que tenho pelo menos um ano de saúde. Portanto, esse grupo estará funcionando como sempre nesses doze meses. Não, esperem, vou dizer de outro jeito: se a saúde permitir, comprometo-me a ficar com vocês por mais um ano, quando, então, o grupo acaba. Desculpem a falta de jeito. Não tenho prática nisso.

— Julius, sua doença é mesmo fatal? A informação que Philip encontrou na internet, aquelas estatísticas sobre os estágios do melanoma? — perguntou Bonnie.

— A resposta direta para uma pergunta direta é "sim", é fatal. Há grande chance de a coisa me derrubar. Sei que não foi fácil perguntar isso, mas agradeço sua objetividade, Bonnie, pois sou igual à maioria das pessoas com doenças graves: detesto que os outros fiquem cheios de dedos comigo. Isso só faria me isolar e assustar. Preciso me acostumar com a nova realidade. Não gosto da ideia, mas o fato é que levar a vida como uma pessoa saudável e despreocupada, bom, isso está acabando.

— Pensei no que Philip disse a Gill na semana passada. Será que serve para você, Julius? — perguntou Rebecca. — Não sei se foi na lanchonete ou aqui no grupo, mas era algo sobre se definir ou definir sua vida através dos afetos. É isso, Philip?

— Quando falei com Gill na semana passada — respondeu Philip, em tom medido e sem encarar ninguém —, mostrei que, quanto mais apegos se tem, mais pesada fica a vida e mais sofre a pessoa quando perde isso. Schopenhauer e o budismo dizem que não devemos nos apegar a nada e...

— Não acho que isso vá me ajudar — interrompeu Julius. — Também não acho que a sessão deva tomar esse rumo. — Percebeu um olhar rápido e preocupado entre Rebecca e Gill, mas continuou: — Pelo contrário, ter muitas ligações é fundamental para uma vida plena, e evitá-las por achar que causarão sofrimento é uma boa receita para viver pela metade. Não quero cortar o que você estava dizendo, Rebecca, porém acho mais adequado saber sua reação e a de todos com relação à notícia que dei. Obviamente, saber que estou com câncer causou emoções fortes. Conheço vários de vocês há muito tempo. — Julius parou e olhou as pessoas.

Tony, que estava jogado na cadeira, aprumou-se.

— Bem, levei um susto quando você disse que o importante para nós era saber por quanto tempo poderia continuar com o grupo. Esse comentário me doeu, apesar de me acusarem de ser casca-grossa. Admito que pensei nisso, mas, Julius, o que mais me preocupa é o que isso significa para você. Quer dizer, você foi muito, sabe, realmente importante para mim, me ajudou em coisas bem difíceis, então, assim, tem alguma coisa que eu, que nós, possamos fazer? Deve ter sido terrível para você.

— Concordo — disse Gill, e todos os demais concordaram (menos Philip, que ficou calado).

— Vou responder a você, Tony, mas antes quero observar que estou bem emocionado e que há dois anos vocês não conseguiriam ser tão objetivos e demonstrar tanta generosidade. Respondendo à sua pergunta, foi terrível. Meus sentimentos vêm em ondas. Bati no fundo do poço nas duas primeiras semanas, quando cancelei as sessões. Conversei muito com amigos, com toda a minha rede de apoio. Agora, nesse momento, estou melhorando. A gente se acostuma com tudo, até com uma doença fatal. Na noite passada, ficou em minha cabeça a frase "A vida é só uma porra de perda após a outra".

Julius calou-se. Ninguém falou. Todos olhavam para baixo. Ele então continuou:

— Quero lidar com essa situação de frente. Aceito discutir as coisas, não quero fugir de nada, mas, a não ser que façam uma pergunta específica, já falei bastante e não preciso da sessão inteira hoje. Quero dizer que tenho força para trabalhar com vocês do jeito de sempre. Aliás, é importante para mim que continuemos como sempre.

Após um pequeno silêncio, Bonnie disse:

— Para ser sincera, Julius, tenho um assunto para falar, mas não sei... Meus problemas parecem insignificantes comparados ao seu.

Gill olhou para cima e acrescentou:

— Eu também. Meu caso, se aprendo ou não a falar com minha mulher, se fico com ela ou largo o navio afundando, tudo isso parece bobagem comparado a você.

Philip achou que era a deixa para ele entrar.

— Spinoza gostava de usar uma expressão latina, *subspecie aeternitatis*, que significa "do ponto de vista da eternidade". Dizia que os fatos perturbadores do cotidiano ficam menos complicados se forem vistos sob a perspectiva da eternidade. Acho que esse conceito talvez seja uma ferramenta pouco valorizada na terapia. Talvez — nesse ponto, Philip virou-se para Julius — possa dar um pouco de consolo até para o grave problema que está enfrentando.

— Vejo que você tenta me dar alguma coisa, Philip, e agradeço. Mas agora, nesse momento, pensar em uma visão cósmica da existência não é o remédio que me serve. Explico por quê. Na noite passada, não dormi bem. Estava triste por não ter conseguido apreciar o que tinha no momento em que tive. Quando jovem, sempre considerei o presente como uma pre-

A CURA DE SCHOPENHAUER

paração para algo melhor que aconteceria no futuro. E então os anos se passaram, e eu, de repente, estava fazendo o contrário, e mergulhando na nostalgia. Não consegui valorizar cada instante e esse é o problema com sua sugestão de desapego. Acho que vê a vida pelo lado errado do telescópio.

— Gostaria de fazer uma observação, Julius — falou Gill. — Acho que você não vai aceitar nada do que Philip disser.

— Aceito sempre uma observação, mas essa é uma opinião, Gill. Qual é a observação?

— Bom, é que você não tem respeitado nada do que ele oferece.

— Sei o que Julius vai dizer, Gill — interveio Rebecca. — Continua não sendo uma observação. É uma hipótese do que ele sente. Essa foi a primeira vez que Julius e Philip se falaram, embora de forma indireta. Acho também que Julius interrompeu Philip várias vezes hoje e nunca o vi fazer isso com ninguém.

— Muito bem, Rebecca. Uma observação direta e correta — disse Julius.

— Julius, não estou entendendo bem essa história. É verdade que você ligou para Philip, assim, de repente? — perguntou Tony.

Julius ficou de cabeça baixa alguns minutos e, depois, respondeu:

— É, deve ter sido complicado para vocês entenderem. Bom, vou contar tudo, ou tudo que lembrar. Após o diagnóstico da doença, fiquei desesperado. Achei que era uma sentença de morte e fiquei atordoado. Entre outras coisas ruins, pensei se tinha feito alguma coisa na vida que fosse duradoura em algum sentido. Pensei nisso uns dois dias e, como minha vida é tão ligada ao trabalho, pensei nos pacientes antigos. Será que eu influenciara a vida de alguém para sempre? Achei que não havia tempo a perder e, na mesma hora, resolvi procurar alguns pacientes. Philip foi o primeiro e, até o momento, o único que consegui localizar.

— E por que escolheu Philip? — perguntou Tony.

— Essa é a pergunta de 100 mil dólares. Talvez a quantia esteja defasada. Deve valer um milhão de dólares. Resposta curta: não sei. Pensei bastante nisso. Não foi uma atitude inteligente de minha parte, porque, se eu queria confirmar meu valor, teria muitas outras pessoas a quem recorrer. Por mais que tenha me esforçado durante três longos anos, não ajudei Philip. Talvez eu esperasse ouvir algum efeito retardado da terapia. Alguns pacientes têm isso. Mas não houve com ele. Talvez eu estivesse sendo masoquista, quisesse esfregar o fato no nariz. Talvez, ainda, eu tenha escolhido meu maior fracasso para me dar uma segunda chance. Confesso que não sei quais foram os motivos. Então, durante nossa conversa, Philip contou que tinha mudado de profissão e perguntou se eu poderia fazer a supervisão dele. Suponho que você tenha contado tudo isso ao grupo — disse Julius, virando-se para Philip.

— Dei os detalhes necessários.

— Pode ser um pouco mais claro?

Philip desviou o olhar enquanto o restante do grupo ficava constrangido e, após um longo silêncio, Julius disse:

— Desculpe a ironia, Philip, mas consegue perceber como fico com sua resposta?

— Como falei, dei os detalhes necessários — repetiu Philip.

Bonnie olhou para Julius.

— Para ser sincera, isso está ficando desagradável. Vou tentar ajudar. Acho que você, hoje, não precisa ser contestado. Mas precisa receber carinho. Por favor, o que podemos fazer por você?

— Obrigado, Bonnie. Tem razão. Hoje estou muito confuso, sua pergunta é ótima, mas não sei se consigo responder. Vou contar-lhes um grande segredo: algumas vezes entrei nesta sala me sentindo mal por causa de problemas pessoais e saí melhor só por fazer parte desse grupo maravilhoso. Portanto, essa talvez seja a resposta para a pergunta. O melhor para mim é apenas que todos usem o grupo e não permitam que meu problema interrompa nada.

Após um curto silêncio, Tony disse:

— Vai ser difícil, considerando o que houve hoje.

A CURA DE SCHOPENHAUER

— Eu também me sentiria mal de falar de outra coisa — concordou Gill.

— Nessas horas, sinto falta de Pam. Ela sempre sabia o que fazer, por mais difícil que fosse a situação — falou Bonnie.

— Engraçado... Também pensei nela — disse Julius.

— Deve ser telepatia. Pensei em Pam há um minuto, quando Julius mencionou vitórias e fracassos — disse Rebecca, virando-se para Julius. — Sei que ela era sua preferida aqui em nossa família e isso não se discute, é óbvio. Mas pergunto: você acha que fracassou por ela passar dois meses fora do grupo, buscando outro tipo de tratamento por não conseguirmos ajudá-la? Não deve ter sido bom para sua autoestima.

Julius fez um gesto na direção de Philip:

— Acho que você pode explicar um pouco para ele.

Então Rebecca disse a Philip, sem fazer contato visual.

— Pam é uma grande força aqui no grupo. O casamento dela e um caso amoroso acabaram ao mesmo tempo, pois ela resolveu largar o marido, mas o amante preferiu ficar com a mulher com quem era casado. Pam ficou irritada com os dois e obcecada por eles. Por mais que tentássemos, não conseguimos ajudá-la. Desesperada, ela foi para a Índia procurar um famoso guru em um centro de meditação budista.

Philip não disse nada.

Rebecca virou-se para Julius:

— O que achou da viagem dela?

— Olha, se fosse há 15 anos, eu ficaria bem preocupado. Mais: teria sido totalmente contra e diria que buscar outro tipo de solução era apenas uma resistência. Contudo, mudei. Hoje, preciso de toda ajuda que puder receber. E acho que procurar um outro tipo de crescimento, mesmo que seja um pouco maluco, sempre pode oferecer novas saídas para nosso trabalho terapêutico. Espero realmente que isso aconteça com Pam.

— Pode não ter sido uma coisa um pouco maluca, mas uma ótima escolha para ela — disse Philip. — Schopenhauer apreciava as técnicas de meditação orientais e o destaque que elas dão à libertação da mente, de ver através da ilusão e aliviar o sofrimento aprendendo a arte do desapego. Aliás, foi ele quem trouxe o pensamento oriental para a filosofia do Ocidente.

O comentário de Philip não foi dirigido a ninguém em particular e ninguém respondeu. Julius ficou irritado de ouvir tantas vezes o nome de Schopenhauer, mas se calou ao perceber que várias pessoas gostaram da observação.

Após um pequeno silêncio, Stuart comentou:

— Não seria bom voltarmos ao assunto de cinco minutos atrás, quando Julius disse que o melhor para ele é trabalharmos no grupo?

— Concordo, mas por onde começamos? — perguntou Bonnie. — Que tal voltarmos a falar de você e sua esposa, Stuart? A última coisa que ouvimos foi que ela mandou um e-mail dizendo que pensava em pedir o divórcio.

— Já nos acertamos. Está tudo bem. Ela se mantém à distância, mas pelo menos as coisas não pioraram. Vejamos o que mais ficou pendente no grupo. — Stuart deu uma olhada nas pessoas. — Pensei em duas coisas: Gill, que tal contar como estão você e Rose? E Bonnie, você mencionou que tinha algo a dizer, mas que parecia comum demais.

— Hoje, abro mão de minha vez — disse Gill, olhando para baixo. — Semana passada tomei muito tempo na sessão. Mas a verdade é que fui vencido, capitulei. Estou envergonhado de voltar para a mesma situação em casa. Não adiantaram todos aqueles bons conselhos de Philip e de vocês. E você, Bonnie?

— Hoje minhas coisas estão parecendo bobagem.

— Lembrem-se da minha versão da lei de Boyle — disse Julius. — Uma pequena quantidade de inquietação vai acabar ocupando todo o nosso espaço de inquietação. A sua é tão ruim quanto a dos outros, que têm causas obviamente mais graves. — Olhou para o relógio: — Já estamos quase passando da hora. Vocês querem falar? Ou colocar na agenda da próxima semana?

— Você prefere que eu fale agora para não ficar com medo na semana que vem, não? — perguntou Bonnie. — Boa ideia. O que eu tinha a dizer

A CURA DE SCHOPENHAUER

está ligado a eu ser sem graça, gorda e desajeitada, enquanto Rebecca e Pam são lindas e interessantes. Mas, Rebecca, você, principalmente, me traz sentimentos antigos e tristes que sempre tive, de ser boba, sem graça, desprezada. — Bonnie parou e olhou para Julius. — Pronto, saiu.

— E os comentários ficam na agenda da próxima semana — disse Julius, levantando-se para mostrar que a sessão tinha terminado.

CAPÍTULO
14

1807 — Como Schopenhauer quase foi comerciante

Uma pessoa de raros dons intelectuais, obrigada a fazer um trabalho apenas útil, é como um jarro valioso, com as mais lindas pinturas, usado como pote de cozinha.

A GRANDE VIAGEM DA família Schopenhauer terminou em 1804 e Arthur, então com 16 anos, cumpriu pesaroso a promessa feita ao pai e iniciou o aprendizado de sete anos com Senator Jenisch, grande comerciante de Hamburgo. Passou a levar uma vida dupla, cumprindo todas as tarefas do aprendizado, mas, nas horas livres, estudava escondido as grandes ideias da história do pensamento. A figura do pai, porém, estava tão internalizada que o rapaz sentia muito remorso por esses momentos roubados.

Nove meses depois, ocorreu o grande fato que marcou a vida de Arthur para sempre. Embora o pai tivesse apenas 65 anos, sua saúde mental piorava rapidamente: ele parecia ciumento, cansado, deprimido e muito con-

A CURA DE SCHOPENHAUER

fuso, às vezes não conseguia reconhecer nem velhos companheiros. No dia 20 de abril de 1805, embora doente, conseguiu subir devagar até o último andar do armazém e se jogou da janela no canal de Hamburgo. Horas depois, seu corpo foi encontrado flutuando nas águas geladas.

Todo suicídio deixa um rastro de choque, culpa e raiva nos que ficam, e Arthur sentiu tudo isso. Imagine a complexidade de seus sentimentos. O amor que tinha pelo pai resultou em enorme tristeza e perda. O rancor causou remorso e, mais tarde, ele comentou várias vezes o quanto sofreu com a dureza excessiva do pai. E a maravilhosa perspectiva de libertação deve ter provocado muita culpa: Arthur sabia que o pai jamais teria deixado que ele se tornasse um filósofo. Nesse aspecto, pode-se pensar nos dois outros grandes filósofos morais livres pensadores, Nietzsche e Sartre, que perderam o pai quando jovens. Será que Nietzsche teria se tornado o Anticristo se o pai, um pastor luterano, não tivesse morrido quando ele era criança? Na autobiografia de Sartre, ele demonstra alívio por não precisar ter a aprovação do pai. Outros, como Kierkegaard e Kafka, por exemplo, não tiveram tanta sorte: passaram a vida oprimidos pelo julgamento do pai.

Embora a obra de Schopenhauer contenha uma enorme gama de ideias, temas, curiosidades históricas e científicas, conceitos e sentimentos, há apenas dois trechos pessoais e ternos, ambos sobre o pai. Em um, Arthur demonstra orgulho pela honestidade do pai ao dizer que trabalhava para ganhar dinheiro, e compara essa sinceridade com a falsidade de muitos colegas filósofos (sobretudo Hegel e Fichte) que almejam riqueza, poder e fama, mas fingem trabalhar pela humanidade.

Aos 60 anos, Arthur pensou em dedicar sua obra completa à memória do pai. Escreveu e reescreveu a dedicatória que acabou jamais sendo publicada. Uma das versões dizia: "Nobre e maravilhoso espírito, ao qual devo tudo que sou e tenho (...) Quem encontrar em minha obra qualquer alegria, consolo, erudição, que ouça o nome dele e saiba que, se Heinrich Schopenhauer não tivesse sido quem foi, Arthur Schopenhauer teria acabado cem vezes."

A intensidade da devoção filial continua intrigante, já que Heinrich não manifestava qualquer afeto pelo filho. As cartas que lhe escreveu eram cheias de críticas, como: "Dançar e andar a cavalo não sustentam um comerciante cujas cartas precisarão ser lidas e, portanto, devem ser bem escritas. Às vezes, vejo que suas letras maiúsculas são horríveis." Ou: "Não fique encurvado, dá péssima aparência. (...) Em um jantar, se alguém vê uma pessoa curvada, acha que é um alfaiate ou sapateiro disfarçado." Na última carta que escreveu para o filho, Heinrich ensinou: "Quanto a andar e sentar-se ereto, deve pedir a quem estiver com você para lhe dar um soco nas costas sempre que esquecer esse detalhe importante. É o que fazem os filhos dos príncipes, sem se importar com a dor passageira. É melhor do que parecer parvo."

Arthur era parecido com o pai não só no físico, mas no temperamento. Quando estava com 17 anos, a mãe escreveu: "Sei que você não foi um jovem muito feliz e que tinha grande tendência à melancolia, triste herança que recebeu de seu pai."

Herdou também o grande senso de integridade, que teve peso decisivo no dilema que enfrentou após ficar órfão: deveria continuar o aprendizado, apesar de odiar comércio? Resolveu fazer o que o pai teria feito: cumprir a promessa.

Escreveu sobre essa decisão: "Continuo com meu patrono no comércio, em parte porque minha enorme tristeza quebrantou meu espírito e em parte porque ficaria culpado se contrariasse meu pai logo após sua morte."

Se Arthur sentiu-se paralisado e com uma obrigação após o suicídio do pai, a mãe não teve tais problemas. Rápida como um remoinho, ela mudou tudo. Em uma carta ao filho de 17 anos, escreveu: "Sua personalidade é tão diferente da minha; você é indeciso por natureza, enquanto eu resolvo tudo rápido." Poucos meses após ter enviuvado, ela vendeu a mansão e a respeitável empresa da família e mudou-se de Hamburgo. Contou vantagem para o filho: "Sempre escolho o que for mais emocionante. Em vez de me mudar para a cidade natal e voltar para os amigos e parentes como qualquer mulher teria feito, preferi Weimar, que mal conheço."

A CURA DE SCHOPENHAUER

Por que Weimar? Johanna era ambiciosa e queria ficar no centro da cultura alemã. Segura de seu traquejo social, sabia que conseguiria bons resultados e, realmente, em poucos meses, criou uma incrível vida nova. Promovia o mais animado salão literário de Weimar e foi grande amiga de Goethe e de vários outros grandes escritores e artistas. Logo se tornou também uma bem-sucedida autora de diários de viagem, relatando a excursão da família e uma viagem ao sul da França. Depois, por insistência de Goethe, passou para a ficção e escreveu uma série de romances sentimentais. Foi uma das primeiras alemãs de fato liberadas e a primeira a se sustentar como escritora. Nos dez anos seguintes, Johanna tornou-se uma renomada escritora, a Danielle Steel do século XIX, e, por várias décadas, Arthur foi conhecido apenas como "o filho de Johanna Schopenhauer". Ao final da década de 1820, ela lançou sua obra completa em vinte volumes.

Apesar de ter sido considerada uma mulher narcisista (graças, principalmente, à crítica severa do filho) e pouco carinhosa, não há dúvida de que libertou Arthur de sua escravidão e abriu-lhe o caminho para a filosofia. O instrumento de libertação foi uma carta decisiva que escreveu em abril de 1807, dois anos após o suicídio do marido.

Querido Arthur,

O tom calmo e sério de sua carta de 28 de março passou da sua para minha mente, mostrando e revelando que você pode estar prestes a perder sua vocação! Por isso, tenho que fazer toda e qualquer coisa que possa salvá-lo; sei o que é ter uma vida que repugna à alma e, se for possível, vou lhe poupar, meu querido filho, desse sofrimento. Ah, querido, meu Arthur querido, como minha opinião era tão pouco importante. O que você queria era, na verdade, o que eu mais desejava e lutei muito para que se realizasse, apesar de tudo o que se dizia contra mim. (...) Se você não quiser entrar para a honrada classe dos fariseus, eu, meu caro Arthur, não quero colocar qualquer impedimento em seu caminho. É você quem deve buscar e escolher seu caminho. Depois, aconselho e ajudo, onde e como puder. Em primeiro lugar, tente ficar em paz consigo mesmo. (...) Lembre que deve escolher algo que prometa um bom salário, inclusive porque será seu único sustento, pois não poderá viver só de sua herança. Se você já escolheu, me diga, mas a decisão deve ser sua. (...) Se tem força e vontade de fazer isso, vou lhe dar todo o apoio. Mas não pense que a vida de um erudito é fácil. Eu vejo à minha volta, querido Arthur. É uma vida cansativa e complicada, de muito trabalho. Só o prazer dela faz com que seja interessante. Ninguém enriquece com essa vida, um escritor sobrevive com dificuldade. (...) Para ganhar a vida como escritor, é preciso escrever algo excelente. (...) E agora mais que nunca há falta de cabeças brilhantes. Arthur, pense bem e escolha, mas depois fique firme, seja perseverante, pois conseguirá seu intento. Escolha o que quer (...), mas com lágrimas nos olhos, imploro: não se menospreze. Seja sério e honesto com você. O bem-estar de sua vida está em jogo, assim como a felicidade de minha velhice, pois só você e Adele podem compensar minha juventude perdida. Eu não suportaria saber que você está infeliz, sobretudo se tivesse que me culpar por deixar essa grande desgraça acontecer a você, apesar de toda a minha flexibilidade. Veja, caro Arthur, que gosto muito de você e quero ajudá-lo em tudo. Recompense-me com sua confiança e decida, seguindo meu conselho de escolher o que quiser. E não me magoe com a rebeldia. Você sabe que não sou teimosa. Sei aceitar argumentos e jamais exigirei nada de você que não possa aceitar com argumentos. (...)

Adieu, querido Arthur, escrevo com pressa e meus dedos doem. Pense em tudo o que disse e escrevi, e responda logo.

Sua mãe,

J. Schopenhauer

Já idoso, Arthur escreveu: "Quando terminei de ler essa carta, chorei muito." Respondeu que preferiu largar o aprendizado comercial, e Johanna argumentou: "Se você fosse outra pessoa, eu ficaria preocupada por tomar uma decisão rapidamente. Acharia que foi precipitada; mas, sendo você, considero que a decisão foi motivada por seu desejo mais profundo."

Johanna não perdeu tempo, avisou o patrão do filho e o proprietário da casa onde morava que ele estava saindo de Hamburgo, providenciou a mudança e matriculou Arthur em uma escola em Gotha, a cinquenta quilômetros da casa dela em Weimar.

Arthur tinha rompido os grilhões.

CAPÍTULO
15

Pam na Índia

É interessante que, além da vida real, o homem sempre tem uma segunda vida abstrata em que, com calma deliberação, o que antes o deixava nervoso e irritado parece frio, sem graça e distante: ele é mero espectador e observador.

UANDO O TREM que ia de Bombaim para Igatpuri reduziu a marcha e parou em uma pequena aldeia, Pam ouviu o tinir dos címbalos rituais e olhou pela vidraça suja da janela. Um menino de olhos negros, que deveria ter uns 10 ou 11 anos, veio correndo com um pano na mão e um balde de plástico amarelo. Há duas semanas, desde que tinha chegado à Índia, Pam só fazia balançar a cabeça para mostrar que não queria. Não queria uma volta com guia pela cidade, não queria engraxar os sapatos, nem tomar suco de tangerina natural e fresco, comprar sari, tênis Nike, trocar dinheiro. Não para mendigos e para inúmeros convites para fazer sexo, insinuações às vezes feitas às claras; às vezes, discretamente, com piscadelas, levantar de sobrancelhas, lamber de lábios, ou movimentos de língua. "Até que enfim alguém me oferece algo de que preciso", pensou ela. Fez sinal enfático que sim, sim, para o menino limpador de vidraças, que respondeu com um sorriso enorme e dentuço. Encantado com o interesse de Pam, lavou a janela com longos gestos teatrais.

Pam pagou com generosidade e, quando o garoto ficou olhando fixamente para ela, fez sinal para que se afastasse. Recostou-se na poltrona e viu uma procissão de aldeões serpentear por uma rua empoeirada atrás de um sacerdote de largas calças vermelhas e xale amarelo. Iam para a praça local e carregavam uma grande estátua de papel machê de Ganesha, divindade baixa e gorda como Buda, mas com cabeça de elefante. Todos (o sacerdote, os homens de brilhantes túnicas brancas e as mulheres, de amarelo e laranja) levavam pequenas estátuas do deus. Meninos iam, dois a dois, com muitas flores e incensários de bronze que lançavam nuvens de fumaça. Em meio ao tinir dos címbalos e ao som de bumbos, todos cantavam *Gana pathi bappa Moraya, Purchya varshi laukariya.*

— Por favor, pode me dizer o que eles estão cantando? — perguntou Pam ao homem de pele acobreada, sentado à frente dela tomando chá, o único passageiro no compartimento. Era delicado, simpático e usava calças e túnica largas de algodão branco. Ao ouvir a voz de Pam, ele engasgou e tossiu furiosamente. Gostou da pergunta, já que desde que o trem saiu de Bombaim tentava em vão conversar com a linda mulher à sua frente. Após tossir bastante, ele se desculpou:

— Perdão, madame. O corpo nem sempre obedece. O que o povo daqui e de toda a Índia está cantando hoje é "Amado Ganapati, senhor de Moraya, volte outra vez no início do próximo ano."

— Ganapati?

— Sim, é um pouco difícil de explicar. Talvez você o conheça pelo nome mais comum, Ganesha. Ele tem vários outros nomes, como Vighnesvara, Vinayaka, Gajanana.

— E a procissão? O que é?

— Marca o início dos dez dias de festas de Ganesha. Talvez você tenha a sorte de estar em Bombaim na próxima semana, no fim do festival, e ver a cidade inteira ir à praia mergulhar suas estátuas de Ganesha no mar.

— Ah, e aquilo, o que é? Uma lua? Um sol? — Pam mostrava quatro crianças, cada uma com um grande globo de papel machê amarelo.

Vijay gostou das perguntas. Esperava que a parada na estação fosse longa e a conversa continuasse. Mulheres voluptuosas como aquela na frente dele apareciam sempre nos filmes americanos, mas ele nunca teve a sorte de falar com uma. A graça e a beleza da pele clara atiçavam a imaginação de Vijay. Parecia ter saído das antigas esculturas eróticas do Kama Sutra. "Onde aquilo iria parar?", pensou ele. Seria aquele o fato que mudaria sua vida e pelo qual esperava havia tanto tempo? Estava livre e, graças à sua fábrica de roupas, tinha virado um homem rico para os padrões indianos. Sua noiva adolescente morrera de tuberculose dois anos antes e, até os pais dele escolherem outra, estava desimpedido.

— Ah, é uma lua que as crianças levam seguindo uma antiga lenda. Saiba que o deus Ganesha era famoso pelo apetite. Basta ver sua enorme barriga. Uma vez, foi a um banquete e empanturrou-se com doces chamados *laddoos*. Já experimentou os *laddoos*?

Pam negou com a cabeça, temendo que ele tirasse um da valise de mão. Uma amiga contraíra hepatite em uma casa de chá na Índia. Por isso, Pam seguiu o conselho médico de só comer em hotéis quatro estrelas. Quando não estava no hotel, restringia-se a comidas que pudesse descascar, como tangerinas, ovos cozidos e amendoins.

— Minha mãe fazia deliciosos *laddoos* de coco e amêndoas — disse Vijay. — São bolinhos de farinha fritos e servidos com calda de cardamomo. Parece uma mistura estranha, mas garanto que são mais do que a soma dos ingredientes. Voltando ao deus Ganesha, ele comeu tanto que não conseguiu ficar de pé, perdeu o equilíbrio e caiu. Sua barriga estourou, deixando sair todos os *laddoos*.

"Isso aconteceu à noite, tendo por testemunha apenas a lua, que achou muita graça. Irritado, Ganesha amaldiçoou-a e expulsou-a do universo. Mas o mundo todo lamentou a falta dela. Os deuses reuniram-se e pediram a Shiva, pai de Ganesha, que mandasse o filho perdoar a lua. Ela também se desculpou, e Ganesha mudou a maldição: a lua teria que ficar invisível um dia por mês, parcialmente visível o restante do mês e só aparecer cheia, em todo seu esplendor, apenas um dia."

Após um breve silêncio, Vijay acrescentou:

— É por isso que a lua participa dos festivais de Ganesha.

— Obrigada pela informação.

— Eu me chamo Vijay Pande.

— E eu, Pam Swanvil. A história é linda, e que engraçado esse deus com cabeça de elefante e corpo de Buda. Os aldeões parecem levar seus mitos tão a sério, como se fossem realmente...

— É interessante a imagem de Ganesha — interrompeu Vijay, gentilmente, tirando de dentro da camisa uma grande medalha de Ganesha que trazia em uma corrente. — Repare que tudo em Ganesha tem um sentido, uma lição de vida. A grande cabeça de elefante é para pensarmos muito. E as orelhas grandes? Para ouvirmos mais. Os olhos pequenos nos lembram de nos concentrarmos, e a boca pequena, de falarmos menos. Não esqueço a recomendação de Ganesha nem enquanto falo com você. Procuro não falar demais. Pode ajudar dizendo se estou falando mais do que quer saber.

— Não, não. Tenho muito interesse na imagem desse deus.

— Há outras informações. Veja mais de perto: nós, indianos, somos pessoas muito sérias — disse ele, pegando uma pequena lupa na pasta de couro pendurada no ombro.

Segurando a lupa, Pam inclinou-se para ver a medalha de Vijay. Sentiu cheiro de canela, cardamomo e algodão recém-passado a ferro. Como ele podia ter um cheiro tão agradável e fresco naquele compartimento empoeirado e fechado?

— Ganesha só tem uma presa — notou ela.

— Isso quer dizer: fique com o bom, jogue fora o ruim.

— E o que segura? Um machado?

— Sim, para cortar todas as ligações, todos os apegos.

— Isso lembra a doutrina budista.

— Sim. Lembra que Buda saiu da mãe-oceano de Shiva.

— E o que segura na outra mão? Não dá para ver direito. É um tecido?

— Uma corda para manter a pessoa próxima de sua meta.

De repente, o trem balançou e movimentou-se.

— Nosso trem voltou à vida — disse Vijay. — Repare no veículo usado por Ganesha, aqui, sob os pés dele.

Pam aproximou-se para olhar na lupa e discretamente sentir o cheiro de Vijay.

— Ah, sim, o rato. Vi em toda estátua e gravura dele. Nunca entendi o porquê do rato.

— Esse é o atributo mais interessante de todos. O rato significa o desejo. Você só pode montar nele se o controlar. Senão, ele causa destruição.

Pam se calou. O trem passou por árvores mirradas, templos, búfalos mergulhados em lagos lamacentos e fazendas cujo solo vermelho havia se exaurido por milhares de anos de plantio. Olhou Vijay e sentiu uma onda de gratidão. Como ele fora discreto e gentil em mostrar a medalha, evitando que ela passasse pelo constrangimento de fazer algum comentário irreverente sobre a religião dele. Quando é que um homem fora tão atencioso com ela? "Não, não menospreze outros homens queridos", disse a si mesma. Lembrou-se do grupo de terapia. De Tony, que faria tudo por ela. Stuart também sabia ser generoso. E Julius, que parecia ter um amor infinito. Mas a sutileza de Vijay era incomum. Era exótica.

E o que pensava Vijay? Também devaneava sobre a conversa com Pam. Estranhamente animado, o coração dele batia forte. Procurou se acalmar. Abriu a pasta de couro e pegou um velho e amassado maço de cigarros, mas não ia fumar (o maço estava vazio e, além do mais, ele sabia que os americanos eram esquisitos com relação a cigarro). Queria apenas olhar o maço azul e branco com o perfil de uma mulher de cartola e, em nítidas letras negras, a marca "The Passing Show".

Um de seus primeiros mestres religiosos tinha chamado a atenção para aquela marca que o pai dele fumava e pediu que iniciasse a meditação pensando na vida como uma cena que passa, um rio levando todas as coisas, todas as experiências, todos os desejos, enquanto Vijay assistia, inabalável. Vijay pensou na imagem de um rio fluindo e ouviu as palavras mudas de sua mente *anítya, anítya* (passagem).

— Nada é permanente — disse ele. — A vida e todas as coisas passam. É tão certo e garantido quanto a paisagem correndo na janela do trem.

Fechou os olhos, respirou fundo e encostou a cabeça na poltrona. O pulso ficou mais lento e ele entrou no bem-vindo porto da serenidade.

Pam olhava Vijay discretamente, e, quando o maço de cigarros caiu no chão, pegou-o, leu a marca e disse:

— The Passing Show... Que nome diferente...

Vijay abriu os olhos devagar e disse:

— Como falei, nós, indianos, somos muito sérios, até os maços de cigarro trazem mensagens de conduta. A vida é uma cena que passa. Medito sobre isso sempre que sinto uma turbulência interna.

— Era o que estava fazendo um minuto atrás? Eu não devia tê-lo interrompido.

Ele sorriu e balançou a cabeça, calmo.

— Meu mestre uma vez me disse que ninguém pode ser perturbado por outra pessoa. Apenas nós podemos perturbar a própria serenidade. — Vijay ficou inseguro, sentindo que estava cheio de desejo: queria tanto a atenção da companheira de viagem que transformou sua meditação em uma mera curiosidade. Tudo para receber um sorriso daquela adorável mulher que era uma aparição, parte de uma cena que passa, logo sairia da vida dele e se dissolveria na inexistência do passado. Mesmo sabendo que isso o afastaria mais ainda do caminho, Vijay continuou: — Gostaria de dizer uma coisa: vou valorizar muito nosso encontro e nossa conversa. Daqui a pouco, vou saltar em um *ashram* onde ficarei dez dias em silêncio e estou imensamente grato pelas palavras que trocamos, os momentos que compartilhamos. Lembrei-me dos filmes americanos em que o condenado à morte tem o direito de pedir o que quiser em sua última refeição. Posso dizer que tive meus desejos totalmente atendidos em minha última conversa.

Pam apenas concordou com a cabeça. Quase nunca ficava sem palavras, mas não sabia como responder à delicadeza de Vijay.

— Dez dias em um *ashram*? Está falando de Igatpuri? Vou fazer um retiro lá.

— Então vamos para o mesmo lugar e temos a mesma intenção: aprender a meditação Vipassana com o honrado guru Goenka. E daqui a pouco, pois é a próxima parada.

— Você disse dez dias de silêncio?

— Sim. Goenka sempre pede um valioso silêncio. Fora as conversas necessárias com a equipe, os alunos não devem falar. Você já fez meditação?

Pam negou com a cabeça.

— Sou professora universitária de literatura inglesa e, no ano passado, uma aluna teve uma cura e uma experiência transformadora em Igatpuri. Passou, então, a organizar retiros de meditação Vipassana nos Estados Unidos e pretende promover uma viagem de Goenka para lá.

— Sua aluna queria dar um presente à professora. Ela espera que você também se transforme?

— Bem, algo assim. Ela não acha que preciso mudar nada em mim, mas aproveitou tanto dessa experiência que quis compartilhar comigo e com outras pessoas.

— Claro. Formulei mal a pergunta. Não queria, de jeito nenhum, dizer que você precisa de uma transformação. Estava interessado no entusiasmo da aluna. Mas ela preparou você para esse retiro?

— Diretamente, não. Veio para cá por acaso e disse que seria melhor se eu também chegasse com a mente totalmente aberta. Você está balançando a cabeça. Discorda.

— Ah, os indianos balançam a cabeça da direita para a esquerda quando concordam e de cima para baixo quando discordam, ao contrário dos americanos.

— Ai, meu Deus! Acho que inconscientemente percebi. Por isso, meus sinais foram recebidos com certa estranheza. Devo ter confundido todas as pessoas com quem falei.

— Não, não, os indianos que têm contato com ocidentais se adaptam. Quanto ao conselho de sua aluna, talvez deva se preparar. Esse não é um retiro para iniciantes. É difícil manter rigoroso silêncio, iniciar as meditações às quatro da manhã, dormir pouco, fazer uma refeição por dia. Você deve ser forte. Ah, o trem está parando. Estamos em Igatpuri.

Vijay levantou-se, pegou seus pertences e tirou a mala de Pam do bagageiro acima da poltrona. O trem parou. Ele se preparou para saltar e disse:

— Começa a experiência.

As palavras dele pouco consolavam, e Pam estava ficando mais apreensiva.

— Isso quer dizer que não poderemos nos falar durante o retiro?

— Nenhuma comunicação, nem por escrito.

— E-mail pode?

Vijay não sorriu:

— O valioso silêncio é o caminho para aproveitar a meditação Vipassana. — Ele parecia diferente. Pam sentiu que ele já estava indo embora.

— Pelo menos, vai ser confortador saber que você está lá. É menos ruim ficar sozinha estando acompanhada.

— Ficar sozinha estando acompanhada... Que frase feliz! — respondeu Vijay, sem olhar para ela.

— Talvez possamos nos encontrar outra vez no trem, depois do retiro.

— Não devemos pensar nisso. Goenka vai nos ensinar que só podemos viver no presente. Não existe ontem, nem amanhã. As lembranças do passado, as preocupações com o futuro só causam inquietação. O caminho para a serenidade está em observar o presente e deixar que flutue pelo rio de nossa consciência. — Sem olhar para trás, Vijay pôs a pasta no ombro, abriu a porta do compartimento e saiu.

CAPÍTULO
16

A mulher mais importante na vida de Schopenhauer

Só a mente masculina, turvada pelo impulso sexual, poderia chamar o sexo que tem baixa estatura, ombros estreitos, coxas largas e pernas curtas de belo sexo.
ARTHUR SCHOPENHAUER, SOBRE AS MULHERES

Seus eternos sofismas, suas reclamações do mundo estúpido e da miséria humana não deixam que eu durma direito e me causam pesadelos. Todos os meus momentos desagradáveis foram por sua causa.
CARTA DE JOHANNA SCHOPENHAUER PARA SEU FILHO

A MÃE FOI A mulher mais importante na vida de Arthur, uma relação atormentada e dúbia que acabou mal. A carta de Johanna aprovando que o filho largasse o aprendizado no comércio tinha grandes sentimentos maternais: a preocupação com o bem dele, o amor, as esperanças. Mas tudo isso com uma condição: que ficasse longe dela. Daí a carta dizer para ele mudar de Hamburgo para Gotha, e não para a casa dela em Weimar, à cinquenta quilômetros de distância.

Após aprovar que Arthur deixasse o aprendizado sobre o comércio, os sentimentos afetuosos evaporaram-se porque ele ficou pouco tempo na escola preparatória de Gotha. Passou seis meses lá e, aos 19 anos, foi expulso por escrever um inteligente, ainda que cruel, poema zombando de um professor. Implorou, então, à mãe para morar com ela e continuar os estudos em Weimar.

Johanna não gostou da ideia. Na verdade, ficava nervosa só de pensar em compartilhar a casa com Arthur. O filho visitou-a algumas vezes nos seis meses que passou em Gotha, causando sempre muito desprazer. As cartas que escreveu para ele após a expulsão da escola são das mais agressivas que uma mãe já mandou para um filho.

(...) Conheço você. (...) É uma pessoa irritante e agressiva. Acho muito difícil conviver com você. Todas as suas qualidades ficam comprometidas por ser tão inteligente e deixam de ter utilidade no mundo.(...) Você acha defeitos em tudo e em todos, menos em si mesmo. (...) E assim exaspera os que estão perto — ninguém quer ser melhorado ou ilustrado à força, muito menos pela pessoa insignificante que você continua sendo. Ninguém aguenta também ser criticado por quem mostra uma tal fraqueza, principalmente em sua insistência em garantir, em tom oracular, que as coisas são de determinada forma, sem sequer desconfiar que pode estar errado.

Se você não fosse assim, seria apenas ridículo, mas sendo como é, se torna muito desagradável. (...) Você podia, como milhares de outros estudantes, frequentar a escola e morar em Gotha (...), mas não quis e foi expulso. (...) Escrever um diário literário, como você queria, é algo odioso e inútil, porque não se pode pular as páginas escritas ou jogar todo o lixo atrás do fogão, como se faz com as páginas impressas.

Johanna acabou conformando-se com o fato de ter que hospedar o filho enquanto ele se preparava para entrar na universidade, mas escreveu outra carta, caso ele não tivesse entendido a primeira, e mostrou bem sua preocupação.

Acho melhor dizer-lhe logo o que desejo e o que acho, para que possamos nos entender. Creio que não duvida de que gosto muito de você. Mostrei isso e mostrarei enquanto viver. Para ser feliz, preciso saber que você está feliz, embora não precise comprovar. Sempre disse que é difícil conviver com você. (...) Quanto mais o conheço, mais difícil acho.

Não vou esconder: já que é do jeito que é, prefiro qualquer sacrifício a ficar perto de você. (...) O que me afasta não está em seu coração, está fora de você, não dentro. São suas ideias, seu julgamento, seus hábitos; em uma palavra: não concordamos em nada com relação ao mundo exterior.

Olhe, querido Arthur, toda vez que me visitou por poucos dias, tivemos cenas violentas por qualquer motivo. Só voltei a respirar aliviada quando foi embora, pois sua presença, suas reclamações de coisas que não podem ser mudadas, sua cara zangada, seu mau humor, as opiniões estranhas que tem (...) — tudo isso me deprime e me preocupa, e não o ajuda em nada.

O raciocínio de Johanna parece claro. Pensava que seria prisioneira do casamento para sempre, mas, com a graça dos céus, havia escapado dele. Tonta de liberdade, adorava pensar que nunca mais teria que prestar contas a ninguém. Ia viver sua vida, encontrar-se com quem quisesse, ter ligações amorosas (mas jamais se casar) e explorar seus valiosos talentos.

A possibilidade de perder a liberdade por causa de Arthur era insuportável. Não só ele era uma pessoa muito difícil, controladora, como filho de seu ex-carcereiro e encarnação viva dos muitos defeitos de Heinrich.

Havia também o problema do dinheiro, que surgiu pela primeira vez quando Arthur, aos 19 anos, acusou a mãe de gastar demais, o que ameaçava a herança que receberia aos 21 anos. Johanna irritou-se, garantiu que todos sabiam que ela servia apenas pão com manteiga em seu salão literário e acusou o filho de viver além das posses, frequentando restaurantes caros e tendo aulas de equitação. Às vezes, as discussões sobre dinheiro ficavam insuportáveis.

Os sentimentos de Johanna com relação ao filho e à maternidade se refletem em seus romances. Em um deles, a heroína, bastante parecida com a autora, perde tragicamente seu verdadeiro amor e conforma-se com um marido de boa situação financeira, equilibrado, mas sem amor e, às vezes, autoritário. Por desafio e afirmação, ela não quer filhos.

Arthur não confiava seus sentimentos a ninguém e, mais tarde, a mãe destruiu todas as cartas dele. Mas há sinais óbvios de uma forte ligação entre os dois. Arthur sempre teve medo de que sua relação com Johanna acabasse (aquela mãe diferente: alegre, sincera, bonita, com ideias livres, culta, muito lida). Decerto, ela e Arthur conversavam sobre o mergulho dele na literatura antiga e moderna. Pode ser que, para ficar junto da mãe, o rapaz de 15 anos tenha preferido fazer a grande viagem pela Europa em vez de se preparar para a universidade.

Só após a morte do pai o relacionamento mudou. As esperanças de Arthur de substituir o pai no coração da mãe devem ter sido destruídas pela rápida decisão dela de deixá-lo em Hamburgo e mudar-se para Weimar. Se ele teve novas esperanças quando a mãe o livrou da promessa feita ao falecido pai, acabaram-se outra vez quando ela o mandou para Gotha, embora as escolas de Weimar fossem muito melhores. Talvez, como a mãe deu a entender, ele tenha querido ser expulso de Gotha. Se o comportamento dele se pautava pelo desejo de reencontrar a mãe, deve ter desanimado com a má vontade com que foi recebido na nova casa e com a presença de outros homens na vida dela.

A culpa que Arthur sentia pelo suicídio do pai era causada tanto pela alegria da liberdade quanto pelo medo de ter apressado a morte dele com o desinteresse pelo comércio. Não demorou para sua culpa se transformar em uma ardente defesa do bom nome do pai e em uma crítica impertinente ao comportamento da mãe em relação ao pai. Anos mais tarde, ele escreveu:

"Sei como são as mulheres. Elas encaram o casamento apenas como uma instituição destinada a sustentá-las. Quando meu pai ficou muito doente, a única pessoa a ficar com ele foi um criado fiel que, com seu caridoso afeto, ofereceu o carinho necessário. Minha mãe dava festas enquanto meu pai ficava deitado sozinho. Minha mãe divertia-se enquanto ele sofria muito. Assim é o amor das mulheres!"

Arthur foi para Weimar e preparou-se com um tutor para entrar na universidade, mas a mãe obrigou-o a ficar em aposentos separados, que ela mesma escolheu. Lá, Arthur encontrou uma carta de franqueza cruel, com as regras e os limites do relacionamento.

"Veja bem minhas condições: você fica à vontade em sua casa, mas na minha, é hóspede (...) e não se intromete nos arranjos domésticos. Todos os dias, você deve chegar às treze horas e ficar até as quinze, e não lhe vejo mais, exceto nos dias em que eu receber no salão literário, que pode frequentar, se quiser, quando também fará a refeição em minha casa, desde que não provoque discussões cansativas, o que me irrita. (...) Durante o dia, pode me contar tudo o que devo saber de você; nas outras horas, você cuida de si mesmo. Não é possível que seu conforto seja à custa do meu. Ciente disso, espero que não retribua meus cuidados e amor maternos com hostilidade."

Durante os dois anos em que viveu em Weimar, Arthur respeitou as condições estabelecidas pela mãe e foi apenas uma presença no salão literário, sem jamais conversar com o arrogante Goethe. Seu domínio de grego e latim, seus conhecimentos de autores clássicos e de filosofia aumentaram com enorme rapidez e, aos 21 anos, ele entrou para a universidade, em Göttingen. Na mesma época, recebeu a herança de 20 mil reichstalers, suficientes para sustentá-lo até o fim da vida, embora modestamente. Como previu o pai, ele dependeria muito dessa herança, pois jamais ganharia um centavo como erudito.

Com o tempo, Arthur passou a ver o pai como anjo, e a mãe como demônio. Acreditava que o ciúme e a desconfiança do pai com relação à fidelidade da mãe tinham fundamento, e que ela acabaria desrespeitando a memória dele. Em nome do pai, exigiu que ela levasse uma vida calma e isolada. E atacou com firmeza os homens que julgava serem pretendentes dela, considerando-os inferiores, "criaturas produzidas em massa", indignos de substituir o pai.

Além de Göttingen, Arthur estudou na Universidade de Berlim e doutorou-se em filosofia pela Universidade de Jena. Viveu pouco tempo em Berlim devido à iminente guerra contra Napoleão, voltando a morar em Weimar com a mãe. Logo surgiram as mesmas batalhas domésticas, pois ele não só acusava Johanna de mau uso do dinheiro que ele lhe dava para que cuidasse da avó, mas também de manter uma ligação com o amigo Müller Gerstenberg. Tornou-se tão agressivo que Johanna foi obrigada a ver Müller só quando o filho não estava em casa.

Nesta fase, houve uma conversa, sempre citada, quando deu à mãe uma cópia de sua dissertação de doutorado, um brilhante estudo sobre os princípios da causalidade, intitulado *Da quádrupla raiz do princípio de razão suficiente*.

Ao ler o título, Johanna perguntou:

— Raiz quádrupla? Isso é para o boticário preparar remédios?

E Arthur respondeu:

— Este estudo continuará sendo lido quando não existir mais um só exemplar de seus livros.

— Sim, pois é evidente que seus escritos jamais sairão da prateleira das livrarias — disse Johanna.

Arthur era inflexível com os títulos de seus trabalhos, não se preocupando com o fato de serem herméticos. Em vez do título *Da quádrupla raiz do princípio de razão suficiente*, seria mais simples dizer *Uma teoria da explicação*. Mesmo assim, até hoje, duzentos anos depois, a obra continua em catálogo nas editoras. Poucas dissertações conseguem tal proeza.

Arthur continuou tendo discussões acaloradas com a mãe por causa de dinheiro e dos relacionamentos dela, até que Johanna perdeu a paciência. Deixou claro que jamais romperia sua amizade com Müller nem com ninguém por causa do filho. Mandou que ele se mudasse, convidou Müller para ocupar os aposentos vagos e escreveu para o filho esta carta fatídica.

"A porta que você fechou com tanto estrondo ontem, após seu comportamento inconveniente com sua mãe, foi fechada para sempre. Vou para o campo e só volto quando souber que você saiu daqui. (...) Você ignora o que seja um coração de mãe; quanto mais ele ama, mais sofre com cada golpe dado pela mão que um dia amou. (...) Você se distanciou de mim: sua desconfiança, as críticas que fez sobre minha vida, meus amigos, seu comportamento incoerente comigo, sua raiva das mulheres, seu descaso em querer me agradar, sua cobiça, tudo isso, e muito mais, faz com que você seja uma pessoa prejudicial para mim. (...) Se eu tivesse morrido e você tivesse que lidar com seu pai, ousaria se comportar como se fosse professor dele? Ou controlar a vida dele, os amigos? Será que sou inferior ao seu pai? Será que ele fez mais por você do que eu? Gostou mais de você do que eu? (...) Minha obrigação com relação a você acabou. Deixe seu endereço, mas não me escreva, não vou mais ler nem responder nenhuma carta sua. (...) Portanto, é o fim. (...) Você me magoou demais. Viva e seja o mais feliz que puder."

Foi de fato o fim do relacionamento. Johanna viveu mais 25 anos, porém nunca mais mãe e filho se encontraram.

Já idoso, ao se lembrar dos pais, Schopenhauer escreveu:

"A maioria dos homens sente atração por um rosto bonito. (...) E a natureza faz com que as mulheres exibam todo o seu brilho (...), causem uma 'sensação' (...), mas a mesma natureza esconde os muitos demônios imbuídos nas mulheres, tais como os infinitos gastos que fazem, os cuidados com os filhos, a teimosia, a obstinação, o fato de ficarem velhas e feias em poucos anos, a desilusão, o adultério, as vontades, os caprichos, os ataques histéricos, o diabo a quatro. Por isso, considero o casamento como uma dívida que o homem contrai na juventude e paga na velhice."

CAPÍTULO
17

As grandes dores fazem com que as menores mal sejam sentidas
e, na falta das grandes, até a menor nos atormenta.

NO INÍCIO DA sessão seguinte, todos os olhos convergiam para Bonnie. Com voz insegura e suave, ela disse:

— Não foi muito boa ideia me colocar na agenda de hoje porque passei a semana inteira pensando no que dizer, ensaiando sem parar, embora saiba que aqui falamos de improviso. Julius sempre disse que o grupo tem que ser espontâneo para funcionar. Certo? — perguntou, olhando para ele.

Julius concordou.

— Esqueça o que ensaiou. Experimente fechar os olhos, pensar no texto que preparou, rasgá-lo em pedaços e jogá-lo na cesta de lixo. Certo?

De olhos fechados, Bonnie concordou.

— Agora, fale no sentimento de não ter um lar e não ser bonita. Fale da relação entre você, Rebecca e Pam.

Bonnie, ainda concordando com a cabeça, abriu os olhos devagar e começou:

— Tenho certeza de que todos vocês se lembram de mim. Eu era aquela colega gordinha da escola. Bochechuda, muito sem jeito, cabelos crespos demais. Péssima em educação física e a que recebia menos cartões no Dia dos Namorados, chorava à toa, jamais tive amigas, voltava sempre sozinha para casa, nunca recebi um convite para a festa de formatura. Era tão tímida que nunca levantava a mão na classe, embora fosse muito inteligente e soubesse de todas as respostas. A Rebecca, aqui do grupo, era meu isômero.

— O seu o quê? — perguntou Tony, largado na cadeira, sentado quase na horizontal.

— Isômero é como uma imagem no espelho — explicou Bonnie.

— Isômero é a molécula com as mesmas espécies e o mesmo número de átomos que outra, mas que difere desta na estrutura — disse Philip.

— Obrigada, Philip. Acho que foi pretensioso usar essa palavra, mas, Tony, quero dizer que admiro a maneira peculiar que você tem que assinalar quando não entende alguma coisa. Há uns dois meses, você falou, em uma sessão, de sua vergonha pela pouca instrução e por ser operário. Isso me deu abertura para falar de meus problemas. Agora, voltando aos meus tempos de escola, Rebecca era meu inverso total. Eu adoraria ter uma Rebecca como amiga, faria qualquer coisa para ser uma Rebecca. É isso. Passei as últimas semanas cheia de lembranças da minha infância horrível.

— Aquela menina gordinha entrou na escola faz tempo — disse Julius. — O que fez com que ela voltasse à escola agora?

— Bom, aí é que está. Não quero que Rebecca se zangue comigo...

— É melhor falar direto para ela, Bonnie — interveio Julius.

— Certo — disse Bonnie, virando-se para Rebecca: — Preciso dizer-lhe uma coisa, mas não quero que se zangue comigo.

— Estou ouvindo — disse Rebecca, atenta.

— Quando a vejo lidar com os homens aqui no grupo... como eles ficam interessados, como você os envolve... sinto-me totalmente inútil. Todos aqueles velhos sentimentos ruins voltam: gorducha, sem graça, impopular, perdedora.

— Nietzsche uma vez disse que, quando acordamos desanimados no meio da noite, os inimigos que derrotamos há muito tempo voltam para nos assombrar — lembrou Philip.

Bonnie abriu um grande sorriso para Philip.

— Que dádiva, Philip! Que ótimo presente você está me dando! Não sei por quê... Mas melhoro só de pensar nessa ideia de inimigos que venci há muito tempo. Dar um nome faz com que as coisas fiquem mais...

— Espera aí, Bonnie. Fale sobre eu envolver os homens. Explique isso, por favor — pediu Rebecca.

As pupilas de Bonnie se dilataram. Ela evitou o olhar de Rebecca.

— Não é sobre você. Não tem nada de errado com você. É comigo. É a minha reação ao comportamento feminino perfeitamente normal.

— Que comportamento? Do que está falando?

Bonnie respirou fundo e disse:

— Ficar se enfeitando. Eu acho que você fica seduzindo. Na sessão passada, não sei quantas vezes soltou os cabelos, balançou a cabeça e passou os dedos neles. Não me lembro de você ter feito isso tantas vezes. Deve ser porque Philip entrou para o grupo.

— Do que está falando? — perguntou Rebecca.

— Vou citar o velho sábio São Julius. Ele diz que uma pergunta não é uma pergunta se você sabe a resposta — interrompeu Tony.

— Por que não deixa Bonnie falar, Tony? — perguntou Rebecca, com olhar gélido.

Tony não se perturbou e disse:

— É óbvio. Philip entrou no grupo e você mudou. Passou a ser uma, ah, como é a palavra? Você se preparou para atacá-lo. É isso, Bonnie?

Bonnie concordou.

Rebecca pegou um lenço de papel na bolsa e tocou de leve nos olhos, com cuidado para não estragar o rímel.

— Isso é uma porra de uma agressão!

— É exatamente o que não quero — implorou Bonnie. — Insisto que não é sobre você, Rebecca. Não está fazendo nada de errado.

— Isso não melhora nada. Fazer uma acusação desagradável *en passant* ao meu respeito e depois dizer que não sou eu não melhora nada.

— O que é *en passant*? — perguntou Tony.

— Quer dizer de passagem — interveio Philip. — É uma expressão muito usada no xadrez, quando um peão pula duas casas e passa por um peão inimigo.

— Philip, você adora aparecer, sabia? — comentou Tony.

— Você perguntou, eu respondi — disse Philip, sem se perturbar com a acusação. — A menos que sua pergunta não seja uma pergunta.

— Argh! Não me convenceu. — Tony olhou para o restante do grupo e disse: — Vai ver, estou ficando mais idiota, pois tenho me achado mais por fora. Será que é imaginação minha, ou estamos falando mais difícil? Vai ver a entrada de Philip também afetou outras pessoas, não só Rebecca.

Julius interveio usando a tática de terapeuta de grupo mais comum e mais eficiente: passou o enfoque do conteúdo para o processo. Isto é, saiu do que foi dito para o relacionamento dos envolvidos.

— Hoje está acontecendo muita coisa. Talvez possamos voltar atrás um minuto e tentar entender. Primeiro, pergunto a todos: o que está acontecendo entre Bonnie e Rebecca?

— Pergunta difícil — disse Stuart, sempre o primeiro a responder a Julius. Usando a voz de médico, disse: — Não sei se Bonnie quer falar de uma coisa ou de outra.

— O que quer dizer? — perguntou Bonnie.

A CURA DE SCHOPENHAUER

— Quero dizer o seguinte: vai falar de homens e da competição que você tem com as mulheres ou vai falar de Rebecca?

— Eu compreendo os dois motivos — disse Gill. — O motivo para as más lembranças de Bonnie e também para a irritação de Rebecca. Isto é, ela pode não ter percebido que estava ajeitando o cabelo, e, sinceramente, não acho que isso seja tão importante.

— Você é um diplomata, Gill — observou Stuart. — Como sempre, tenta agradar a todos, sobretudo às mulheres. Mas, se ficar muito preocupado em entender o ponto de vista feminino, nunca vai falar o que acha. Foi o que Philip disse a você na semana passada.

— Lamento esses comentários discriminatórios, Stuart — falou Rebecca. — Francamente, sendo médico, você deveria pensar melhor. Essa história de ponto de vista feminino é ridícula.

Bonnie fez sinal para falar.

— Vamos parar um pouco. Não consigo continuar assim. É um assunto importante, mas surreal. Como podemos ficar falando nas coisas de sempre quando Julius avisou na semana passada que está morrendo? Erro meu: não deveria ter entrado nesse assunto hoje, sobre Rebecca e eu, é corriqueiro demais. Fica tudo comum, se for comparado.

Silêncio. Todos olharam para baixo. Bonnie foi a primeira a falar.

— Quero voltar atrás. Eu deveria ter começado falando sobre um pesadelo que tive depois da última sessão. Acho que tem a ver com você, Julius.

— Conte — pediu Julius.

— Era noite. Eu estava em uma estação de trem escura...

Julius interrompeu:

— Tente usar o verbo no presente, Bonnie.

— Eu já devia saber disso. Certo: é noite, estou em uma estação de trem escura. Tento pegar um trem que começa a sair da estação. Ando mais rápido. Vejo o vagão-restaurante passar cheio de pessoas bem--vestidas, comendo e tomando vinho. Não sei em que vagão embarcar. O trem aumenta a velocidade e, à medida que os vagões passam, ficam mais feios, há janelas fechadas com tábuas. O último vagão, de carga, é só esqueleto, caindo aos pedaços, afasta-se e o trem apita tão alto que acordo às quatro da manhã. Meu coração bate forte. Fico suando e não consigo mais dormir.

— Você ainda vê esse trem? — perguntou Julius.

— Com toda clareza. O trem se afasta. O sonho continua assustador. Estranho.

— Sabe o que acho? — perguntou Tony. — O trem é o grupo que vai acabar por causa da doença de Julius.

— Isso mesmo — concordou Stuart. — O trem é o grupo, leva você a algum lugar e alimenta você pelo caminho, os passageiros no vagão-restaurante.

— É, mas por que não consegue embarcar? Você correu? — perguntou Rebecca.

— Não corri. Parece que eu sabia que não podia embarcar.

— Estranho. É como se quisesse e, ao mesmo tempo, não quisesse embarcar... — disse Rebecca.

— Não me esforcei muito.

— Talvez tivesse medo de embarcar? — perguntou Gill.

— Já contei para vocês que estou apaixonado? — perguntou Julius. Uma agitação percorreu o grupo. Silêncio total. Julius olhou com jeito brincalhão para os rostos intrigados e preocupados. — Isso mesmo: apaixonado por esse grupo, principalmente quando funciona como hoje. Muito boa a forma de vocês interpretarem esse sonho. Vocês são ótimos. Vou dizer o que penso: acho, Bonnie, que esse trem é um símbolo para mim também. Ele traz medo e escuridão. E, como disse Stuart, alimenta. Tento fazer isso. Mas você tem medo dele, como deve ter de mim ou, melhor, do que está acontecendo comigo. E o último vagão, de carga, parecendo um esqueleto, não será um símbolo, uma previsão de minha deterioração?

Bonnie pegou lenços de papel na caixa que ficava no centro da sala, enxugou os olhos e gaguejou:

— Eu, hum, eu, eu não sei o que responder. Tudo isso é estranho. Julius, você me confunde, me impressiona seu jeito tão prosaico de falar na morte.

— Todos nós estamos morrendo, Bonnie. Só que eu sei meu prazo de validade melhor do que vocês — disse Julius.

— É isso que quero dizer, Julius. Sempre gostei muito de sua irreverência, mas agora, nessa situação, ela parece evitar um pouco as coisas. Me lembro daquela época em que Tony cumpria pena nos fins de semana e nós não estávamos falando nisso. Você disse então que, se o grupo ignora uma coisa importante, não vai falar sobre mais nada importante.

— Quero dizer duas coisas — interveio Rebecca. — Primeira: Bonnie, nós estávamos falando sobre algo importante, várias coisas importantes. E segunda: meu Deus, o que querem que Julius faça? Ele está falando no assunto.

— Na verdade, até ficou irritado porque a gente soube da doença por Philip e não por ele — disse Tony.

— Concordo — afirmou Stuart. — Então, Bonnie, o que quer que ele faça? Está enfrentando a situação. Disse que tem uma rede de apoio para ajudar.

Julius interveio. O assunto já tinha ido longe demais.

— Olha, agradeço todo o apoio de vocês, mas, quando é forte assim, começo a me preocupar. Talvez eu esteja relaxando. Sabem quando foi que o jogador Lou Gehrig resolveu abandonar o esporte? Quando o time todo o cumprimentou por uma jogada normal que ele fez. Talvez vocês estejam me achando frágil demais para falar por mim mesmo.

— Então, qual é a conclusão? — perguntou Stuart.

— Primeiro, quero dizer a você, Bonnie, que é muito corajosa por falar em um assunto que queima quem toca nele. Além disso, está absolutamente certa: incentivei um pouco, aliás, muito, a não falarmos sobre minha doença aqui.

"Vou contar umas coisas. Tenho dormido mal e pensado muito em tudo, inclusive no que fazer com meus pacientes individuais e com o grupo. Não tenho nenhuma experiência nisso, claro. Ninguém tem prática em morrer, já que só acontece uma vez. Não há livros escritos contando como se morreu. Tudo é de improviso.

"Preciso resolver o que faço com o tempo que me resta. E quais são as opções? Interromper a terapia de todos os pacientes e do grupo? Não estou preparado para isso. Tenho pelo menos um ano de saúde. E o trabalho é muito importante para mim. Também recebo muito dele. Se parasse com tudo, iria me considerar um pária. Acompanhei diversos pacientes com doenças terminais que me disseram que o pior era o isolamento causado pela doença.

"E o isolamento é duplo: primeiro, a própria pessoa se isola porque não quer trazer os outros para o desespero dela. Posso dizer que essa é uma de minhas preocupações aqui. Segundo, porque os outros evitam o doente por não saberem o que falar, ou não quererem nada com a morte.

"Portanto, afastar-me de vocês não é bom para mim nem para vocês. Vi diversos pacientes terminais fazerem mudanças, ficarem mais sensatos, mais maduros e terem muito que ensinar aos outros. Acho que isso começa a ocorrer comigo e tenho certeza de que terei muito a oferecer a vocês nos próximos meses. Mas, se vamos trabalhar juntos, vocês terão que enfrentar muita inquietação. Terão não só que encarar minha morte chegando, mas de pensar na morte de vocês também. Pronto. Terminei de falar. Talvez vocês tenham que pensar nisso e ver o que querem fazer."

— Não preciso pensar, já está resolvido — disse Bonnie. — Adoro este grupo: você, Julius, e todas as pessoas que fazem parte dele. Quero ficar aqui o máximo possível.

Depois que os outros concordaram com Bonnie, Julius disse:

— Agradeço o voto de confiança. Mas a primeira regra da terapia de grupo é admitir a enorme pressão do grupo, que dificulta ir contra ele em público. Seria preciso uma determinação sobre-humana para um de vocês dizer hoje: desculpe, Julius, mas não aguento. Vou procurar um terapeuta com saúde para cuidar de mim.

A CURA DE SCHOPENHAUER

"Portanto, não vamos nos comprometer, vamos só tocar no assunto, avaliar o trabalho e ver como cada um se sente nas próximas semanas. Um grande perigo, citado por Bonnie hoje, é deixar os problemas de vocês parecerem insignificantes. Temos que ver o melhor jeito de eu manter vocês tratando de seus problemas."

— Acho que você faz isso ao nos manter informados sobre sua saúde — disse Stuart.

— Certo, obrigado. Ouvir isso ajuda. Voltemos a vocês.

Longo silêncio.

— Bom, talvez eu não tenha conseguido liberá-los. Vou tentar uma coisa. Stuart ou alguém é capaz de dizer em que ponto estamos? Quais são os assuntos em pauta hoje?

Stuart era uma espécie de historiador informal do grupo: tinha uma memória tão boa que Julius podia sempre pedir ajuda para lembrar fatos passados ou atuais. Julius tentava não abusar de Stuart, que estava no grupo para aprender como se relacionar com os outros, não para ser um arquivo. Maravilhoso com seus pequenos pacientes na pediatria, Stuart era um fracasso social sempre que saía desse papel. Até no grupo ele costumava vir com apetrechos do trabalho no bolso da camisa: espátulas para abaixar a língua, caneta com luzinha, pirulitos, amostras de remédios. Havia um ano, ele era uma força estável no grupo e tinha feito grandes progressos no "projeto de humanização", como ele dizia. Mas sua sensibilidade com relação aos outros ainda estava tão mal desenvolvida que relatava os fatos do grupo sem qualquer malícia.

Stuart recostou-se na cadeira, fechou os olhos e disse:

— Bom, vejamos, começamos a sessão com Bonnie falando na infância. — Bonnie costumava criticar Stuart e ele deu uma olhada procurando aprovação dela antes de continuar.

— Não, não é bem assim, Stuart. Os fatos estão corretos, mas o tom está errado. Você falou como se fosse uma coisa frívola, como se eu quisesse contar uma história engraçada. Tenho muitas lembranças dolorosas da infância que estão aparecendo e me assustando. Entendeu a diferença?

— Não sei se entendi. Não disse que você queria falar porque era divertido. É o tipo de coisa que minha esposa reclama de mim, esse mal-entendido. Mas continuando: a seguir, Rebecca ficou ofendida e irritada com Bonnie, que achou que ela estava se exibindo e querendo impressionar Philip.

Stuart não se importou quando Rebecca deu um tapa na testa e resmungou "droga" e continuou:

— Então, Tony reclamou que estamos usando palavras mais complicadas para impressionar Philip. E que Philip gosta de aparecer. Philip deu uma cortada em Tony e comentei que Gill tinha tanta vontade de agradar às mulheres que perdia a noção de si mesmo.

"Vejamos o que mais", disse Stuart, olhando a sala. "Bom, tem o Philip; não o que ele disse, mas o que deixou de dizer. Não falamos muito nele, como se fosse um tabu. Vamos pensar nisso, não falamos nem no fato de não falarmos nele. E, claro, Julius. Mas já trabalhamos o tema. Exceto que Bonnie estava particularmente preocupada e protetora com ele, como de costume. Na verdade, a parte da sessão sobre Julius começou com o sonho de Bonnie."

— Muito bom, Stuart — disse Rebecca. — Um resumo bem completo. Faltou só dizer uma coisa.

— O quê?

— Falar em você, que voltou a ser o fotógrafo do grupo e, assim, não entra na foto.

O grupo tinha cobrado Stuart muitas vezes por sua participação impessoal. Meses antes, ele contou um pesadelo em que a filha pisava em areia movediça e ele não conseguia salvá-la porque foi pegar a máquina na mochila para fotografar. Foi então que Rebecca apelidou-o de fotógrafo do grupo.

— Está certo, Rebecca. Vou largar a máquina e concordar com Bonnie: você é uma mulher bonita. Mas isso não é novidade. Você sabe que é. E claro que está se exibindo para Philip quando solta e prende os cabelos. É óbvio. O que acho disso? Tive um pouco de ciúme. Aliás, muito. Você nunca se exibiu para mim. Nem ninguém.

A CURA DE SCHOPENHAUER

— Essas coisas dão a impressão de que estou em um presídio de segurança máxima — replicou Rebecca. — Detesto quando os homens tentam me controlar, como se vigiassem todos os meus movimentos. — Rebecca pronunciou bem cada palavra, mostrando uma agressividade e uma fragilidade que estavam latentes há muito tempo.

Julius se lembrou da primeira impressão que teve de Rebecca. Dez anos antes de entrar no grupo, ela teve sessões individuais durante um ano. Era uma mulher delicada, com um jeito gracioso de Audrey Hepburn, esguia e bonita, de olhos grandes. E quem esqueceria o primeiro comentário dela na terapia? "Depois que fiz trinta anos, notei que entro nos restaurantes e ninguém para de comer para me olhar. Estou arrasada."

Julius seguiu duas orientações no trabalho individual e de grupo com ela. Primeiro, a recomendação de Freud para o analista ser compreensivo com uma mulher bonita e não se reprimir ou castigá-la apenas porque é bonita. A segunda orientação foi um ensaio que Julius leu quando era estudante, intitulado "A linda mulher vazia", que dizia que a mulher muito bonita costuma ser tão festejada e gratificada pela beleza que deixa de se esforçar. Sua segurança e seu sucesso são apenas superficiais e, quando a beleza acaba, ela sente que tem pouco a dar: não aprimorou a arte de ser uma pessoa interessante nem a outra arte, de se interessar pelos outros. Stuart interrompeu os pensamentos de Julius dizendo:

— Se faço uma observação, chamam-me de fotógrafo; se digo o que sinto, chamam-me de controlador. Fico sem saída — reclamou Stuart.

— Não entendi você, Rebecca — disse Tony. — Por que não gostou do que Stuart disse? Ele só repetiu o que você falou. Quantas vezes já contou que sabe seduzir, que é uma coisa natural para você? Lembro-me de você dizer como isso era bom na faculdade e em seu escritório de advocacia, pois você manipulava os homens com sua sexualidade.

— Você faz com que eu me sinta uma puta. — Rebecca se virou de repente para Philip: — Não me acha uma puta, depois do que ele disse?

Philip, sem deixar de olhar para seu ponto preferido em algum lugar do teto, respondeu logo:

— Schopenhauer disse que as mulheres muito atraentes, assim como os homens muito inteligentes, estão destinados a viver isolados. E que os outros ficam cegos de inveja e de raiva da pessoa superior. Por isso, esses dois tipos nunca têm amigos íntimos do mesmo sexo.

— Nem sempre — disse Bonnie. — Lembrei-me de Pam, que está ausente. Ela também é linda e tem muitas amigas íntimas.

— Philip, você está querendo dizer que, para ser popular, a pessoa tem que ser burra ou feia? — perguntou Tony.

— Sim — concordou Philip. — E a pessoa sensata não vai passar a vida querendo ser popular. Engano. A popularidade não mostra o que é verdadeiro ou bom. Pelo contrário, nivela por baixo. Melhor buscar dentro de si mesmo os valores e as metas.

— E quais são suas metas e seus valores? — perguntou Tony.

Se Philip percebeu a agressividade da pergunta, não demonstrou, e respondeu, sincero:

— Como Schopenhauer, quero desejar o menos possível e saber o máximo possível.

Tony concordou, sem ter o que dizer.

Rebecca interrompeu:

— Philip, o que você ou Schopenhauer disseram sobre amigos foi certeiro em relação a mim. Na verdade, tive poucas amigas íntimas. Mas o que dizer de duas pessoas com interesses e capacidades parecidos? Não acha que é possível serem amigas?

Antes que Philip pudesse responder, Julius lembrou:

— Nosso tempo está acabando. Nos últimos quinze minutos da sessão, quero ver como estão se sentindo. Como estamos?

— Não estamos atingindo o alvo. Há alguma coisa esquisita — disse Gill.

— Eu estou gostando — comentou Rebecca.

— Não... Está um papo muito vago — disse Tony.

— Concordo — afirmou Stuart.

— Bom, não acho vago — disse Bonnie. — Estou prestes a explodir, gritar ou... — De repente, Bonnie levantou-se, pegou a bolsa e a jaqueta e saiu da sala. Gill saiu para buscá-la. Em um estranho silêncio, o grupo ficou ouvindo os passos se afastarem. Pouco depois, Gill voltou e disse:

— Ela está bem e pediu desculpas, mas tinha que sair para relaxar. Volta na semana que vem.

— O que está havendo? — perguntou Rebecca, abrindo a bolsa para pegar os óculos e as chaves do carro. — Detesto quando ela faz isso. É irritante.

— Alguém sabe o que está acontecendo? — perguntou Julius.

— Deve ser TPM — disse Rebecca.

Tony viu Philip fazer cara de quem não entendeu e explicou:

— TPM é tensão pré-menstrual. — Philip fez sinal de que tinha entendido e Tony, por sua vez, fez sinal de positivo com as duas mãos, falando:

— Oba! Ensinei uma coisa a você.

— Por hoje, ficamos por aqui — disse Julius. — Mas tenho a impressão de que sei o que há com Bonnie. Pensem no resumo que Stuart fez da sessão e o modo como Bonnie começou falando na menina gorducha que não era popular na escola, incapaz de competir com as outras, principalmente as bonitas. Será que isso não foi recriado hoje aqui? Ela iniciou a sessão e logo depois o grupo trocou-a por Rebecca. Em outras palavras, o tema que ela queria abordar pode ter sido mostrado aqui ao vivo, com todos nós participando da encenação.

CAPÍTULO
18

Pam na Índia (2)

*Nada mais consegue assustá-lo ou emocioná-lo. Ele cortou
todos os milhares de fios da vontade que nos ligam ao mundo
e nos puxam para a frente e para trás (cheios de ansiedade,
carência, raiva e medo) em um sofrimento constante. Sorri e
olha calmamente para trás, para a ilusão do mundo, indiferente
como um jogador de xadrez ao final de uma partida.*

POUCOS DIAS DEPOIS, às três da manhã, Pam estava acordada na cama, olhando para o teto escuro. Por interferência da aluna Marjorie, ela teve o privilégio de ficar em um quarto quase individual, um pequeno aposento com banheiro, ao lado do dormitório das mulheres. Mas o quarto não tinha abafador de ruídos e ela ouvia a respiração das outras 150 alunas da meditação Vipassana. Aquele ressonar fez com que se lembrasse de seu quarto no sótão da casa dos pais em Baltimore, quando ficava acordada ouvindo o vento de março chiar na janela.

Pam conseguia aguentar toda a rigidez do *ashram* (acordar às quatro horas, fazer uma única refeição vegetariana por dia, meditar horas a fio, manter silêncio, viver em instalações espartanas), mas a falta de sono estava acabando com ela. Não conseguia se lembrar do mecanismo de dormir. Como fazia antes? "Não, a pergunta está errada", pensou, assim complicava, pois dormir é uma dessas coisas que não se podem controlar, vem por acaso. De repente, lembrou-se de uma coisa antiga, o porquinho Freddie, grande detetive em uma série de livros infantis, em quem ela não pensava há 25 anos. Um dia, o detetive Freddie foi chamado para ajudar uma centopeia que não conseguia mais andar porque suas centenas de pés estavam fora de compasso. Freddie resolveu o problema mandando a centopeia andar sem olhar nem pensar nos pés. A solução estava em tirar a atenção do problema e deixar que a sabedoria do corpo resolvesse. Era a mesma coisa com o sono.

Pam tentou usar a técnica que aprendeu na palestra, esvaziando a mente de todos os pensamentos. O guru Goenka era gorducho, de pele azeitonada, pedante, excessivamente sério e arrogante. Começou a palestra dizendo que ia ensinar a meditação Vipassana, mas primeiro precisava mostrar ao aluno como acalmar a mente. (Pam aguentou o uso exclusivo do sujeito da frase no masculino; com certeza, a onda feminista ainda não tinha chegado às praias indianas.)

Nos primeiros três dias, Goenka ensinou a *anapana-sati* (conscientização do respirar). E os dias demoravam a passar no *ashram*. Além da palestra seguida de perguntas e respostas, a única atividade diária, das quatro da manhã às 21h30, era meditar sentada. Para conscientizar a respiração, Goenka mandou os alunos aprenderem a inspirar e expirar.

— Ouçam. Ouçam o som da respiração — disse ele. — Tomem consciência da duração e da temperatura que ela tem. Reparem na diferença entre o frio da inspiração e o calor da expiração. Fiquem como um sentinela na porta. Prestem atenção nas narinas, no ponto exato onde o ar entra e sai.

"Em pouco tempo a respiração fica cada vez mais suave, até que parece sumir completamente, mas, quando você se concentra mais, consegue distinguir sua forma delicada e sutil. Se seguirem bem todas as minhas orientações, se forem dedicados, a prática do *anapana-sati* vai acalmar a mente

IRVIN D. YALOM

de vocês. E vão se libertar de todos os obstáculos da vigília: a ansiedade, a raiva, a dúvida, o desejo sexual e a preguiça. Vão ser pessoas atentas, tranquilas e alegres", disse Goenka, apontando para o alto.

A tranquilidade era a meta de Pam, o motivo de sua peregrinação a Igatpuri. Nas últimas semanas, sua mente foi um campo de batalha onde lutava para afastar lembranças e fantasias barulhentas, obsessivas e invasivas sobre o ex-marido, Earl, e o ex-amante, John. Sete anos antes, ela procurou o ginecologista Earl quando engravidou de um parceiro eventual e resolveu fazer um aborto. Preferiu não avisar o parceiro. Não queria qualquer envolvimento maior com ele. Earl foi incrivelmente gentil e cuidadoso. Fez o aborto e um acompanhamento, telefonou para a casa dela duas vezes para saber como estava. Pam concluiu que não passava de exagero o hábito de as pessoas dizerem que faltam médicos cuidadosos e humanos. Dias depois, recebeu um terceiro telefonema convidando-a para almoçar, ocasião em que Earl passou com perícia de médico a namorado. No quarto telefonema, ela aceitou, animada, viajar com ele para uma convenção médica em Nova Orleans.

O namoro progrediu com rapidez incrível. Nenhum homem jamais a entendeu tão bem, foi tão solidário, conheceu cada detalhe e cada pedacinho dela, proporcionou maior prazer sexual. Embora ele tivesse muitas qualidades maravilhosas (era competente, bonito e sabia impressionar), ela lhe deu (percebeu depois) uma dimensão heroica, enorme. Ficou surpresa por ter sido a escolhida, promovida à primeira na fila de mulheres que batiam no consultório dele em busca de seu dom curativo, apaixonou-se perdidamente e aceitou se casar com ele semanas depois.

No começo, o casamento foi perfeito. Mas, na metade do segundo ano, apareceu a realidade de ter um marido 27 anos mais velho: ele precisava descansar mais; o corpo mostrava a idade que tinha; os cabelos brancos apareciam, derrotando a tintura. Um problema no punho acabou com as partidas de tênis que os dois jogavam aos domingos, e uma torção no joelho acabou também com o esqui na neve. Earl colocou à venda o chalé de montanha estilo Tahoe sem consultá-la. Sheila, grande amiga de Pam e colega de faculdade, tinha avisado para ela não se casar com um homem mais velho e, a essa altura, recomendou também que Pam mantivesse a identidade e não se apressasse em envelhecer. Pam sentia que acelerava o tempo. O envelhecimento de Earl irritava a juventude dela. Todas as noites, ele chegava em casa com disposição só para os três martínis habituais e assistir à TV.

O pior era que ele não lia nada, embora um dia tivesse falado com fluência e segurança sobre literatura. Como ela gostou de saber que Earl gostava de Middlemarch e Daniel Deronda. E que choque ver, pouco depois, que ele tinha confundido forma com conteúdo: não só as opiniões sobre literatura eram decoradas, mas tinha poucos livros e não se interessava por novos. Isso foi o mais difícil de encarar: como foi gostar de um homem que não lia? Ela, cujos melhores e maiores amigos mergulhavam nas páginas de George Eliot, Woolf, Murdoch, Gaskell e Byatt?

Foi a essa altura que entrou em cena o ruivo John, professor assistente no departamento dela em Berkeley, carregado de livros, pescoço longo e bonito, pomo de adão proeminente. Era de esperar que os professores de inglês lessem muito, mas Pam conheceu vários que mal se aventuravam fora dos autores de seu século de especialização, desconhecendo totalmente qualquer nome novo. Mas John lia de tudo. Três anos antes, Pam havia apoiado a entrada dele para o corpo docente com base nos dois livros incríveis que ele publicara: *Xadrez — A estética da brutalidade na ficção contemporânea* e *Não, senhor! — A heroína andrógina na literatura inglesa do fim do século XIX*.

A amizade deles aumentou com as visitas a todos os lugares e programas românticos do campus: reuniões do departamento e almoços do clube de professores, palestras mensais no auditório Norris pelo poeta ou romancista residente. A amizade enraizou-se e floresceu em atividades acadêmicas, como dar aulas em dupla sobre grandes pensadores ocidentais do século XIX, ou quando um dava palestra no curso do outro. A ligação definitiva foi na guerra das discussões do conselho docente sobre carga horária e salários e nos grandes debates do comitê de promoções.

Em pouco tempo, confiavam tanto na opinião recíproca sobre romancistas e poetas que não precisavam de outras. O correio eletrônico vivia abarrotado de citações filosóficas. Desprezavam textos que fossem bonitinhos ou pretensamente inteligentes. Queriam apenas o máximo: beleza e sabedoria através dos séculos. Os dois detestavam Fitzgerald e Hemingway; adoravam Dickinson e Emerson. Conforme aumentava a pilha de livros que tinham lido, a relação ficava mais harmoniosa. Emocionavam-se com os mesmos pensamentos dos mesmos escritores. Juntos, tinham epifanias. Em resumo, os dois professores de inglês estavam apaixonados.

"Você larga o seu casamento e eu largo o meu." Quem disse essa frase primeiro? Nenhum dos dois lembrava, mas, a certa altura do segundo ano de ensino em dupla, chegaram a esse compromisso de alto risco amoroso. Pam estava pronta, mas John tinha duas filhas pré-adolescentes e, é claro, pediu mais tempo. Pam teve paciência. Graças aos céus, John, o homem dela, era um bom sujeito e pediu tempo para lutar contra temas morais, como o sentido das juras de casamento. Lutava também com a culpa de abandonar as filhas e como fazer para largar uma mulher cujo único defeito era o embotamento, que, devido às obrigações domésticas, fez com que ela passasse de grande amante a mãe sem graça. Várias vezes, John garantiu a Pam que estava digerindo os fatos, que tinha conseguido identificar e reconhecer o problema. Só precisava de mais tempo para resolver, ver o momento certo de agir.

No entanto, os meses se passavam e o momento certo não chegava. Pam desconfiava que John, como tantos maridos e esposas insatisfeitos, tentava fugir da culpa e do peso de irreversíveis atos contrários à moral, fazendo com que a mulher decidisse. Ele recuou, perdeu todo o interesse sexual pela mulher e a criticava, às vezes, alto, às vezes, em silêncio. Era o velho golpe do "não posso largá-la, mas rezo para que ela me largue". Só que não estava funcionando: aquela mulher não caía nesse golpe.

Finalmente, Pam agiu. A decisão foi apressada por dois telefonemas começando por "Querida, acho melhor você saber que (...)". Duas pacientes de Earl, com a desculpa de lhe fazerem um favor, contaram das investi-

A CURA DE SCHOPENHAUER

das do médico. Quando uma terceira paciente fez uma intimação judicial acusando-o de comportamento antiético, Pam agradeceu sua boa estrela por não ter filhos e ligou para o advogado.

Será que isso forçaria John a tomar uma decisão? Ela teria terminado o casamento mesmo se não houvesse outro homem na história, mas, em uma incrível negação, convenceu-se de que largou o marido por causa do amante e continuou a apresentar essa versão. John embromava; ainda não estava pronto. Até que enfim resolveu. Foi em junho, no último dia de aula, logo após um fantástico encontro de amor no lugar de sempre, o colchão de espuma azul meio desenrolado embaixo da mesa, no piso de madeira dura do escritório. (Os sofás foram proibidos nos escritórios dos professores de inglês devido às inúmeras reclamações, no departamento, de professores que atacavam alunas.) Depois de fechar o zíper da calça, John olhou para ela, sério: "Pam, eu amo você. E, porque amo, decidi ser firme. Não estou sendo justo e resolvi tirar um pouco da pressão sobre você, principalmente, mas sobre mim também. Temos que passar um tempo sem nos vermos."

Pam ficou atordoada. Mal ouviu o que ele disse. Nos dias que se seguiram, as palavras dele pareciam um comprimido que engolira, grande demais para digerir e pesado demais para vomitar. Uma hora ela o odiava; na seguinte, o amava e o desejava; mais uma e queria que ele morresse. Via uma cena após a outra: John e a família mortos em um acidente de carro. A mulher dele morta em um desastre de avião e John na porta do apartamento dela, às vezes com as filhas, outras vezes sozinho. Uma hora, ela o abraçava, os dois choravam, emocionados. Outras vezes, ainda, ela fingia que tinha um homem em seu apartamento e batia a porta na cara de John.

Pam aproveitou muito os dois anos de análise individual e depois a terapia de grupo, mas essa crise o tratamento não conseguiu resolver: vencer o enorme poder do pensamento obsessivo. Julius tentou corajosamente. Não desanimou e usou todas as ferramentas possíveis. Primeiro, disse para ela anotar quanto tempo desperdiçava com aquela obsessão. Duzentos a trezentos minutos por dia. Incrível! E parecia totalmente fora de seu controle. A obsessão tinha um poder diabólico. Julius tentou ajudá--la a recuperar o controle da mente com uma diminuição sistemática das horas de fantasias. Também não adiantou e, então, sugeriu algo paradoxal: que ela escolhesse uma hora todas as manhãs só para fazer grandes fantasias sobre John. Pam obedeceu, mas a obsessão não diminuía e continuou invadindo os pensamentos como antes. Depois, sugeriu várias técnicas de interrupção de pensamentos. Pam passou dias berrando "não" para si mesma ou puxando elásticos no pulso.

Julius também tentou afastar a obsessão buscando seu sentido subliminar. "Esses pensamentos a protegem de pensar em outra coisa", explicou. "O que estão escondendo? Se a obsessão não existisse, no que estaria pensando?" Não adiantou.

Os outros membros do grupo ajudaram. Contaram sobre suas fases obsessivas. Ofereceram-se para atender aos telefonemas de Pam sempre que ela estivesse obcecada. Sugeriram que se ocupasse, ligasse para os amigos, tivesse uma atividade social diária, arrumasse um namorado e, merda, parasse com aquilo! Tony fez com que ela risse ao se candidatar para o posto de Earl. Mas nada funcionou. Contra o enorme poder da obsessão, as armas da terapia foram tão eficazes quanto um revólver de ar comprimido contra um rinoceronte no ataque.

Houve, então, um encontro casual com Marjorie, a aluna de graduação de olhar sonhador, praticante da meditação Vipassana, que foi consultar Pam sobre a mudança no tema da dissertação. Marjorie não estava mais interessada na influência dos conceitos de amor de Platão na obra de Djuna Barnes. Achava muito melhor o protagonista Larry, do romance de Somerset Maugham, *O fio da navalha*, e propunha o tema "Origens do pensamento religioso oriental em Maugham e Hesse". Nas conversas das duas, Pam ficou impressionada com uma das expressões preferidas de Marjorie (e de Maugham): "a calma da mente". A expressão parecia tão incitante, tão atraente... Quanto mais pensava, mais Pam sentia que precisava acalmar a mente. E, como nenhuma terapia individual nem de grupo parecia capaz de oferecer isso, resolveu seguir o conselho de Marjorie. Comprou uma passagem rumo à Índia e ao guru Goenka, o tranquilizador de mentes.

A rotina no *ashram* lhe deu um pouco de calma. Ela pensava menos em John, mas passou a achar a insônia pior do que a obsessão. Ficava deitada ouvindo os sons da noite: o ritmo compassado da respiração das alunas dormindo e o libreto de roncos, resmungos e bufos. E a cada quinze minutos, Pam levava um susto com um guarda noturno apitando alto, do lado de fora.

Mas por que não conseguia dormir? Deveria ser por causa das doze horas de meditação diárias. Senão, por quê? As outras 150 alunas pareciam descansar tranquilas nos braços de Morfeu. Se ela pudesse perguntar essas coisas a Vijay! Uma vez, quando procurava disfarçadamente por ele no salão de meditação, o assistente Manil (que percorria as fileiras de alunos para baixo e para cima) tocou nela com a vara de bambu e disse:

— Olhe apenas para seu interior.

E, quando ela viu Vijay no fundo da ala masculina, ele parecia em transe, ereto na posição de lótus, imóvel como Buda. Deve ter percebido que ela estava no salão; das trezentas pessoas, era a única sentada em uma cadeira. Ficou aflita com o problema, mas as dores nas costas, depois de sentar no chão por vários dias, fizeram com que pedisse uma cadeira a Manil.

Manil não gostou. Era um indiano alto e esguio que se esforçava para parecer tranquilo. Sem tirar os olhos do horizonte, ele reagiu:

— Suas costas? O que fez nas vidas passadas para ter isso?

Que desapontamento! A resposta de Manil desmentia as veementes afirmações de Goenka de que seu método não era ligado a nenhuma religião. Aos poucos, estava notando a enorme distância entre as afirmações não religiosas do budismo rarefeito e as crenças supersticiosas das massas. Nem os assistentes no *ashram* conseguiam resistir ao apelo pelo mágico, pelo mistério e pela autoridade.

Uma vez, ela notou a presença de Vijay no almoço das onze horas e conseguiu um lugar ao lado dele na mesa. Ouviu-o respirar fundo, como se sentisse o cheiro dela, mas não olhou nem falou com Pam. Na verdade, ninguém falava com ninguém; a regra de silêncio absoluto era cumprida. Na terceira manhã, um fato estranho animou o dia. Durante a meditação, alguém peidou alto e alguns alunos riram. O riso era contagioso e logo vários estavam em um acesso de riso. Goenka não gostou e retirou-se do salão na mesma hora, com a esposa a reboque. Em seguida, um dos assistentes informou solenemente que o mestre sentiu-se desrespeitado e não continuaria sem que todos os que o ofenderam saíssem do *ashram*. Alguns alunos levantaram-se e saíram, mas a meditação continuou perturbada pelos rostos dos expulsos nas janelas, piando como corujas.

Não houve comentários posteriores, mas Pam desconfiou de que os alunos foram expulsos ao final da noite, já que, na manhã seguinte, a quantidade de Budas sentados no salão era bem menor.

Só era permitido falar ao meio-dia, quando os alunos podiam fazer perguntas objetivas aos assistentes do mestre. Na quarta manhã, ao meio-dia, Pam perguntou como resolver sua insônia.

— Não se preocupe — respondeu Manil, olhando ao longe. — O corpo tem o sono de que precisa.

— Então, pode me dizer por que o guarda noturno apita bem na minha janela a noite inteira? — perguntou ela.

— Esqueça isso. Concentre-se apenas no *anapanasati*. Preste atenção na respiração, e esses fatos triviais não vão mais incomodar.

Pam estava tão aborrecida com a meditação que não sabia se aguentaria dez dias no *ashram*. Além de meditar sentada, a outra atividade era ouvir as preleções monótonas de Goenka, à noite. Vestido com uma brilhante túnica branca, ladeado por toda a equipe, ele se esforçava em vão para demonstrar eloquência, mas surgia sempre um toque de autoritarismo. A preleção consistia em longas frases repetidas, exaltando as muitas virtudes da meditação Vipassana, que, se praticada de maneira adequada, purificava a mente, levava à iluminação, a uma vida de calma e equilíbrio, à erradicação de doenças psicossomáticas e à eliminação das três causas da infelicidade: desejar, odiar e ignorar. Praticar sempre a Vipassana era como ser jardineiro da própria mente, arrancando dela as ervas daninhas. Mais que isso, destacava Goenka, a Vipassana podia ser feita em qualquer hora e lugar e tinha uma vantagem: enquanto outras pessoas perdiam tempo na fila do ônibus, o praticante podia arrancar algumas ervas daninhas da mente.

A meditação era cheia de obrigações que, à primeira vista, pareciam justas e razoáveis. Só que eram tantas! Não roubar, não matar nenhum ser animal ou vegetal, não mentir, não ter relações sexuais, não tomar bebidas alcoólicas, não ter diversões sensuais, não escrever, não fazer anotações, não usar caneta ou lápis, não ler, não ouvir música ou rádio, não falar ao telefone, não usar roupas de cama luxuosas, não usar enfeites no corpo, não usar roupas com decotes, curtas ou sem mangas, não comer após o meio-dia (exceto os alunos iniciantes, que recebiam um chá e uma fruta às dezessete horas). Por fim, os alunos eram proibidos de questionar a orientação ou as instruções do mestre. Tinham que ter disciplina e meditar exatamente como pedido. Goenka disse que só através da obediência os alunos encontrariam a iluminação.

Pam ponderou um instante. Afinal, o mestre dedicou a vida a ensinar Vipassana. Claro que ele tinha uma ligação com a cultura do país. Quem não tinha? E a Índia não esteve sempre sob o peso dos rituais religiosos e de rígidas classes sociais? Além do mais, ela adorava a linda voz de Goenka. Todas as noites, ficava encantada com o profundo e sonoro cântico entoado na antiga língua páli, dos estudos budistas sagrados. Da mesma forma que se encantava com as músicas religiosas cristãs, principalmente os cantos litúrgicos bizantinos, e com os solistas nas sinagogas, e, uma vez, no interior da Turquia, ficara hipnotizada com o canto do muezim chamando os muçulmanos para a oração na mesquita, cinco vezes ao dia.

Embora fosse uma aluna aplicada, achava difícil prestar atenção na respiração durante quinze minutos sem entrar em um devaneio sobre John. Mas, aos poucos, foi mudando. Os primeiros cenários disparatados tinham se transformado em uma única cena: por meio de uma notícia de TV, rádio ou jornal, ela ficava sabendo que a família de John tinha morrido em um desastre aéreo. Pensava então na cena sem parar. Já não aguentava mais aquilo. Mas continuava pensando.

À medida que o tédio e a inquietação aumentaram, ela passou a se interessar muito por pequenas atividades domésticas. Quando se inscreveu no escritório do *ashram* (e soube, surpresa, que o retiro de dez dias era grátis), notou pequenos pacotes de sabão na lojinha local. No terceiro dia, comprou um pacote e passou um bom tempo lavando e relavando suas roupas, dependurando-as em um varal atrás do dormitório (o primeiro varal que via desde a infância) e, nos intervalos, conferindo se estavam secas. Quais sutiãs e calcinhas que secavam mais rápido? Quantas horas de secagem à noite correspondiam à secagem durante o dia? Pensava o mesmo com relação a secar na sombra ou no sol. Era melhor torcer a roupa ou não?

No quarto dia, ocorreu o grande evento: Goenka começou a ensinar a Vipassana. A técnica era simples e direta. Os alunos tinham que pensar no couro cabeludo até sentirem alguma coisa, fosse um comichão, um formigamento, uma ardência, até uma leve brisa na cabeça. Assim que notasse isso, o aluno deveria apenas observar, nada mais. Pensar naquela coceirinha. Parecia com o quê? Para onde estava indo? Quanto tempo dura? Quando ela some (como sempre ocorre), o aluno deve seguir para outra parte do corpo, o rosto, e sentir algo parecido com uma coceira no nariz ou um tremor na pálpebra. Esses estímulos aumentam, diminuem e desaparecem, e o aluno passa para o pescoço, os ombros, até que percorre todas as partes do corpo e chega à sola dos pés, subindo então de volta até o couro cabeludo.

As preleções de Goenka à noite davam os princípios racionais da técnica. O conceito-chave era *anítya*, a impermanência. Se a pessoa percebe a impermanência de cada estímulo físico, está prestes a extrapolar o conceito de *anítya* para os eventos de sua vida e seus dissabores: tudo passa e a pessoa vai se sentir equilibrada se ficar como observadora e apenas assistir à vida passar.

Em poucos dias, Pam achou o processo mais fácil, pois aprendeu a técnica e a duração das sensações físicas. No sétimo dia, achou incrível que

A CURA DE SCHOPENHAUER

a técnica se automatizasse e ela começou a varrer a mente, exatamente como Goenka previu. Era como se alguém despejasse um jarro de mel em sua cabeça, o qual ia escorrendo lenta e deliciosamente até a sola dos pés. Sentia um arrepio, quase uma sensação erótica, um zunido de abelhas em volta, enquanto o mel escorria. As horas passavam depressa. Logo ela não precisou mais se sentar na cadeira e se misturou aos outros trezentos alunos sentados em posição de lótus, aos pés de Goenka.

Os outros dois dias de varredura da mente foram iguais e passaram rápido. Na nona noite, ela ficou acordada (dormiu tão mal quanto antes), mas não se preocupou muito, pois uma assistente birmanesa (tinha desistido de Manil) disse que era muito comum os alunos terem insônia na Vipassana. Talvez o prolongado estado de meditação tornasse o sono menos necessário. A assistente também esclareceu o mistério dos apitos do guarda noturno. No sul da Índia, os guardas costumam apitar quando fazem a ronda. É um aviso para os ladrões, da mesma maneira que a luzinha vermelha no painel dos carros avisa os ladrões que o carro tem alarme contra roubo.

Os pensamentos obsessivos são mais notados quando somem, e Pam surpreendeu-se ao ver que havia dois dias que não pensava em John. Tinha sumido. Todas as intermináveis espirais das fantasias foram substituídas pelo zunido agradável de varrer os pensamentos da mente. Era estranho perceber que ela agora tinha a própria fábrica de prazer e que podia estimular as endorfinas que produziam bem-estar. Entendeu, então, por que as pessoas se prendiam à meditação, por que faziam longos retiros que duravam às vezes meses e anos.

Mas, já que ela havia finalmente limpado a mente, por que não estava animada? Pelo contrário, uma sombra desceu sobre aquela vitória. Algo toldava seus pensamentos. Enquanto pensava nesse enigma, adormeceu e acordou pouco depois pensando em um sonho estranho: uma estrela de perninhas, cartola e bengala sapateava no palco de sua cabeça. Uma estrela bailarina! Sabia exatamente o sentido do sonho. De todos os aforismos literários que ela e John apreciavam, um dos preferidos era a frase de Nietzsche em *Zaratustra*: "É preciso ter o caos dentro de si para dar origem a uma estrela bailarina".

Claro. Entendeu a ambivalência que sentia com relação à meditação. Goenka cumpriu o que disse. Deu exatamente o que prometeu: calma, tranquilidade ou, como costumava dizer, contrapeso. Mas a que preço? Se Shakespeare tivesse praticado a meditação Vipassana, teria escrito *Rei Lear* ou *Hamlet*? Alguma obra-prima da cultura ocidental teria sido escrita? Lembrou os versos de Chapman:

> Nenhuma pena pode escrever nada de eterno
> se não for mergulhada na tinta das trevas.

Mergulhada na tinta das trevas: essa era a tarefa do grande escritor — mergulhar no sentimento das trevas, aproveitar a força da escuridão para criar. Senão, como os sublimes autores malditos (Kafka, Dostoiévski, Woolf, Hardy, Camus, Plath, Poe) teriam iluminado a tragédia da condição humana? Não foi por saírem da vida, nem por ficarem assistindo parados à vida passar.

Embora Goenka dissesse que seus ensinamentos não tinham nome, o budismo dele aparecia. Na preleção noturna com toques de promoção, Goenka não se conteve e salientou que a Vipassana era o método de meditação usado por Buda, que ele, Goenka, estava agora relançando no mundo. Pam não tinha nada contra. Embora soubesse pouco do budismo, tinha lido um texto básico no avião a caminho da Índia e se impressionado com o poder e a verdade dos quatro grandes ensinamentos de Buda:

A vida é sofrimento.

O sofrimento é causado pelo apego (a coisas, ideias, pessoas e à própria vida).

Há um remédio para o sofrimento: a cessação do desejo, do apego, do eu.

Há um caminho para uma vida sem sofrimento: os oito passos da revelação.

A CURA DE SCHOPENHAUER

Pam pensou de novo. Olhou em volta, para os assistentes em transe, as pessoas tranquilizadas, os ascetas em suas cavernas na colina, satisfeitos com uma vida dedicada a varrer a mente com a meditação. Pensou se as quatro verdades seriam tão verdadeiras assim. Será que Buda entendeu direito? Será que o remédio não era pior do que a doença? Na madrugada do dia seguinte, ficou ainda mais em dúvida ao ver o grupinho de mulheres da seita jainista a caminho do banho. Os jainistas levaram a extremos a ordem de não matar: andavam devagar e de forma cuidadosa como caranguejos, pois tinham que afastar o cascalho para não pisar em um inseto, e mal conseguiam respirar com as máscaras de gaze que usavam para não inalar qualquer minúsculo inseto.

Para todo canto onde olhava, Pam via renúncia, sacrifício, limitação e resignação. O que foi feito da vida? Da alegria, do entusiasmo e da paixão, do carpe diem?

Será que a vida era uma tal angústia que deveria ser sacrificada em nome da calma? Talvez as quatro grandes verdades fossem ligadas à cultura indiana. Talvez fossem verdades adequadas para 2.500 anos atrás, em um lugar oprimido pela pobreza, pela superpopulação, pela fome, pela doença, pela opressão das castas e pela falta de qualquer esperança em um futuro melhor. Mas seriam verdades para ela agora? Será que Marx não estava certo? Será que todas as religiões fincadas na libertação ou em uma vida melhor depois da morte visavam apenas aos pobres, aos sofridos, aos escravizados?

Após dias de silêncio absoluto, Pam começou a falar muito consigo mesma, a se perguntar se não estaria sendo ingrata. Sejamos justos. A meditação Vipassana não tinha cumprido a função de acalmar a mente e acabar com os pensamentos obsessivos? Não tinha conseguido fazer o que ela, Julius e o grupo não conseguiram, apesar de todos os esforços? Bom, talvez sim, talvez não. Talvez a comparação não fosse justa. Afinal, Julius tinha feito oito sessões de grupo (doze horas) enquanto a Vipassana exigia centenas de horas (dez dias inteiros, mais as horas e o esforço de viajar meio mundo). O que teria acontecido se Julius e o grupo tivessem usado esse mesmo número de horas?

A descrença cada vez maior de Pam atrapalhava a meditação. A varreção acabou. Onde foi parar aquele delicioso e doce zunido de contentamento? A cada dia, a meditação regredia e a Vipassana não conseguia passar do couro cabeludo. Aquelas coceirinhas, antes tão fugazes, continuaram e ficaram mais fortes. Passaram a comichão e, depois, a uma queimação que meditar algum conseguia afastar.

Nem o primeiro *anapanasati* foi feito. Desmoronou o dique da calma construído pela meditação e veio um turbilhão de pensamentos desconexos sobre o marido, John, vingança e desastres aéreos. Bem, que venham. Viu Earl como ele era: uma criança grande, os lábios grossos querendo sugar qualquer bico de peito ao alcance. E John, pobre, fraco, pusilânime John, ainda não admitia que não há sim sem não. E Vijay também, que preferiu sacrificar a vida, a novidade, a aventura, a amizade no altar do grande deus Calma. "Vamos usar a palavra certa para essa gente toda", pensou Pam. "São covardes. Covardes morais. Nenhum deles a merecia. Vamos puxar a descarga neles." Pensou em uma imagem forte: todos eles (John, Earl, Vijay) dentro de uma enorme privada, mãos levantadas, implorando, os gritos de socorro mal sendo ouvidos em meio à água da descarga! Essa era uma imagem que merecia uma boa meditação.

CAPÍTULO
19

A flor respondeu:
— Bobo! Acha que abro minhas pétalas para
que vejam? Não faço isso para os outros; é para mim mesma,
porque gosto. Minha alegria consiste em ser e desabrochar.

BONNIE INICIOU A sessão seguinte dizendo:

— Peço desculpas a todos por sair da sala na semana passada. Não devia ter feito aquilo, mas, não sei, perdi o controle.

— Foi o diabo que fez isso — disse Tony, rindo, irônico.

— Muito engraçado, Tony. Sei o que quer que eu diga: fiz porque estava puta. Gostou?

Tony sorriu e fez sinal positivo com a mão.

Com a voz suave que ele sempre tinha quando falava com uma das mulheres do grupo, Gill disse para Bonnie:

— Na semana passada, depois que você saiu, Julius disse que talvez você tenha se irritado por ser ignorada aqui, pois o grupo repetiu o que você falou que acontecia em sua infância.

— Acertou em cheio. Só que não fiquei irritada. Magoada seria uma palavra melhor.

— Eu sei o que é ficar puta, e você ficou puta comigo — disse Rebecca.

Bonnie virou-se, irritada, para Rebecca:

— Na semana passada, você falou que Philip explicou por que você não tem amigas. Mas eu discordo. Não é porque as mulheres invejam sua beleza ou, pelo menos, não é por isso que não nos aproximamos. O motivo é que você não se interessa pelas mulheres ou, pelo menos, não está interessada em mim. Sempre que diz alguma coisa para mim no grupo é para a discussão voltar para você.

— Mostrei como você lida, ou, melhor, não lida, com a raiva e sou acusada de egoísta. Você não quer saber como age? Não é para isso que estamos no grupo? — disse Rebecca.

— Quero que você fale a meu respeito, ou de mim e mais alguém. Mas sempre fala de você, ou de você e eu. E é tão sedutora que as coisas sempre voltam para você, não para mim. Não posso competir com você. A culpa não é só sua, os outros participam. Por isso, preciso perguntar uma coisa a todos.

Bonnie olhou rapidamente cada umas das pessoas e perguntou:

— Por que nunca se interessam por mim?

Os homens olharam para baixo. Sem esperar resposta, Bonnie continuou:

— Outra coisa, Rebecca. O que falei sobre amigas não é novidade para você. Lembro-me bem de você e Pam discutindo a mesma coisa.

Bonnie virou-se para Julius:

— Por falar em Pam, tem alguma notícia dela? Quando volta? Estou com saudades.

— Que rápido! — respondeu Julius. — Bonnie, você é a rainha de mudar de assunto sem dar um espaço no meio. Por enquanto, vou deixar assim mesmo e falar de Pam, principalmente porque ia contar que ela mandou um e-mail de Mumbai. Terminou a meditação e deve estar aqui na próxima sessão.

A CURA DE SCHOPENHAUER

Virando-se para Philip, Julius perguntou:

— Lembra que falei em Pam, uma integrante do grupo, não?

Philip respondeu com um leve aceno de cabeça.

— E você, Philip, é o rei do sinal com a cabeça — disse Tony. — Incrível como é o centro das discussões sem jamais olhar para ninguém e sem falar muito. Veja o que está acontecendo à sua volta. Bonnie e Rebecca brigam por sua causa. O que acha? O que sente em relação ao grupo?

Philip não respondeu logo, e Tony, que parecia sem graça, olhou para o grupo e perguntou:

— Que merda é essa? Estou com a impressão de que desrespeitei alguma lei aqui, como se tivesse peidado na igreja. Perguntei para Philip a mesma coisa que todo mundo pergunta para todo mundo.

Philip quebrou o curto silêncio.

— Tudo bem. É que preciso de tempo para pensar. Parece-me que Bonnie e Rebecca têm aflições parecidas. Bonnie detesta não ser popular, enquanto Rebecca detesta ter deixado de ser popular. As duas ficam presas ao que os outros pensam delas. Em outras palavras, acham que a felicidade está nas mãos e na cabeça dos outros. A solução para ambas é a mesma: quanto mais se tem dentro de si, menos se quer dos outros.

No silêncio que se seguiu, era quase possível ouvir as cabeças mastigando e tentando digerir as palavras de Philip.

— Parece que ninguém vai responder. Por isso, gostaria de falar em um erro que cometi alguns minutos atrás — disse Julius. — Bonnie, eu não devia ter deixado você mudar de assunto. Não quero repetir o que houve na semana passada, quando suas necessidades não foram atendidas. Há alguns minutos, você perguntou por que o grupo não se interessa por você e acho que deu um passo corajoso ao perguntar a cada um. Mas veja o que aconteceu então: você mudou o assunto para a volta de Pam e, em dois minutos, sua pergunta sumiu.

— Também notei isso. Dá a impressão, Bonnie, de que você dá um jeito de a gente ignorá-la — disse Stuart.

— Boa informação — disse Bonnie, concordando. — Muito bem, vai ver que faço mesmo isso. Vou pensar no assunto.

Julius insistiu.

— Gostei que concordou, Bonnie, mas continuo achando que fez a mesma coisa agora, como se dissesse: "Chega de falar de mim." Eu deveria ter um sino aqui e tocá-lo toda vez que não deixa que falem sobre você.

— Então, o que faço? — perguntou Bonnie.

— Por que não pode perguntar se não se interessam por você? — perguntou Julius.

— Porque acho que não sou importante.

— Mas os outros podem?

— Ah, sim.

— Então os outros são mais importantes que você?

Bonnie concordou com a cabeça, e Julius continuou:

— Então, Bonnie, tente o seguinte: olhe para cada pessoa aqui e se pergunte: "Quem é mais importante do que você? E por quê?" — Julius conseguia ouvir a própria satisfação. Estava nadando em águas que conhecia. Pela primeira vez desde que Philip tinha entrado no grupo, sabia exatamente o que fazia. Agiu como o terapeuta de grupo deveria: levou um dos temas principais da paciente para o aqui e agora, quando poderia ser explorado imediatamente. Era sempre mais produtivo focar o aqui e agora do que as reconstruções de um fato passado ou atual, mas fora do grupo.

Virando-se para olhar cada pessoa, Bonnie disse:

— Todos aqui são mais importantes do que eu, bem mais. — Ficou ruborizada, respirando rápido. À medida que recebia atenção dos outros, era óbvio que queria ficar invisível.

— Seja mais direta, Bonnie — pediu Julius. — Quem é mais importante e por quê?

Bonnie olhou em volta.

— Todo mundo. Você, Julius, veja como ajudou a todos. Rebecca é linda, advogada de sucesso, com filhos maravilhosos. Gill é chefão de um grande hospital, além de ser um cara bonito. Stuart, bom, é um médico ocupado, cuida das crianças, cuida dos pais das crianças, tem sucesso em tudo. Tony... — Bonnie parou por um instante.

— E aí? Quero saber. — Tony estava vestido como sempre, de jeans, camiseta preta e tênis respingado de tinta, recostado na cadeira.

— Primeiro, Tony, você é sincero, não tem pose, não faz joguinhos, é totalmente honesto. E fala mal de sua profissão, mas sei que não é um carpinteiro qualquer. Deve ser um artista no que faz. Vejo pela BMW que pilota por aí. E também é lindo. Adoro você de camiseta justa. Que tal o risco que estou tomando? — Bonnie olhou em volta. — Quem mais? Philip tem inteligência para dar e vender, sabe tudo, é professor, vai ser terapeuta, suas palavras encantam a todos. E Pam? É uma pessoa incrível, professora universitária, cabeça aberta, chama a atenção, já viajou para todo canto, conhece todo mundo, leu tudo, enfrenta qualquer um.

— Alguma reação à explicação de Bonnie para ser menos importante do que os outros? — Julius percorreu o grupo com os olhos.

— Para mim, a resposta dela não faz sentido — disse Gill.

— Pode dizer isso a ela? — perguntou Julius.

— Desculpe, não quero ofender, mas, Bonnie, sua resposta parece regressiva.

— Regressiva? — Bonnie fez uma careta de surpresa.

— Bom, esse grupo pressupõe que somos seres humanos tentando se relacionar com os outros, e comparamos nossos papéis, nossos diplomas, nosso dinheiro e nossas BMW — disse Gill.

— Certo — disse Julius.

— Certo — concordou Tony, acrescentando: — Estou com Gill, mas, só para registrar, essa BMW é de segunda mão, e, mesmo assim, por causa dela estou sem dinheiro pelos próximos três anos.

Gill continuou:

— E Bonnie, quando você falou nas pessoas, ateve-se às coisas externas: profissões, dinheiro, filhos lindos. Nada disso tem a ver com o motivo para você ser a pessoa menos importante na sala. Acho você muito importante. É uma pessoa-chave, está ligada a todos nós. É afetuosa, generosa, chegou a oferecer sua casa para eu dormir há duas semanas, quando eu não queria ir para a minha. Você mantém o grupo unido, funciona muito bem aqui.

Bonnie insistiu:

— Sou um fracasso, passei a vida inteira com vergonha de meus pais alcoólatras, sempre mentindo sobre eles. Convidar você para ir à minha casa, Gill, foi um grande acontecimento para mim; eu jamais poderia convidar colegas de escola, com medo de que meu pai aparecesse bêbado. O pior é que meu ex-marido também bebia. Minha filha é viciada em heroína.

— Você continua fugindo do assunto, Bonnie — observou Julius. — Fala do passado, da filha, ex-marido, dos pais. Mas você? Onde está?

— Eu sou tudo isso, uma soma. O que mais posso ser? Sou uma bibliotecária entediada, catalogo livros; não entendi sua pergunta. Estou confusa, não sei quem sou e onde estou. — Bonnie começou a chorar, pegou um lenço de papel, assoou o nariz ruidosamente, fechou os olhos e ficou fazendo círculos no ar com as mãos. Entre soluços, resmungou: — Para mim, chega. Hoje não aguento mais.

Julius mudou de tom e dirigiu-se a todo o grupo:

— Vamos avaliar o que aconteceu nos últimos minutos. Alguém tem algo a dizer? — Conseguindo fazer com que o grupo passasse para o aqui e agora, deu o passo seguinte. Para ele, a terapia tinha duas fases: a primeira, a interação (em geral, emocional), e a segunda, entender essa interação. A terapia devia ter uma sequência alternada de evocação de emoções e depois compreensão. Por isso, ele tentou passar o grupo para a segunda fase, dizendo: — Vamos recapitular e dar uma olhada imparcial no que houve.

Stuart estava prestes a descrever a sequência de fatos quando Rebecca se adiantou:

— Acho que o importante foi Bonnie dar os motivos para se sentir sem importância e achar que todos nós iríamos concordar. Foi então que ficou confusa, chorou e disse que não aguentava mais. Já fez isso antes.

Tony ponderou:

— É, concordo. Bonnie, você fica emotiva quando recebe muita atenção. Fica constrangida de estar sob os holofotes?

Ainda chorando, Bonnie respondeu:

— Eu deveria estar agradecida, mas olha a confusão que fiz. Os outros saberiam usar melhor esse tempo.

— Outro dia, conversei com um colega a respeito de uma paciente dele — contou Julius. — Ele falou que a paciente costuma usar as agressões contra ela para se açoitar. Posso estar enganado, Bonnie, mas me lembrei desse colega quando você usou o que foi dito e se castigou.

— Vocês estão impacientes comigo. Acho que ainda não sei usar o grupo.

— Bom, sabe o que vou dizer, Bonnie? Quem estava impaciente? Olhe para o grupo. — O grupo tinha certeza de que Julius ia perguntar isso. Sempre que ouvia uma afirmação assim, ele aproveitava e pedia para a pessoa dar nomes.

— Bom, acho que Rebecca queria que eu parasse de falar.

— O quêêêê? Eu...

— Espera um instante, Rebecca. — Julius estava sendo muito direto naquele dia, o que não era comum. — Bonnie, no que se baseou para tirar essa conclusão?

— Sobre Rebecca? Bem, ela ficou calada. Não disse nada.

— Não consigo acertar nunca! — disse Rebecca. — Estava me esforçando para ficar quieta e assim não ser acusada de tirar a atenção de você. Não vê que estou me esforçando?

Bonnie ia responder, porém Julius pediu para ela continuar dizendo quem estava impaciente.

— Bem, não posso garantir, mas a gente nota quando as pessoas não estão gostando. Eu notei. Philip não olhava para mim, embora ele nunca olhe para ninguém. Sei que o grupo estava esperando ouvir alguma coisa dele. O que ele falou sobre popularidade foi muito mais interessante para o grupo do que minha reclamação.

— Eu não estava me aborrecendo com o que você dizia — declarou Tony. — Nem vi ninguém que estivesse. E o que Philip disse não foi mais interessante. É tão centrado nele mesmo que os comentários não me interessam muito. Nem lembro.

— Eu lembro — respondeu Stuart. — Tony, depois que você comentou que ele está sempre no centro das coisas, apesar de falar tão pouco, ele disse que Bonnie e Rebecca têm um problema parecido. Dão importância demais à opinião dos outros: Rebecca infla e Bonnie murcha. Foi mais ou menos o que ele disse.

— Ah, está de novo fotografando os fatos — disse Tony, fingindo usar uma máquina.

— Certo. Não me deixe sair da linha. Eu sei. Preciso de menos observações e mais sentimentos. Bom, concordo que Philip fica meio no centro, embora não fale muito. E parece que é contra a lei discordar dele em qualquer coisa.

— Essa é uma observação e uma opinião, Stuart. Pode falar nos sentimentos? — perguntou Julius.

— Acho que invejo um pouco o interesse de Rebecca por Philip. Estranhei ninguém perguntar a Philip como se sentia em relação a isso. Bem, não chega a ser um sentimento, não?

— Quase. Trata-se de um parente em primeiro grau do sentimento. Continue.

— Sinto-me ameaçado por Philip. Ele é inteligente demais. Também me sinto ignorado por ele. Não gosto de ser ignorado.

— Muito bem, Stuart. Agora está chegando perto — disse Julius. — Alguém quer perguntar alguma coisa a Philip?

Julius se esforçou para manter um tom suave e delicado. A função dele era ajudar o grupo a incluir, e não a ameaçar e excluir Philip, insistindo para se comportar de um jeito que ele ainda não conseguia. Foi por isso que Julius chamou Stuart e não Tony, que era mais agressivo.

— Mas é difícil fazer perguntas a Philip.

— Philip está aqui na sala, Stuart.

Essa era outra regra fundamental para Julius: não deixar que uma pessoa se referisse a outra sem falar diretamente com ela.

— Bem, esse é o problema. É difícil falar com ele. — Stuart virou-se para Philip: — Quer dizer, Philip, é difícil falar com você, porque você não olha para mim. Como agora. Por quê?

— Prefiro não mostrar minhas intenções — respondeu Philip, continuando a encarar o teto.

Se fosse necessário, Julius estava pronto para entrar na discussão, mas Stuart não se irritou com a resposta.

— Não entendi.

— Se você me pergunta uma coisa, vou procurar dentro de mim, sem me distrair com nada e responder da melhor forma possível.

— Mas, se você não me olha, dá a impressão de que não estamos conversando.

— Minhas palavras devem lhe mostrar que esse não é o caso.

— Você tem algum problema em andar e mascar chicletes ao mesmo tempo? — interrompeu Tony.

— Como? — Confuso, Philip virou a cabeça, mas sem olhar para Tony.

— Perguntei por que não pode fazer duas coisas ao mesmo tempo, olhar para ele e responder.

— Prefiro procurar em minha cabeça. Se olho para o outro, distraio-me da procura da resposta que o outro quer ouvir.

Fez-se um silêncio, enquanto Tony e os outros pensavam no que Philip dissera. Então, Stuart perguntou outra coisa:

— Bom, Philip, o que achou daquela discussão toda de Rebecca estar se exibindo para você?

Os olhos de Rebecca o fuzilaram, e ela disse:

— Isso realmente está começando a me aborrecer, Stuart. É como se a fantasia de Bonnie tivesse virado lei.

Stuart não quis sair do assunto.

— Certo, certo. Esqueça essa pergunta, Philip. Então, o que achou de toda aquela discussão sobre você na sessão passada?

— A discussão foi muito interessante e prestei toda a atenção. — Philip olhou para Stuart e continuou: — Mas não tenho nada de emocional a dizer, se é o que quer saber.

— Nada? Não é possível — discordou Stuart.

— Antes de entrar no grupo, li o livro de Julius sobre terapia de grupo e estava bem preparado para as situações que enfrentaria aqui. Sabia que certas coisas iam acontecer: que ficariam curiosos com relação a mim, que alguns gostariam de mim e outros não, que minha entrada iria balançar a hierarquia de poder, que as mulheres poderiam me ver com bons olhos e os homens não, que os membros mais centrais poderiam se incomodar com minha aparência, enquanto os menos influentes poderiam querer me proteger. O fato de prever tudo isso fez com que eu tivesse uma visão desapaixonada dos fatos.

Como Tony antes, Stuart ficou pasmo com a resposta de Philip e calou-se enquanto digeria as palavras dele.

Julius disse:

— Estou em um dilema. — E esperou um instante. — Por um lado, acho importante acompanhar essa discussão com Philip, mas também estou preocupado com Rebecca. Onde você está, Rebecca? Parece distraída e sei que gosta de participar.

— Hoje estou me sentindo um pouco ofendida e excluída, ignorada. Por Bonnie e por Stuart.

— Continue.

— Estão falando muita coisa ruim de mim. Acham que sou centrada em mim mesma, que não quero ter amigas, que quero me exibir para Philip. Isso dói.

— Sei como é — disse Julius. — Tenho essa mesma reação automática às críticas. Mas vou contar o que aprendi. O verdadeiro segredo é considerar uma opinião como um presente, mas, primeiro, ver se ela está certa. Confiro em mim e vejo se combina com minha própria opinião. Será que um pouco do que foi dito é verdade, mesmo que bem pouco, cinco por cento? Penso se alguém já me deu esse toque antes, no passado. E nas pessoas com quem posso conferir. Penso se a pessoa está atingindo um dos meus pontos cegos, algo que ela vê e eu não. Consegue fazer isso?

A CURA DE SCHOPENHAUER

— Não é fácil, Julius. Sinto uma coisa dura bem aqui. — Rebecca colocou a mão no peito.

— Deixe essa dureza falar. O que ela diz?

— Está dizendo: "Com que cara eu fico?" É vergonha. É ser descoberta. Esse negócio de as pessoas perceberem que brinco com os cabelos faz com que eu me encolha e tenha vontade de dizer: "Isso não é de sua conta, porra, o cabelo é meu, faço o que quiser."

Com sua voz mais professoral, Julius disse:

— Anos atrás, um terapeuta chamado Fritz Perls criou a escola chamada de gestalt-terapia. Hoje não se fala muito nela, mas dava muita importância ao corpo, e Perls dizia: "Veja o que sua mão esquerda está fazendo agora" ou "Noto que você coça muito a barba". Pedia para os pacientes exagerarem algum movimento: "Cerre mais os punhos da mão esquerda" ou "Coce a barba com mais força e mais rápido e pense no que lembra."

"Sempre achei muito interessante o enfoque de Perls porque nosso inconsciente mostra-se muito nos gestos que fazemos sem perceber. Mas nunca usei muito a gestalt-terapia. Por quê? Exatamente pelo que está acontecendo agora, Rebecca. Costumamos ficar na defensiva quando alguém percebe que fizemos algo sem perceber. Por isso, sei como você está desconfortável. Mesmo assim, pergunto: consegue ver alguma coisa boa nessa opinião?"

— Em outras palavras, você está dizendo: "Seja madura." Vou tentar. — Rebecca endireitou-se na cadeira, respirou fundo e começou: — Primeiro, é verdade que gosto de atenção e que comecei na terapia porque estava preocupada com o envelhecimento e com o fato de os homens deixarem de olhar para mim. Assim, pode ser que eu tenha me exibido para Philip, mas não foi consciente. — Voltou-se para o grupo: — Portanto, concordo que gosto de ser admirada, amada e adorada. Gosto do amor.

— Platão observou que "o amor está em quem ama, e não em quem é amado" — disse Philip.

— "O amor está em quem ama, e não em quem é amado." Grande frase, Philip — disse Rebecca, sorrindo de leve. — Olha... É disso que gosto

177

em você: esses comentários. Abrem meus olhos. Acho você interessante, além de atraente.

Rebecca virou-se para o grupo:

— Isso quer dizer que quero ter um caso com ele? Nã-na-ni-na-não! O último caso que tive acabou com meu casamento e não quero comprar aborrecimento.

— Então, Philip, o que acha do que Rebecca acabou de dizer?

— Eu disse antes que minha meta na vida é desejar o menos possível e saber o máximo possível. Amor, paixão, sedução são sentimentos fortes, servem para perpetuarmos a espécie e, como Rebecca mostrou, podem operar de forma inconsciente. Mas, no final das contas, todos eles servem para atrapalhar a razão e interferir em meus interesses culturais. Por isso, não quero nada com eles.

— Toda vez que pergunto uma coisa, você dá uma resposta difícil de discutir. E nunca responde à pergunta — reclamou Tony.

— Acho que ele respondeu — disse Rebecca. — Deixou claro que não quer qualquer envolvimento emocional. Prefere continuar livre e solto. Acho que Julius disse a mesma coisa. Por isso existe um tabu contra envolvimento afetivo no grupo.

— Que tabu? Nunca soube dessa proibição aqui — disse Tony, dirigindo-se a Julius.

— Eu não falei isso. A única regra que vocês ouviram de mim sobre relacionamentos fora da sessão é não haver segredo e, se houver algum encontro, as pessoas devem contar no grupo. Se não, se fizerem segredo, isso quase sempre atrapalha o grupo e sabota a terapia de todos. Essa é a única regra sobre encontros fora daqui. Mas, Rebecca, não vamos perder o fio do que havia entre você e Bonnie. Veja o que sente com relação a ela.

— Bonnie levantou um problema grave. É verdade que eu não me relaciono com mulheres? Não. Tenho minha irmã, de quem sou muito próxima, e duas amigas advogadas no escritório, mas, Bonnie, você está certa, sem dúvida me interesso por homens.

— Na faculdade, lembro que tive poucos namorados e me sentia rejeitada se uma amiga cancelava na última hora um programa comigo porque tinha um encontro com um cara — disse Bonnie.

— É, eu com certeza faria isso — disse Rebecca. — Você tem razão: antes, eu queria rapazes e encontros. Na época, fazia sentido, mas hoje não faz mais.

Tony continuou prestando atenção em Philip e dirigiu-se a ele novamente.

— De certa forma, Philip, você é parecido com Rebecca. Também chama a atenção, mas com frases curtas e de grande efeito.

— Acho que você quer dizer que minhas observações não são o que parecem, são de meu interesse para chamar a atenção e a admiração de Rebecca e dos outros. Entendi certo? — disse Philip, de olhos fechados, muito concentrado.

Julius ficou nervoso. Apesar de seus esforços, a atenção continuava a voltar para Philip. Pelo menos três desejos conflitantes buscavam a atenção do terapeuta: primeiro, proteger Philip de muita discussão; segundo, evitar que a impessoalidade de Philip atrapalhasse a fala pessoal; e terceiro, incentivar Tony a chutar o traseiro de Philip. Julius acabou resolvendo ficar à margem, pois o grupo estava controlando a situação. Na verdade, tinha acabado de acontecer uma coisa importante: pela primeira vez, Philip respondia de forma direta, até pessoal, a alguém.

Tony concordou.

— É mais ou menos o que eu disse, Philip, porém mais do que buscar a atenção ou a admiração. Experimente a palavra sedução.

— É, boa correção. Está implícita em chamar a atenção e, assim, você dá a entender que meu motivo é parecido com o de Rebecca, ou seja, que quero seduzi-la. Bem, é uma tese razoável e substancial. Vejamos como testá-la.

Silêncio. Ninguém reagiu, mas Philip não parecia estar esperando uma resposta. Após um instante de olhos fechados, ele disse:

— Talvez seja melhor fazer o que o dr. Hertzfeld sugeriu.

— Pode me chamar de Julius.

— Ah, sim. Então, para seguir a conduta de Julius, preciso antes verificar se a tese de Tony combina com a minha. — Philip fez uma pausa, balançou a cabeça. — Não vejo qualquer sinal disso. Há anos deixei de me incomodar com a opinião alheia. Acredito piamente que o homem mais feliz é o que busca apenas a solidão. Refiro-me aos divinos Schopenhauer, Nietzsche e Kant. Eles acreditavam, como eu, que o homem com riqueza interior só quer do exterior a dádiva do lazer despreocupado para desfrutar de sua riqueza, isto é, de seu intelecto.

"Resumindo: concluo que minhas observações aqui não pretendem seduzir nem me valorizar aos olhos dos outros. Se há resquícios desse desejo, garanto que são inconscientes. Lamento apenas só ter dominado os grandes pensamentos, mas de não tê-los criado."

Nas várias décadas em que orientava grupos de terapia, Julius tinha presenciado muitos silêncios, mas o que se seguiu à resposta de Philip foi diferente de todos. Não era o silêncio após uma grande emoção, nem o da dependência, do constrangimento ou do pasmo. Não, aquele silêncio foi como se o grupo tivesse esbarrado em uma nova espécie, uma nova forma de vida, talvez uma salamandra de seis olhos e asas emplumadas, e, com muito cuidado e prudência, o grupo estivesse lentamente aproximando-se dela.

Rebecca foi a primeira a falar:

— Estar satisfeito, precisar tão pouco dos outros, jamais querer a companhia de alguém... Isso parece bem solitário, Philip.

— Pelo contrário. No passado, quando eu queria a companhia de outros, pedia o que não iam dar, ou melhor, não podiam dar. Aí, sim, vi o que era solidão. Vi muito bem. Não precisar de ninguém é nunca estar só. Eu busco a abençoada solidão — disse Philip.

— Mesmo assim, você está aqui e pode ter certeza de que este grupo é arqui-inimigo da solidão. Por que se expor a isso? — perguntou Stuart.

— Todo pensador precisa se sustentar. Alguns têm a sorte de ter um salário da universidade, como Kant ou Hegel; ou renda própria, como Schopenhauer; ou um trabalho durante o dia, como Spinoza, que sobre-

A CURA DE SCHOPENHAUER

vivia de fixar lentes em armações de óculos. Escolhi trabalhar com orientação filosófica e preciso dessa experiência no grupo para ter o diploma.

— Isso quer dizer que está aqui, mas sua meta é ajudar outros a jamais precisarem disso — concluiu Stuart.

Philip se calou e concordou com a cabeça.

— Deixa ver se entendi — disse Tony. — Se Rebecca se interessa por você, tenta seduzi-lo, dá seu belo sorriso, você diz que não causa qualquer efeito? Nada?

— Eu não disse isso. Concordo com Schopenhauer, que escreveu que a beleza é uma carta de recomendação de quem a possui. Acho ótimo ver uma pessoa bonita. Mas acho também que a opinião que o outro tem de mim não altera, ou não deve alterar, a opinião que tenho de mim mesmo.

— Soa mecânico e desumano — retrucou Tony.

— Desumano mesmo era quando eu deixava que minha autoestima flutuasse como uma cortiça de acordo com o que os outros achavam de mim.

Julius olhou atentamente os lábios de Philip. Que maravilha! Como refletiam a serenidade dele, quão imperturbáveis, quão firmes ao formular cada palavra na mesma e perfeita redondeza de alcance e tom. E era fácil simpatizar com a vontade cada vez maior de Tony irritar Philip. Sabendo que a agressividade dele podia aumentar rapidamente, Julius resolveu que era hora de levar a discussão para um tema mais calmo. E não de confrontar Philip, que estava apenas na quarta sessão.

— Philip, quando você falou com Bonnie, disse que sua intenção era ajudá-la. Deu conselhos também para Gill e Rebecca. Pode falar mais um pouco sobre por que fez isso? Tenho a impressão de que seu desejo de aconselhar tem algo que vai além de um trabalho. Afinal, aqui não há retorno financeiro pela ajuda.

— Tenho sempre em mente que somos todos condenados a sofrimentos dos quais não podemos escapar. Nenhum de nós escolheria viver, se soubesse o que encontraria pela frente. Nesse sentido, somos, como diz Schopenhauer, companheiros de sofrimento e precisamos da tolerância e amor de nossos companheiros na vida.

181

— Outra vez Schopenhauer! Philip, ouço muito falar nele, seja ele quem for, e quase não ouço falar em você — disse Tony, com calma, como se imitasse o tom comedido de Philip, mas sua respiração era curta e rápida. Tony gostava de brigar e, quando iniciou a terapia, era rara a semana em que não se envolvesse em uma briga de bar, de trânsito, de trabalho ou na quadra de basquete. Ele não era grande, mas era destemido, exceto em uma situação: em um embate de ideias com um sujeito educado e articulado, como Philip.

Philip não deu sinal de que iria responder a Tony. Julius quebrou o silêncio.

— Tony, você parece imerso em pensamentos. O que se passa em sua cabeça?

— Estava pensando no que Bonnie disse antes, de sentir falta de Pam. Também senti falta dela hoje.

Julius não estranhou a resposta. Tony tinha se acostumado à proteção e ao apoio de Pam. Os dois formaram um estranho relacionamento, da professora de inglês com o homem simples com tatuagens. Em uma aproximação por vias tortas, Julius ponderou:

— Tony, acho que não deve ser fácil para você dizer: "Schopenhauer, seja ele quem for."

— Bem, estamos aqui para falar a verdade — disse Tony.

— Muito bem, Tony, eu também não sei quem é Schopenhauer — disse Gill.

— Só sei que é um filósofo famoso. Alemão, pessimista. Do século XIX? — perguntou Stuart.

— Sim, morreu em 1860, em Frankfurt — respondeu Philip. — Quanto ao pessimismo, prefiro chamar de realismo. E, Tony, deve ser verdade que falo demais em Schopenhauer, mas tenho meus motivos.

Tony parecia surpreso por Philip falar diretamente com ele. Apesar de não olhar para ele, Philip não olhava mais para o teto, mas pela janela, como se estivesse intrigado com alguma coisa no jardim.

Philip continuou:

— Primeiro, conhecer Schopenhauer é me conhecer. Somos inseparáveis, mentes gêmeas. Segundo, ele foi meu terapeuta e me ajudou demais. Eu o internalizei, ou melhor, as ideias dele, como muitos de vocês fizeram com o dr. Hertzfeld. Quer dizer, com Julius. — Philip sorriu de leve quando olhou para Julius, o primeiro momento em que não foi sério no grupo. — Por último, tenho a esperança de que um pouco do que sinto por Schopenhauer sirva para vocês como serviu para mim.

Julius olhou o relógio e quebrou o silêncio que se seguiu à observação de Philip.

— Foi uma sessão rica, do tipo que detesto ter que terminar, mas está na hora.

— Rica? O que foi que eu perdi? — resmungou Tony, levantando-se e caminhando para a porta.

CAPÍTULO
20

Prenúncios de pessimismo

*A alegria e a despreocupação de nossa juventude devem-se,
em parte, ao fato de estarmos subindo a montanha da vida
e não vermos a morte que nos aguarda do outro lado.*

N O INÍCIO DE sua didática, os terapeutas aprendem a pôr em foco a responsabilidade dos pacientes com relação aos dilemas da vida. Terapeutas maduros não aceitam relatos de pacientes afirmando que receberam maus-tratos, pois acreditam que, de certa forma, as pessoas são coautoras do ambiente em que vivem e que as relações são sempre recíprocas. Mas o que dizer do relacionamento do jovem Arthur Schopenhauer com os pais? Sem dúvida, esse relacionamento foi determinado primeiro pelos pais, que formaram Arthur, e eram, afinal das contas, adultos.

Porém, a contribuição dada por Arthur não pode ser desprezada: havia algo original, inseparável e obstinado no temperamento dele que, desde criança, provocava reações em Johanna e em outras pessoas. Arthur não costumava suscitar reações carinhosas, generosas e alegres. Quase todo mundo reagia de forma crítica e defensiva.

Talvez isso tenha sido consequência da conturbada gravidez que Johanna teve. Ou talvez a carga genética tenha tido papel principal no desenvolvimento dele. A genealogia dos Schopenhauer tinha vários casos de transtornos psicológicos. O pai de Arthur sofreu anos de depressão crônica, ansiedade, obstinação, distanciamento, e não conseguia desfrutar a vida. Até se suicidar. O avô materno era violento, instável, e acabou sendo internado. Dos três irmãos do pai, um nasceu com grave retardo mental, e outro, segundo um biógrafo, morreu aos 34 anos, "meio louco devido aos excessos, em um canto, com pessoas doentes".

Arthur formou cedo sua personalidade e continuou o mesmo pelo restante da vida. As cartas dos pais para o filho adolescente contêm trechos que mostram uma preocupação crescente com a falta de interesses sociais. A mãe, por exemplo, escreveu: "(...) embora eu não dê qualquer importância à etiqueta rígida, também não aprecio uma pessoa dura, incapaz de se divertir. (...) Você tem certa tendência a isso." E o pai escreveu: "Gostaria que você tivesse aprendido a agradar às pessoas."

Os diários de viagem do jovem Arthur mostram o adulto que iria ser. Adolescente, tinha uma capacidade precoce de se distanciar e ver as coisas por uma perspectiva cósmica. Ao descrever o retrato a óleo de um almirante holandês, diz: "Ao lado do quadro, estão os símbolos de sua vida: a espada, a capa, o colar de honra que usou e, finalmente, a bala de revólver que fez tudo isso perder a utilidade para ele."

Como filósofo maduro, Schopenhauer orgulhava-se da capacidade de ter uma visão objetiva ou, como ele dizia, "de ver o mundo pela outra ponta do telescópio". O prazer de ver o mundo do alto já faz parte de seus primeiros comentários sobre alpinismo. Aos 16 anos, escreveu: "Acho que a vista do cume de uma montanha ajuda muito a ampliar os conceitos. (...) Tudo que é pequeno some. Só fica o que é grande."

IRVIN D. YALOM

Nisso, há muitos prenúncios do Schopenhauer adulto. Ele continuaria desenvolvendo a perspectiva cósmica que, como filósofo maduro, possibilitou que visse o mundo de longe, tanto física quanto conceitual e temporalmente. Desde cedo, aceitou a visão *subspecies aeternitatis* de Spinoza, isto é, ver o mundo e os fatos sob a perspectiva da eternidade. Concluiu que se pode compreender melhor a condição humana não sendo parte dela, mas estando à parte.

Quando adolescente, pressentiu o enorme isolamento em que viveria mais tarde.

"A filosofia é uma estrada isolada em uma grande montanha (...) e, quanto mais subimos, mais isolados ficamos. Quem a percorre não deve temer, mas deixar tudo para trás e abrir caminho, confiante, na neve do inverno. (...) Ele logo vê o mundo lá embaixo, suas praias e seus pântanos somem de vista, seus pontos desiguais se aplainam, seus sons estridentes não alcançam mais os ouvidos. E sua redondeza surge para o andarilho, que recebe sempre o ar frio e puro da montanha e desfruta do sol quando tudo lá embaixo está mergulhado na escuridão da noite."

Há mais do que um impulso para as alturas a motivar o jovem Arthur, há impulsos de baixo. Sua personalidade tem mais duas características: uma grande aversão aos outros e um enorme pessimismo. Se, por um lado, Arthur sentia atração pelas alturas, as paisagens distantes e a perspectiva cósmica, era bastante evidente que rejeitava a proximidade com os outros. Um dia, após descer do alto de uma montanha onde viu o amanhecer claro como cristal e voltar ao mundo dos humanos em um chalé ao pé da montanha, anotou: "Entramos em um aposento onde havia criados bêbados. (...) E foi insuportável: o calor animalesco deles exalava uma quentura ardente."

Seus diários de viagem são cheios de desprezo e ironia. Sobre uma cerimônia religiosa protestante, escreveu: "O canto estridente da multidão doeu em meus ouvidos e ri muito de um sujeito que berrava de boca escancarada." Da cerimônia em uma sinagoga: "Dois meninos ao meu lado me fizeram sair do sério com seus trinados de boca aberta e cabeça jogada para trás; pareciam estar gritando comigo." Alguns nobres ingleses pareciam "rústicas prostitutas disfarçadas". O rei da Inglaterra "é um velho bonito, mas a rainha é insuportavelmente feia". O imperador e a imperatriz da Áustria "usavam trajes excessivamente modestos. Ele é magérrimo, com uma cara tão idiota que dá a impressão de ser alfaiate, e não imperador". Um colega de escola, notando a inclinação misantropa de Arthur, escreveu para ele na Inglaterra: "Lamento que sua estada tenha feito você odiar o país inteiro."

Esse jovem irônico e irreverente iria se tornar o homem amargo e mal-humorado que costumava se referir aos humanos como "bípedes" e iria concordar com a frase de Thomas de Kempis: "Sempre que me misturo aos homens, fico menos humano."

Será que esses traços impediram que Arthur fosse o "olho atento do mundo"? O jovem Arthur previu o problema e escreveu um recado para si mesmo quando velho: "Repare se seus julgamentos objetivos não são, no fundo, subjetivos." Como veremos, apesar da intenção e da disciplina, ele nem sempre seguiu seu bom conselho de jovem.

CAPÍTULO
21

Feliz é o homem que consegue evitar a maioria de seus semelhantes.

NO INÍCIO DA sessão seguinte, exatamente quando Bonnie perguntava a Julius se Pam tinha voltado da viagem, a porta se escancarou e Pam entrou de braços abertos, gritando:

— Tam, tam, tam, tam!

Todos, com exceção de Philip, se levantaram e a receberam. Com seu jeito carinhoso, ela percorreu a roda, olhou para cada um, abraçou, beijou Rebecca e Bonnie, mexeu nos cabelos de Tony, e, quando chegou em Julius, segurou as mãos dele por um longo tempo e disse, baixo:

— Obrigada por ter sido tão franco ao telefone. Estou arrasada, muito triste e muito preocupada com você.

Julius olhou para Pam. O rosto sorridente e familiar transmitia coragem e uma energia radiante.

— Seja bem-vinda, Pam. Que bom ver você! Sentimos sua falta. Senti sua falta — disse Julius.

Pam, então, viu Philip e tudo nela mudou. Desapareceram o sorriso e as rugas de alegria em volta dos olhos. Achando que ela estava surpresa com um estranho no grupo, Julius apressou-se a apresentar:

— Pam, esse é nosso novo colega de grupo, Philip Slate.

— Hã, Slate? — reagiu Pam, e começou a trocar o sobrenome, sem olhar para ele: — Não é Philip Sem Noção? Ou Philip Frieza? — Olhando para a porta, disse: — Julius, não sei se consigo ficar na mesma sala que este filho da puta!

Surpreso, o grupo olhou da agitada Pam para o totalmente calado Philip. Julius interveio.

— Conte para nós, Pam. Sente-se, por favor.

Tony colocou mais uma cadeira no grupo, enquanto Pam dizia:

— Não me ponha ao lado dele.

O lugar vazio era ao lado de Philip. Rebecca levantou-se e indicou seu lugar para Pam.

Após um pequeno silêncio, Tony perguntou:

— O que está acontecendo, Pam?

— Nossa! Não acredito. Será uma piada de mau gosto? Essa é a última coisa que eu queria. Não esperava ver esse sujeito nunca mais.

— O que está acontecendo? E você, Philip? Diga alguma coisa. O que está havendo? — repetiu Stuart.

Philip continuou calado e balançou de leve a cabeça. Mas o rosto, ruborizado, dizia muita coisa. "Então, ele tem um sistema nervoso funcionando", pensou Julius.

— Fale, Pam, você está entre amigos — disse Tony.

— De todos os homens que conheci, esse foi o pior. E voltar para meu grupo de terapia e encontrá-lo sentado aqui... Não dá para acreditar. Tenho vontade de berrar, mas não vou, pelo menos enquanto ele estiver aqui. — Quieta, Pam olhou para baixo, balançando devagar a cabeça.

— Julius, estou ficando nervosa. Não gostei. Vamos... O que está havendo? — repetiu Rebecca.

— Obviamente, houve alguma coisa entre Pam e Philip antes e, garanto, isso também é novo para mim.

Após um breve silêncio, Pam olhou para Julius e disse:

— Pensei tanto nesse grupo... Estava ansiosa para voltar e contar da viagem. Mas Julius, desculpe, acho que não consigo. Não quero ficar aqui.

Levantou-se e foi para a porta. Tony se levantou também e segurou a mão dela.

— Pam, por favor. Você não pode simplesmente ir embora. Você fez tanta coisa por mim. Pronto. Sento-me ao seu lado. Quer que eu ponha ele para fora? — Pam sorriu de leve e deixou que Tony a levasse de volta para seu lugar. Gill mudou de cadeira para dar lugar a Tony.

— Como Tony, eu também quero ajudar — disse Julius. — Todos nós queremos. Mas você tem que permitir, Pam. É claro que houve algo antes, uma história ruim entre você e Philip. Conte. Senão não podemos fazer nada.

Pam concordou aos poucos, fechou os olhos e abriu a boca, mas não saiu nenhuma palavra. Levantou-se e foi até a janela, encostou a cabeça na vidraça e fez um gesto para Tony (que tinha se aproximado dela) se afastar. Virou-se, respirou fundo duas vezes e começou a falar com voz neutra:

— Há mais de vinte anos, minha amiga Molly e eu queríamos morar um tempo em Nova York. Molly era minha vizinha desde pequena e minha melhor amiga. Tínhamos terminado o primeiro ano de faculdade em Amherst e nos matriculamos em dois cursos de verão da Columbia. Um deles, sobre filósofos pré-socráticos. E adivinhem quem era o AP?

— AP? — perguntou Tony.

— Assistente de professor — explicou Philip, calmo e imediatamente, falando pela primeira vez na sessão. — O AP é um aluno que ajuda o pro-

A CURA DE SCHOPENHAUER

fessor coordenando pequenos grupos de discussão, lendo os trabalhos e avaliando as provas.

Pam pareceu surpresa com o comentário inesperado dele.

Tony respondeu à pergunta que ela não fez.

— Philip é o explicador oficial aqui. O que se pergunta, ele responde. Desculpe... Já que você começou a falar, eu deveria calar a boca. Continue. Pode sentar-se conosco na roda?

Pam concordou, voltou para seu lugar, fechou os olhos de novo e continuou:

— Então, eu estava no curso de verão da Columbia, com Molly e esse homem, esse sujeito sentado aí era nosso AP. Minha amiga Molly estava em uma fase ruim, tinha terminado um namoro longo e, assim que o curso começou, esse arremedo de homem — ela fez sinal indicando Philip — começou a dar em cima dela. Olha que nós tínhamos só 18 anos e ele era o professor, quer dizer, um professor dava as duas palestras da semana, mas esse aí era o assistente que cuidava do curso, inclusive das notas. Ele era esperto e Molly estava frágil. Ela se apaixonou, passou uma semana em completa felicidade. Até que, em uma tarde de sábado, ele me ligou e pediu para encontrá-lo por causa de uma prova que fiz. Ele foi gentil e sério e eu era bastante idiota para ser manipulada. Acabei nua no sofá do escritório dele. Era uma virgem de 18 anos. E ele fez sexo com vontade. Dois dias depois, aconteceu a mesma coisa, e depois o porco me largou, nem me olhou. Parecia não me conhecer e, pior de tudo, não explicou por que sumiu. Fiquei com medo de perguntar, pois ele tinha poder, dava as notas das provas. Foi assim minha estreia no maravilhoso mundo do sexo. Fiquei arrasada, com ódio, com vergonha e, pior de tudo, muito culpada por trair Molly. E eu, que me achava uma mulher atraente, mergulhei de cabeça na negação.

— Ah, Pam, não é de estranhar que você tenha levado um susto agora — disse Bonnie, balançando a cabeça.

— Esperem, esperem, vocês ainda não ouviram o pior desse monstro — disse Pam, transtornada. Julius olhou em volta na sala. Estavam todos inclinados para a frente, olhos fixos em Pam, menos Philip, claro, que, de olhos fechados, parecia em transe.

— Ele e Molly continuaram juntos mais umas semanas, até que ele a largou dizendo que não estava mais achando graça nela e ia procurar outra. Só isso. Desumano. Acreditam que um professor possa dizer isso para uma jovem aluna? Ele não falou mais nada, nem ajudou a tirar as coisas dela que estavam no apartamento. A despedida dele foi dar a ela a lista das treze mulheres com quem tinha transado naquele mês, muitas da nossa classe. Meu nome era o primeiro da lista.

— Ele não deu a lista a ela. Molly achou a lista mexendo na casa dele — disse Philip, ainda de olhos fechados.

— Que tipo de sujeito depravado seria capaz de fazer uma lista dessas? — falou Pam.

De novo com voz neutra, Philip respondeu:

— A constituição do macho faz com que ele espalhe seu sêmen. Não foi o primeiro nem o último a fazer uma avaliação dos campos onde semeou e plantou.

Pam virou a palma das mãos para o grupo, balançou a cabeça e resmungou:

— Vocês estão vendo — como se quisesse mostrar como era bizarro aquele estilo de vida. Sem dar atenção a Philip, ela continuou: — Foi um sofrimento. Molly sofreu demais e demorou muito a voltar a confiar em-um homem. Nunca mais confiou em mim. Nossa amizade acabou. Ela jamais perdoou minha traição. Foi uma enorme perda para mim e acho que para ela também. Tentamos nos reencontrar. Até hoje trocamos e-mails de vez em quando, contando as coisas mais importantes, mas ela jamais quis comentar sobre aquele verão.

Após um longo silêncio, talvez o maior que o grupo já teve, Julius falou:

— Pam, que coisa horrível ser largada assim, aos 18 anos. O fato de você nunca ter comentado isso comigo na terapia individual nem com o grupo mostra como o trauma foi grande. E perder uma amiga da vida inteira! Horrível mesmo. Mas quero dizer outra coisa. Foi bom ter ficado hoje. Bom ter falado nisso. Sei que não vai gostar que eu diga, mas talvez seja bom para você o fato de Philip estar aqui. Talvez possamos trabalhar isso. Talvez possa haver uma cura. Para os dois.

— Tem razão, Julius, detestei você dizer isso, e mais, detesto ter que olhar para esse inseto outra vez. E ele está aqui, em meu querido grupo. Estou muito mal.

Julius olhou em volta. Muita coisa chamava a atenção dele. Até que ponto Philip iria aguentar? Ele também deveria ter um ponto de saturação. Quando iria sair da sala e nunca mais voltar? Ao pensar na saída de Philip, pensou também nas consequências para ele, mas, principalmente, para Pam. Ela era bem mais importante para Julius, uma ótima pessoa, e ele queria ajudá-la a encontrar um futuro melhor. Seria bom para ela se Philip fosse embora do grupo? Talvez sentisse uma espécie de vingança, mas que vitória de Pirro! "Se eu conseguir achar um jeito de ajudar Pam a perdoar Philip, seria bom para ela e talvez para ele também", pensou Julius.

Julius quase se encolheu ao pensar na palavra perdoar. De todos os recentes movimentos na área da terapia, o burburinho em torno de "perdoar" era o que mais o incomodava. Como todo terapeuta experiente, ele sempre teve pacientes que não conseguiam largar as coisas, que alimentavam rancores, que não encontravam paz. Nesses casos, Julius sempre usou muitos métodos para ajudá-los a perdoar, isto é, abrir mão da raiva e do ressentimento. Na verdade, todo terapeuta experiente tinha um arsenal de "técnicas para abrir mão" para usar na terapia. Mas a indústria simplista e esperta do perdão tinha crescido, promovido e comercializado esse aspecto da terapia e apresentado como se fosse algo totalmente novo. A enganação havia ganhado respeitabilidade por se misturar ao atual clima social e político mundial de perdão para afrontas como genocídio, escravidão e exploração. Até o papa tinha pedido perdão para os cruzados que saquearam Constantinopla no século XIII.

E como ele, Julius, se sentiria como terapeuta do grupo, se Philip saísse? Julius tinha decidido não abandonar Philip, mas era difícil ter qualquer tipo de compaixão por ele. Quarenta anos antes, quando era um jovem estudante, assistiu a uma palestra em que Erich Fromm citou a frase de Terêncio, escrita cerca de 2 mil anos atrás: "Sou humano e nada do que é humano me é estranho." Fromm defendia que o bom terapeuta mergulhasse em suas próprias trevas e se identificasse com todas as fantasias e impulsos do paciente. Julius tentou. Quer dizer que Philip tinha feito uma lista das mulheres que levou para a cama? Mas ele, Julius, não fez isso quando era bem jovem? Claro que sim. Muitos homens com quem Julius comentou também fizeram.

Julius lembrou a si mesmo que era responsável por Philip e pelos futuros clientes dele. Ele o convidara para ser paciente e aluno. Quisesse ou não, Philip um dia teria muitos clientes, e desistir dele agora era má terapia, má lição e mau exemplo. Além de ser profundamente contra a moral.

Refletindo sobre isso, Julius pensou também no que dizer. Imaginou algo que começava com sua conhecida frase: "Estou em uma dúvida. Por um lado, há isso e, por outro, aquilo." Mas o momento era muito pesado para usar qualquer tática de reserva. Finalmente, disse:

— Philip, ao responder a Pam, você se referiu a si mesmo na terceira-pessoa. Não disse "eu", mas "ele". Você disse: "Ele não deu a lista a ela." Fiquei pensando: Será que está dando a entender que hoje é uma pessoa diferente da que era naquela época?

Philip abriu os olhos e encarou Julius. Um raro cruzar de olhares. Será que havia gratidão naquele olhar? Philip respondeu:

— Há muito se sabe que as células do corpo envelhecem, morrem e são substituídas a intervalos regulares. Até alguns anos atrás, achava-se que só as células do cérebro mantinham-se por toda a vida e, claro, nas mulheres, os óvulos também. Mas as pesquisas mostram que as células nervosas também morrem e novos neurônios surgem sem parar, inclusive as células que formam o córtex cerebral, minha mente. Acho que se pode dizer muito bem que não tenho uma só célula hoje que existisse no homem com meu nome, há quinze anos.

— Portanto, meritíssimo juiz, não era eu aquele homem — zombou Tony. — Sinceramente, não tenho culpa. Quem fez aquilo foi outro homem, outras células mentais, não eu.

— Bem, isso não é justo, Tony. Nós queremos dar apoio a Pam, mas não precisamos atacar Philip. O que quer que ele faça? — perguntou Rebecca.

— Porra, para quem não sabe, que tal apenas se desculpar? — Tony virou-se para Philip: — Será muito difícil? Será que sua língua cairia se falasse isso?

— Tenho algo a dizer para vocês dois — disse Stuart. — Primeiro para você, Philip. Acompanho as pesquisas sobre o cérebro, e as informações que você deu sobre regeneração das células estão ultrapassadas. Pesquisas recentes mostram que as células-tronco da medula óssea, transplantadas para outra pessoa, podem se transformar em neurônios em determinadas áreas do cérebro, por exemplo, no hipocampo, e nas células de Purkinje do cerebelo. Mas não há comprovação da formação de novos neurônios no córtex cerebral.

— Agradeço a correção. Gostaria que me indicasse uma literatura sobre o tema, por favor. Pode me mandar por e-mail? — perguntou Philip, que tirou um cartão de visita da carteira e o entregou a Stuart, que guardou o cartão sem olhar.

— Tony — falou Stuart —, sabe que não sou contra você. Gosto de sua objetividade e sua irreverência, mas concordo com Rebecca: você está sendo muito duro e um pouco fora da realidade. Quando entrei nesse grupo, nos fins de semana você cumpria pena por abuso sexual tirando lixo de estradas.

— Não, a pena foi por agressão física. O abuso sexual era besteira, e Lizzy retirou a queixa. A queixa de agressão também era falsa, mas como posso explicar?

— Mas eu nunca ouvi, nem ninguém ouviu, você dizer que lamentava essa condenação. Na verdade, vi o contrário: você recebeu muito apoio. Porra, mais do que apoio, todas as mulheres, inclusive você — Stuart apontou para Pam —, ficaram tocadas pelo seu, como dizer, desrespeito à lei!

Lembro-me de Pam e Bonnie levando sanduíches quando estava recolhendo lixo na Highway 101. Também de Gill e eu falando que não conseguíamos competir com o seu... Como dizer?

— Estilo selvagem — disse Gill.

— Isso mesmo. Estilo selvagem. Homem da selva. Homem primitivo. Isso é ótimo... — ironizou Tony.

— Então, que tal dar um refresco para Philip? Homem da selva serve para você, mas não para ele. Vamos ouvir o que ele tem a dizer. Acho horrível o que Pam sofreu, mas vamos devagar, sem correr para linchá-lo. Quinze anos é muito tempo.

— Bom, não estou há quinze anos, estou no dia de hoje — disse Tony. E, virando-se para Philip: — Na semana passada, você, Philip... merda, é difícil falar quando a pessoa não olha. Fico puto! Você disse que não fazia diferença se Rebecca estava interessada em você. Ela estava, hum, flertando, não me lembro da bendita palavra.

— Se exibindo! — disse Bonnie.

Rebecca segurou a cabeça entre as mãos.

— Não acredito. Não posso acreditar que ainda vamos falar nisso. Não há uma prescrição para o terrível crime de soltar os cabelos? Quanto tempo isso vai durar?

— O tempo que for necessário — respondeu Tony, virando-se para Philip: — E a pergunta que fiz, Philip? Você se faz de monge, de alguém que está acima de tudo, puro demais para se interessar por mulheres, mesmo as mais atraentes.

Philip virou-se para Julius e perguntou:

— Vê por que eu não queria entrar no grupo?

— Você sabia que isso ia acontecer?

— É uma equação comprovada: quanto menos me relacionar com as pessoas, mais feliz fico. Quando tentei viver no mundo, estava sempre inquieto. Meu único caminho para a paz é ficar fora do mundo, não querer nada, não esperar nada, fazer conquistas contemplativas e superiores.

— Certo, Philip — disse Julius. — Mas, se você está em um grupo, vai orientar grupos ou ajudar pacientes em seus relacionamentos, precisa se relacionar com eles.

Julius percebeu que Pam balançava a cabeça, surpresa.

— O que é isso? Que loucura. Philip está no grupo? Rebecca está flertando com ele? Philip orienta grupos, tem pacientes? O que está acontecendo?

— Muito bem. Vamos contar tudo a Pam — disse Julius.

— Stuart, é sua deixa — falou Bonnie.

— Vou tentar — respondeu Stuart. — Bom, nos dois meses em que você esteve fora...

Julius interrompeu.

— Desta vez, deixe que continuemos, Stuart. Não é justo você ficar sempre com o trabalho de lembrar tudo.

— Certo. Mas isso para mim não é trabalho. Gosto de dar um panorama. — Vendo que Julius ia interromper, ele acrescentou logo: — Está bem, vou dizer só uma coisa. Quando você viajou, Pam, fiquei muito triste. Achei que fracassamos com você, que não conseguimos, não tivemos condições de ajudar em sua crise. Não gostei de você ir para outro lugar, para a Índia, em busca de ajuda. Próximo a falar.

Bonnie disse logo:

— A maior notícia foi Julius contar que está doente. Já sabe de tudo, Pam?

— Já — concordou ela, séria. — Julius contou quando telefonei no fim de semana para avisar que tinha chegado.

— Na verdade, tenho que acrescentar que Julius não nos contou. Desculpe, Bonnie — disse Gill. — Fomos tomar um café com Philip depois da primeira sessão dele aqui e ele nos falou, pois tinha sabido por Julius, em uma sessão individual. Julius ficou bem irritado por Philip se adiantar. Próximo a falar.

— Philip está aqui há cinco sessões, treinando para ser terapeuta — disse Rebecca. — E, se entendi direito, Julius foi analista dele anos atrás.

Tony acrescentou:

— Falamos sobre a, hum, situação de Julius e...

— Você está querendo dizer câncer. É uma palavra chocante, eu sei — disse Julius. — Mas é melhor enfrentá-la e falar.

— Sobre o câncer de Julius. Você é forte, Julius, tenho que admitir. — Tony prosseguiu. — Então, falamos sobre o câncer de Julius e como ficou difícil falar em outras coisas que, comparadas com o câncer, eram pequenas.

Todos tinham falado, menos Philip, que disse, então:

— Julius, pode contar para o grupo por que o procurei.

— Eu ajudo, Philip, mas seria melhor você contar quando puder.

Philip concordou com a cabeça.

Quando ficou claro que Philip não iria continuar, Stuart disse:

— Tudo bem. Minha vez de novo. Querem uma segunda rodada?

Ao ver que todas as cabeças concordavam, Stuart continuou:

— Em uma sessão, Bonnie reclamou um pouco por Rebecca querer chamar a atenção de Philip. — Stuart parou, olhou para Rebecca e acrescentou: — Supostamente, ela queria chamar a atenção dele. Bonnie falou nos problemas que tinha com o corpo, a impressão de que não é atraente.

— Falei também em minha falta de jeito, na incapacidade de competir com mulheres como Rebecca e você, Pam — acrescentou Bonnie.

Rebecca disse:

— Enquanto você não estava, Philip fez vários comentários muito enriquecedores.

— Mas nada sobre ele mesmo — disse Tony.

— Última coisa: Gill teve uma briga séria com a mulher. Chegou a pensar em sair de casa — disse Stuart.

— Não acredite muito em mim. Perdi a coragem. A decisão de sair de casa durou umas quatro horas — disse Gill.

— Eis um bom resumo do que aconteceu — disse Julius, olhando para o relógio. — Antes de sairmos, quero perguntar a Pam como ela está. Sente-se mais dentro do barco?

A CURA DE SCHOPENHAUER

— Ainda parece irreal. Tento entrar, mas acho bom a sessão terminar. Por hoje, não dá para aguentar mais — disse Pam, juntando seus pertences.

— Tenho que dizer que estou assustada — anunciou Bonnie. — Vocês sabem que adoro este grupo, mas sinto que ele está prestes a explodir. Será que vamos voltar na próxima semana? Você, Pam? Você, Philip? Vocês, rapazes, voltam?

— Uma pergunta direta — respondeu logo Philip. — Vou responder da mesma forma. Julius me convidou para integrar o grupo por seis meses e concordei. E se comprometeu a me dar crédito de supervisão. Vou pagar as sessões e cumprir o combinado. Não saio antes.

— E você, Pam? — perguntou Bonnie.

Pam ficou parada.

— É só o que aguento por hoje.

As pessoas saíram. Julius ouviu que iam tomar café. "Como iria ser?", pensou ele. "Será que convidariam Philip?" Ele sempre disse ao grupo que encontros fora da sessão poderiam criar divisões, a menos que ninguém fosse excluído. Notou, então, que Philip e Pam estavam se encaminhando para a porta ao mesmo tempo. Não ia dar passagem. "Essa situação vai ser interessante", pensou Julius. Philip de repente percebeu e, como a porta era muito pequena para os dois, parou e, gentilmente, disse "por favor" e cedeu o lugar para Pam. Ela passou como se Philip fosse invisível.

CAPÍTULO
22

Mulheres, paixão e sexo

O sexo intromete-se com seu lixo e interfere nas negociações dos estadistas e nas pesquisas dos eruditos. Destrói os relacionamentos mais preciosos e tira os escrúpulos dos que antes eram honestos e direitos.

DEPOIS DA MÃE, a mulher mais presente na vida de Arthur foi uma costureira reclamona chamada Caroline Marquet. Quase todas as biografias de Schopenhauer assinalam o encontro dos dois em 1823, em uma escada mal iluminada do prédio em Berlim onde moravam. Ele tinha 35, e ela, 45 anos.

Caroline estava conversando com três amigas em seu apartamento. Irritado com a tagarelice barulhenta das mulheres, o vizinho Arthur escancarou a porta e acusou-as de invadir sua privacidade, já que aquela antessala era, tecnicamente, parte do apartamento dele. Mandou, ríspido, que saíssem dali. Caroline recusou-se e Arthur empurrou-a, chutando e gritando, escada abaixo. Ela subiu de novo a escada, desafiadora, e ele a expulsou outra vez, com mais força.

Caroline o processou, acusando-o de empurrá-la na escada, causando ferimentos graves que resultaram em tremores e paralisia parcial. Arthur ficou muito assustado com o processo, pois sabia que não ia ganhar dinheiro com suas atividades intelectuais e guardava cuidadosamente a herança do pai. Quando seu dinheiro corria perigo, ele ficava, como disse seu editor, "um cachorro preso".

Certo de que Caroline Marquet era uma enganadora oportunista, empenhou-se em lutar contra a acusação usando todos os recursos cabíveis. O amargo processo levou seis anos, e Arthur foi condenado a pagar sessenta táleres por ano até Caroline se restabelecer. (Na época, uma criada ou cozinheira recebia vinte táleres por ano, mais casa e comida.) Arthur achava que Caroline era esperta o suficiente para sofrer de tremores enquanto recebesse o dinheiro. E assim foi: ele continuou a pagar até ela morrer, 26 anos depois. Quando recebeu a cópia do atestado de óbito, rabiscou no papel, em latim: "Obit anus, abito nus" (a velha morre, o peso acaba).

Outras mulheres na vida de Arthur? Ele jamais se casou, mas estava longe de ser casto: na primeira metade da vida, teve intensa atividade sexual. Talvez até exagerada. Anthime, o amigo de infância que conheceu no Havre, esteve em Hamburgo durante o aprendizado comercial de Arthur e os dois passavam as noites à procura de aventuras amorosas, sempre com mulheres de classes inferiores (criadas, atrizes, coristas de teatro). Se não tinham sucesso, terminavam se consolando nos braços de uma "puta prestimosa".

Arthur não tinha tato, sedução ou alegria. Era um conquistador incompetente e precisou de muitos conselhos de Anthime. As inúmeras vezes em que foi rejeitado fizeram com que ligasse desejo sexual à humilhação. Detestava sentir desejo e, em anos posteriores, comentou muito a degradação que era mergulhar na vida animalesca. Não é que ele não desejasse as mulheres, e foi claro: "Eu gostaria muito delas, se elas tivessem apenas me aceitado."

Sua história de amor mais triste ocorreu aos 43 anos, quando tentou cortejar Flora Weiss, uma linda jovem de 17 anos. Certa tarde, em uma festa em um barco, aproximou-se de Flora com um cacho de uvas, anunciou que sentia atração por ela e que ia pedi-la em casamento aos pais. O pai de Flora ficou pasmo com a proposta e disse: "Ela não passa de uma criança." E deixou a decisão por conta da filha. A história terminou quando Flora mostrou a todos os envolvidos que não tinha qualquer interesse no candidato.

Décadas mais tarde, a sobrinha de Flora Weiss perguntou à tia sobre o encontro com o famoso filósofo e anotou a resposta em seu diário: "Ah, me deixa em paz com esse velho Schopenhauer." Por insistência da sobrinha, Flora contou das uvas que ganhou dele e disse: "Mas eu não queria as uvas. Fiquei irritada porque o velho Schopenhauer tinha tocado nelas e joguei-as na água".

Não há qualquer prova de que Arthur tenha tido um caso com uma mulher que respeitasse. Certa vez, a irmã Adele recebeu uma carta em que ele anunciava "dois casos de amor sem amor" e respondeu, em uma das poucas vezes em que fizeram comentários pessoais: "Espero que você não perca a capacidade de estimar uma mulher quando lidar com as vulgares e simples de meu sexo. E que o céu faça com que um dia encontre uma pela qual consiga sentir algo mais profundo do que essas paixões."

Aos 33 anos, Arthur iniciou um relacionamento intermitente, que durou uma década, com uma jovem corista de Berlim chamada Caroline Richter-Medon, que costumava ter casos com vários homens ao mesmo tempo. Arthur não se opunha a isso e escreveu: "É contra a natureza da mulher limitar-se a um só homem no curto período de seu florescer. Esperam que ela guarde para um homem o que ele não pode usar e que vários outros desejam." Arthur era contra a monogamia também para os homens: "Em uma certa fase da vida, os homens têm demais, e no fim, muito pouco. (...) Passam a metade da vida lidando com putas e a outra metade sendo cornos."

Quando Arthur mudou-se de Berlim para Frankfurt, convidou Caroline para ir, mas ela não quis deixar o filho natural, que ele insistia não ser dele. Após uma curta troca de cartas, a relação terminou para sempre. Quase trinta anos depois, quando fez seu testamento aos 71 anos, Arthur incluiu uma cláusula deixando 5 mil táleres para Caroline Richter-Medon.

Embora desprezasse as mulheres e zombasse do casamento, ele não sabia se deveria se casar. Preveniu-se, pensando: "Todos os grandes poetas foram infelizes no casamento e nenhum grande filósofo se casou: Demócrito, Descartes, Platão, Spinoza, Leibniz e Kant. A única exceção foi Sócrates, mas pagou por isso, pois sua esposa era a briguenta Xantipa. (...) A maioria dos homens é atraída pela aparência das mulheres, que esconde os defeitos. Eles se casam quando jovens e pagam caro quando envelhecem, pois suas mulheres ficam histéricas e teimosas."

Com a idade, ficou desanimando com a ideia do casamento, até desistir completamente com pouco mais de 40 anos. "Casar-se em idade avançada é como percorrer a pé três quartos de estrada e, depois, comprar uma passagem muito cara pelo trajeto completo", disse ele.

Todos os temas principais da vida passam pela ousada análise filosófica de Schopenhauer, inclusive o desejo sexual, assunto que os filósofos anteriores evitaram.

Ele iniciou a discussão com uma afirmação surpreendente sobre a força e a onipresença desse desejo.

"Depois do amor à vida, o sexo é a maior e mais ativa força e ocupa quase todas as vontades e pensamentos da porção mais jovem da humanidade. Ele é a meta final de praticamente todos os esforços humanos. Exerce uma influência desfavorável nos assuntos mais importantes, interrompe a toda hora as ocupações mais sérias e, às vezes, inquieta por algum tempo as maiores mentes humanas. (...) O sexo é realmente o alvo invisível de toda ação e conduta e surge em toda parte, apesar dos panos que são jogados em cima dele. Motivo de guerra e objeto da paz, (...) fonte inesgotável da razão, chave de todas as insinuações e sentido de todas as pistas misteriosas, de todas as ofertas silenciosas e olhares roubados, é nele que pensam os jovens e, com frequência, os velhos também; no que pensam os impudicos todas as horas e a fantasia recorrente e constante dos pudicos, mesmo contra a vontade deles."

Meta final de praticamente todos os esforços humanos? O alvo invisível de toda ação e conduta? Motivo de guerra e objeto da paz? Por que tanto exagero? Quantas vezes Schopenhauer conclui a partir de sua própria preocupação com o sexo? Ou será que o exagero é só um disfarce para chamar a atenção do leitor para o que vai dizer?

"Se considerarmos tudo isso, somos levados a perguntar: por que tanto barulho e confusão? Por que tanta pressa, tanto tumulto, angústia e empenho? Trata-se apenas de cada João encontrar sua Maria. Por que tal ninharia é tão importante e costuma trazer distúrbio e confusão na vida do homem?"

A resposta de Arthur para a pergunta que ele mesmo fez antecipa em um século e meio muito do que iria tratar a psicologia evolucionária e a psicanálise. Ele afirma que não somos guiados por nossa necessidade, mas pela necessidade de nossa espécie. "Embora os dois envolvidos ignorem, o verdadeiro fim de toda história de amor é gerar uma criança", continua ele. "Portanto, o que realmente conduz o homem é um instinto dirigido para o que é melhor para a espécie, embora o homem pense que procura apenas a intensificação do próprio prazer."

Schopenhauer discute em detalhes os princípios que regem a escolha do parceiro sexual ("todos amam o que lhes falta") e enfatiza sempre que a escolha é feita pela força da espécie. "O homem é possuído pelo espírito da espécie, fica dominado por ele e não se pertence mais, (...) pois busca não o seu interesse, mas o de uma terceira pessoa que ainda não foi concebida."

Ele insiste que a força do sexo é irresistível. "Pois está sob influência de um impulso similar ao dos insetos, que o leva a alcançar suas metas de qualquer maneira, apesar de todos os argumentos dados pela razão. (...) Ele não consegue desistir." E a razão tem pouco a ver com isso. Com frequência, o homem deseja alguém que a voz da razão manda evitar, mas ela nada pode contra a paixão sexual. Schopenhauer cita o teatrólogo romano Terêncio: "O que não é concedido pela razão não deve ser dominado com a razão."

Muito já se comentou que as três maiores revoluções do pensamento ameaçaram a noção do homem como centro de tudo. Primeiro, Copérnico demonstrou que a Terra não era o centro de todos os corpos celestes. Depois, Darwin mostrou que não somos o centro na cadeia da vida e, como todas as demais criaturas, evoluímos a partir de outras formas de vida. Por fim, Freud descobriu que não mandamos em nossa própria casa, pois grande parte de nosso comportamento é governado por forças inconscientes. Sem dúvida, o correvolucionário que Freud não reconheceu foi Arthur Schopenhauer. Muito antes de Freud nascer, Schopenhauer afirmou que somos dominados por grandes forças biológicas e nos iludimos achando que escolhemos conscientemente o que fazemos.

CAPÍTULO
23

Se não conto meu segredo, ele é meu prisioneiro. Se o deixo escapar,
sou prisioneiro dele. A árvore do silêncio dá os frutos da paz.

A PREOCUPAÇÃO DE BONNIE com relação ao número de pessoas presentes na sessão seguinte foi infundada: não só todos compareceram como chegaram antes da hora, com exceção de Philip, que, apressado, sentou-se às 16h30 em ponto.

É comum haver um pequeno silêncio no começo da sessão. A pessoa aprende logo a não ser a primeira a falar, porque receberia muito tempo e atenção. Mas Philip, ousado como sempre, não esperou. Sem olhar para ninguém, começou com a voz neutra e sem expressão.

— O relato feito pela integrante do grupo que voltou na semana passada...

— O nome dela é Pam — disse Tony.

A CURA DE SCHOPENHAUER

Philip concordou, sem olhar.

— Pam não revelou tudo sobre minha lista, que era mais que uma simples sequência de nomes de mulheres com quem fiz sexo naquele mês. A lista tinha também os telefones...

Pam interrompeu.

— Ah, os telefones! Bom, desculpe. Agora está tudo certo!

Sem se alterar, Philip prosseguiu:

— E um resumo das preferências sexuais de cada mulher.

— Preferências sexuais? — perguntou Tony.

— Isso mesmo: o que cada uma preferia. Sexo anal, oral, sessenta e nove, preliminares, massagem nas costas, massagem com óleos, apanhar, ser chupada nos seios, ser algemada, ser amarrada na cabeceira da cama...

Julius piscou. Deus do céu! Até onde Philip vai? Será que contará as preferências de Pam? Vinha aí um grande problema.

Antes que ele conseguisse intervir, Pam gritou:

— Você é realmente nojento! Asqueroso. — Inclinou-se para a frente como se fosse se levantar e sair.

Bonnie segurou o braço dela e disse para Philip:

— Dessa vez, concordo com Pam. Você enlouquecem, Philip? Para que contar essas coisas?

— É, não estou entendendo — acrescentou Gill. — Olha, você está sob ataque cerrado. Não sei o que vai ser de você, cara. Eu não seria capaz de enfrentar isso. Mas o que você faz? Joga um balde de gasolina no fogo e diz "me queimem mais um pouco". Não quero ofender, Philip, mas que porra é essa?

— É, também acho — disse Stuart. — Em seu lugar, eu iria me colocar em uma luz mais favorável e não dar mais munição para o inimigo me atacar.

Julius tentou acalmar a situação.

— Philip, o que sentiu nos últimos minutos?

— Bem, eu tinha uma coisa importante a dizer sobre essa lista e disse, com tanta naturalidade que estou satisfeito com o desenrolar dos fatos.

Julius insistiu e, com voz mais calma, repetiu:

— Várias pessoas reagiram: o que você sentiu, Philip?

— Não vou por aí, Julius. Isso me complica. É melhor eu fazer o que acho certo.

Julius tirou outra ferramenta de sua caixa: a antiga mas segura estratégia do verbo no modo condicional:

— Philip, experimente fazer uma suposição, como os filósofos fazem todos os dias. Compreendo sua vontade de manter o equilíbrio, mas, por favor, se fosse sentir alguma coisa depois do que disseram hoje aqui, o que seria?

Philip pensou, sorriu de leve e concordou com a cabeça, talvez como prêmio pela ingenuidade da estratégia de Julius.

— Uma suposição? Muito bem. Se eu fosse sentir alguma coisa, seria susto pela agressividade de Pam. Sei que ela quer me magoar.

Pam ia dizer alguma coisa, mas Julius fez sinal para ela se calar e deixar Philip continuar.

— Bonnie então perguntou por que eu estava contando tanta vantagem, e Gill e Stuart perguntaram por que eu queria me imolar.

— Imo o quê? — perguntou Tony.

Pam abriu a boca para responder, mas na mesma hora Philip explicou:

— Imolar é sacrificar-se no fogo.

— Certo... Você descreveu bem o que houve, o que Bonnie, Gill e Stuart disseram. Agora, continue o experimento: se fosse sentir alguma coisa com o comentário deles...

— Tudo bem... Saí do assunto. Você deve estar achando que meu inconsciente está emergindo.

Julius concordou com a cabeça:

— Continue, Philip.

— Eu me sentiria totalmente incompreendido. Diria a Pam que não estava querendo consertar o que fiz. Para Bonnie, que contar vantagem era a última coisa que eu pretendia. E, para Gill e Stuart, agradeceria o aviso, mas não quero me imolar.

— Certo... Agora sabemos o que você não queria. Então diga o que queria, porque não entendi — pediu Bonnie.

— Estava apenas esclarecendo, seguindo os ditames da razão. Nada mais, nada menos.

O grupo entrou naquele estado comum após uma interação com Philip. Ele era tão racional, tão acima das pequenas rixas do cotidiano... Todos olharam para baixo, confusos, desorientados. Tony balançou a cabeça.

— Compreendo o que você colocou, exceto a frase final "nada mais, nada menos", que não consigo aceitar — disse Julius. — Por que escolher esse prisma da verdade agora, hoje, nessa altura de seu relacionamento conosco? Você estava ansioso para falar. Não conseguia esperar. Senti que queria pôr para fora. Apesar das óbvias consequências negativas mostradas pelo grupo, hoje se adiantou logo. Vamos tentar ver por quê. Qual a vantagem disso?

— É simples. Sei exatamente por que falei — respondeu Philip.

Silêncio. Todos aguardavam.

— Isso já está me enchendo o saco — disse Tony. — Philip, você está fazendo suspense, como sempre. Será que temos que implorar pela próxima frase?

— Desculpe... O que você falou? — perguntou Philip, com cara de quem não entendeu.

— Você está nos deixando esperar para saber por que disse aquilo. A espera é proposital? — perguntou Bonnie.

— Você acha que não queremos saber, que não temos curiosidade pelo que vai dizer? — sugeriu Rebecca.

— Não é nada disso — respondeu Philip. — Não tem nada a ver com vocês. É que meu interesse diminuiu e me voltei para dentro.

— Isso parece importante — disse Julius. — Acho que há um motivo, ligado à sua interação com o grupo. Se acha mesmo que seu comportamento é instável como a chuva que cai e pronto, então está assumindo uma posição indefesa. Há um motivo para você de vez em quando nos evitar e se voltar para dentro. Acho que é por uma ansiedade. Então, sua perda de interesse tem a ver com a forma como iniciou a sessão. Percebe?

Philip ficou calado, pensando no que Julius disse.

Julius tinha uma forma de agir quando tratava com outro terapeuta.

— Mais uma coisa, Philip, se você pretende um dia ter pacientes ou orientar um grupo, vai ser um problema grave perder o interesse no tema e se voltar para dentro.

Funcionou. Philip respondeu na mesma hora:

— Quis contar o que fiz para me proteger. Pam sabia da lista de mulheres e eu estava preocupado porque ela podia jogar aquela bomba a qualquer momento. Seria menos ruim se eu contasse logo. — Philip estava indeciso, mas respirou fundo e continuou: — Tenho mais a dizer: ainda não respondi a acusação de Bonnie de que estava contando vantagem. Fiz a lista porque minha vida sexual foi muito intensa naquele ano. Meu relacionamento de três semanas com Molly, a amiga de Pam, não era o normal. Eu preferia encontrar uma mulher uma vez e nunca mais. Só A procurava de novo quando tinha uma grande necessidade sexual e não conseguia outra mulher. Nesse caso, precisava das notas para fazer a mulher pensar que eu me lembrava dela. Se soubesse a verdade, isso é, que era apenas mais uma entre muitas, eu podia ficar mal. Não havia qualquer fanfarronice na lista. Era para uso particular. Molly tinha a chave de meu apartamento, invadiu minha privacidade, arrombou uma gaveta da escrivaninha e pegou a lista.

— Você está dizendo que fez sexo com tantas mulheres que precisava anotar para não confundi-las? Bem... Você tem ideia de quantas foram? — perguntou Tony.

Julius resmungou para si mesmo. As coisas já estavam muito complicadas sem a pergunta em tom invejoso de Tony. A tensão entre Pam e Philip também estava insuportável. Era preciso diminuí-la, mas Julius não sabia como. De repente, Rebecca ofereceu uma ajuda inesperada e mudou o rumo da sessão.

— Desculpem interromper, mas preciso de um tempo hoje. Passei a semana toda pensando em contar algo que jamais contei a ninguém, nem mesmo a você, Julius. Acho que é meu maior segredo. — Rebecca olhou o grupo. Todos a encaravam. — Posso falar?

Julius virou-se para Pam e Philip.

— O que acham? Estamos deixando vocês muito irritados?

— Comigo não tem problema. Preciso de um tempo — disse Pam.

— E você, Philip?

Philip assentiu.

— Concordo plenamente, mas primeiro quero que diga por que resolveu contar isso hoje — pediu Julius.

— Não, melhor eu falar enquanto estou com coragem. É o seguinte: uns quinze anos atrás, duas semanas antes de meu casamento, a empresa onde eu trabalhava me mandou apresentar um novo produto em uma feira de informática em Las Vegas. Eu já tinha entregado o pedido de demissão e aquele seria meu último compromisso. Na época, eu achava que o último até em minha vida profissional. Já estava grávida de dois meses. Jack e eu planejamos uma lua de mel de um mês, e, depois, eu cuidaria da casa e do bebê. Foi bem antes da faculdade de direito. Eu não imaginava que voltaria a trabalhar.

"Bom, chegando em Las Vegas, fiquei meio estranha. Uma noite, me vi sentada no bar do Caesar Palace. Pedi um drinque e logo estava de conversa com um homem muito bem-vestido. Ele perguntou se eu estava 'de serviço' e, sem conhecer a expressão, respondi que sim. Antes que eu pudesse falar sobre o trabalho, ele perguntou quanto eu cobrava. Engoli em seco, olhei para ele (era bonito) e respondi: 'Cento e cinquenta dólares.' Ele concordou. Subimos para o quarto dele. Na noite seguinte, mudei para o hotel Tropicana e fiz a mesma coisa. Mesmo preço. Na última noite, foi de graça."

Rebecca respirou fundo. Depois, suspirou ruidosamente.

— É isso. Jamais contei para ninguém. Pensei em contar para Jack, mas desisti. Para quê? Só ia aborrecê-lo conseguir um pequeno e precioso perdão para mim e... Tony, seu filho da puta, isso não tem graça!

Tony estava com a carteira de dinheiro na mão, contando as notas. Parou e, com um sorriso humilde, disse:

— Eu só queria aliviar o clima fazendo piada.

— Não quero aliviar nada. Isso para mim é coisa séria — disse Rebecca, com um de seus maravilhosos sorrisos. — É isso. Confissões. — Virou-se para Stuart, que muitas vezes chamou-a de boneca de porcelana. — Então, o que acha? Talvez eu não seja a linda boneca que pareço.

Stuart respondeu:

— Eu não estava pensando nisso. Sabe o que pensei, enquanto você falava? Lembrei-me de um filme que vi noites atrás, *À espera de um milagre*. Tinha uma cena inesquecível de um condenado fazendo a última refeição. Acho que em Las Vegas você se deu a última liberdade antes do casamento.

Julius concordou e disse:

— Também acho. Parece uma coisa que conversamos há muito tempo, Rebecca. — E explicou para o grupo: — Anos atrás, Rebecca e eu trabalhamos cerca de um ano na terapia sobre sua decisão de se casar. — Virando-se para Rebecca, disse: — Lembro que falamos semanas sobre seu medo de perder a liberdade, de ter menos oportunidades. Concordo com Stuart. Foi isso o que aconteceu em Las Vegas.

— Eu me lembro de uma sessão, Julius, em que você citou um romance no qual alguém procura um sábio e ele diz que "as escolhas excluem", ou seja, que para todo "sim" existe um "não".

Pam interrompeu:

— Sei qual é o livro, é *Grendel*, de John Gardner. O demônio Grendel procura o sábio.

— Há várias conexões aqui — disse Julius. — Pam me indicou esse romance quando já estava em terapia individual havia alguns meses. Então, Rebecca, se meu comentário ajudou você, tem que agradecer a ela.

Rebecca deu um grande sorriso agradecido para Pam.

— Você, indiretamente, me tratou. Colei um papel com essa frase em meu espelho: "As escolhas excluem." Por isso, aceitei me casar com Jack, além de saber que ele era o homem certo para mim. — Acrescentou, para Julius: — Lembro que você disse que para envelhecer bem era preciso aceitar que as oportunidades diminuem.

— Muito antes de Gardner, Heidegger — disse Philip, e se voltou para explicar para Tony —, um importante filósofo alemão da primeira metade do século XX...

— Um grande nazista também — interrompeu Pam.

Philip não deu ouvidos e continuou:

— Heidegger falou de enfrentar o limite da possibilidade. Na verdade, ele ligava esse limite ao medo da morte. Para ele, "a morte é a impossibilidade de qualquer possibilidade".

— Morte como "impossibilidade de qualquer possibilidade" — repetiu Julius.— Grande frase. Acho que vou colar em meu espelho. Obrigado, Philip. Há muita coisa para vermos, inclusive seus sentimentos, Pam. Mas antes quero comentar mais uma coisa sobre você, Rebecca. Esse fato em Las Vegas deve ter sido durante a terapia individual e você jamais o mencionou. Mostra como deve tê-la envergonhado.

Rebecca concordou.

— É... Resolvi colocar uma pá de cal na história. — Depois de uma pausa e de pensar se falava, acrescentou: — Tem mais, Julius. Fiquei com vergonha. Mais que isso: foi uma situação arriscada... Fiquei mais envergonhada quando fantasiei a situação, foi um grande barato, não um barato de sexo, não apenas um barato de sexo, mas de ficar fora da lei, de agir de forma inconsciente. — Virando-se para Tony, acrescentou: — Por isso, sempre tive uma certa atração por você: por ter sido preso, por suas brigas de bar, seu desrespeito às leis. Mas agora você exagerou. Conferir o dinheiro foi agressivo.

Antes que Tony pudesse responder, Stuart se adiantou:

— Você é muito corajosa, Rebecca. Admiro. E me libertou para contar algo que não falei nem para Julius, nem para meu terapeuta anterior, nem para ninguém. — Ficou indeciso e olhou para cada pessoa: — Antes, vou conferir o fator segurança. Esse assunto é de alto risco. Confio em todos aqui, exceto em você, Philip, porque ainda não o conheço bem. Certamente Julius falou com você sobre discrição.

Silêncio.

— Philip, seu silêncio me irrita. Eu lhe fiz uma pergunta — disse Stuart, que ficou de frente para Philip. — Por que não responde?

Philip levantou os olhos.

— Não sabia que era preciso responder.

— Eu disse que certamente Julius falou sobre discrição e levantei o tom ao final da frase. Isso mostra que é uma pergunta, não? E falar em confiança não indicava que eu queria uma resposta sua?

— Compreendo — disse Philip. — Julius falou sobre discrição e me comprometi a respeitar todas as regras do grupo, inclusive esta.

— Certo. Sabe, Philip, estou mudando de ideia. Achava você arrogante, mas começo a achar que é só um bicho do mato que não gosta de sair de casa nem gosta de gente. Pode responder ou não, como quiser.

— Boa, Stuart! — disse Tony, rindo. — É isso aí, cara. Gostei.

Stuart concordou.

— Minha crítica não foi negativa, Philip, mas vou contar uma coisa e preciso ter certeza da discrição de todos. Então, vamos lá. — Respirou fundo. — Cerca de treze ou catorze anos atrás, quando terminava a residência e ia começar a clínica, fui a uma convenção de pediatras na Jamaica. Esses eventos são para os profissionais se atualizarem com as últimas pesquisas, mas todo mundo sabe que muitos vão por outros motivos também: procurar uma oportunidade de emprego, um cargo acadêmico ou apenas descansar e não fazer nada. Eu fui por todos esses motivos, e, para piorar, meu avião para Miami atrasou e perdi o voo para a Califórnia. Tive que dormir no hotel do aeroporto e fiquei bem irritado.

O grupo estava totalmente atento ao que Stuart dizia. Era um novo prisma dele que estavam conhecendo.

— Hospedei-me no hotel umas 23h30, peguei o elevador para o sétimo andar... é engraçado como os detalhes estão nítidos... entrei em um comprido e silencioso corredor para o quarto. Nisso, uma porta se abriu e uma mulher de roupão, desarrumada e descabelada, saiu. Era atraente, com um lindo corpo, uns dez ou quinze anos mais velha que eu. Segurou o meu braço, ela cheirava a bebida, e perguntou se eu tinha visto alguém no corredor. "Ninguém. Por quê?", perguntei.

"Ela então me contou uma história comprida e confusa de um entregador que tinha acabado de roubar 6 mil dólares dela. Sugeri que ligasse para a portaria do hotel ou para a polícia, mas, estranhamente, ela não parecia ter vontade de fazer nada. Depois, fez sinal para eu entrar no quarto, falamos e tentei acalmá-la por ter sido roubada. É claro que a história era uma fantasia dela. Uma coisa levou a outra e acabamos na cama. Perguntei várias vezes se ela queria que eu ficasse, se queria fazer sexo. Ela queria, nós queríamos, e duas horas depois ela estava dormindo. Fui para meu quarto, dormi algumas horas e peguei um voo cedo. Antes de embarcar, liguei sem dar meu nome para o hotel e disse que havia uma hóspede no quarto 712 que podia precisar de atendimento médico."

Após alguns minutos de silêncio, Stuart disse:

— É isso.

— É isso? — perguntou Tony. — Uma mulher bonita convida você para o quarto dela e você dá o que ela pede? Cara, essa eu não perdia.

— Não, não é isso! — disse Stuart. — O problema é que sou médico, encontro uma mulher mal, talvez com uma leve ou enorme alucinação alcoólica, e transo com ela. É um desrespeito ao Juramento de Hipócrates, um erro grave do qual jamais me perdoei. Não consigo esquecer aquela noite. Está marcada a fogo em minha cabeça.

— Você é muito duro consigo mesmo, Stuart — disse Bonnie. — A mulher sozinha, bêbada, sai no corredor, vê um homem atraente, mais jovem. Convida-o para a cama. Ela conseguiu o que queria, talvez do que precisava. Vai ver que você fez muito bem a ela. Ela deve achar que foi uma noite ótima.

Os outros queriam falar, mas Stuart se adiantou:

— Agradeço o que vocês disseram. Muitas vezes, eu disse coisas parecidas para mim mesmo, mas, sinceramente, não estou pedindo apoio. Eu

só queria falar nisso, tirar esse ato sórdido que ocorreu há anos e trazê-
-lo das trevas para a luz. Só isso.

Bonnie reagiu.

— Muito bom. Fez bem em nos contar, Stuart, mas isso mostra uma
coisa que já comentamos antes: sua relutância em aceitar nossa ajuda. Você
é ótimo para dar, mas não tanto para receber.

— Podem ser reflexos de médico. Não fiz medicina para ser paciente,
e sim para atender pacientes — retrucou Stuart.

— Você nunca tem um dia de folga? — perguntou Tony. — Pensei que
estivesse de folga naquela noite no hotel de Miami. Meia-noite com uma
mulher de porre, com tesão. Ora, cara, qual é o problema?

Stuart balançou a cabeça.

— Um tempo atrás, ouvi uma fita do Dalai Lama conversando com
mestres budistas. Um deles perguntou sobre cansaço e se eles não deveriam ter uma folga de vez em quando. A resposta do Dalai foi excelente:
"Folga? O Buda diz: 'Desculpem, hoje estou de folga.' Jesus aproxima-se
de um doente e diz: 'Desculpe, hoje estou de folga!'" O Dalai está sempre rindo, mas achou essa ideia particularmente muito engraçada e não
parou de rir.

— Discordo. Acho que você está usando sua profissão como desculpa
para evitar a vida — disse Tony.

— O que fiz naquele hotel foi errado. Ninguém vai me convencer do
contrário.

Julius disse:

— Foi há catorze anos e você ainda não esqueceu. Que consequência
teve o fato?

— Além de eu me depreciar e ter nojo de mim? — perguntou Stuart.
Julius concordou. — Tenho sido um ótimo médico. Nunca mais, nem por
um instante, violei a ética da profissão.

— Stuart, decreto que você pagou sua dívida. Caso encerrado — disse
Julius.

— Assim seja — disseram várias pessoas.

A CURA DE SCHOPENHAUER

Stuart sorriu e benzeu-se.

— Isso me faz lembrar a missa de domingo na infância. Tenho a impressão de que acabei de ser absolvido no confessionário.

— Vou contar uma coisa — disse Julius. — Anos atrás, em Xangai, estive em uma catedral deserta. Sou ateu, mas gosto de conhecer lugares religiosos. Bem, dei uma volta na catedral, sentei no confessionário vazio e fiquei invejando o padre. Que poder ele tinha! Tentei dizer: "Você está perdoado, meu filho. Você está perdoada, minha filha." Imaginei a enorme segurança dele por se considerar o elo do perdão que vinha direto do Homem lá de cima. E como as minhas técnicas pareciam insignificantes em comparação às dele... Mas, depois que saí da catedral, concluí que pelo menos eu vivia de acordo com as normas da razão, e não tratava meus pacientes como crianças, transformando mitologia em realidade.

Após um curto silêncio, Pam disse:

— Sabe de uma coisa, Julius? Alguma coisa mudou. Você está diferente de quando fui viajar. Conta histórias de sua vida e opina sobre religiões, o que sempre evitou. Acho que é efeito de sua doença, mas, mesmo assim, gostei. Acho muito bom você estar mais pessoal.

Julius concordou.

— Obrigado. O silêncio que houve aqui me deu a desagradável impressão de que ofendi a religião de alguém.

— A minha não, Julius, se está preocupado comigo — disse Stuart. — Essas pesquisas que dizem que noventa por cento dos norte-americanos acreditam em Deus me deixam estupefato. Larguei a igreja na adolescência e, se não tivesse largado naquela época, largaria quando soubesse dos padres católicos pedófilos.

— Também não me ofendeu — disse Philip. — Você e Schopenhauer têm algo em comum quanto à religião. Ele achava que os líderes religiosos exploram a eterna necessidade que o homem tem do sobrenatural e tratam as pessoas como crianças, deixando-as em uma eterna ilusão, e não contam que escondem a verdade em alegorias.

O comentário de Philip interessava a Julius, mas, notando que faltavam poucos minutos para o fim da sessão, ele foi direto:

— Hoje, aconteceu bastante coisa aqui. Muita gente se expôs. O que sentiram? Alguns estiveram muito calados. Pam, Philip, o que têm a dizer?

Philip respondeu logo:

— Em minha opinião, o que foi mostrado hoje aqui, o que causou tanto tormento inútil para mim e para outros, vem do supremo e universal poder do sexo, que meu outro terapeuta, Schopenhauer, me ensinou que é totalmente intrínseco a nós ou, como se diz hoje, faz parte de nossa constituição.

"Conheço bem a opinião dele sobre o assunto, já que o cito sempre nas palestras. Eis algumas: 'O sexo é o mais forte e mais ativo de todos os motivos. A meta final de quase todos os esforços humanos. Interrompe a toda hora as ocupações mais sérias e, às vezes, desorienta as mentes mais brilhantes. O sexo intromete-se com seu lixo e interfere nas pesquisas dos eruditos.'"

— Philip, isso é importante, mas, antes de terminarmos a sessão de hoje, tente falar de seus sentimentos, em vez dos de Schopenhauer — interrompeu Julius.

— Vou tentar, mas só mais uma frase: "Todos os dias, o sexo destrói as relações mais valiosas. Na verdade, tira todo o escrúpulo dos que antes eram honrados e corretos." — Philip parou — Era o que eu tinha a dizer. Pronto.

— Não ouvi nada sobre seus sentimentos, Philip — disse Tony, satisfeito com a chance de enfrentá-lo.

Philip concordou.

— Mostra como nós, pobres mortais sofredores, somos tão vítimas do corpo que ficamos cheios de culpa por coisas que são naturais, como ficaram Stuart e Rebecca. E que temos a obrigação de nos livrar da escravidão do sexo.

Após alguns instantes do habitual silêncio depois de uma opinião de Philip, Stuart virou-se para Pam e perguntou:

— Eu queria muito saber o que você acha do que falei. Pensei em você ao contar a história. Acho que a coloquei em uma situação difícil porque, de certa maneira, não pode me perdoar sem perdoar Philip também.

— Tenho o mesmo respeito de sempre por você, Stuart. E lembre que esse assunto me toca. Fui usada por um médico, meu ex-marido, que foi também meu ginecologista.

— Exatamente. Mas pode me perdoar sem perdoar também Philip e Earl? — insistiu Stuart.

— São assuntos diferentes. Você tem moral. Tenho mais certeza ainda depois que ouvi seu arrependimento hoje. E o que aconteceu no hotel em Miami não me assusta. Você nunca leu *Medo de voar*?

Stuart negou, e Pam prosseguiu:

— Dê uma olhada nesse livro. A autora, Erica Jong, diria que você deu uma simples "trepada sem zíper". Foi uma transa natural para as duas partes. Você foi gentil. Ninguém se magoou. Você se preocupou em ver se ela ficou bem. Mas depois usou o fato como um termômetro moral. E Philip? O que dizer de um sujeito que tem como modelo Heidegger e Schopenhauer? De todos os filósofos que já existiram, eles foram os maiores e mais desprezíveis fracassos como seres humanos. Philip fez algo imperdoável, destruidor, sem remorso.

Bonnie interrompeu:

— Calma, Pam. Você não notou? Quando Julius tentou interromper Philip, ele insistiu em mais uma frase, definindo o sexo como algo que tira os escrúpulos das pessoas e destrói relacionamentos. Será que não foi uma espécie de remorso? E não foi dito para você?

— Philip, tem alguma coisa a dizer? Vamos deixar ele dizer, e não Schopenhauer.

— Vou me intrometer no assunto — disse Rebecca. — Saí da última sessão com pena de você e de todos nós, inclusive de Philip, que, vamos ser sinceros, foi sacaneado aqui. Em casa, pensei na frase de Jesus sobre aquele que nunca pecou que atire a primeira pedra, que tem muito a ver com o que falei hoje.

— Vamos terminar a sessão, mas, Philip, era exatamente isso o que eu queria quando pedi para manifestar seus sentimentos — disse Julius.

Philip balançou a cabeça, intrigado.

— Você percebeu que hoje ganhou um presente de Rebecca e Stuart?

Philip continuou balançando a cabeça.

— Não entendi.

— Pois esse fica sendo seu dever de casa, Philip: pensar nos presentes que recebeu hoje.

CAPÍTULO
24

*A primeira regra para não ser um brinquedo nas mãos
de qualquer velhaco nem ridicularizado por qualquer
imbecil é manter-se reservado e distante.*

APÓS A SESSÃO, Philip andou por horas, passou pelo Palácio de Belas-artes, aquela colunata decadente erguida para a Exposição Internacional de 1915, contornou o lago duas vezes, viu os cisnes vigiando o próprio território, depois caminhou pela marina e pelo Crissy Field, na baía de São Francisco, até chegar à Golden Gate. O que Julius pediu para ele? Lembrava-se da recomendação de pensar nos presentes que Stuart e Rebecca deram, mas, antes mesmo de conseguir se concentrar, já havia esquecido qual era a tarefa. Afastou várias vezes os pensamentos da cabeça e tentou se fixar em imagens calmantes e arquetípicas: o rastro que os cisnes deixavam nas águas do lago, as ondas do Pacífico dando piruetas embaixo da Golden Gate. Mas continuava estranhamente distraído.

Passou pelo "Presidio", antiga base militar no alto da baía, e pela Clement Street, com seus vinte quarteirões de restaurantes asiáticos colados uns aos outros. Escolheu um modesto restaurante vietnamita só de sopas e, quando trouxeram seu caldo de carne com macarrão, ficou alguns minutos sentindo a fumaça de erva-cidreira que vinha do patro, olhando a montanha de macarrão de arroz. Comeu poucas colheradas e pediu para embalarem o resto para o cachorro.

Philip não dava muita importância à comida e tinha padronizado seus hábitos alimentares: café da manhã com torrada, geleia e café; almoço ao meio-dia na lanchonete da faculdade; e uma pequena refeição barata à noite, sopa ou salada. Preferia fazer todas sozinho. Ficava satisfeito. Às vezes, chegava a sorrir, quando se lembrava do hábito de Schopenhauer: pagar mais um lugar na mesa do clube onde almoçava, para garantir que ninguém se sentaria com ele.

Foi para sua casa de um quarto, tão pouco mobiliada quanto o escritório, e que ficava nos fundos de um palacete em Pacific Heights, não muito distante do endereço de Julius. A proprietária viúva morava sozinha no casarão e alugava barato os cômodos para Philip. Ela precisava daquela renda extra e gostava de viver só, mas queria alguém perto que não incomodasse. Philip era a pessoa perfeita, e os dois viviam havia anos em uma proximidade isolada.

Philip costumava se animar com a calorosa recepção de ganidos, latidos, rabo abanando e saltos acrobáticos de Rugby, o cachorro, mas naquela noite, não. Também não se acalmou com a caminhada com o cachorro no fim do dia, nem com qualquer outra ocupação de rotina. Acendeu o cachimbo, ouviu a Quarta Sinfonia de Beethoven, leu, distraído, Schopenhauer e Epíteto. Deu atenção, por alguns instantes, a um trecho de Epíteto:

"Se você se interessa muito por filosofia, prepare-se para ser motivo do riso e do escárnio de todos. Se persistir em seu interesse, saiba que essas mesmas pessoas depois vão admirar você. (...) E que, se por acaso der atenção a fatos externos, para agradar a quem quer que seja, fique certo de que arruinará seu estilo de vida."

A CURA DE SCHOPENHAUER

Mas Philip continuou inquieto como não ficava havia algum tempo. Inquietude que, antigamente, fazia com que saísse como um animal no cio. Entrou na pequena cozinha, tirou da mesa a louça do café, ligou o computador e dedicou-se ao seu único vício: entrar no clube de xadrez da internet e jogar, em silêncio e anônimo, por três horas. Em geral, vencia. Quando perdia, costumava ser por descuido, mas não se irritava por muito tempo. Teclava logo em "acessar jogo" e seus olhos brilhavam com alegria pueril ao iniciar outra partida.

CAPÍTULO
25

Porcos-espinhos, gênios e o guia do misantropo nas relações humanas

Quando eu tinha 30 anos, estava cansado e aborrecido por ter que considerar iguais a mim pessoas que nada tinham a ver comigo. Como um gato que, quando pequeno, brinca com bolinhas de papel porque acha que são vivas e parecem com ele. Assim me sinto com relação aos bípedes.

A FÁBULA DO PORCO-ESPINHO é um dos textos mais conhecidos de Schopenhauer e mostra sua fria visão dos relacionamentos humanos.

Em um dia frio de inverno, alguns porcos-espinhos juntaram-se para se aquecer com o calor de seus corpos. Mas logo viram que estavam se espetando e se afastaram. Ficaram com frio de novo e juntaram-se, ficando entre dois males até descobrirem a distância adequada. Assim é na sociedade, na qual o vazio e a monotonia fazem com que os homens se aproximem, mas seus muitos defeitos, desagradáveis e repelentes, fazem com que se afastem.

Em outras palavras, devemos tolerar a proximidade dos outros só quando necessária à sobrevivência, evitando-a sempre que possível. A maioria dos terapeutas hoje não teria dúvida em recomendar tratamento para essa postura tão radical. A terapia trata relações interpessoais complicadas, não só a fuga do convívio social, mas os desajustes em todas as suas gamas e nuances: o autismo, a fobia social, a personalidade esquizoide e antissocial, o narcisismo, a incapacidade de amar, de se valorizar, a autodepreciação.

Será que Schopenhauer concordaria que seus sentimentos com relação aos outros eram desajustados? Dificilmente. Seu comportamento estava tão entranhado, tão profundamente arraigado, que jamais o considerou uma deficiência. Pelo contrário, julgava que sua aversão às pessoas e seu isolamento eram qualidades. Note, por exemplo, a moral de sua fábula do porco-espinho: "Quem tem muito calor interno prefere se manter afastado da sociedade para não dar nem receber problemas e aborrecimentos."

Schopenhauer acreditava que o homem de força e valor não precisa dos outros; ele se basta. Essa teoria, ligada à certeza absoluta do próprio gênio, serviu de racionalização para que ele evitasse, a vida inteira, aproximar-se dos outros. Costumava dizer que o fato de pertencer à "mais alta classe do gênero humano" obrigava-o a não desperdiçar seus dons em nenhum relacionamento social, mas se manter a serviço da humanidade. Escreveu: "Minha inteligência não pertence a mim, mas ao mundo."

Muito do que escreveu sobre sua fantástica inteligência é tão exagerado que ele poderia ser considerado convencido, caso não fosse de fato brilhante. Quando decidiu ser erudito, seus notáveis dons intelectuais ficaram evidentes para todos os próximos: os tutores, por exemplo, que o prepararam para a universidade, ficaram perplexos com seu desenvolvimento precoce.

O único homem do século XIX a quem Schopenhauer se comparava intelectualmente era Goethe, que acabou respeitando a capacidade dele. Goethe havia ignorado o jovem Arthur quando frequentava os salões literários da mãe e o rapaz se preparava para a universidade. Mais tarde, Johanna pediu ao poeta uma carta de recomendação para o filho se matricular na universidade, e Goethe manteve a reserva no bilhete que escreveu para um velho amigo, professor de grego: "O jovem Schopenhauer parece ter mudado algumas vezes de estudos e interesses. Você poderá avaliar o quanto ele conseguiu em cada disciplina se, a despeito de sua amizade por mim, lhe conceder uma hora de seu tempo."

Anos depois, ao ler a dissertação de doutorado de Arthur, então com 26 anos, Goethe ficou tão impressionado que, quando o rapaz voltou a Weimar, mandou várias vezes seu criado buscá-lo para longas discussões. Queria ouvir a opinião de alguém sobre sua teoria das cores, trabalho que lhe custou muito esforço. Embora Schopenhauer não conhecesse nada do tema, Goethe achava que valeria a pena discutir, por sua rara inteligência. Recebeu mais do que pediu.

A princípio, Schopenhauer ficou muito honrado, gostou do elogio e escreveu para seu professor em Berlim: "Seu amigo, o grande Goethe, é bom, calmo e simpático: que seu nome seja louvado para sempre." Semanas depois, porém, os dois discordaram. Arthur disse que Goethe fez observações curiosas sobre a visão, mas errou em vários pontos importantes e não conseguiu criar uma teoria ampla da cor. Arthur interrompeu seus escritos e desenvolveu a própria teoria, divergindo de Goethe em partes importantes, e publicou-a em 1816. A ousadia de Schopenhauer dilapidou a relação com Goethe, que comentou o fim da amizade em seu diário: "Concordamos em vários pontos, mas a separação era inevitável, como dois amigos que percorrem juntos um bom pedaço e se despedem porque um vai para o norte e outro para o sul, e logo se perdem de vista."

Schopenhauer ficou magoado e irritado com o afastamento, mas lembrou que Goethe respeitava sua inteligência e continuou a respeitar o nome e citar as obras dele pelo restante da vida.

O filósofo tinha muito a dizer da diferença entre o homem de gênio e o de talento. Além de comentar que o homem de talento atinge um alvo que os outros não conseguem, enquanto o gênio acerta um alvo que os outros não conseguem nem ver, disse que o homem de talento é moldado conforme as necessidades da época e capaz de atender a tais necessidades, mas a geração seguinte de leitores já não conhece sua obra. (Estaria

A CURA DE SCHOPENHAUER

se referindo aos livros da mãe?) "O homem de gênio brilha em seu tempo como um cometa entre os planetas. (...) Não pode seguir lado a lado da cultura, mas bem à frente dela."

Assim, uma das afirmações na fábula do porco-espinho é que o homem de verdadeiro valor, sobretudo o gênio, não precisa do calor dos outros. Há uma afirmação mais sombria: que nossos semelhantes são desagradáveis, repulsivos e, portanto, devem ser evitados. Essa postura misantropa está em todos os escritos de Schopenhauer, que são cheios de escárnio e ironia. Vejamos o início de seu criterioso ensaio "Da doutrina da indestrutibilidade pela morte de nossa verdadeira natureza": "Em uma discussão, se um dos muitos que querem saber tudo, mas não aprendem nada, pergunta da continuação da vida após a morte, a resposta mais adequada e, principalmente, mais correta é: 'Depois da morte, você vai ser como era antes de nascer.'"

O ensaio segue com uma fascinante e incisiva análise da impossibilidade de dois tipos de nada e oferece conclusões para todos que algum dia pensaram na morte. Mas por que começar o ensaio com uma agressão gratuita, a "um dos muitos que querem saber tudo, mas não aprendem nada"? Por que manchar pensamentos sublimes com críticas mesquinhas? Esse contraste dissonante existe em toda a obra de Schopenhauer. Que desapontamento encontrar um pensador tão importante, mas tão agressivo; com tanta visão e, ao mesmo tempo, tão cego.

Em seus escritos, Schopenhauer lamenta qualquer hora desperdiçada no convívio ou em conversa com outros. Diz: "É melhor não dizer nada do que ter um diálogo estéril e burro em conversas com os bípedes."

Lamenta também ter procurado a vida inteira "um verdadeiro ser humano, mas encontrado apenas miseráveis canalhas, de inteligência limitada, mau coração e espírito mesquinho". (Exceto Goethe, a quem sempre poupou de tais ataques.)

Em uma nota autobiográfica, afirma: "Quase todo contato com os homens é uma contaminação, uma violação. Chegamos a um mundo habitado por uma classe de criaturas lastimáveis à qual não pertencemos.

Devemos estimar e honrar os poucos que são melhores. Nascemos para instruir o resto, não para nos associarmos a eles."

Ao ler seus escritos, podemos fazer um manifesto da misantropia com regras de conduta pelas quais deveríamos nos pautar. Imagine como Schopenhauer, apoiando esse manifesto, se sentiria em um grupo de terapia hoje!

"Não conte a um amigo o que seu inimigo não pode saber."

"Considere todos os assuntos pessoais como secretos, e mantenha-se distante até de amigos próximos. (...) Se os fatos mudarem, saber de algo, por mais inofensivo, a seu respeito será desvantagem para você."

"Metade da sabedoria consiste em não gostar nem odiar. Ficar calado e não acreditar em nada é a outra metade."

"A segurança é mãe da desconfiança" (provérbio francês, que ele endossava).

"Esquecer os defeitos de um homem é como jogar fora o dinheiro que se custou a ganhar. Devemos nos proteger da familiaridade e da amizade idiotas."

"A única forma de um homem se manter superior aos demais é mostrar que não depende deles."

"Desconsiderar é ganhar consideração."

"Se temos alguém em alta consideração, devemos esconder tal fato como se fosse um crime."

"Melhor deixar que os homens sejam como são do que acreditar no que não são."

"Jamais devemos demonstrar raiva e ódio, a não ser nas ações. (...) Os animais de sangue frio são os mais venenosos."

"Se você for educado e simpático, as pessoas ficam dóceis e obedientes. Assim, a polidez faz com a natureza humana o mesmo que o calor faz com a cera."

CAPÍTULO
26

Poucas coisas deixam as pessoas tão satisfeitas quanto ouvir algum problema ou constatar alguma fraqueza em você.

NA SESSÃO SEGUINTE, Gill jogou-se na cadeira, testando com o corpanzil a capacidade dela de suportar seu peso. Esperou todos se acomodarem e começou:

— Se ninguém tem nada a dizer, quero continuar o exercício de "revelar" segredos.

— Gostaria de dar um pequeno aviso — disse Julius. — Acho que isso não deve ser uma obrigação. As pessoas funcionam melhor no grupo quando não escondem nada, mas é importante ter o próprio ritmo e não se sentir obrigado a fazer revelações.

— Entendi, mas não estou me forçando. Quero falar nisso e também não quero deixar Rebecca e Stuart sozinhos nessa história, certo?

Depois de conferir que todos concordaram, continuou:

— Meu segredo remonta aos 13 anos de idade. Eu era virgem, mal tinha chegado à puberdade, era cheio de cravos e espinhas e tinha uma tia chamada Valerie, irmã caçula de meu pai, de 20 e tantos ou 30 e poucos anos, que às vezes se hospedava em nossa casa e estava sempre mudando de emprego. A gente se dava muito bem, brincávamos muito quando meus pais saíam de casa, lutávamos, fazíamos cócegas, jogávamos baralho. Uma vez, eu a enganei no strip poker e a situação ficou bem erótica. Não estávamos mais fazendo cócegas. Era outra coisa. Eu não tinha experiência sexual, estava com os hormônios a toda e não entendi a situação. Mas, quando ela disse para "enfiar", eu respondi "pois não, madame" e segui as instruções. Depois, passamos uns meses fazendo aquilo sempre que podíamos, até que um dia meus pais chegaram cedo e nos pegaram com a mão na massa, deitados, no ato, como se diz... em flagrante?

Gill olhou para Philip, que abriu a boca para responder, mas Pam falou antes:

— "Flagrante delito."

— Puxa! Que rápido! Esqueci que temos dois professores aqui... — murmurou Gill, e continuou: — Bem, foi um rolo na família. Meu pai não criou muito caso, mas minha mãe ficou furiosa. A tia Val não se hospedou mais lá em casa e mamãe ainda ficou brava com papai por continuar amigo de minha tia.

Gill parou, olhou em volta e acrescentou:

— Entendo por que minha mãe ficou zangada, embora a culpa fosse tanto minha quanto de tia Val.

— Culpa sua, com 13 anos? Alto lá! — disse Bonnie.

Stuart, Tony e Rebecca concordaram.

Antes que Gill pudesse responder, Pam disse:

— Gill, talvez eu não diga o que você espera, mas estou para falar isso desde antes de viajar. Impossível não ser agressiva. Por isso, não vou tentar. Vou em frente. O fato é que sua história não me emociona em nada e, em geral, você não me toca. Mesmo dizendo que vai fazer uma revelação como Rebecca e Stuart fizeram, não dá a sensação de algo pessoal.

"Sei que você confia no grupo", continuou Pam. "Além disso, trabalha muito, é muita responsabilidade cuidar dos outros e, quando alguém sai dessa sala, é você quem costuma ir atrás. Parece estar fazendo uma revelação, mas é mentira, você continua escondido. Isso mesmo: você se esconde o tempo todo. Sua história com a tia mostra bem o que quero dizer: parece pessoal, mas não é. É um truque porque não é uma história sua, mas de sua tia, e é claro que todo mundo vai se apressar em dizer: 'Mas você era criança, tinha 13 anos, foi a vítima.' O que mais diriam? E suas histórias do casamento são sempre sobre Rose. Nunca sobre você. Causam sempre a mesma reação em nós: 'Por que você aguenta essa situação de merda?'

"Na Índia, quando eu ficava de saco cheio de tanto meditar, pensava muito no grupo. Não imaginam como pensei em cada um de vocês. Menos em você, Gill. Lamento dizer, mas não pensei em você. Quando você fala, nunca sei com quem está falando, talvez com as paredes, com o chão, mas nunca senti que falava comigo."

Silêncio. As pessoas pareciam não saber o que dizer. Então, Tony assobiou e disse:

— Bem-vinda de volta ao grupo, Pam.

— Não vale a pena estar aqui, se não for sincera — disse Pam.

— O que está sentindo, Gill? — perguntou Julius.

— Ah, como se levasse um chute na barriga e cuspisse alguns pedaços do pâncreas. Isso é pessoal, Pam? Espera aí. Não precisa responder. Não quis ofender. Sei que você está querendo ajudar e, no fundo, tem razão.

— Fale mais sobre isso, Gill, sobre ela ter razão — pediu Julius.

— Ela tem razão. Eu podia dizer mais. Podia dizer umas coisas para as pessoas aqui.

— Para quem, por exemplo? — perguntou Bonnie.

— Bem, para você. Gosto muito de você.

— Bom saber disso, Gill, mas continua meio impessoal.

— Gostei de você me telefonar umas semanas atrás e não acho que você seja tão sem graça; não entre na "banda da beleza" de Rebecca. Sempre

tive uma queda, vai ver que desde a tia Val, por mulheres mais velhas. E vou ser sincero: fiz umas boas fantasias quando você me convidou para ficar em sua casa quando eu não queria voltar para Rose.

— Por isso não aceitou o convite? — perguntou Tony.

— Não. Foi por outro motivo.

Quando ficou evidente que Gill não ia entrar em detalhes, Tony perguntou:

— Pode falar sobre o outro motivo?

Gill parou um instante, a careca brilhando de suor, tomou coragem e disse:

— Olha, vou falar o que sinto pelas pessoas aqui do grupo. — Começou por Stuart, que estava sentado ao lado de Bonnie. — Admiro muito você, Stuart. Se eu tivesse filhos, gostaria que fosse o pediatra deles. E o que contou na semana passada não altera em nada o que sinto.

"Quanto a você, Rebecca, para ser sincero, você me intimida. Parece perfeita demais, bonita demais, arrumada demais. Aquela história de Las Vegas que contou não muda nada. Continua sendo a mesma mulher segura de si. Talvez seja por eu estar nervoso agora, mas não lembro por que você começou a terapia. Stuart comparou você a uma boneca de porcelana. Está certo. Talvez você seja um pouco frágil demais. Vai ver que tem umas arestas, não sei.

"Você, Pam, é firme, dura, a pessoa mais inteligente que já conheci até Philip entrar aqui, porque ele é ainda mais. Não quero brigar com nenhum dos dois, mas, Pam, você tem que resolver seu problema com os homens. Eles não foram legais com você, mas, repito, você tem raiva da gente, dos homens. De todos os homens. Difícil separar o joio do trigo.

"Philip, você está no alto como se estivesse em um outro astral ou em outro mundo. Mas fico pensando se alguma vez teve um amigo. Não consigo imaginar você saindo de casa, tomando uma cerveja, comentando um jogo do Giants. Não consigo ver você se divertindo ou gostando de alguém. E vou dizer: duvido muito de que não se sinta só."

Gill continuou:

A CURA DE SCHOPENHAUER

— Tony, acho você fascinante, trabalha com as mãos, cria coisas, não fica lidando com números como eu. Gostaria que não tivesse tanta vergonha de seu trabalho. Bem... Falei de todos.

— Não, não falou — disse Rebecca, olhando para Julius.

— Ah, faltou Julius? Ele é do grupo, mas não está no grupo.

— O que quer dizer? — perguntou Rebecca.

— Ah, não sei, é só uma frase bonitinha que ouvi e estava querendo usar. Julius está aí para mim e para todos, bem acima de nós. O jeito como ele...

— Ele? — perguntou Julius, fingindo que procurava alguém no grupo. — Onde está ele?

— Certo, eu queria dizer você, Julius, o jeito como você está lidando com sua doença é incrível. Nunca vou esquecer.

Gill parou. A atenção de todos estava concentrada nele, que fez "uuuufa", como se não aguentasse mais. Encostou-se na cadeira, cansado, e passou um lenço no rosto e na cabeça.

Rebecca, Stuart, Tony e Bonnie disseram coisas do gênero "muito bem, você assumiu o risco de se revelar". Pam e Philip ficaram calados.

— Então, Gill? Está satisfeito? — perguntou Julius.

Gill concordou.

— Acho que dei mais um passo. Espero não ter ofendido ninguém.

— E você, Pam? Está satisfeita?

— Já usei meu tempo hoje como a escrota do grupo.

— Gill, vou lhe pedir uma coisa — disse Julius. — Imagine uma escala de revelações. Em um extremo, que vamos chamar de um, fica a revelação inócua, que se faz em um coquetel. No outro, que vamos chamar de dez, está a revelação maior, que você imagina ser a mais arriscada, entendeu?

Gill concordou.

— Então, considerando tudo o que você disse agora, que nota se daria?

Ainda concordando, Gill respondeu rápido:

— Quatro, talvez cinco.

Querendo evitar a racionalização ou qualquer outra defesa do arsenal de resistência de Gill, Julius perguntou:

— Como aumentaria um ou dois pontos na escala?

— Para isso, eu contaria ao grupo que sou alcoólatra e que bebo todas as noites até ficar inconsciente — respondeu Gill, sem hesitar.

Todos ficaram perplexos, inclusive Julius. Antes de entrar no grupo, Gill fez dois anos de terapia individual com Julius e jamais contou que tinha problemas com abuso de álcool. Como era possível? Julius tinha total confiança em seus pacientes. Era uma dessas almas otimistas que se desequilibrava com a duplicidade, ficava indeciso, precisava de tempo para formular uma nova ideia sobre Gill. Enquanto considerava em silêncio a própria ingenuidade e a fragilidade do real, o grupo passou de incrédulo para agitado.

— Você está brincando!

— Não acredito. Como conseguiu vir aqui toda semana e não dizer nada?

— Você nunca tomou nem uma cerveja comigo. Como pode?

— Porra! Fico pensando em todas as pistas erradas que nos deu, pensando no tempo que perdemos aqui.

— O que você pretendia? Era tudo mentira, quer dizer, aquela história dos problemas de Rose, a sacanagem dela em não querer transar com você, não querer ter filho e você não falava no verdadeiro problema, a bebida.

Depois que Julius se recompôs, viu o que devia fazer. Um princípio básico que ele ensinava aos alunos de terapia de grupo era: ninguém jamais deve ser censurado por se revelar. Pelo contrário, o risco assumido pela pessoa deve ser sempre apoiado e reforçado.

Pensando nisso, disse ao grupo:

— Entendo a frustração de vocês por Gill nunca ter nos contado isso. Mas vamos lembrar uma coisa importante: hoje ele fez essa revelação, confiou em nós. — Enquanto Julius falava, olhava de esguelha para Philip, desejando que aprendesse alguma coisa sobre terapia com aquela situação. Depois, perguntou a Gill: — Eu estava aqui pensando: por que só conseguiu falar hoje?

Gill, muito constrangido para olhar alguém, concentrou-se em Julius e respondeu apenas:

— Acho que foi por causa das duas últimas sessões, pelas revelações de Pam e Philip, depois Rebecca e Stuart. Tenho certeza de que foi por isso que eu...

— Há quanto tempo é alcoólatra? — interrompeu Rebecca.

— A bebida pega, sem que você perceba. Então, não sei há quanto tempo. Sempre gostei de beber, mas acho que perdi o controle há uns cinco anos.

— Que tipo de alcoólatra você é? — perguntou Tony.

— Meus venenos preferidos são uísque, vinho e vodca com licor de café. Mas aceito também vodca pura, gim. Topo tudo.

— Perguntei quando e quanto você bebe.

Gill não ficou na defensiva e parecia preparado para responder qualquer coisa:

— Bebo mais no fim da noite. Começo com uísque quando chego em casa, ou antes de ir para casa, se Rose estiver me patrulhando. Depois, passo para um bom vinho pelo restante da noite, pelo menos uma garrafa, às vezes duas, até desmaiar na frente da TV.

— E o que Rose faz? — perguntou Pam.

— Bom, costumávamos beber ótimos vinhos, tínhamos uma adega com duas mil garrafas, frequentávamos leilões. Mas hoje ela não me anima a beber e raramente toma uma taça no jantar e não entra em nada ligado à bebida, exceto as grandes degustações de vinho de que participa.

Julius tentou de novo ir contra a corrente e trazer o grupo de volta ao aqui e agora.

— Tento imaginar como você deve ter se sentido ao vir aqui toda semana e não falar nisso.

— Não foi fácil — admitiu Gill, balançando a cabeça.

Julius sempre ensinou aos seus alunos na faculdade a diferença entre revelação vertical e horizontal. Como era de esperar, o grupo ali estava pressionando pela revelação vertical (detalhes do passado, inclusive o tipo de bebida que tomava e há quanto tempo), enquanto a revelação horizontal, ou seja, a revelação sobre a revelação, era sempre bem mais produtiva.

"Essa sessão é ótima para ilustrar as aulas", pensou Julius. E tentou guardar a sequência dela para citar em futuras palestras e artigos. Então, em um baque, lembrou que ele não tinha futuro. Embora a venenosa mancha negra tivesse sido extirpada do ombro, ele sabia que em algum lugar do corpo continuavam a existir colônias mortais do melanoma, com células vorazes que precisavam de mais vida que as fatigadas células dele. Estavam lá, pulsando, engolindo oxigênio e nutrientes, crescendo e ganhando força. E seus pensamentos sombrios também estavam lá, infiltrando-se sob a camada da consciência. Felizmente, ele tinha um método de acalmar o pavor: entrar na vida com o maior ímpeto que pudesse. A vida intensamente vivida naquele grupo era um ótimo remédio para ele. Pressionou Gill:

— Fale mais sobre o que passou por sua cabeça em todos esses meses de sessão.

— Como assim? — perguntou Gill.

— Bem, você disse que não foi fácil. Fale mais sobre as sessões e por que não foi fácil.

— Eu vinha para cá bêbado, mas não conseguia desabafar. Alguma coisa sempre me impedia.

— Procure pensar no que impedia. — Raramente Julius intervinha tanto no grupo, mas estava convencido de que saberia encaminhar a discussão para um rumo mais proveitoso, que o grupo não saberia tomar sozinho.

— Gosto do grupo — disse Gill. — São as pessoas mais importantes de minha vida. Nunca fiz parte de nenhum grupo antes. Tinha medo de perder o lugar, perder a credibilidade, exatamente como está acontecendo agora. As pessoas detestam os bêbados. O grupo agora vai querer me expulsar. Vão dizer para eu procurar os Alcoólicos Anônimos. Vão me julgar, e não me ajudar.

Era exatamente essa deixa que Julius estava esperando. Agiu rápido.

— Gill, olhe em volta e me diga: quem são os juízes aqui?

— Todo mundo.

— Todos? Duvido. Tente diferençar. Olhe o grupo: quem são os principais juízes?

Gill olhou para Julius.

— Bom, Tony pode cair em cima de mim com vontade, mas não nessa área, pois ele também gosta de beber. É isso que quer que eu faça?

Julius concordou, incentivando-o a prosseguir.

— Bonnie? — Gill continuou falando diretamente para Julius. — Não, só é juíza dela mesma e, de vez em quando, de Rebecca. Ela é sempre simpática comigo. Stuart, bem, é um dos juízes. Ele tende a achar que está com razão e, às vezes, é careta. Rebecca, sem dúvida, me dá muitas ordens: faça como eu, seja seguro, seja firme, vista-se direito, lave-se, arrume-se. Por isso, quando Rebeca e Stuart mostraram-se tão vulneráveis nos depoimentos, senti-me libertado, consegui me abrir. Quanto a Pam, é a juíza. "Juíza do Supremo Tribunal", sem dúvida. Sei que me acha fraco, ruim para Rose e tudo o mais que quiser; comigo está tudo errado. Não tenho muita esperança de agradá-la. Aliás, não tenho a menor esperança. — Ele parou e disse, olhando o grupo: — Acho que é só. Ah, sim, tem Philip — falou direto para ele, ao contrário do que fez com os outros. — Bem, acho que você não me julga, mas isso não chega a ser um elogio. É que não se envolveria comigo ou se aproximaria de mim a ponto de me julgar.

Julius estava satisfeito. Tinha desativado em Gill o lamento de traição e o sofrimento pelo castigo. Era questão de tempo: mais cedo ou mais tarde, os detalhes do alcoolismo seriam comentados, mas não naquele momento, nem daquela maneira.

Além disso, o fato de enfocar a revelação horizontal tinha rendido um bônus: os dez minutos de falação de Gill trouxeram uma fartura de informações que renderia algumas sessões.

Dirigindo-se ao grupo, Julius perguntou:

— Alguma reação?

As pessoas ficaram indecisas, o que Julius imaginou não ser por falta, mas por excesso do que dizer. A agenda do grupo vergava-se com o próprio peso: devia ter comentários sobre a confissão de Gill, o alcoolismo e a súbita dureza dele ao final. Julius esperou, ansioso. Boas-novas à vista.

Notou que Philip olhava para ele e, por um segundo, os olhares cruzaram-se, o que não era comum. "Será", pensou Julius, "que Philip está aprovando a delicadeza com que dirigi a sessão? Ou está avaliando Gill?" Resolveu perguntar e fez sinal para Philip. Nenhuma resposta. Disse, então:

— Philip, o que sente em relação ao que houve até agora na sessão?

— Estava pensando se você vai participar.

— Participar? Eu estava refletindo se não estou ativo demais, dirigindo demais. — Julius ficou pasmo.

— Eu quis dizer participar na revelação de segredos — disse Philip.

"Será que algum dia", pensou Julius, "Philip vai dizer algo vagamente previsível?"

— Philip, não fujo da pergunta, mas há coisas mais urgentes a tratar. — Virou-se para Gill: — Estou preocupado em saber como você está agora.

— Estou mal, pesado. Quero saber se vai me deixar ficar no grupo sendo alcoólatra — disse Gill, com a testa brilhando de suor.

— Agora é que você mais precisa de nós. Mas me pergunto se trazer o fato para cá hoje indica que quer fazer alguma coisa. Talvez queira entrar em um programa de recuperação.

— É. Depois dessa sessão, não posso continuar fazendo a mesma coisa. Acho que vou ligar para você e marcar uma sessão individual. Pode ser?

— Claro... Quantas você precisar. — Julius tinha por orientação atender ao pedido de sessões individuais com a condição de o grupo saber depois do que foi tratado.

Voltou-se para Philip.

— Com relação à sua questão. Existe um velho truque de terapia que dá uma saída para perguntas embaraçosas fazendo outra pergunta: "Estou

A CURA DE SCHOPENHAUER

aqui pensando: por que você perguntou isso?" Bem, pergunto, mas não vou fugir de sua pergunta. E faço uma proposta: antes de responder, quero que examine os motivos da pergunta. Combinado?

Philip ficou indeciso, depois respondeu.

— Muito bem. O motivo é simples. Quero entender sua forma de orientação e, se possível, assimilar alguma coisa que possa melhorar meu trabalho como orientador. Trabalho de forma muito diferente da sua. Não ofereço um relacionamento emocional, não estou no consultório para amar meu cliente. Sou um guia intelectual. Ofereço ferramentas para pensar de forma mais clara e viver conforme a razão. Agora, talvez com atraso, começo a entender o que quer, um encontro no estilo do *Eu e tu*, de Buber.

— Buber? Quem é? — perguntou Tony. — Detesto parecer idiota, mas vou quebrar a cara se ficar sentado aqui sem saber o que está acontecendo.

— Certo, Tony — disse Rebecca. — Toda vez que você pergunta uma coisa, é por mim também. Não sei quem é Buber.

Outros concordaram. Stuart disse:

— Já ouvi esse nome. Tem algo a ver com eu-tu, mas só.

Pam adiantou-se:

— Buber é um filósofo judeu-alemão que morreu há mais de sessenta anos, cuja obra trata do verdadeiro encontro entre dois seres, o relacionamento eu-tu, total e afetuoso, em oposição ao encontro eu-isso, que não valoriza o outro. Usa-o mais do que interage com ele. Pensei bastante nisso aqui. O que Philip fez comigo anos atrás foi me usar como isso.

— Obrigado, Pam, entendi — disse Tony, e virando-se para Philip: — Pronto. Estamos todos na mesma página?

Philip olhou intrigado para Tony.

— Não sabe o que minha pergunta quer dizer? Vou lhe arrumar um guia de conversação do século XX. Você nunca assiste à TV?

— Não tenho televisão — disse Philip, com voz calma e não defensiva. — Mas, se quer saber se concordo com o que Pam disse sobre Buber, sim, concordo, eu mesmo não conseguiria definir tão bem.

Julius estava encantado: Philip voltou-se diretamente para Tony e falou o nome de Pam? Elogiou Pam? Seriam fatos efêmeros ou marcariam uma mudança importante? Como ele gostava de estar vivo, vivo naquele grupo.

— Ainda está na sua vez, Philip. Eu interrompi o que você estava dizendo — disse Tony.

Philip continuou:

— Pois eu estava dizendo a Julius, quer dizer, estava dizendo a você. — Ele se virou para Julius. — Certo?

— Certo, Philip, acho que vai aprender rápido.

Philip falou usando o tom medido de um matemático:

— Primeira proposição: você deseja ter um encontro eu-tu com cada cliente. Segunda proposição: eu-tu consiste em uma relação completa e recíproca e, por definição, não pode ser unilateral. Terceira: nas últimas sessões aqui, as pessoas revelaram muita coisa sobre elas mesmas. Minha pergunta bastante pertinente é: você não deve retribuir?

Após um instante de silêncio, Philip acrescentou:

— Essa é a dúvida. Eu queria apenas ver como um orientador de grupo como você lida com o pedido de um paciente para que haja igualdade.

— Portanto, é um teste para conferir minha coerência?

— Sim, não um teste para você, mas para seu método.

— Certo. Agradeço a explicação de que quer saber para compreender. Agora só mais uma pergunta e respondo: por que quis saber isso agora? Por que essa exata pergunta nessa exata hora?

— Foi a primeira oportunidade que tive. O primeiro breve intervalo.

— Não creio. Acho que há outros motivos. Repito: por que agora? — perguntou Julius.

Philip balançou a cabeça, confuso.

— Pode não ser o que você perguntou, mas pensei em uma observação de Schopenhauer de que poucas coisas deixam as pessoas tão satisfeitas quanto ouvir a desgraça alheia. Schopenhauer cita um poema de Lucrécio, poeta romano do século I a.C., em que alguém se diverte na praia

A CURA DE SCHOPENHAUER

olhando pessoas lutando em uma tempestade do mar — informou Philip para Tony. — "É uma alegria para nós ver males que não nos atingem", diz ele. Essa não é uma das grandes forças que atuam em um grupo de terapia?

— Interessante, Philip, mas totalmente fora do tema. Vamos focar a pergunta: por que agora?

Philip ainda parecia confuso.

— Vou ajudar, Philip. Insisto, pois isso vai ilustrar bem as diferenças em nosso estilo de trabalhar. Suponho que a resposta para o porquê agora esteja muito ligada à nossa relação pessoal. Vou dar um exemplo: pode resumir o que sentiu nas duas últimas sessões?

Silêncio. Philip parecia perplexo.

Tony disse:

— Para mim, é bem óbvio, professor.

Philip olhou para Tony, erguendo as sobrancelhas:

— Óbvio?

— Bem, se você quiser mastigado, lá vai: você entra nesse grupo e faz uma série de sonoras declarações. Tira algumas coisas de sua sacola de filosofia e todos nós aprovamos. Algumas pessoas acham você muito inteligente, como Rebecca e Bonnie, por exemplo. Eu também. Você tem todas as respostas. Também é orientador e parece que está competindo com Julius. Estamos na mesma página?

Tony fez uma cara interrogativa para Philip, que assentiu a cabeça de leve, concordando e indicando para continuar.

— E aí nossa Pam volta e o que ela faz? Desmascara você! Mostra que você tem um passado bem complicado. Complicado à beça. Afinal de contas, você não é o sr. Barra Limpa. Na verdade, você sacaneou Pam. E caiu do pedestal. Você tem que estar irritado com isso. Então, o que faz? Vem aqui hoje e diz para Julius: qual é seu segredo? Você quer derrubá-lo do pedestal, ficar no mesmo nível dele. Mesma página?

Philip concordou de leve.

— É assim que vejo a situação. Porra! Podia ser diferente?

Philip olhou bem para Tony e respondeu:

— Suas observações são boas. — Virou-se para Julius: — Talvez eu deva me desculpar com você; Schopenhauer sempre preveniu para não deixarmos que nossa experiência subjetiva influencie a observação objetiva.

— E que tal pedir desculpas a Pam? — perguntou Bonnie.

— É, acho que para ela também — disse, olhando rápido para Pam, que desviou o olhar.

Quando ficou claro que Pam não tinha a intenção de responder, Julius disse:

— Vou deixar Pam falar na hora que quiser, Philip, mas, quanto a mim, não é preciso se desculpar. O motivo para você estar aqui é exatamente entender o que diz e por que diz. Quanto às observações de Tony, acho que foram em cheio.

— Philip, quero perguntar uma coisa — interrompeu Bonnie. — É uma pergunta que Julius me fez muitas vezes: como se sentiu ao sair das duas últimas sessões?

— Não estava bem. Fiquei confuso. Agitado, até.

— Foi o que imaginei. Percebi. Pensou alguma coisa sobre o comentário final de Julius na semana passada, de ter ganhado um presente de Stuart e Rebecca?

— Não pensei. Tentei, mas fiquei tenso. Às vezes, acho que a discussão e o barulho daqui são destrutivos e me afastam do que realmente valorizo. Todo esse enfoque no passado e em nossos desejos de mudança no futuro só nos faz esquecer o detalhe fundamental de que a vida é apenas o presente, que está sempre sumindo. De que adianta toda essa agitação, sabendo como tudo vai terminar?

— Entendo o que Tony disse de você nunca se divertir. É bem desanimador — disse Bonnie.

— Chamo isso de ser realista.

— Bom, volte ao pedaço sobre a vida ser apenas o presente — insistiu Bonnie. — Pergunto apenas sobre o tempo presente, e sua resposta no presente por ter recebido um presente. Também tenho uma pergunta sobre nossas reuniões após as sessões. Você foi embora rápido nas duas

A CURA DE SCHOPENHAUER

últimas. Achou que não tinha sido convidado? Não, vou dizer de outra forma: o que acha agora de um café depois dessa sessão?

— Não, não estou acostumado com muita conversa. Preciso me recuperar. Ao final dessa sessão, não quero fazer mais nada.

Julius olhou o relógio.

— Temos que interromper. Passamos da hora. Philip, não vou esquecer nossa combinação. Você cumpriu sua parte. Vou cumprir a minha na próxima sessão.

CAPÍTULO
27

Deveríamos limitar nossos desejos, controlar nossas vontades e dominar nossa raiva, sabendo que só conseguimos o mínimo do que vale apena ter.

DEPOIS DA SESSÃO, o grupo passou uma meia hora na lanchonete de sempre, na Union Street. Como Philip não estava, não se falou nele. Nem continuaram a discutir os temas abordados naquela tarde. Mas ouviram com interesse o animado relato de Pam sobre sua viagem à Índia. Bonnie e Rebecca ficaram curiosas com relação a Vijay, o maravilhoso e misterioso passageiro com cheiro de canela, e recomendaram que Pam respondesse aos e-mails que ele enviava sempre. Gill estava otimista, agradeceu o apoio de todos e disse que ia marcar uma consulta com Julius, encarar a abstinência a sério e entrar para os Alcoólicos Anônimos. Agradeceu a Pam pelo que disse sobre ele.

— Vá em frente, Pam, a durona no amor — disse Tony.

A CURA DE SCHOPENHAUER

Depois da lanchonete, Pam voltou para seu condomínio, que ficava em Berkeley Hills, logo após a universidade. Ela costumava se cumprimentar pelo bom senso de manter o apartamento mesmo depois de se casar com Earl. Talvez, inconscientemente, soubesse que poderia precisar dele outra vez. Ela adorava o piso claro dos aposentos, os tapetes tibetanos espalhados por todo canto e a luz cálida entrando na sala no final da tarde. Sentou-se na varanda, bebendo uma taça de espumante e assistindo ao sol mergulhar no horizonte de São Francisco.

Pensou no grupo. Pensou em Tony e seu hábito de puxar a orelha das pessoas e, com precisão cirúrgica, mostrar a Philip como ele não tinha noção das coisas que fazia. Aquilo foi muito bom. Gostaria de ter filmado aquela sequência. Tony era uma pedra bruta que, aos poucos, ia mostrando seu brilho. E o comentário sobre ela ser durona no amor? Será que ele ou alguém percebeu como a palavra durona pesava mais do que "amor" na resposta dela para Gill? Descarregar a raiva em Gill foi ótimo. Só não foi perfeito por ter sido útil a ele. Ele a chamou de "Juíza do Supremo". Bom, pelo menos ele teve a coragem de falar, mas depois tentou desdizer cumprimentando-a, pegajoso.

Lembrou-se da primeira vez que viu Gill e como ficou fisicamente atraída por ele, com aqueles músculos saltando da camiseta e da jaqueta. E como logo se desapontou com os covardes esforços para agradar a todos e as infinitas reclamações sobre Rose (a frígida, enérgica Rose, que pesava apenas cinquenta quilos), que, agora sabia-se, teve o bom senso de não engravidar de um alcoólatra.

Em poucas sessões no grupo, Gill logo assumiu seu lugar na longa fila de perdedores que Pam conhecia, a começar pelo pai, que desperdiçou o diploma de direito porque não aguentava a vida competitiva que um advogado precisava ter. Preferiu um cargo seguro, ensinando secretárias a escrever cartas comerciais, e depois não teve forças para resistir à pneumonia, que o matou antes de conseguir a aposentadoria. O próximo na fila era Aaron, o namorado bobão da adolescência, de cara cheia de espinhas, que deixou Swarthmore para morar na casa dos pais e frequentar a Universidade de Maryland, a mais próxima. Logo depois, vinha Vladimir, que queria se casar com ela apesar de não ter nem um emprego decente. Ele seria sempre professor substituto de redação. E Earl, seu futuro ex-marido, falso desde os cabelos pintados com Grecin cinco até o também falso conhecimento de autores clássicos, e cujas pacientes eram uma chance de conquistas fáceis (inclusive ela mesma). Além de John, o amante covarde demais para ficar com ela e largar um casamento que já tinha acabado. E o último na fila? Seria Vijay? Bonnie e Rebecca podiam ficar com ele! Não conseguia se entusiasmar muito por um sujeito que precisava de um dia inteiro de meditação para se recuperar do estresse de pedir o café da manhã.

Pensar em todos aqueles homens foi mero acaso. A pessoa que atraía mesmo a atenção dela era Philip, aquele arrogante clone de Schopenhauer, o pateta sentado lá no grupo falando absurdos, fingindo ser um ser humano.

Após jantar, Pam foi até a estante e olhou onde ficavam os livros de Schopenhauer. Durante algum tempo, ela foi especialista em filosofia e pensou em ter como tema de dissertação a influência de Schopenhauer na obra de Becket e Gide. Tinha adorado o texto dele. Era o filósofo de mais estilo, depois de Nietzsche. E admirava sua inteligência, a amplidão de seus temas e a coragem de opor-se a qualquer crença sobrenatural. Mas, quanto mais soube sobre a pessoa dele, mais o rejeitou. Pegou um velho exemplar de ensaios completos e leu em voz alta trechos marcados no texto intitulado "Nossa relação com os outros":

"A única forma de um homem se manter superior aos demais é mostrar que não depende deles."

"Desconsiderar é ganhar consideração."

"Se você for educado e simpático, as pessoas ficam dóceis e obedientes. Assim, a polidez faz com a natureza humana o mesmo que o calor faz com a cera."

Foi nesse momento que ela percebeu por que detestava Schopenhauer. E o que dizer de Philip ser orientador? E tendo Schopenhauer como modelo? E Julius ensinando a Philip? Não dava para acreditar em tudo aquilo.

A CURA DE SCHOPENHAUER

Releu o último aforismo: "A polidez faz com a natureza humana o mesmo que o calor faz com a cera." Ah, então Philip acha que pode me usar como cera, anular o que me fez apenas fazendo um cumprimento gratuito por meu comentário sobre Buber ou cedendo a vez para eu passar por uma porta. Ora, foda-se!

Mais tarde, tentou se acalmar mergulhando na banheira e ouvindo uma fita de Goenka que costumava fazer efeito com seu canto de ritmo hipnótico, interrupções e começos repentinos, mudanças de cadência e timbre. Tentou até alguns minutos de meditação Vipassana, mas não conseguiu a mesma calma. Saiu da banheira e olhou-se no espelho. Encolheu a barriga, empinou os seios, examinou-se de perfil, acariciou os pelos púbicos, cruzou as pernas com pose. Estava ótima para quarenta anos.

Lembrou cenas de Philip 15 anos antes. Sentado à mesa, entregando, casual, o horário dos cursos para os alunos que entravam na sala e dando um grande sorriso para ela. Na época, ele era um homem interessante, bonito, inteligente. Em outras palavras, imune a dispersões. Que diabo tinha acontecido com aquele homem? E com aquele jeito de fazer sexo, aquele tesão, fazendo o que queria, arrancando a calcinha, me sufocando com aquele corpo. Fala sério, Pam, você adorou. Um intelectual com vasto conhecimento da história do pensamento ocidental, além de ótimo professor, talvez o melhor que ela teve. Daí ter pensado em se especializar em filosofia. Mas ele jamais saberia disso.

Quando parou de pensar em tudo aquilo e em coisas desagradáveis, passou para uma realidade mais dura e triste: o fato de Julius estar morrendo. Aquele era um homem para se amar. Estava morrendo, mas trabalhava como sempre. Como ele consegue? Como se mantém ligado? Como continua cuidando das pessoas? E Philip, aquele puto, desafiando Julius a fazer revelações. E a paciência de Julius com ele, o esforço de ensinar Philip. Será que Julius não percebe que o outro é um jarro vazio?

Fantasiou cuidar de Julius quando ele estivesse mais fraco, levar comida para ele, lavar o corpo dele com uma toalha morna, passar talco, mudar a roupa de cama, entrar de mansinho na cama dele e abraçá-lo durante a noite. Tinha uma coisa surreal no grupo agora, todos aqueles pequenos dramas tendo ao fundo o horizonte negro da morte de Julius. Que injusto que fosse ele a morrer. Sentiu muita raiva, mas para quem direcioná-la?

Desligou a lâmpada de leitura da cama, esperou que o comprimido para dormir fizesse efeito e se lembrou da única vantagem que tinha aquele novo tumulto em sua vida. A mania de pensar em John, que sumiu durante a meditação e voltou assim que ela chegou da Índia, agora tinha sumido de novo, talvez para sempre.

CAPÍTULO
28

O pessimismo como estilo de vida

Não há rosa sem espinhos. Mas há muitos espinhos sem rosa.

A MAIOR OBRA DE Schopenhauer, *O mundo como vontade e representação*, que escreveu aos 20 e poucos anos, foi publicada em 1818 e teve um volume complementar em 1844. É um livro de incrível amplitude e profundidade, com observações argutas sobre lógica, ética, epistemologia, critério, ciência, matemática, beleza, arte, poesia, música, necessidade do sobrenatural, relacionamento do homem com os outros e consigo mesmo. A condição humana é apresentada em todos os seus aspectos mais sombrios: a morte, a solidão, a falta de sentido da vida e o sofrimento inerente a ela. Muitos eruditos afirmam que a obra de Schopenhauer tem mais boas ideias do que a de qualquer outro filósofo, exceto Platão.

Schopenhauer mostrou desejo e esperança de ser sempre lembrado por essa grande obra. No fim da vida, publicou seu outro trabalho importante, dois volumes de ensaios filosóficos e aforismos, intitulados *Parerga e paralipomena*, palavras gregas que significam "sobras e obras complementares".

Os escritos de Schopenhauer têm muita ligação com a psicanálise, embora ela ainda não existisse na época. Sua maior obra começa com uma crítica e um adendo a Kant, que havia revolucionado a filosofia com a conclusão de que fazemos parte da realidade, em vez de a percebermos. Kant afirmou que todos os nossos sentidos são filtrados pelo sistema nervoso, que nos fornece um retrato do que chamamos realidade. Na verdade, essa realidade não passa de uma quimera, uma ficção que surge dos conceitos e catalogações feitos pela mente. Conceitos são também causa e efeito, sequência, quantidade, espaço e tempo; são construções, e não entidades, isto é, coisas ou fatos que possam existir lá, na natureza.

Além disso, não podemos ver uma versão do que está lá. Não temos como saber o que está mesmo lá, ou seja, o que existe antes de nosso processo perceptivo e conceitual. Essa primeira entidade, que em alemão Kant chama de *Ding an sich* (a coisa em si), está e precisa estar para sempre desconhecida por nós.

Embora Schopenhauer concorde que não podemos conhecer a coisa em si, acredita que podemos chegar mais perto dela do que acha Kant. E que Kant menosprezou uma grande fonte de informação do mundo perceptível (o mundo fenomenal): nosso próprio corpo! "O corpo é um objeto material. Existe no tempo e no espaço. E nós temos um enorme e rico conhecimento do corpo que não vem através da percepção e da conceituação, mas de dentro, dos sentimentos. Adquirimos um conhecimento através do corpo que não podemos conceituar e comunicar porque a maior parte de nossa vida interior é desconhecida para nós. A vida interior é reprimida e não pode ser conscientizada porque conhecer nossa natureza mais profunda (nossa crueldade, medo, inveja, desejo sexual, agressividade, egoísmo) seria um peso maior do que poderíamos aguentar."

A CURA DE SCHOPENHAUER

O tema parece conhecido? Lembra aquela velha teoria freudiana do inconsciente, do processo primitivo, do id, da repressão, da autoilusão? Não é essa a base da psicanálise? Lembre-se de que o principal livro de Schopenhauer foi publicado quarenta anos antes do nascimento de Freud. Em meados do século XIX, quando Freud (e Nietzsche) ainda estavam no primário, Schopenhauer era o filósofo alemão mais lido.

Como compreendemos essas forças inconscientes? Como fazemos com que elas se comuniquem entre si? Embora não possam ser conceituadas, podem ser sentidas e, segundo Schopenhauer, propagadas diretamente, sem palavras, através das artes. Por isso, ele deu mais atenção às artes (principalmente à música) do que qualquer outro filósofo.

E o sexo? Ele não tinha dúvidas da importância do sexo no comportamento. Nesse ponto, também, Schopenhauer foi um ousado pioneiro, pois nenhum filósofo antes teve a ideia (ou a coragem) de escrever sobre a importância fundamental do sexo para nossa vida interior.

E a religião? Schopenhauer foi o primeiro grande filósofo a construir seu pensamento com base no ateísmo. Ele negava o sobrenatural com clareza e veemência, afirmando que vivemos apenas no tempo e no espaço e que todo o imaterial é falso e inútil. Filósofos como Hobbes, Hume e até Kant demonstraram tendências agnósticas, mas não ousaram afirmar sua descrença. No mínimo, porque viviam do salário das empresas públicas e universidades onde trabalhavam e, portanto, eram proibidos de expressar qualquer sentimento antirreligioso. Schopenhauer jamais foi nem precisou ser empregado de nada nem de ninguém, tendo, assim, liberdade para escrever o que quisesse. Exatamente pelo mesmo motivo, um século e meio depois, Spinoza recusou convites para assumir altos cargos em universidades, continuando a trabalhar como polidor de lentes.

Qual a conclusão de Schopenhauer sobre o conhecimento do corpo? Foi que nós e toda a natureza temos uma força primal incansável, insaciável que ele chamou de vontade. Escreveu: "Para todo lugar que olhamos, vemos um esforço que representa o cerne de tudo. E em que consiste o sofrimento? É a luta para vencer o obstáculo que fica entre a vontade e a meta. O que é felicidade? É alcançar a meta."

Nós queremos, queremos e queremos. Para cada desejo consciente, há dez aguardando no inconsciente. A vontade não cessa de nos dirigir, pois, assim que um desejo é alcançado, há outro e mais outro pela vida afora.

Às vezes, Schopenhauer lembra os mitos gregos de Ixião na roda, ou o de Tântalo, para explicar o dilema da existência humana. Ixião foi o rei que traiu Júpiter, sendo por isso condenado a ficar preso para sempre em uma roda de fogo que girava no ar. Tântalo ousou desafiar Júpiter e, por seu orgulho, foi obrigado a sofrer tentações, mas jamais se satisfazer. Schopenhauer acreditava que a vida é uma roda de carência seguida de saciedade. Ficamos satisfeitos quando saciados? Por pouco tempo. Quase em seguida, somos invadidos pelo tédio e obrigados a agir para escapar desse horror.

"Trabalho, preocupação, cansaço, problemas... É o que enfrentamos quase a vida inteira. Mas, se todos os desejos fossem satisfeitos de imediato, com o que as pessoas se ocupariam e como passariam o tempo? Suponhamos que a raça humana fosse transferida para Utopia, lugar onde tudo cresce sem precisar ser plantado e os pombos voam assados ao ponto, onde todo homem encontra sua amada na hora e não tem dificuldade em continuar com ela: as pessoas então morreriam de tédio, se enforcariam, se estrangulariam ou se matariam, e assim sofreriam mais do que já sofrem por natureza."

Por que o tédio é ruim? Por que lutamos para afastá-lo? Porque é um estado do qual não conseguimos nos livrar e que vem logo mostrar verdades subjacentes e desagradáveis sobre a vida: a nossa insignificância, a falta de sentido da vida, nossa inexorável caminhada rumo à velhice e à morte.

Portanto, o que é a vida senão um ciclo infinito de querer, satisfazer, entediar-se e depois querer de novo? Essa sequência vale para todas as formas de vida? É pior para os humanos, diz Schopenhauer, pois, conforme a inteligência aumenta, cresce também a intensidade do sofrimento.

Existe alguém feliz? É possível ser feliz algum dia? Schopenhauer acredita que não.

"Em primeiro lugar, o homem nunca é feliz. No entanto, passa a vida lutando por algo, pensando que isso o fará feliz, não consegue, e, quando consegue, se desaponta: é um náufrago e chega ao porto sem mastros nem cordame. Portanto, não se trata de ser feliz ou infeliz, pois a vida não é senão o momento presente, que está sempre sumindo e, finalmente, se acaba."

A vida, que consiste em uma descida trágica e inevitável, não só é brutal, mas inteiramente excêntrica.

"Somos como cordeiros brincando no campo, enquanto o açougueiro nos olha e escolhe um, depois outro, pois, quando jovens, não sabemos que desgraça nos reserva o destino. Doença, perseguição, empobrecimento, mutilação, perda da visão, loucura e morte."

Será que as conclusões pessimistas de Schopenhauer sobre a condição humana são tão insuportáveis que ele acabou mergulhando na depressão? Ou foi o contrário: era tão infeliz que acabou concluindo que a vida é um fato triste que nem deveria ter ocorrido? Ciente desse enigma, ele nos lembrou (e a si mesmo) que a emoção tem o poder de toldar e falsificar o conhecimento: o mundo assume um aspecto sorridente quando temos motivo para nos alegrar e um ar sombrio quando pesa sobre nós a tristeza.

CAPÍTULO
29

*Não escreví para a multidão. (...) Minha obra é para os que
pensam e que, no decorrer do tempo, vão ser a exceção. Sentirão o
que eu sentí como um marinheiro náufrago em uma ilha deserta,
para quem a pegada de um ex-companheiro de sofrimento dá
mais consolo do que todas as cacatuas e micos nas árvores.*

OSTARIA DE CONTINUAR do ponto em que paramos — disse Julius, iniciando a sessão seguinte. Falando firme, como se fosse um texto preparado, continuou: — A maioria dos terapeutas que conheço é muito aberta com os amigos íntimos. Eu também sou. Mas não é fácil para mim fazer uma revelação tão nua e crua como alguns de vocês fizeram nas últimas semanas. Mas há um fato que só contei uma vez na vida, há anos, para um amigo muito próximo.

Sentada ao lado de Julius, Pam tocou no braço dele e pediu:

— Espere, Julius. Não precisa fazer isso. Você foi forçado a falar e, depois que Tony mostrou os motivos de merda para Philip pedir isso, até ele se desculpou. Não quero que você se meta nessa história de revelações.

A CURA DE SCHOPENHAUER

Outros concordaram, dizendo que Julius sempre demonstrava seus sentimentos no grupo e que Philip quis se exibir falando no contrato eu-tu. Gill acrescentou:

— As coisas estão ficando confusas. Todos nós estamos aqui em busca de ajuda. Minha vida está uma merda, como vocês viram na semana passada. Mas, pelo que sei, Julius, você não tem problemas íntimos. Então, para que fazer uma revelação?

— Na semana passada, você, Julius, disse que me revelei para presentear Philip — disse Rebecca, com seu jeito direto e conciso. — Tinha razão em parte, pois agora vejo que eu também queria proteger Philip da raiva de Pam. Mas o que quero dizer é, ora, o que é mesmo que quero dizer? Ah, que contar o que fiz em Las Vegas foi bom. Tirei um peso de meus ombros. Mas você, Julius, está aqui para me ajudar e não vai ajudar em nada fazendo uma revelação.

Julius ficou pasmo. Era difícil aquele grupo concordar com tamanha unanimidade. Mas ele achava que sabia o motivo:

— Sinto que estão muito preocupados com minha doença, todos querendo cuidar de mim, fazer com que não me estresse. Não é?

— Pode ser — disse Pam. — Mas acho que há mais: alguma coisa em mim não quer que você conte um fato ruim de seu passado.

Quando Julius viu que os outros concordaram, disse, dirigindo-se a ninguém em especial:

— Que paradoxo... Desde que comecei a dar consultas, ouço os pacientes reclamarem em coro que os terapeutas são muito distantes e não contam nada da vida pessoal. Eis-me aqui, pronto a fazer justamente isso, e sou recebido por uma frente unida que diz: "Não queremos ouvir, não faça isso." O que há?

Silêncio.

— Vocês querem me considerar um sujeito sem mácula? — perguntou Julius.

Ninguém respondeu. Ele então continuou:

— Parecemos confusos. Então, hoje vou ser teimoso, falar, e veremos o que acontece. Minha história foi há dez anos, depois que minha mulher faleceu. Casei com Miriam, minha namorada de adolescência, quando estava na faculdade de medicina e, dez anos depois, ela morreu em um acidente de carro no México. Fiquei arrasado. Para ser sincero, acho que não me recuperei daquele horror. Mas me surpreendi ao ver que minha tristeza teve uma virada estranha: um enorme impulso sexual. Na época, eu não sabia que o aumento da sexualidade é uma reação comum ao se enfrentar uma morte. A partir daí, vi muitas pessoas atingidas por algum grande sofrimento ficarem cheias de energia sexual. Falei com homens que tinham coronárias péssimas e eles me contaram que passavam a mão nas socorristas da ambulância quando eram levados para o pronto-socorro. Em minha tristeza, fiquei obcecado por sexo, precisava de sexo, muito sexo, e quando as amigas, minhas e de Miriam, casadas ou não, procuraram me confortar, eu me aproveitei de algumas, inclusive de uma parente de Miriam.

O grupo ficou em silêncio. Todos estavam constrangidos, evitavam se olhar, alguns escutavam o canto de um pássaro em um galho lá fora. De vez em quando, por muitos anos, Julius teve vontade de ter um assistente no grupo. Essa foi uma das vezes.

Finalmente, Tony obrigou-se a dizer alguma coisa:

— E o que foi feito dessas amigas?

— Elas foram sumindo, evaporaram. Vi algumas por acaso, nesses anos todos, mas nunca tocamos no assunto. A situação era de muito embaraço. E vergonha.

— Lamento, Julius — disse Pam. — Lamento também pela morte de sua mulher. Eu não sabia. Também não sabia dessas... dessas relações.

— Não sei o que dizer para você, Julius. É bem estranho — comentou Bonnie.

— Fale mais sobre a estranheza, Bonnie — pediu Julius, sentindo o peso de ser seu próprio terapeuta no grupo.

— Bom, isso é bem novo. É a primeira vez que você se mostra assim no grupo.

— Continue. E quais são os sentimentos?

— Eu me sinto tensa. Acho que é por ser uma situação muito ambígua. Se um de nós traz um tema sofrido para o grupo, sabemos o que fazer. Quer dizer, vamos trabalhar o caso, embora possamos não saber exatamente como. Mas, com você, não sei.

— Não está claro por que você está nos contando — disse Tony, inclinando-se para a frente, os olhos apertados sob as sobrancelhas espessas.

— Vou perguntar uma coisa que aprendi com você na semana passada: por que agora? Foi porque prometeu para Philip? A maioria das pessoas aqui disse que você não precisava falar, que essa troca não tinha sentido. Ou você quer uma ajuda com relação ao sentimento que ficou desse fato? Quer dizer, não está claro quais são seus motivos para contar isso. Se quer saber, não vejo problema no que fez. Vou ser direto: sinto a mesma coisa que com relação a Stuart, Gill e Rebecca. Não vejo problema. Eu faria a mesma coisa. Você está sozinho, sem sexo, algumas mulheres oferecem consolo. Você aceita e todo mundo fica legal. Provavelmente, elas também gostaram. Quer dizer, costumamos falar nas mulheres como se elas só fossem usadas ou exploradas. Eu fico irritado, muito irritado, com essa história de homens implorando por um pouco de sexo enquanto as mulheres, sentadas em seus tronos de rainha, resolvem se aceitam ou não nos conceder esse favor. Como se elas também não gostassem de sexo.

Tony se virou para Pam ao ouvir o som que ela fez dando um tapa na própria testa e cobrindo o rosto com as mãos. Notou que Rebecca também estava com as mãos na cabeça.

— Certo, certo, retiro essa parte sobre as mulheres e deixar só a pergunta: por que agora?

— Boa pergunta, Tony. Obrigado por me fazer falar. Minutos atrás, eu estava desejando ter um assistente para me ajudar e você aparece. Você é bom nisso. Podia ser um bom terapeuta. Vejamos. Por que agora? Perguntei isso várias vezes, mas pode ser a primeira vez que respondo. Primeiro, acho que todos têm razão ao dizer que não falei só por causa do trato feito com Philip. Mas foi por isso também, pois ele tem certa razão sobre o relacionamento eu-tu. Para usar uma expressão dele, a ideia tem seu mérito. — Julius sorriu para Philip, que não retribuiu.

Ele continuou:

— Quero dizer que a falta de reciprocidade na relação terapêutica é um problema, uma questão difícil. Então, reconhecer esse problema faz parte do motivo para aceitar o pedido de Philip.

Julius queria uma reação. Tinha a impressão de estar falando muito. Virou-se para Philip:

— O que você sente com o que eu disse até agora?

Philip sacudiu a cabeça, surpreso com a pergunta. Pensou um pouco e disse:

— As pessoas aqui costumam achar que sou um dos que quiseram revelar muitas coisas. Não é verdade. Alguém no grupo contou uma experiência que teve comigo. Então, falei apenas por uma questão de exatidão histórica.

— Pode me dizer o que isso tem a ver com o resto? — perguntou Tony.

— Isso: fale sobre exatidão, Philip — pediu Stuart. — Antes, quero registrar que você não fez qualquer revelação. E, principalmente, que sua resposta está longe do assunto. Não tem nada a ver com a pergunta que Julius fez sobre seus sentimentos.

Philip pareceu não se ofender.

— Tudo bem. Voltando à pergunta de Julius, acho que não entendi o que ele queria saber porque não senti nada. Não havia nada no que ele disse para causar uma reação emocional.

— Pelo menos, essa resposta é pertinente — disse Stuart. — A anterior fugia do assunto.

— Estou farta dessa sua brincadeira de pseudodemência! — disse Pam, irritada, para Philip, dando um tapa na perna. — E fico puta de você não dizer meu nome! Referir-se a mim como "alguém no grupo" é ofensivo e imbecil.

— Você diz "pseudodemência" porque finjo ignorar as coisas? — perguntou Philip, sem olhar para Pam.

— Aleluia! Finalmente vocês se falaram — disse Bonnie, levantando as mãos para o alto. — Os dois se enxergaram. Trocaram palavras.

Pam não ligou para a observação e continuou dirigindo-se a Philip.

— "Pseudodemência" é elogio comparado com o que eu poderia dizer. Você acha que nada do que Julius disse causa uma reação emocional. Como alguém pode não reagir a Julius? — perguntou ela, com os olhos brilhando de raiva.

— Pode dar um exemplo? Você deve saber de um sentimento que eu poderia ter — disse Philip.

— Sei. Por exemplo: gratidão por Julius levar a sério você e sua pergunta impensada e insensível. Pode ser também respeito por ele cumprir a promessa do eu-tu com você. Ou, quem sabe, tristeza pelo que ele sofreu com a viuvez. Ou interesse e até identificação pelo descontrole sexual dele. Ou admiração por ele aceitar trabalhar com você, com todos nós, apesar de estar com câncer. Isso, só para começar. — Pam falou mais alto: — Como pode não ter sentimentos? — Desviou o olhar de Philip, interrompendo o contato visual.

Philip não respondeu. Ficou estático como um Buda, inclinado para a frente, olhando o chão.

No profundo silêncio que se seguiu ao rompante, Julius pensou qual seria a melhor forma de continuar a sessão. Em geral, o melhor era esperar; uma de suas expressões preferidas era "malhe em ferro frio".

Ele costumava considerar a terapia como uma sequência de ativação emocional seguida de integração, e pensou na fartura de demonstrações emocionais daquela sessão. Talvez até sentimentos demais. Era hora de passar à compreensão e à integração. Preferiu uma via torta, virou-se para Bonnie e perguntou:

— Pode falar em seu comentário "aleluia"?

— Está lendo meus pensamentos de novo, Julius? Como consegue? Eu estava me arrependendo de ter dito aquilo. Acho que saiu errado, com um tom de zombaria. Não? — perguntou ela, olhando para Pam e Philip.

— Na hora, não achei, mas agora vejo que tinha um toque de zombaria — disse Pam.

— Desculpe. Mas esse caldeirão quente, você e Philip trocando tiros,
todas essas jogadas duplas, deu um alívio os dois se falarem diretamente.
E você, Philip, não gostou de meu comentário? — perguntou Bonnie.

— Desculpe. Não registrei. Só notei o brilho nos olhos dela — disse
Philip, ainda olhando para baixo.

— Dela quem? — perguntou Tony.

— Nos olhos de Pam — respondeu Philip, e, virando-se para Pam,
acrescentou: — Em seus olhos, Pam.

— Certo, cara, agora estamos no caminho certo — disse Tony.

— Você ficou assustado, Philip? Não é fácil receber um olhar daqueles, não? — perguntou Gill.

— Não fiquei. Estava preocupado em evitar que o olhar, as palavras e
opinião dela me atingissem. Quer dizer, suas palavras, Pam, sua opinião.

— Parece que você e eu temos algo em comum, Philip: problemas com
Pam — disse Gill.

Philip olhou para Gill e concordou. "Talvez um cumprimento de gratidão", pensou Julius. Quando ficou claro que Philip não ia dizer mais
nada, Julius percorreu o grupo com o olhar para buscar mais participantes. Nunca perdia a oportunidade de ampliar a rede de interação: com a
fé de um apóstolo, ele achava que, quanto mais pessoas envolvidas, mais
eficiente ficava o grupo. Queria incluir Pam. Sua explosão com Philip
ainda ecoava na sala. Para isso, ele se dirigiu a Gill:

— Você diz que não é fácil ser alvo dos comentários de Pam, e na
semana passada se referiu a ela como sendo "Juíza do Supremo". Pode
falar mais sobre isso?

— Ah, é bobagem minha. Não sei direito. Não sei avaliar bem isso, mas...
Julius interrompeu:

— Pare! Vamos congelar a ação nesse ponto. Nesse momento. — Virou-
-se para Pam: — Olhe o que Gill acaba de dizer. Está relacionado com
você não ouvir ou não conseguir ouvir o que ele diz?

— Totalmente — disse Pam. — O que ele disse foi o mais puro Gill. Olhe, Gill, o que você acabou de dizer foi: "Não prestem atenção no que vou falar. Não é importante. Eu não sou importante. É bobagem minha. Não quero agredir. Não me escutem." Você não só se rebaixa, mas é chato. Muito chato. Porra, Gill! Tem algo a dizer? Pois abra a boca e fale!

— Então, Gill — pediu Julius —, se você fosse falar sem meias-palavras, o que diria? ("Ah", pensou, "nada como aquele velho e bom verbo no condicional."

— Eu diria a ela, a você, Pam, que você é a juíza que me dá medo aqui. Você me julga. Fico sem jeito, ou melhor, fico apavorado na sua frente.

— Isso é sincero, Gill. Agora estou ouvindo — disse Pam.

— Então, Pam, dois homens aqui, Philip e Gill, dizem ter medo de você. Tem alguma reação a isso? — perguntou Julius.

— Tenho uma grande reação: isso é problema deles.

— Tem alguma chance de ser problema seu também? Talvez outros homens em sua vida tenham sentido isso — disse Rebecca.

— Vou pensar no assunto.

— Alguém tem algo a dizer sobre essa última discussão? — perguntou Julius.

— Acho que Pam está fugindo um pouco — sugeriu Stuart.

— Concordo. Acho que você não vai pensar muito no assunto, Pam — disse Bonnie.

— É... Tem toda razão. Ainda estou irritada por Rebecca dizer que ela queria proteger Philip de minha raiva.

— É um dilema, não, Pam? — perguntou Julius. — Como você acabou de dizer a Gill, não merece uma droga de um comentário. Mas, quando merece, ai, como dói.

— É verdade. Então, talvez eu não seja tão dura quanto pareço. E olhe, Rebecca, doeu o que você disse.

— Desculpe. Não tive a intenção. Apoiar Philip não é a mesma coisa que atacar você — afirmou Rebecca.

Julius aguardou, pensando para onde encaminhar o grupo. Havia várias possibilidades. A raiva e a mania de julgar de Pam estavam na mesa. E os outros homens, Tony e Stuart? Onde estavam? A competição entre Pam e Rebecca também estava lá. Ou será que o grupo deveria tratar da história que Bonnie não terminou e da ironia dela? Ou falar na explosão de Pam com Philip? Ele sabia que era melhor ter paciência. Seria um erro apressar as coisas. Em poucas sessões, o grupo teve um bom progresso em direção à calma. Talvez já tivessem feito bastante por aquele dia. Era difícil avaliar. Philip falou pouco. Mas então, para surpresa de Julius, o grupo tomou um caminho totalmente inesperado.

— Julius, gostou da reação das pessoas à sua revelação? — perguntou Tony.

— Bom, não fomos muito longe. Deixa eu lembrar: você me disse o que achava e Pam também. Depois, ela e Philip discutiram por ele não sentir nada com o que revelei. Tony, acabei não respondendo à sua pergunta de por que agora. Voltarei a ela.

Julius tentou organizar as ideias, consciente de que sua revelação, como a de qualquer terapeuta, tinha sempre duas implicações: primeira, o que ele ganhava com aquilo e, segunda, o modelo que dava para o grupo.

— Não desisti de contar. Quase todo mundo aqui tentou me impedir, mas teimei. Estava decidido. Isso não é comum em mim e não sei se entendi bem, mas há algo importante. Tony, você perguntou se, ao contar, eu estaria pedindo ajuda ou, talvez, perdão. Não, não estava. Há muito tempo me perdoei, depois de passar anos trabalhando o fato com meus amigos e com um psicanalista. Só garanto uma coisa: antes, quer dizer, antes do melanoma, eu jamais, nem em mil anos, contaria o que contei hoje aqui.

"Antes do melanoma", continuou Julius. "Essa é a chave. Todos nós temos uma sentença de morte. Sei que vocês me pagam bem para, em troca, ouvirem uma frase tão animadora, mas o fato de ter a sentença confirmada, selada e até datada, sem dúvida chamou minha atenção. O melanoma está me dando uma estranha liberação que tem muito a ver com o

que vou contar hoje aqui. Talvez por isso eu tenha pensado em um tera-
peuta-assistente, alguém objetivo, que garanta que eu continue a oferecer o melhor para vocês."

Julius parou. Depois, acrescentou:

— Notei que ninguém reagiu quando comentei que estavam cuidando
de mim hoje.

Após mais alguns segundos de silêncio, Julius acrescentou:

— E ainda não estão reagindo. Viram? Por isso, preciso de um assistente. Sempre achei que, se deixamos de falar uma coisa importante,
também não vamos falar em nada que seja importante. Minha função é
afastar os obstáculos; a última coisa que quero é ser o obstáculo. É difícil eu sair de dentro de mim, mas sinto que vocês estão me evitando ou,
dizendo de outra forma, estão evitando minha doença fatal.

Bonnie disse:

— Quero discutir o que está acontecendo com você, mas não quero
magoá-lo.

Outras pessoas concordaram.

— Bem, vocês agora colocaram o dedo na ferida. Ouçam bem o que
vou dizer: o único jeito de me magoarem é se afastarem de mim. Sei que
é difícil falar com um doente terminal. As pessoas ficam cuidadosas, não
sabem direito o que dizer.

— Esse é exatamente meu caso — disse Tony. — Não sei o que dizer.
Mas vou tentar ficar do seu lado.

— Percebo isso, Tony.

— As pessoas têm medo dos doentes, pois não querem encarar a morte
que existe dentro de cada um de nós, não é? — perguntou Philip.

Julius concordou.

— Interessante, Philip. Vamos discutir. — Se não fosse Philip a dizer
aquilo, Julius perguntaria se era o que ele sentia realmente. Mas, naquela
altura, queria apenas apoiar a adequação do que Philip disse. Olhou o
grupo, esperando uma resposta.

IRVIN D. YALOM

— Talvez Philip esteja certo, porque tive dois pesadelos recentes, uma coisa quer me matar e depois o pesadelo que já contei, em que tento pegar o trem todo arrebentado — disse Bonnie.

— Sei que, no fundo, estou com mais medo do que o normal — disse Stuart. — Um de meus parceiros de tênis é dermatologista e esse mês pedi duas vezes para ele olhar um arranhão em minha pele. Penso sempre em melanoma.

— Julius, penso em você desde que me contou do melanoma — disse Pam. — Está certo dizerem que sou dura com os homens, mas você é a grande exceção: é o homem mais querido de minha vida. E sou mesmo protetora com você. Senti isso na hora em que Philip mandou você se revelar. Achei, e ainda acho, que foi duro e insensível da parte dele. Quanto a estar mais consciente de minha própria morte, bom, pode ser, mas não percebo. Só digo que estou sempre querendo falar coisas confortadoras para você. Na noite passada, li uma coisa interessante, um trecho das memórias de Nabokov, *Fala, memória*, em que ele define a vida como uma centelha de luz entre duas trevas, a de antes do nascimento e a de depois da morte. E que estranho nos preocuparmos tanto com a morte e tão pouco com o nascimento. Achei muito confortador e imediatamente copiei para lhe dar.

— Obrigado pelo presente, Pam. É um belo pensamento. E é confortador, embora eu não saiba direito por quê. Sinto-me mais à vontade com aquela primeira ideia, de antes do nascimento. Parece mais agradável. Talvez eu a encha de promessa, do que está por vir.

— Esse pensamento também foi confortador para Schopenhauer, de quem, sem dúvida, Nabokov tirou a frase — informou Philip. — Schopenhauer disse que, depois da morte, seremos o que éramos antes de nascer e tentou provar que só pode haver um nada.

Julius não teve a chance de responder. Pam olhou fixo para Philip e vociferou:

— Isso mostra porque é uma piada de mau gosto você querer ser orientador psicológico. Estamos falando em sentimentos ternos, e o que inte-

A CURA DE SCHOPENHAUER

ressa a você, a única coisa que interessa, é identificar o verdadeiro autor da frase. Você acha que Schopenhauer um dia disse algo vagamente parecido com Nabokov. Grande coisa!

Philip fechou os olhos e disse, decorado:

— "De repente, o homem, surpreso, se vê existindo após centenas e centenas de anos de não existência. Ele passa um período vivendo e, depois, vem outro período igualmente longo em que vai deixar de existir." Sei de cor grande parte da obra de Schopenhauer. Esse é o terceiro parágrafo do ensaio *Observações adicionais à doutrina do vazio da existência*. Você acha isso muito vago?

— Crianças, crianças, parem com isso — pediu Bonnie, com voz estridente.

— Deixa, Bonnie, eu gosto de ver a briga — disse Tony.

— Alguém mais tem algo a declarar? — perguntou Julius.

— Não quero entrar nesse fogo cruzado. É artilharia pesada — disse Gill.

— É — concordou Stuart. — Eles não perdem oportunidade de atacar. Philip foi comentar de alguém que usou a frase de Schopenhauer e Pam aproveitou para chamá-lo de piada de mau gosto.

— Não disse que ele é uma piada de mau gosto. Eu disse...

— Deixa disso, Pam, é ninharia. Você sabe o que eu quis dizer — insistiu Stuart. — De todo jeito, essa história de Nabokov foi fora do contexto. Você critica o herói dele e, depois, elogia quem copia a frase de Schopenhauer. Qual é o problema de Philip provar que estava certo? É crime mostrar que foi Schopenhauer quem disse?

— Quero falar uma coisa — disse Tony. — Como sempre, não sei quem são esses caras, pelo menos não o Nabo... Nobo...

— Nabokov — corrigiu Pam, com a voz suave que reservava para Tony.

— Um grande escritor russo. Você deve ter ouvido falar no romance *Lolita*.

— Ah, sei. Bom, esse tipo de conversa faz um círculo vicioso. Eu me sinto idiota por não saber quem é, fico quieto e aí me sinto mais idiota ainda. Vou parar com isso e falar. — Virou-se para Julius: — Então, respondendo à sua pergunta sobre sentimentos, esse é um: sentir-se idiota. Outro sentimento é que, quando Philip perguntou "Você acha isso muito vago?", vi os dentes dele, são bem afiados, afiados à beça. E a respeito de Pam — Tony virou-se para ela —, olha, Pam, você é minha queridinha, mas vou avisar uma coisa: quero ser sempre seu amigo.

— Tudo bem— disse Pam.

— E esqueci o mais importante; essa discussão toda nos fez sair do assunto. Estávamos falando se estaríamos protegendo ou evitando você, Julius. Depois, com Pam e Philip, mudamos de assunto. Será que não estamos evitando você outra vez?

— Olha, não sinto isso agora. Quando trabalhamos de uma forma tão íntima, tão próxima quanto agora, nunca ficamos em um tema só. A corrente do pensamento entra por novos canais. Aliás, usei de propósito a palavra "íntima"— disse Julius, virando-se para Philip. — Acho que sua raiva, que aparece aqui pela primeira vez, é um sinal de proximidade. Você se importa com Pam a ponto de se irritar com ela.

Julius sabia que Philip não iria responder espontaneamente. Por isso, provocou-o:

— O que diz, Philip?

Balançando a cabeça, Philip respondeu:

— Não sei como explicar sua hipótese. Mas quero dizer outra coisa. Confesso que, como Pam, também fiquei procurando coisas confortadoras ou, pelo menos, importantes para dizer a você. Sigo o hábito de Schopenhauer de terminar cada dia lendo alguma coisa de Epíteto ou do Upanixade. — Philip olhou na direção de Tony. — Epíteto foi um filósofo romano do século II e os Upanixades são os textos antigos sagrados hinduístas. Uma noite dessas, li um trecho de Epíteto que achei interessante e tirei algumas cópias. Fiz uma tradução livre do latim. — Philip pegou as cópias na pasta, deu uma para cada pessoa e disse, de cor:

"Em uma viagem, quando o navio ancora em um porto, você sai para pisar na água e colher raízes e conchas na praia. Mas precisa estar sempre atento ao navio, pois o capitão pode chamar para o embarque e você precisa juntar suas coisas. Não pode ser como a ovelha que amarram e jogam no porão.

"O mesmo acontece na vida. E, se você tem esposa e filhos em vez de conchas e raízes, precisa reuni-los. Quando o capitão chamar, corra para o navio, esqueça tudo e não olhe para trás. Se já é idoso, fique perto do navio. Assim, estará pronto para o embarque."

Philip terminou de falar e soltou os braços como se dissesse "é isso!".

O grupo lia, atento, o texto. Estavam espantados. Stuart quebrou o silêncio:

— Quero entender, Philip, mas não consigo. O que isso adianta para Julius? Ou para nós?

Julius mostrou o relógio:

— Lamento dizer que passamos da hora. Mas me permitam ser professoral e mostrar uma coisa. Costumo ver um texto ou uma ação sob dois aspectos: o do conteúdo e o do benefício. Benefício aqui significa o que o texto nos ensina a respeito do relacionamento dos envolvidos. Como você, Stuart, eu também não entendi de imediato o conteúdo da mensagem de Philip: tenho que estudá-la e talvez o conteúdo possa ser tema de outra sessão. Mas vi um benefício: você, Philip, como Pam, pensou em mim, quis me dar uma coisa e chegou a decorar o texto e fazer cópias. Qual o sentido disso? Mostra o carinho de vocês por mim. E o que sinto? Fico emocionado, agradeço e espero que um dia consigam demonstrar seu afeto com as próprias palavras.

CAPÍTULO
30

A vida pode ser comparada a um bordado que, no começo, vemos pelo lado direito e, no final, pelo avesso. O avesso não é tão bonito, mas é mais esclarecedor, pois deixa ver como são dados os pontos.

O GRUPO SAIU DA sala e Julius ficou olhando as pessoas descerem a escada para a rua. Em vez de cada um ir para seu carro, eles continuaram juntos. Sem dúvida, iam para a lanchonete. Ah, como ele gostaria de pegar a jaqueta e descer correndo a escada atrás deles. "Mas ficava para outro dia, outra vida, outras pernas", pensou, indo para o escritório colocar no computador suas notas da sessão. De repente, mudou de ideia, voltou para a sala do grupo, acendeu seu cachimbo e ficou desfrutando o cheiro forte do tabaco turco. Sua única intenção era aproveitar mais um pouco o calor daquela sessão.

Aquela sessão, como as três ou quatro últimas, tinha sido empolgante. Lembrou-se dos grupos de pacientes com câncer que ele tinha orientado havia alguns anos. Era frequente as pessoas falarem em uma fase de ouro, passado o pânico de constatar que iam morrer. Alguns disseram que o câncer os tinha deixado mais sensatos, mais realizados, enquanto outros mudaram suas prioridades na vida, ficaram mais fortes, aprenderam a recusar atividades de que não gostavam mais havia muito tempo e fazer coisas que de fato importavam, como amar a família e os amigos, observar a beleza de coisas em volta, sentir a mudança das estações. Mas muitos pacientes lamentaram que só tivessem aprendido a viver depois de seus corpos terem sido corroídos pelo câncer.

As mudanças foram tão grandes (um paciente chegou a dizer que "o câncer cura a neurose") que, por duas vezes, Julius lançou um desafio aos seus alunos na faculdade. Descreveu apenas as mudanças psicológicas de determinados pacientes e pediu que os alunos dissessem o tipo de tratamento que estavam recebendo. Todos ficaram surpresos ao saber que nenhuma terapia ou remédio tinha mudado tanto aqueles pacientes, apenas o fato de enfrentarem a morte. Ele devia muito àqueles pacientes. Serviam de modelo naquele momento. Pena ele não poder lhes dizer. "Viva bem", lembrou a si mesmo, "e tenha certeza de que vão sair boas coisas de você, mesmo que não perceba."

"E como estou encarando meu câncer?", ele se perguntou. "Sei um bocado sobre a fase de pânico da qual, felizmente, estou saindo, embora ainda tenha aquelas crises às três da manhã, em que o pânico me agarra com um medo desconhecido e não adianta racionalizar nem argumentar, só tomar um Valium, ver a luz do dia surgindo ou mergulhar numa banheira de água morna."

"Mas será que mudei ou fiquei mais sensato?", pensou ele. "Tive minha época de ouro? Talvez eu esteja sentindo melhor as coisas como elas são, talvez isso seja crescimento. Acho, aliás, tenho certeza, de que me tornei um terapeuta melhor, de ouvido mais apurado. Sim, sem dúvida, sou outro terapeuta. Antes do melanoma, eu jamais diria que estou apaixonado pelo grupo. Jamais sonharia em contar detalhes tão íntimos da minha vida, como a morte de Miriam e o meu oportunismo sexual. E a vontade irresistível de fazer a revelação ao grupo hoje. Isso, sim, é de estranhar", pensou, balançando a cabeça, surpreso. "Tenho uma vontade de ir contra a corrente, contra o que sei, contra o que eu mesmo ensino."

"Uma coisa é certa: o grupo não queria ouvir o que eu tinha a dizer. Que resistência! Não queriam saber de nada de meus problemas ou dúvidas. Mas, depois que falei, houve um fato interessante. Tony foi ótimo! Falou como se fosse um terapeuta experiente, perguntando se eu estava satisfeito com a reação do grupo, tentando equacionar meu comportamento, insistindo no 'por que agora'. Ótimo. Cheguei a imaginá-lo orientando o grupo depois que eu me fosse. Seria uma coisa incrível!. Um terapeuta que largou a escola e que passou um tempo na cadeia. E outros, Gill, Stuart, Pam, se aproximaram, cuidaram de mim e mantiveram o grupo interessado. Jung estava se referindo a outra coisa quando disse que só quem foi ferido pode realmente curar. Mas, talvez, incentivar a capacidade terapêutica dos pacientes seja um motivo bastante bom para os terapeutas mostrarem suas feridas."

Julius andou da sala do grupo para o escritório, sem parar de pensar na sessão. E Gill... Como ele se destacou hoje! Chamar Pam de "Juíza do Supremo" foi ótimo, além de adequado. "Preciso ajudar Pam a assimilar esse comentário. No caso, a visão de Gill foi mais incisiva do que a minha. Fiquei tanto tempo gostando muito de Pam que deixei passar a patologia dela. Talvez por isso não tenha conseguido ajudá-la na obsessão por John."

Julius ligou o computador e abriu o arquivo "Enredos para contos", que continha o maior projeto não realizado de sua vida: ser escritor. Ele escrevia bem, tinha lançado dois livros e escrito centenas de artigos nas publicações especializadas. Mas queria escrever ficção e, durante décadas, juntou enredos para contos, tirados da imaginação ou do cotidiano. Tinha começado a desenvolver vários, porém nunca teve tempo nem coragem para terminá-los e oferecer para alguma editora.

Percorreu a lista de enredos, clicou em "Vítimas enfrentam os inimigos" e leu duas ideias. A primeira tinha por cenário um cruzeiro pelo litoral da Turquia. Um psiquiatra entra no cassino do navio e vê no salão

A CURA DE SCHOPENHAUER

enfumaçado um ex-paciente vigarista que ficou lhe devendo 7.500 dóla-res. O segundo confronto era de uma advogada designada para a defensoria pública de um homem acusado de estupro. Na primeira entrevista na prisão, ela desconfia de que aquele é o mesmo homem que a violentou há dez anos.

Abriu um novo arquivo: "Em um grupo de terapia, uma mulher encontra o homem que, há alguns anos, foi seu professor e se aproveitou sexualmente dela." Nada mal. "Dava para desenvolver bem o tema em literatura", pensou Julius, embora soubesse que jamais o escreveria. Havia problemas éticos. Precisava da autorização de Pam e Philip. Precisava também dar o espaço de dez anos entre o fato e o livro, tempo do qual não dispunha. "Mas dava para uma boa terapia", pensou Julius. Tinha certeza de que alguma coisa positiva podia sair dali, se ele conseguisse manter os dois no grupo e aguentasse a dor de abrir velhas feridas.

Pegou a tradução de Philip, do texto do navio de passageiros. Releu várias vezes, tentando entender o sentido ou a importância. No entanto, continuou balançando a cabeça. Philip ofereceu aquilo como um consolo. Mas qual era o consolo?

CAPÍTULO
31

Como viveu Arthur

Mesmo sem motivo, sinto sempre uma ansiedade que me faz ver e procurar perigo onde não existe. Isso aumenta infinitamente qualquer aflição e faz com que a ligação com os outros seja muito difícil.

PÓS FAZER O doutorado, Arthur morou em Berlim e, depois, algum tempo em Dresden, em Munique e Mannheim, até que, fugindo de uma epidemia de cólera, foi para Frankfurt, onde passou os últimos trinta anos de sua vida, só saindo de lá para fazer excursões e caminhadas de um dia. Ele nunca teve um emprego, morou sempre em cômodos alugados, nunca teve casa, lareira, mulher e filhos, nem amigos íntimos. Não tinha um círculo social, conhecidos próximos, nem senso de comunidade. Na verdade, costumava ser motivo de ridicularização na cidade. Até os últimos anos de vida, ele jamais ocupou cargo público, nem ganhou dinheiro com seus escritos. Como tinha pouquíssimos relacionamentos, sua parca correspondência tratava principalmente de assuntos comerciais.

A CURA DE SCHOPENHAUER

Apesar da falta de amigos, sabemos mais de sua vida do que da maioria dos filósofos, pois ele foi incrivelmente pessoal em seus escritos filosóficos. Nos primeiros parágrafos de sua obra mais importante, *O mundo como vontade e representação*, ele usa uma rara nota íntima em um tratado filosófico. Sua prosa clara mostra logo que ele quer falar diretamente com o leitor. Primeiro, ensina como ser lido e pede que a leitura seja feita duas vezes e com muita paciência. A seguir, recomenda que o leitor conheça antes seu livro *Da quádrupla raiz do princípio de razão suficiente*, o qual serve de introdução para esse, e garante que o leitor ficará muito grato pelo aviso. E que aproveitará ainda mais se conhecer bem a magnífica obra de Kant e do divino Platão. Mas que ele, Schopenhauer, encontrou erros graves em Kant, discutidos em um apêndice (que também deve ser lido antes do livro) e observa que quem conhecer os Upanixades estará mais preparado ainda para entender o livro dele. Por fim, observa (muito corretamente) que o leitor deve estar ficando cada vez mais irritado e impaciente com seus pedidos arrogantes, insolentes e demorados. É estranho que o filósofo mais pessoal na escrita tenha sido tão impessoal na vida.

Além das referências em sua obra, Schopenhauer mostra muito de si mesmo em um texto autobiográfico com título em grego, "Εἰζεαυτον", que significa "a meu respeito", manuscrito envolto em mistério e controvérsia cuja estranha história é a seguinte:

Já idoso, Schopenhauer teve um pequeno círculo de entusiastas, os apóstolos, os quais suportava, mas não respeitava nem gostava. Essas pessoas ouviram-no falar com frequência de *A meu respeito*, diário autobiográfico em que anotou fatos sobre si mesmo nos últimos trinta anos. Mas, quando morreu, ninguém encontrou o diário. Depois de muito procurar, os seguidores perguntaram ao testamenteiro Wilhelm Gwinner sobre o documento perdido e foram informados de que o filósofo mandou queimá-lo assim que morresse.

Pouco tempo depois, Gwinner lançou a primeira biografia de Schopenhauer, na qual os apóstolos reconheceram trechos do diário em citações literais ou em paráfrases. Teria Gwinner copiado o manuscrito antes

IRVIN D. YALOM

de queimá-lo? Ou teria apenas roubado-o para usar na biografia? A controvérsia durou décadas, até que outro conhecedor da obra do filósofo reconstituiu o manuscrito juntando trechos da biografia e de outros escritos de Schopenhauer. Publicou então 47 páginas com o título em grego " Ἐιζεαυτον" no fim dos quatro volumes, que, em alemão, se intitularam *Nachlass* ("remanescentes dos manuscritos"). Trata-se de uma estranha leitura, porque cada parágrafo tem a descrição de sua complicada origem, em geral mais longa que o próprio texto.

Por que Schopenhauer nunca teve um emprego? A história da estratégia suicida para obter um cargo na universidade é outro caso ardiloso que está em todas as biografias dele. Em 1820, aos 32 anos, ele recebeu o primeiro convite para assumir um cargo temporário (em alemão, *Privatdozent*) e muito mal remunerado para dar aulas de filosofia na Universidade de Berlim. Então, o que ele fez? Imediatamente, marcou seu curso (intitulado "A essência do mundo") na mesma hora do curso dado por Georg Wilhelm Hegel, chefe do departamento e mais famoso filósofo da época.

Duzentos alunos atentos acotovelavam-se no curso de Hegel, enquanto apenas cinco ouviram Schopenhauer se definir como um vingador que veio liberar a filosofia pós-kantiana dos paradoxos vazios e da linguagem obscura e deturpada da filosofia contemporânea. Não era segredo que o alvo de Schopenhauer era Hegel e seu antecessor Fichte (aquele filósofo que cuidou de gansos e percorreu a Europa inteira para encontrar Kant). Obviamente, isso não fez com que Hegel e os demais docentes estimassem o jovem Schopenhauer. No semestre seguinte, quando nenhum aluno apareceu no curso de Schopenhauer, terminou sua curta e temerária carreira acadêmica e nunca mais deu aulas.

Nos trinta anos em que morou em Frankfurt, até morrer em 1860, sua vida "teve uma agenda rígida", quase tão definida quanto a rotina diária de Kant. Começava escrevendo durante três horas e, depois, tocava flauta por uma hora, às vezes duas. Mesmo no meio do inverno, raro era o dia em que não nadava no frio rio Main. Almoçava sempre no mesmo clube, o Englischer Hof, de fraque com plastrão branco, traje que era alta moda na juventude dele, mas estava completamente ultrapassado em Frankfurt, no meio do século XIX. Quem quisesse ver o estranho e irritado filósofo, bastava ir ao Hof no almoço.

Há inúmeras histórias sobre ele no Hof: de seu apetite voraz, costumando comer por dois e, se alguém notava isso, ele respondia que também pensava por dois; de pagar dois almoços para garantir que ninguém sentasse à mesma mesa; de seu jeito agressivo, mas da conversa interessante; de suas constantes explosões de raiva; da lista de pessoas com as quais se recusava a falar; da mania de discutir assuntos impróprios e chocantes, como elogiar a nova descoberta científica que impedia que ele adquirisse uma infecção venérea, bastando, após o coito, mergulhar o pênis em água com pó alvejante.

Embora gostasse de conversa séria, ele raramente encontrava companheiros de refeição que merecessem desperdiçar seu tempo. Houve época em que colocava um objeto de ouro na mesa ao se sentar e o tirava ao ir embora. Uma vez, um dos oficiais militares que costumavam almoçar na mesma e comprida mesa perguntou por que fazia aquilo. Schopenhauer respondeu que "doaria o objeto de ouro aos pobres no dia em que ouvisse os oficiais falarem de outra coisa que não fosse seus cavalos, cachorros e mulheres". Costumava levar seu poodle, Atman, que tratava por Sir, e, se o cachorro se comportasse mal, chamava-o de Humano.

Contam-se muitas histórias de seu humor afiado. Em um jantar, um jovem perguntou algo ao filósofo e teve como resposta apenas "Não sei". Então, o jovem comentou: "Ora, pensei que o senhor, um grande sábio, soubesse tudo". Schopenhauer disse: "Não, o conhecimento é limitado. Só a estupidez é ilimitada." Qualquer pergunta sobre mulheres ou casamento teria, decerto, uma resposta azeda. Uma vez, teve que aguentar a companhia de uma mulher muito falante, que contou em detalhes como sofria no casamento. O filósofo ouviu pacientemente e, quando a mulher perguntou se ele a entendia, respondeu: "Não, mas entendo seu marido."

Em outra conversa, perguntaram se ele pretendia se casar.

— Não, pois só me traria aborrecimentos.

— Por quê?

— Porque teria ciúme por minha mulher me trair.

— Como tem tanta certeza?

— Porque eu ia merecer.

— Por quê?

— Por ter me casado.

Também tinha palavras incisivas para os médicos, que, segundo ele, usam duas letras diferentes: uma quase ilegível nas receitas, e outra, clara e bonita, nas contas.

Um escritor que esteve em um almoço com Schopenhauer, então com 58 anos, em 1846, descreveu-o assim:

"Boa constituição física (...) sempre bem-vestido, mas em estilo antiquado (...) altura mediana, cabelos curtos, grisalhos (...) distraído e de inteligência brilhante, olhos garços (...) introvertido, e, quando fala, é quase barroco, o que colabora para ser diariamente motivo de pilhérias dos companheiros de almoço. Assim, esse senhor áspero, sempre comicamente mal-humorado, mas no fundo indefeso e de boa índole, tornou-se objeto de piada de homens insignificantes que sempre riam dele, embora sem más intenções."

Depois do almoço, Schopenhauer costumava dar uma longa caminhada, sempre falando alto, sozinho ou conversando com o cachorro, o que fazia as crianças zombarem dele. Passava as tardes lendo, sem nunca receber visitas. Não há prova de nenhuma ligação romântica nos anos em que viveu em Frankfurt e, em 1831, aos 43 anos, escreveu em *A meu respeito*: "Só como celibatário pode-se assumir o risco de viver sem trabalho e com pouca renda."

Depois da briga de mãe e filho, quando ele tinha 31 anos, os dois só se viram doze anos depois, em 1813, trocando algumas cartas de negócios até 1835, quando ela faleceu. Uma vez, quando ele esteve doente, a mãe fez um raro comentário pessoal: "Dois meses no quarto sem ver uma só pessoa, meu filho, isso não é bom e me deixa triste. Ninguém pode, nem deve, se isolar assim."

A CURA DE SCHOPENHAUER

Ele e Adele trocaram cartas ocasionais e a irmã tentou várias vezes se aproximar, garantindo que não ia pedir nada. Mas Arthur sempre recuava. Adele, que também nunca se casou, vivia muito angustiada. Quando Arthur disse-lhe para mudar de Berlim para escapar da cólera, ela respondeu que gostaria de ter a doença e assim acabar com seu desespero. Arthur afastou-se ainda mais, não querendo participar da vida e da depressão dela. Após ele sair da casa da mãe, viu a irmã apenas uma vez, em 1840, em um encontro curto e desagradável. Adele morreu nove anos depois.

O dinheiro foi uma preocupação constante na vida de Schopenhauer. A mãe deixou seus poucos bens para Adele, que morreu sem nada. Ele tentou, em vão, trabalhar como tradutor, e até o fim da vida seus livros jamais venderam, nem foram comentados na imprensa.

Em resumo, Arthur viveu sem qualquer dos confortos e compensações para manter um equilíbrio, até para sobreviver. Como ele conseguiu? Que preço pagou? Esses, como veremos, foram os segredos que ele revelou em *A meu respeito*.

CAPÍTULO
32

Os escritos e ideias deixados por seres como eu são meu maior prazer na vida. Sem livros, teria me desesperado há muito tempo.

AO ENTRAR NA sala na semana seguinte, Julius encontrou uma cena estranha. Sentadas à vontade, as pessoas liam, atentas, a parábola trazida por Philip. Stuart tinha colocado o texto em uma prancheta e sublinhava trechos. Tony tinha esquecido de trazer sua folha e lia por cima do ombro de Pam.

Rebecca, com a voz meio ansiosa, iniciou a sessão.

— Li com a devida atenção. — Ela mostrou o papel, dobrou e enfiou na bolsa. — Gastei muito tempo, Philip, tempo demais, e agora gostaria que você mostrasse a importância disso para mim, para o grupo e para Julius.

— Acho que seria mais rico se a classe discutisse o texto antes — respondeu Philip.

— Classe? Isso parece mesmo um trabalho de classe. É assim que você dá orientação, Philip? — perguntou Rebecca, fechando a bolsa com raiva. — Como um professor na sala de aula? Não foi para isso que vim aqui. Vim me tratar e não fazer curso para adultos.

Philip não deu atenção à agressão de Rebecca.

— Na melhor das hipóteses, não há muita distinção entre educação e terapia. Os gregos, Sócrates, Platão, Aristóteles, os estoicos e os epicuristas, acreditavam que a educação e a razão são ferramentas para combater o sofrimento humano. A maioria dos orientadores filosóficos considera a educação como base da terapia. Quase todos acatam o lema de Leibniz, *Caritas sapientis*, que significa "sabedoria e afeto". — Philip virou-se para Tony: — Leibniz foi um filósofo alemão do século XVII.

— Estou achando isso chato e arrogante — afirmou Pam. — Com a desculpa de ajudar Julius, você... — ela aumentou a voz uma oitava e chamou: — Philip, estou falando com você. — O homem, que olhava tranquilamente para cima, endireitou-se e virou-se para ela. — Primeiro, você distribui esse trabalho de calouro e agora tenta controlar o grupo dando modestamente sua interpretação do texto.

— Lá vem você querendo derrubar Philip — disse Gill. — Pelo amor de Deus, Pam, ele é filósofo e orientador. Não é preciso ser um grande cientista para ver que tenta ajudar o grupo com a experiência que tem. Por que cismar com tudo o que ele faz?

Pam abriu a boca para retrucar, mas fechou, parecendo sem palavras. Olhou fixamente para Gill, que acrescentou:

— Você estava pedindo uma crítica dura, Pam. Conseguiu. Não, não estou bêbado, se é o que está pensando. Hoje faz duas semanas que não bebo. Tenho tido duas consultas semanais com Julius, ele insistiu, me apertou e me fez ir a um encontro diário dos Alcoólicos Anônimos, sete dias por semana, catorze reuniões em catorze dias. Não comentei na semana passada porque não tinha certeza se conseguiria continuar.

Todos, exceto Philip, reagiram com cumprimentos efusivos. Bonnie disse a Gill que estava orgulhosa dele. Até Pam conseguiu dar um "muito bem". Tony comentou:

— Talvez eu deva ir com você. Quando bebo, acabo me machucando.
— E mostrou o rosto ferido.

— Philip, e você? Tem algo a dizer para Gill? — perguntou Julius.

Philip negou com a cabeça.

— Ele já recebeu um grande apoio dos outros. Está sem beber, fala no assunto, está se fortalecendo. Às vezes, menos é mais.

— Gosto do lema de Leibniz que você mencionou, *Caritas sapientis*, sabedoria e afeto — disse Julius. — Mas recomendo que não esqueça a parte do afeto. Se Gill merece apoio, por que você é sempre o último da fila a dar? Além disso, você tem uma informação exclusiva. Quem mais pode dizer o que sentiu quando ele defendeu você e enfrentou Pam por sua causa?

— Tem razão — disse Philip. — Estou confuso. Gostei de receber o apoio de Gill. Ao mesmo tempo, estou me cuidando para não gostar. Se você deixa que outros lutem em seu lugar, os músculos acabam se atrofiando.

— Bom, vou confessar um pouco mais de minha ignorância — disse Tony, mostrando o texto. — Eu realmente não entendi essa história do navio, Philip. Na semana passada, você disse que trouxe para Julius algo que seria um conforto. Mas esse navio com passageiros, quer dizer, para ser franco, não sei que porra é essa.

— Não precisa se desculpar por não saber uma coisa, Tony — disse Bonnie. — Eu já falei que você costuma falar por mim também; como você, não entendi nada desse navio e dessa história de pegar conchas na praia.

— Eu também não — emendou Stuart.

— Vou ajudar — disse Pam. — Afinal, meu trabalho é interpretar textos literários. A primeira coisa a fazer é partir do concreto, ou seja, o navio, as conchas, as ovelhas etc. para o abstrato. Pergunte a você mesmo: o que esse navio, essa viagem e esse porto representam?

— Acho que o navio é a morte ou a viagem rumo à morte — disse Stuart, olhando para sua prancheta.

— Certo. Então, o que conclui a partir daí? — perguntou Pam.

— Acho que o principal é não dar muita atenção aos detalhes da praia, senão você perde o navio — respondeu Stuart.

— Então, se você fica muito ligado às coisas da praia, mesmo se for a mulher e os filhos, o navio pode sair sem você. Ou seja, você perde sua morte. Grande coisa. Perder a morte é uma catástrofe? — disse Tony.

— Isso mesmo. Tem razão, Tony — concordou Rebecca. — Também achei que o navio representa a morte, mas, depois do que você disse, vejo que não fazia sentido.

— Também não entendo, mas não diz que você vai perder a morte, diz que vai para a morte como as ovelhas — disse Gill.

— Seja como for, isso ainda não me parece terapêutico — disse Rebecca. Virando-se para Julius, perguntou: — Já que o texto era para você, encontrou algum consolo nele?

— Repito o que disse na semana passada, Philip. Vi que queria me dar alguma coisa para amenizar meu sofrimento. E também que perdeu a coragem e não conseguiu fazer isso diretamente. Preferiu uma aproximação menos pessoal. Isso serve, acho, para você refletir depois sobre como demonstrar seu afeto de forma mais pessoal. Quanto ao conteúdo, também estou confuso, mas acho que, como o navio pode partir a qualquer momento, ou seja, como a morte não tem hora para chegar, deveríamos evitar nos apegar demais às coisas terrenas — disse Julius. —Talvez o texto nos avise que um apego muito grande pode fazer a morte ainda mais dolorosa. É essa a mensagem de consolo que você tenta me dar, Philip?

Pam interrompeu antes de Philip responder:

— Acho que encaixa melhor se você pensar que o navio e a viagem não representam a morte, mas o que podemos chamar de a vida autêntica. Em outras palavras, vivemos de forma mais autêntica se pensamos no simples fato de existir, no milagre da vida. Se focamos em ser, não vamos nos prender tanto às digressões da vida, isto é, aos objetos materiais da ilha. Não vamos perder de vista a existência em si.

Breve silêncio. Cabeças se viraram na direção de Philip.

— Exatamente — disse ele, com um toque de entusiasmo na voz. — Também vejo o texto assim. A ideia é cuidar para não nos perdermos na agitação da vida. Heidegger chamava isso de ser absorvido pela cotidianice da vida. Sei que você, Pam, detesta Heidegger, mas não é por ele ter tido opiniões políticas equivocadas que vamos nos privar da dádiva de suas conclusões filosóficas. Então, para parafraseá-lo, cair na cotidianice faz com que fiquemos presos como as ovelhas.

Philip continuou:

— Como Pam, acho que essa parábola nos previne contra o apego e sugere que nos liguemos ao milagre de ser. Não devemos nos preocupar em como as coisas são, mas nos maravilharmos por elas serem, por existirem.

— Agora entendo o que quis dizer — comentou Bonnie. — Mas é frio, abstrato. Que conforto traz isso? Para Julius ou qualquer pessoa?

— Para mim, há consolo na ideia de que minha morte dá sentido à minha vida. — Philip continuou, com um entusiasmo que não era comum nele. — Há consolo na ideia de não deixar que minha essência seja devorada por trivialidades, por sucessos ou fracassos insignificantes, pelo que tenho, por preocupações em ser popular, por quem gosta de mim, por quem não gosta. Para mim, há consolo no fato de ser livre para apreciar o milagre de ser.

— Sua voz está cheia de energia — notou Stuart. — Mas acho também que isso é duro e frio. É um consolo gélido, me arrepia.

O grupo estava intrigado. Sentia que Philip oferecia uma coisa de valor, mas, como sempre, as pessoas estavam confusas com o jeito estranho dele.

Após um momento de silêncio, Tony perguntou a Julius:

— Esse texto teve algum efeito em você? Ofereceu alguma coisa, ajudou de alguma forma?

— Não funciona para mim, Tony. Mas, como já disse, vocês estão tentando me dar algo que vale para vocês — disse Julius, virando-se para Philip. — Percebo também que é a segunda vez que me dá uma coisa que não posso usar, o que deve ser frustrante para você.

Philip concordou em silêncio.

— Segunda vez? Não me lembro da primeira. Foi quando eu estava viajando? — perguntou Pam.

Várias pessoas balançaram a cabeça, negando. Ninguém se lembrava da primeira vez, e Pam perguntou a Julius:

— Há algo que vocês precisem nos dizer?

— Philip e eu temos um passado — disse Julius. — Grande parte do embaraço de hoje acabaria se soubessem dessa história, mas compete a você contar, Philip. Quando quiser.

— Acho que tudo deve ser discutido. Dou carta branca a você — disse Philip.

— Não, não sou eu quem deve falar. Para parafraseá-lo, o exercício seria mais rico se você mesmo contasse. Acho que é sua obrigação e sua responsabilidade.

Philip esticou a cabeça, fechou os olhos e, no tom e no jeito de quem recita um texto decorado, começou:

— Uns 25 anos atrás, marquei uma consulta com Julius devido ao que hoje se chama vício em sexo. Eu ia atrás de mulheres, era insaciável, praticamente só pensava em sexo. Estava totalmente envolvido em conquistar mais uma mulher, sempre mais uma, porque, depois que eu transava, perdia o interesse. Era como se o centro de minha vida fosse o instante da ejaculação. Depois disso, sentia uma breve trégua da compulsão e logo, às vezes, horas depois, precisava buscar outra vez. Cheguei a ter duas ou três mulheres no mesmo dia. Estava desesperado. Queria tirar aquilo de minha cabeça, pensar em outras coisas, me ocupar de alguns grandes pensadores do passado. Eu era formado em química, mas queria ter uma cultura ampla. Busquei ajuda, a melhor e mais cara que havia, e fiz análise semanal com Julius, às vezes duas vezes por semana, durante três anos, sem melhora.

Philip parou. O grupo estava agitado. Julius perguntou:

— Como está, Philip? Quer falar mais ou basta por hoje?

— Estou bem — respondeu ele.

IRVIN D. YALOM

— De olhos fechados, fica difícil. Não sei se você faz isso por medo de ver desaprovação na cara dos outros — disse Bonnie.

— Não. Fico assim para olhar para dentro e juntar meus pensamentos. E já disse que só minha própria aprovação me interessa.

O grupo teve de novo aquela estranha sensação de Philip ser inatingível. Tony tentou afastar essa impressão dando um assobio e acrescentando:

— Gostei de seu toque, Bonnie.

Ainda de olhos fechados, Philip continuou:

— Pouco depois de desistir da terapia com Julius, recebi um bom dinheiro de uma apólice que meu pai fez para mim. Com isso, pude largar a química e me dedicar à leitura de toda a filosofia ocidental. Em parte, devido ao meu antigo interesse pelo tema, mas sobretudo por acreditar que a sabedoria dos maiores pensadores era a cura para meu problema. Gostava de filosofia e logo vi que tinha encontrado minha verdadeira vocação. Candidatei-me e fui aprovado para o doutorado em filosofia na Columbia. Foi nessa época que Pam teve a infelicidade de me conhecer.

Ainda de olhos fechados, Philip parou e respirou fundo. Todos olhavam para ele. E, de vez em quando, de esguelha para Pam, que, por sua vez, olhava para o chão.

— Com o tempo, escolhi me concentrar na trindade dos verdadeiros grandes filósofos, Platão, Kant e Schopenhauer. Mas, no fim, só ele me ajudou. O que dizia era ouro puro e, além disso, eu tinha uma grande afinidade pessoal. Como um ser racional que sou, rejeito a ideia de reencarnação da forma como é considerada, mas, se eu tivesse vivido antes, teria sido Arthur Schopenhauer. Só de saber que ele existiu já diminuiu a dor de meu isolamento.

"Depois de ler e reler a obra dele por vários anos, vi que tinha vencido meus problemas sexuais. Quando terminei o doutorado, o dinheiro que herdei de meu pai acabou e precisei trabalhar. Ensinei em alguns lugares pelo país e, anos atrás, voltei para São Francisco a convite da Coastal University. Acabei me desinteressando pelas aulas porque nunca tive alunos à altura do tema ou de mim. Até que, há uns três anos, concluí que,

A CURA DE SCHOPENHAUER

como fui curado pela filosofia, poderia usá-la para curar outras pessoas. Matriculei-me e fiz um curso de orientação. Depois, comecei um rápido treinamento clínico. Até este momento."

— Se Julius foi inútil para você, por que o procurou de novo? — perguntou Pam.

— Eu não o procurei. Foi ele quem me ligou.

Pam resmungou:

— Quer dizer que Julius do nada resolveu telefonar para você?

— Ele está falando a verdade, Pam — disse Bonnie. — Julius contou quando você estava viajando. Não repito porque não entendi direito.

— Certo. Então eu continuo — disse Julius. — Tentarei lembrar. Depois que meu médico deu a má notícia, passei alguns dias atordoado e procurei uma maneira de aceitar um câncer incurável. Certa tarde, fiquei muito desanimado ao pensar no sentido de minha vida. Fiquei pensando que ia sumir no nada e ficar lá para sempre. E que diferença fiz para alguém ou para qualquer coisa?

"Não me lembro de todos os elos de meus pensamentos mórbidos, mas sabia que tinha que arrumar algum sentido de vida, ou ia ficar muito mal. Pensei em como tinha vivido e que eu tinha uma saída, que era sair de dentro de mim, ajudar os outros a viver e a se completar. Com mais clareza que nunca, percebi a centralidade de meu trabalho de terapeuta e pensei horas nas pessoas às quais tinha ajudado. Todos os meus pacientes, antigos e novos, desfilaram por minha cabeça.

"Eu sabia que tinha ajudado muitos, mas será que tive um impacto duradouro na vida deles? Era a pergunta que me perseguia. Acho que contei para o grupo, antes de Pam voltar, que eu precisava saber essa resposta e resolvi procurar alguns antigos pacientes e saber se fiz alguma diferença na vida deles. Sei que isso parece maluquice.

"Então, mexendo nas pastas dos pacientes bem antigos, pensei também nos que não consegui ajudar. 'Que fim teriam levado? Será que eu poderia ter feito mais por eles?' Então, tive a esperança de que alguns de meus fracassos tivessem tido um amadurecimento tardio. Talvez tivessem obtido depois algum benefício de nosso trabalho conjunto. Achei a pasta de Philip e lembro que na hora pensei: 'Se quero um fracasso, essa foi uma pessoa que não ajudei mesmo. Não cheguei nem a arranhar os problemas dele.' Daí, tive uma enorme vontade de falar com Philip e saber como estava, se eu tinha sido útil, afinal."

— Foi assim que você ligou para ele, mas como ele veio parar no grupo? — perguntou Pam.

— Quer falar a partir desse ponto, Philip? — perguntou Julius.

— Acho que seria um exercício mais rico se você continuasse — disse Philip, sem qualquer sinal de sorriso.

Julius contou rapidamente os fatos que se seguiram: Philip disse que a terapia não teve qualquer valor e que seu verdadeiro analista fora Schopenhauer. Depois, houve o convite por e-mail para a palestra, o pedido de Philip para uma supervisão...

— Não entendi, Philip — interrompeu Tony. — Se você não conseguiu nada na terapia com Julius, porra, por que quis a supervisão dele?

— Julius perguntou isso várias vezes — disse Philip. — A resposta é que, apesar de ele não ter me ajudado, reconheço que tem uma técnica excelente. Talvez eu tenha sido um paciente rebelde, resistente, ou talvez meu problema não cedesse com o, digamos, método que ele usou.

— Certo, entendi. Mas interrompi você, Julius — disse Tony.

— Estou terminando. Aceitei ser o supervisor com uma condição: que ele passasse seis meses em meu grupo de terapia.

— Você não explicou por que fez essa exigência — disse Rebecca.

— Notei a forma como ele se relacionou comigo e com os alunos e disse que seu jeito impessoal e frio impediria que fosse um bom terapeuta. Não foi isso, Philip?

— Sua frase exata foi: "Como você pode ser terapeuta se não sabe que merda existe entre você e os outros?"

— Muito bem — disse Pam.

— É bem a cara de Julius — comentou Bonnie.

— É bem a cara de Julius quando alguém está incomodando — disse Stuart. — Você estava incomodando, Philip?

— Não tive a intenção — respondeu Philip.

— Ainda não entendi tudo, Julius — disse Rebecca. — Sei por que chamou Philip e por que sugeriu que fizesse terapia de grupo. Mas por que o colocou no grupo e concordou em fazer a supervisão dele? Você já tinha um prato cheio. Por que assumir mais esse encargo?

— Hoje vocês estão duros. Essa é a grande pergunta e não sei como respondê-la, mas tem algo a ver com redenção e acertar as coisas.

— Grande parte da conversa foi para me deixar a par dos fatos, e agradeço — disse Pam. — Só mais uma pergunta: você disse que Philip lhe deu consolo duas vezes ou tentou dar. Ainda não sei qual foi a primeira.

— É, começamos a falar e não acabamos. Assisti a uma palestra de Philip e aos poucos entendi que ela havia sido preparada especialmente para me ajudar. Ele discutiu bastante um trecho de um romance em que um homem à beira da morte encontrava muito consolo em um trecho de Schopenhauer.

— Qual é o romance? — perguntou Pam.

— *Os Buddenbrook* — respondeu Julius.

— E por que não foi útil? — perguntou Bonnie.

— Por vários motivos. Primeiro, a forma de Philip me oferecer esse consolo foi muito indireta, parecida com o texto de Epíteto.

— Julius, não quero ser chato, mas não é melhor falar direto com Philip? Adivinhe quem me ensinou isso? — perguntou Tony.

— Obrigado, Tony. Você tem toda razão. — Julius virou-se de frente para Philip. — Sua forma de me oferecer ajuda com uma palestra foi distante, muito indireta e pública. E muito inesperada, pois tínhamos acabado de conversar por uma hora e você parecia totalmente indiferente ao que estava acontecendo comigo. Essa foi uma coisa. A outra foi o conteúdo do texto. Não sou capaz de repetir, não tenho sua memória fotográfica, mas o texto era sobre um patriarca morrendo e tendo uma revelação que acabava com a distância entre ele e os outros. Assim, ele ficou consolado pela unidade da vida e pela ideia de que, após a morte, voltaria à força vital de onde veio e assim manteria a ligação com tudo o que está vivo. É mais ou menos isso? — perguntou Julius para Philip, que concordou.

"Bem, Philip, como já tentei dizer antes, essa ideia não me deu qualquer consolo", continuou Julius. "Se minha consciência acaba, então pouco importa que minha energia vital ou as moléculas de meu corpo ou meu DNA continuem existindo no espaço infinito. E, se vai haver uma ligação, então eu prefiro que seja em pessoa, na carne." Olhou para cada uma membro do grupo e, por fim, para Pam: "Então, esse foi o primeiro consolo que Philip me ofereceu; o segundo foi a parábola que vocês receberam."

Após um pequeno silêncio, Julius acrescentou:

— Hoje falei muito. O que estão achando?

— Acho interessante — disse Rebecca.

— Eu também — concordou Bonnie.

— São altas conversas, mas estou gostando — disse Tony.

— Sinto uma tensão aqui — observou Stuart.

— Onde? — perguntou Tony.

— Entre Pam e Philip, claro.

— E muita entre Julius e Philip — acrescentou Gill, outra vez defendendo Philip. — Você se sente ouvido, Philip? Acha que o que diz recebe a consideração que merece?

— Eu acho que, que, bem... — Philip estava indeciso, o que não era comum, mas logo recuperou a fluência de sempre. — Não é precipitado anular tão depressa...

— Você está falando com quem? — perguntou Tony.

— Certo — respondeu Philip. — Julius, não é precipitado anular tão depressa um texto que ofereceu consolo para grande parte da humanidade durante séculos? Epíteto, assim como Schopenhauer, achava que o apego excessivo aos bens materiais, às pessoas ou até a si mesmo é a maior causa de sofrimento. E o sofrimento não pode ser reduzido se evitarmos o apego? Aliás, essa é a base do ensinamento de Buda.

A CURA DE SCHOPENHAUER

— Boa pergunta, Philip. Vou pensar nisso. Você diz que está me dando uma coisa boa, que eu rejeito, o que faz você se sentir desvalorizado. Certo?

— Não falei em desvalorização.

— Não em voz alta. Estou deduzindo, seria uma reação bastante humana. Desconfio que, se olhar para dentro de si, vai encontrar esse sentimento.

— Pam, você revirou os olhos como quem não está gostando — comentou Rebecca. — Essa conversa sobre apego faz lembrar a meditação na Índia? Julius e Philip, vocês não estavam depois da sessão, quando Pam contou do *ashram*.

— É mesmo — disse Pam. — Eu não aguentava mais me desapegar de tudo, inclusive da ideia doida de que podemos separar nosso apego do eu. Acabei achando que era tudo uma grande negação da vida. E aquele texto que Philip deu? Qual é a mensagem? Quer dizer, que tipo de viagem, que tipo de vida você leva se está tão preocupado com a partida do navio que não pode aproveitar o que há em volta, nem desfrutar das outras pessoas? Acho que você, Philip, tem como solução para seus problemas renunciar à vida — disse ela, virando-se para Philip. — Você não vive, não ouve os outros e, quando fala, não parece que estou ouvindo alguém vivo, que respira.

Gill surgiu em defesa de Philip:

— Pam, você fala em ouvir, mas não sei se ouve muito os outros. Ouviu que anos atrás Philip esteve muito mal? Que venceu problemas e compulsões? Que não melhorou com três anos inteiros de terapia com Julius? Que fez o que você fez no mês passado e que qualquer um de nós faria, ou seja, procurou outro tipo de tratamento? E que finalmente recebeu ajuda de um enfoque diferente, que não é uma falsa solução da moda da Nova Era? E que agora está tentando oferecer a Julius algo parecido com o que o ajudou?

O grupo ficou calado com a explosão de Gill. Alguns instantes depois, Tony disse:

289

— Gill, você está demais hoje! Não para de pegar no pé da Pam. Não é legal, cara. Mas gosto do jeito que tem falado aqui. Espero que isso melhore sua vida com Rose.

— Philip, me desculpe por ter sido tão agressiva — disse Rebecca. — Estou mudando de ideia sobre esse texto de... de Epíreto.

— Epíteto — corrigiu Philip, com uma voz mais suave.

— Epíteto, obrigada. Fiquei pensando... Essa história de apego ajuda a entender alguns de meus problemas. Acho que estou com excesso de apego, não a bens, mas à aparência. Meu rosto bonito sempre me facilitou as coisas. Tive muito apoio, fui rainha do baile de formatura, ganhei concursos de beleza e agora que a beleza está acabando...

— Acabando? — perguntou Bonnie. — Pode passar as sobras para mim.

— Troco você por mim a qualquer hora, com todas as minhas joias e filhos, se tivesse — disse Pam.

— Obrigada. Muito obrigada. Mas tudo é relativo. Sou apegada à minha aparência. Eu sou meu rosto e, agora que ela está ficando menos bonita, eu também estou menos. Está sendo muito difícil dispensar as vantagens que a beleza me proporcionava.

— Uma das ideias de Schopenhauer que me ajudou foi que a relativa felicidade tem três origens: o que se é, o que se tem e o que se é para os outros — disse Philip. — Ele sugere que nos fixemos apenas no primeiro item, não em ter e no que os outros pensam de nós, porque não podemos controlar essas coisas. Elas podem ser e serão tiradas de nós, da mesma maneira que o envelhecimento vai levando a beleza. Na verdade, diz ele, possuir tem um outro lado, pois o que possuímos acaba nos possuindo.

— Interessante, Philip — comentou Rebecca. — As três coisas, o que somos, o que temos e o que somos para os outros, têm a ver comigo. Passei a maior parte da vida presa a essa terceira parte: o que os outros pensam de mim. Confesso outro segredo: meu perfume mágico. Nunca disse a ninguém, mas sempre sonhei em fabricar um perfume chamado Rebecca, feito com minha essência que não evapora. Quem sentisse esse perfume pensaria em minha beleza.

— Rebecca, você está tendo coragem de falar. Gostei — disse Pam.

— Eu também — disse Stuart. — Vou contar uma coisa inédita: gosto de olhar para você, mas percebo agora que sua beleza é um obstáculo para ver ou conhecer você, da mesma maneira que talvez haja um obstáculo quando a mulher é feia ou infeliz.

— Puxa, isso é chocante. Obrigada, Stuart.

— Rebecca, saiba que também estou emocionado por nos confiar o sonho do perfume — disse Julius. — Mostra o círculo vicioso que você criou. Confunde sua beleza com sua essência. O que acontece então, como notou Stuart, é que as pessoas não relacionam você com sua essência, mas com sua beleza.

— Esse círculo vicioso me deixa sem saber se existe alguma coisa aqui dentro. Ainda estou impressionada com sua expressão de outro dia, Julius: "a bela mulher vazia" sou exatamente eu.

— Só que o círculo vicioso pode estar se rompendo — disse Gill. — Nas últimas semanas, aprendi mais sobre você, quer dizer, mais profundamente, do que no ano passado inteiro.

— Eu também, e, falando sério, peço desculpas por contar dinheiro quando você falou naquela história em Las Vegas. Fui idiota — disse Tony.

— Desculpas aceitas.

— Hoje você teve bastante retorno, Rebecca — disse Julius. — Como se sente?

— Ótima. Isso é bom. As pessoas estão me tratando de outro jeito.

— Não somos nós. É você — disse Tony. — Se manda coisa boa, recebe coisa boa.

— Manda coisa boa, recebe coisa boa. Gostei, Tony — disse Rebecca. — Olha, você está ficando bom nesse negócio de terapia. Talvez eu comece a juntar dinheiro. Quanto você cobra?

Tony abriu um largo sorriso.

— Já que estou na berlinda, vou dizer o que acho, Julius, de você aceitar Philip outra vez. Talvez, quando o conheceu, anos atrás, estivesse mais próximo daquela situação que nos contou na semana passada, de muito desejo de sexo com várias mulheres.

Julius concordou:

— Continue.

— Olhe o que pensei: se você estava em uma situação parecida com a de Philip, não igual, mas do mesmo tipo, será que não atrapalhou a terapia com ele?

Julius aprumou-se na cadeira. Philip também.

— Você me faz ver isso, Tony. Começo a entender por que os terapeutas não gostam de fazer revelações pessoais, quer dizer, as coisas não somem. O que você conta volta para assustar você outra vez e mais outra.

— Desculpe, Julius, eu não queria colocar holofotes em você.

— Não, não tem problema. Falei sério. Não é reclamação. Talvez esteja apenas me esquivando. Sua observação é muito boa, talvez boa demais, certa demais, então estou resistindo um pouco. — Julius parou e pensou um instante. — Bom, acho o seguinte: lembro que, naquela época, fiquei surpreso e aborrecido por não ter ajudado Philip. Eu devia ajudá-lo. Quando começamos a terapia, achava que iria ajudá-lo bastante. Achava que eu tinha uma boa pista para ajudá-lo. E tinha certeza de que minha experiência pessoal iria facilitar.

— Talvez por isso você tenha convidado Philip para o grupo: para tentar de novo, ter outra oportunidade, não? — perguntou Tony.

— Tirou as palavras de minha boca — disse Julius. — Ia dizer isso: talvez seja o motivo para meses atrás, quando pensava em quem ajudei e quem não ajudei, eu ficar tão fixado em Philip. Na verdade, quando pensei nele, perdi o interesse em procurar outros pacientes. Olha a hora. Detesto ter que encerrar a sessão, mas precisamos parar. Foi uma boa sessão, tenho muitas coisas para pensar. Tony, você me abriu algumas portas. Obrigado.

— Então, hoje não preciso pagar? — perguntou Tony.

— Mais bem-aventurado é dar do que receber — disse Julius. — Mas quem sabe? Continue assim que esse dia chegará.

A CURA DE SCHOPENHAUER

Após sair da sala, o grupo ficou conversando na escada da casa e se dispersou. Só Tony e Pam foram à lanchonete.

Pam estava fixada em Philip. Não adiantou ele dizer que foi uma infelicidade terem se encontrado. Além disso, detestou ser cumprimentada pela interpretação da parábola e detestou mais ainda ter merecido. Achava que o grupo estava aproximando-se de Philip e afastando-se dela e de Julius.

Tony estava orgulhoso e elegeu-se o MSG (o melhor sujeito do grupo). Talvez não fosse ao bar naquela noite e ficasse em casa lendo um dos livros que Pam emprestou.

Gill olhou Pam e Tony descendo a rua juntos. Gill (e Philip, claro) foram os únicos que ela não abraçou ao final da sessão. Será que tinha sido muito agressivo com ela? Lembrou-se da degustação de vinho da noite seguinte, um dos grandes eventos promovidos por Rose. Os amigos dela sempre se reuniam nessa época do ano para degustar os melhores vinhos da safra. Como resolver aquela situação? Dava um gole e cuspia? Não seria fácil. Ou, simplesmente, contava a verdade? Pensou em seu padrinho no AA. Sabia exatamente como seria a conversa com ele:

PADRINHO: O que é mais importante para você? Não vá à degustação. Vá a uma reunião.

GILL: Mas os amigos dela só se reúnem para degustar vinhos.

PADRINHO: É? Sugira outro motivo para se reunirem.

GILL: Não adianta. Eles não vão aceitar.

PADRINHO: Então, arrume outros amigos.

GILL: Rose não vai gostar.

PADRINHO: E daí?

Rebecca pensou: "Manda coisa boa, recebe coisa boa. Manda boa, recebe boa. Tenho que me lembrar disso." Sorriu ao se lembrar de Tony contando dinheiro quando ela disse que quis virar prostituta. No fundo, tinha gostado da brincadeira. Será que foi má-fé aceitar o pedido de desculpas?

Como sempre, Bonnie detestava que a sessão terminasse. Ela se sentia viva naqueles noventa minutos. Fora dali, a vida era muito morna. Por quê? Porque a maioria das bibliotecárias tinha que ter uma vida chata?

Pensou no que Philip disse sobre o que somos, o que temos e o que representamos para os outros. Curioso!

Stuart gostou da sessão. Estava entrando de cabeça no grupo. Pensou no que disse para Rebecca, da aparência dela ser um obstáculo para conhecê-la e que, nos últimos tempos, tinha encontrado mais profundidade nela. Aquilo foi bom. Foi bom mesmo. E dizer a Philip que sentiu um arrepio com aquele consolo gélido que ele deu. Isso foi mais do que tirar uma foto. E também o fato de indicar a tensão que havia entre Pam e Philip. Não, não. Isso foi só foto.

A caminho de casa, Philip esforçou-se para não pensar na sessão, mas as coisas tinham sido muito fortes. Era impossível não pensar nela. Não aguentou e começou a se lembrar de tudo. O velho Epíteto tinha agradado. Sempre agrada. Depois, pensou nas mãos estendidas e nos rostos virados para ele. Gill tinha virado seu defensor, mas não era para levar a sério. Não é que Gill fosse a favor dele. Era contra Pam, tentava aprender a se defender dela, de Rose e de todas as mulheres. Rebecca tinha gostado do que ele disse. Pensou um instante naquele rosto bonito. E pensou em Tony, nas tatuagens, no rosto machucado. Jamais conheceu uma pessoa assim, um verdadeiro primitivo, mas que começa a entender o mundo além do dia a dia. E Julius? Será que estava perdendo a perspicácia? Como podia defender o apego enquanto admitia seus problemas de investir demais em Philip como paciente?

Philip sentiu-se inquieto, mal na própria pele. Corria perigo de desmontar. Por que foi dizer a Pam que tinha sido falta de sorte conhecê-lo? Por isso ela falou tanto nele na sessão e exigiu que olhasse para ela? Seu antigo e depreciado eu pairava acima dele como um fantasma. Sentiu a presença dele, sedento de vida. Philip acalmou-se e seguiu para casa, pensando.

CAPÍTULO
33

Sofrimento, raiva, perseverança

Eruditos e filósofos europeus: vocês acham que um saco de vento como Fichte é igual a Kant, o maior pensador de todos os tempos, e um charlatão descarado e imprestável como Hegel é um grande pensador. Portanto, não foi para vocês que escrevi.

SE ARTHUR SCHOPENHAUER fosse vivo hoje, seria candidato a uma psicoterapia? Claro! Ele tinha muitos sintomas. Em *A meu respeito*, lamenta que a natureza tivesse lhe dado um temperamento ansioso e "desconfiança, sensibilidade, impetuosidade e orgulho incompatíveis com a serenidade de um filósofo".

Descreve bem seus sintomas.

"Herdei de meu pai a ansiedade que abomino e combato com todas as forças. (...) Quando jovem, torturava-me com doenças imaginárias.(...) Na época em que estudava em Berlim, achei que estava tuberculoso. (...) Tinha pavor de ser obrigado a fazer o serviço militar. (...) Saí de Nápoles por medo de varíola e de Berlim por medo da cólera. (...) Em Verona, fiquei obcecado pela ideia de ter cheirado rapé envenenado. (...) Em Manheim, senti um medo enorme, sem qualquer motivo concreto. (...) Durante anos, tive medo de cometer um crime. (...) Se ouvia um ruído à noite, pulava da cama e pegava a espada e as pistolas, que estavam sempre carregadas. (...) Sinto uma ansiedade que me faz ver perigos onde não há e isso aumenta qualquer aborrecimento e faz com que eu tenha enorme dificuldade em me comunicar com as pessoas."

Para amenizar sua desconfiança e seu medo crônicos, Arthur dispunha de um arsenal de precauções e rituais: escondia moedas de ouro e apólices dentro de cartas antigas e outros lugares secretos para usar em alguma emergência; disfarçava seus escritos pessoais com títulos enganosos para confundir os bisbilhoteiros; era extremamente arrumado e limpo; exigia ser atendido sempre pelo mesmo caixa no banco; e não deixava que ninguém tocasse em sua estátua de Buda.

Tinha uma sexualidade muito intensa e, mesmo quando jovem, lamentava ser dominado por sentimentos animalescos. Aos 36 anos, uma misteriosa doença o obrigou a ficar sem sair de casa um ano inteiro. Em 1906, um médico e historiador de medicina concluiu que ele teve sífilis, com base nos remédios que foram receitados e no histórico de grande atividade sexual do paciente.

Arthur queria se livrar do sexo. Gostava dos momentos de serenidade, quando podia observar o mundo com calma, e abominava o anseio sexual que atormentava seu corpo. Comparava o desejo com a luz do dia, que esconde as estrelas. À medida que envelheceu, apreciou o declínio do desejo e a tranquilidade advinda.

Como seu maior prazer era trabalhar, teve sempre muito medo de perder a segurança financeira que lhe possibilitava viver só do intelecto. Mesmo depois de velho, abençoava o pai que lhe proporcionou levar aquela vida e despendia muito tempo e energia guardando o dinheiro e avaliando os investimentos. Por isso, assustava-se com qualquer distúrbio que ameaçasse seus investimentos, e passou a ser ultraconservador em política. Ficou apavorado com a Revolução de 1848, que atingiu

A CURA DE SCHOPENHAUER

a Alemanha e o restante da Europa. Soldados entraram no prédio onde ele morava para atirar do alto no povo rebelado na rua. Então, ele ofereceu seu binóculo de teatro para garantir que os tiros fossem mais certeiros. Vinte anos depois, ao fazer o testamento, deixou quase todos os bens para um fundo de ajuda aos soldados prussianos mutilados ou aleijados ao conter essa revolta.

Suas preocupadas cartas de negócios costumavam ser agressivas e cheias de ameaças. O banqueiro que cuidava das finanças dos Schopenhauer (mãe e filhos) sofreu um revés financeiro e, para não falir, ofereceu aos seus investidores só uma parte do que deveriam receber. Mas Schopenhauer fez ameaças legais tão duras que o banqueiro devolveu ao filósofo setenta por cento do que devia e pagou aos demais investidores (inclusive à mãe e à irmã) menos ainda do que havia prometido. As cartas agressivas que escrevia para seu editor acabaram causando um rompimento definitivo. O editor escreveu: "Não lerei mais suas cartas. Sua enorme rudeza e sua grosseria fazem crer que seja um cocheiro, e não um filósofo. (...) Só espero que não se confirmem meus temores de que, imprimindo sua obra, eu esteja imprimindo apenas inutilidades."

A ira de Schopenhauer era famosa: contra os financistas que lidavam com os investimentos dele; contra os editores que não vendiam seus livros; os idiotas que tentavam conversar com ele; os bípedes que se consideravam iguais a ele; os que tossiam durante os concertos; a imprensa que o ignorava. Mas sua maior raiva, a ira furibunda cuja veemência impressiona até hoje e fez dele um pária em sua comunidade intelectual, era contra os pensadores da época, principalmente os dois filósofos do século XIX: Fichte e Hegel.

Em um livro publicado vinte anos depois de Hegel ter morrido de cólera na epidemia que atingiu Berlim, ele se refere ao filósofo como "um banal, oco, asqueroso, repulsivo e ignorante charlatão, que cometeu a afronta inigualável de escrever um conjunto de absurdos loucos, que foi trombeteado por seus seguidores mercenários no exterior como sendo sabedoria eterna".

Pagou caro por esses rompantes destemperados contra outros filósofos. Em 1837, ele ganhou o primeiro lugar pelo ensaio *A autonomia da vontade*, em um concurso patrocinado pela Real Sociedade Norueguesa de Ciências. Schopenhauer demonstrou uma alegria infantil com o prêmio (o primeiro que recebeu) e deixou o cônsul norueguês em Frankfurt muito constrangido por exigir impacientemente que a medalha lhe fosse entregue logo. No ano seguinte, seu ensaio sobre a base da moralidade, em um concurso da Real Sociedade Dinamarquesa de Ciências, teve outro resultado. Embora o ensaio fosse excelente, além de o único inscrito, não foi premiado pelo júri devido às observações descabidas sobre Hegel. Os jurados observaram que "não podemos deixar sem resposta o fato de grandes filósofos da era moderna serem tratados de forma tão imprópria, causando séria e compreensível ofensa".

Com o tempo, muitos concordaram com Schopenhauer que a prosa de Hegel não precisava ser tão confusa. Na verdade, os textos dele são tão difíceis que circula uma velha piada nos departamentos de filosofia das faculdades. Lá, a maior e mais terrível dúvida filosófica não é "Qual o sentido da vida?" ou "O que é consciência?", mas: "Quem vai ensinar Hegel esse ano?" Mesmo assim, a veemência de Schopenhauer vai muito além de todos os outros críticos.

Quanto menos atenção sua obra recebia, mais irritado ficava, causando mais desatenção e transformando-se em motivo de piada. Porém, apesar de sua ansiedade e solidão, Schopenhauer sobreviveu e continuou a demonstrar todos os sinais exteriores de prepotência. Continuou sendo um intelectual produtivo até morrer. Nunca perdeu a confiança em si mesmo. Comparava-se com um rebento de carvalho que parecia tão simples e comum quanto as outras plantas. "Mas deixe-o em paz. Ele não morrerá. Chegará o dia em que haverá quem o valorize." Previu que seu talento teria grande influência nos pensadores do futuro. Estava certo.

CAPÍTULO
34

*Vista da juventude, a vida é um longo futuro; a partir da velhice,
parece um curto passado. Quando partimos em um navio, as coisas
na praia vão diminuindo e ficando mais difíceis de distinguir; o
mesmo ocorre com todos os fatos e as atividades de nosso passado.*

JULIUS FOI FICANDO cada vez mais ansioso pela sessão semanal
do grupo. Talvez suas experiências no grupo fossem mais dolorosas
porque as semanas de seu ano "saudável" estavam acabando. Não
apenas os acontecimentos no grupo, mas tudo em sua vida, as pequenas
e as grandes coisas, pareciam mais ternas e intensas. Claro, a quantidade
de semanas que ele viveria sempre foi a mesma, porém parecia grande e
tão esticada em um futuro eterno que ele jamais enxergou o fim.

Quando estamos perto do fim, sempre damos uma parada. Os leitores
percorrem rápido as centenas de páginas de *Os irmãos Karamazov* até chegarem às últimas e, então, diminuem o ritmo, saboreando devagar cada
parágrafo, sugando o néctar de cada frase, cada palavra. O fato de não ter

muitos dias pela frente fez com que Julius valorizasse o tempo e contemplasse cada vez mais, pasmo, a milagrosa sequência de fatos de cada dia.

Pouco antes, tinha lido o artigo de um entomologista que explorou o universo de vida dentro de quatro metros quadrados de gramado isolados por cordas. Depois de cavar bastante, ele ficou surpreso com o dinâmico e fervilhante mundo de predadores e presas, nematoides, miriápodes, insetos saltadores, besouros-encouraçados e aranhas minúsculas. Se tiramos a perspectiva e, além disso, prestamos atenção e temos bastante conhecimento, entramos na cotidianice, em um perpétuo estado de encantamento.

O mesmo ocorreu com ele no grupo. Diminuíram seus temores de o melanoma piorar. Passou a ter menos ataques de pânico. Talvez seu maior consolo fosse porque levava ao pé da letra, quase como uma garantia, a avaliação do médico de "um ano bom". Era mais provável que sua vida fosse ativa e leve. Seguindo o mesmo caminho de Zaratustra, ele tinha compartilhado seu amadurecimento, conseguido se aproximar dos outros e vivia de um jeito que gostaria de repetir pela eternidade.

Sempre gostou de imaginar o caminho que os grupos de terapia tomariam na semana seguinte. Naquele momento, com seu último ano bom visivelmente no fim, todos os sentimentos tinham se intensificado: sua curiosidade passou a ser uma expectativa infantil pela próxima sessão. Lembrava que, havia alguns anos, quando dava aulas sobre terapia de grupo, os alunos iniciantes reclamavam do tédio de observar pacientes falando durante noventa minutos nas sessões. Mais tarde, quando aprenderam a ouvir o drama de cada paciente e a admirar a estranha e complexa interação entre eles, o tédio acabou e, bem antes da hora, os alunos já estavam à espera do próximo grupo.

O fato de saber que o grupo ia terminar fazia com que as pessoas tratassem seus assuntos mais importantes com ardor cada vez maior. Era consequência do prazo marcado da terapia, daí pioneiros como Otto Rank e Carl Rogers frequentemente darem a data de término já no início do tratamento.

Stuart trabalhou mais naqueles meses do que nos três anos anteriores da terapia. Talvez Philip o tivesse apressado, servindo de espelho para ele. Ele se via um pouco na misantropia de Philip e percebeu que todo o grupo (menos eles dois) tinha prazer nas sessões e as considerava um refúgio, um lugar de apoio e afeto. Só os dois participavam por obrigação: Philip, para ter a supervisão, e Stuart, porque a mulher exigiu.

Em uma sessão, Pam comentou que o grupo nunca foi um círculo completo porque Stuart estava sempre com a cadeira um pouco para trás, às vezes poucos centímetros; em outras, muitos. Os demais concordaram, tinham percebido aquela assimetria, mas nunca a associaram à dificuldade de Stuart de se aproximar.

Em outra sessão, Stuart reclamou como sempre, contando do apego que a esposa tinha com o pai, um médico que passou de chefe de departamento de cirurgia a reitor de faculdade de medicina e presidente universitário. Stuart continuou falando, como tinha feito nas sessões anteriores, da impossibilidade de merecer a admiração da mulher, pois ela sempre o comparava com o pai. Julius interrompeu para perguntar se ele notava que já havia contado aquilo várias vezes.

Stuart respondeu:

— Mas não devemos tratar de coisas que continuam incomodando? Ou não?

Julius, então, fez uma pergunta forte:

— O que achou que sentiríamos com a repetição?

— Que iam achar um tédio, uma coisa chata.

— Pense nisso, Stuart. Qual é a vantagem de você ser um tédio ou um chato? Depois, pense por que as pessoas não se interessam em ouvi-lo.

Durante a semana, Stuart refletiu bastante e depois relatou que estava surpreso de ver que tinha dado pouca importância ao assunto.

— Minha mulher acha que sou chato. O adjetivo preferido dela para me definir é "ausente", e acho que o grupo está dizendo a mesma coisa. Sabem... Acho que guardei a empatia no fundo do baú.

I R V I N   D .   Y A L O M

Pouco depois, Stuart falou em um problema importante: sua raiva inexplicável e crescente com relação ao filho de 12 anos. Tony abriu uma caixa de Pandora ao perguntar:

— Como você era quando tinha a idade de seu filho?

Stuart contou que foi pobre, o pai morreu quando tinha 8 anos, a mãe trabalhava em dois lugares e jamais estava em casa quando ele chegava da escola. Assim, foi uma criança largada, que fazia a própria comida e usava as mesmas roupas velhas todo dia para ir ao colégio. Ele tinha conseguido quase não se lembrar da infância, mas o filho fez com que voltassem coisas muito ruins, esquecidas havia tempos.

— Culpar meu filho é loucura, mas sinto inveja e mágoa da vida privilegiada que ele tem — confessou Stuart.

Tony ajudou a romper a raiva mostrando a situação por outro ângulo:

— Que tal ter orgulho da vida melhor que você pode dar ao seu filho?

Quase todo o grupo tinha melhorado com a terapia. Julius já havia percebido havia tempos que, quando os grupos alcançam um amadurecimento, todos parecem melhorar ao mesmo tempo. Bonnie lutava para aceitar um grande paradoxo: a raiva que tinha do ex-marido por tê-la deixado e o alívio por se livrar de uma relação com um homem por quem sentia desprezo.

Gill frequentava o AA diariamente. Foram setenta reuniões em setenta dias, mas a abstinência aumentou suas dificuldades conjugais, em vez de diminuí-las. Isso não era novidade para Julius, claro: sempre que um cônjuge melhora na terapia, altera o equilíbrio do relacionamento, que, para se manter, precisa que o outro também mude. Gill e Rose tinham feito terapia conjugal; contudo, ele achava que ela não podia mudar. Mas não estava mais apavorado com a ideia de o casamento acabar; entendeu pela primeira vez uma das frases preferidas de Julius: "O único jeito de salvar o casamento é conseguir (e ser capaz de) largá-lo."

Tony continuava em uma velocidade incrível, como se a força que se exauria de Julius fosse canalizada direto para ele. Incentivado por Pam e reforçado por todo o restante do grupo, parou de reclamar de ser igno-

A CURA DE SCHOPENHAUER

rante e tentou resolver, ou seja, tratou de estudar. Matriculou-se em três cursos noturnos em uma faculdade próxima.

Por mais emocionantes e gratificantes que fossem essas mudanças, a atenção de Julius continuava em Philip e Pam. Não sabia por que o relacionamento dos dois tinha ficado tão importante para ele, mas tinha certeza de que os motivos iam além do pessoal. Às vezes, quando pensava neles, lembrava-se da frase do Talmude: "Salvar uma pessoa é salvar o mundo todo." A importância de salvar o relacionamento deles aumentou muito. Aliás, tornou-se sua razão de viver. Era como se salvasse a própria vida, salvando alguma coisa humana em meio aos destroços daquele horrível encontro de anos. Pensando na frase do Talmude, pensou em Carlos, um jovem que tinha sido paciente dele alguns anos antes. Não, tinha sido havia muitos anos, pelo menos dez, já que lembrava de comentar sobre ele com Miriam. Era um rapaz muito desagradável, grosseiro, egoísta, sem graça, com mania de sexo, que procurou a terapia quando soube que estava com um linfoma letal. Julius ajudou-o a mudar algumas coisas importantes, sobretudo na área dos relacionamentos. Isso permitiu que ele desse um sentido a todo o passado. Horas antes de morrer, Carlos disse a Julius:

— Obrigado por salvar minha vida.

Julius pensou muitas vezes em Carlos, mas, naquele momento, a vida assumia um novo e grave sentido não só para Philip e Pam, mas para salvar a própria vida também.

Philip parecia menos arrogante e mais próximo do grupo. Chegava a olhar para quase todas as pessoas, menos para Pam. Os seis meses de terapia que haviam combinado se passaram e Philip não falou em sair por ter cumprido o prazo. Julius tocou no assunto, e ele respondeu:

— Para minha surpresa, a terapia de grupo é um fenômeno bem mais complexo do que eu pensava. Preferia que você supervisionasse meu trabalho com pacientes enquanto ainda estivesse no grupo, mas você não quis devido aos problemas do "duplo relacionamento". Prefiro continuar no grupo por um ano e depois pedir supervisão.

— Aceito seu plano, mas tudo depende de minha saúde, claro — disse Julius. — O grupo termina daqui a quatro meses e, depois disso, veremos. Minha garantia de saúde foi só por um ano.

Era comum ocorrer aquela impressão diferente que Philip teve ao participar de um grupo. As pessoas costumam entrar com uma finalidade definida, como dormir melhor, não ter mais pesadelos, perder uma fobia. Mas, em poucos meses de grupo, assumem novas e mais amplas metas, como aprender a amar, a recuperar o prazer de viver, a vencer a solidão, a gostar de si mesmas.

De vez em quando, o grupo insistia para Philip contar melhor como Schopenhauer o ajudou tanto, já que a psicoterapia com Julius não conseguiu. Philip tinha dificuldade de falar em Schopenhauer sem informar um pouco sobre filosofia. Por isso, sugeriu ao grupo dar uma palestra de meia hora sobre o filósofo. O grupo reclamou, e Julius então propôs informar o mais importante de forma resumida e simples.

Na sessão seguinte, Philip fez uma breve exposição que, prometeu, mostraria logo como Schopenhauer o havia ajudado.

Ele segurava algumas anotações, mas falou sem consultá-las. Olhando para o teto, começou:

— Não é possível falar em Schopenhauer sem começar por Kant, o filósofo que, junto com Platão, respeitava os outros acima de tudo. Kant morreu em 1804, quando Schopenhauer tinha 16 anos, e revolucionou a filosofia com a conclusão de que é impossível sentirmos a realidade em qualquer sentido verdadeiro porque todas as nossas percepções, nossas informações sensoriais, são filtradas e processadas pelo nosso mecanismo neuroanatômico. Todas as informações são conceituadas por elaborações arbitrárias como espaço e tempo e...

— Anda, Philip, vai contar como esse sujeito o ajudou ou não? — perguntou Tony.

— Espere. Já chego lá. Falei só três minutos. Isso não é o jornal da TV. Não posso explicar em um segundo as conclusões de um dos maiores pensadores do mundo.

— Muito bem, Philip. Gostei da resposta — disse Rebecca.

Tony sorriu e aceitou a crítica.

— A descoberta de Kant foi que, em vez de percebermos o mundo como ele é, temos nossa versão pessoal do que é. Propriedades como espaço, tempo, quantidade, causalidade estão em nós, e não no mundo. Nós as impomos à realidade. Mas, então, qual é a realidade pura? O que está no mundo, aquela entidade pura, antes de nós a processarmos? Kant disse que jamais saberemos.

— Mas como Schopenhauer ajudou você? Lembra que ia contar? Estamos chegando lá? — insistiu Tony.

— Daqui a noventa segundos. Em sua obra, Kant e outros filósofos deram atenção às formas em que processamos a realidade. Mas Schopenhauer... pronto, chegamos a ele!... fez outro caminho. Ele viu que Kant tinha omitido uma informação fundamental e imediata sobre nós mesmos: o corpo e os sentimentos. Insistia que podemos nos conhecer a partir de dentro. Temos um conhecimento direto e imediato, que não depende de nossas percepções. Assim, foi o primeiro filósofo a olhar impulsos e sentimentos a partir de dentro, e pelo restante da vida escreveu muito sobre as preocupações interiores: sexo, amor, morte, sonhos, sofrimento, religião, suicídio, relações com os outros, vaidade, autoestima. Mais que qualquer outro filósofo, ele tratou daqueles impulsos sombrios que ficam lá no fundo, que não suportamos encarar e, por isso, precisamos reprimir.

— Parece meio freudiano — disse Bonnie.

— Pelo contrário, é mais certo dizer que Freud é Schopenhauer, tal a quantidade de psicanálise freudiana existente em Schopenhauer. Embora Freud quase não tenha reconhecido essa influência, não há dúvida de que conhecia bem os escritos do filósofo. Nas décadas de 1860 e 1870, quando Freud estudava em Viena, todo mundo falava em Schopenhauer. Em minha opinião, sem Schopenhauer não haveria Freud, como, também, não existiria Nietzsche da forma como conhecemos. Aliás, a influência de Schopenhauer sobre Freud, principalmente na teoria dos sonhos, no inconsciente e nos mecanismos de repressão, foi tema de minha dissertação de doutorado.

"Schopenhauer", continuou Philip, olhando de esguelha para Tony e falando rápido para não ser interrompido, "resolveu minha sexualidade. Fez com que eu visse que o sexo está em tudo e que, em nível mais profundo, é o centro de tudo o que fazemos, permeando todas as relações humanas, influenciando até questões de Estado. Citei há uns meses o que ele disse sobre o tema."

— Para validar o que você diz — atalhou Tony. — Li outro dia no jornal que a indústria da pornografia fatura mais do que a da música e do cinema. É incrível.

— Philip, já dá para supor, mas ainda não ouvi você dizer exatamente como Schopenhauer o ajudou a se curar da compulsão sexual ou, hum, de seu "vício" em sexo. Posso usar essa palavra? — perguntou Rebecca.

— Tenho que pensar. Não sei se vício seria a palavra adequada — respondeu Philip.

— Por quê? Para mim, do jeito que contou, parecia um vício.

— Bom, desdobrando a informação que Tony deu, você sabe quantos homens acessam sites de pornografia na internet?

— Você acessa? — perguntou Rebecca.

— Não, mas poderia, no passado, como fazem quase todos os homens.

— Confesso que acesso duas ou três vezes por semana. Aliás, não conheço homem que não faça isso — disse Tony.

— Nem eu — concordou Gill. — Mais uma coisa para irritar minha mulher.

Todos olharam para Stuart:

— Sim, sim. Confesso que também vejo pornografia na internet.

— É isso. Então todo mundo é viciado? — perguntou Philip.

— Bom, entendi o que quer dizer — disse Rebecca. — Não é só a pornografia. Existe também a epidemia de processos judiciais por assédio sexual. Já atuei em vários. Outro dia, li no jornal que o reitor de uma grande faculdade de direito renunciou ao cargo após ser acusado de assé-

A CURA DE SCHOPENHAUER

dio. E, claro, há o caso Monica Lewinsky e como a grande voz de Bill Clinton foi quase silenciada. Mas quantos daqueles que julgaram Clinton fizeram a mesma coisa?

— Todo mundo tem uma vida sexual sombria — disse Tony. — Quem não tem? Talvez os machos estejam apenas sendo machos. Olha... Passei um tempo na cadeia, só por exagerar um pouco, querendo que Lizzie me chupasse. Conheço muitos caras que fizeram pior e não sofreram nada. Pense no Schwarzenegger.

— Tony, você está sendo agressivo com as mulheres presentes ou pelo menos com esta que vos fala — disse Rebecca. — Mas não quero sair do assunto. Philip, continue, você ainda não contou.

— Primeiro — prosseguiu Philip, sem titubear —, em vez de criticar esse comportamento perverso, há duzentos anos Schopenhauer entendeu a realidade que estava por trás: a simples e enorme força do sexo. O sexo é nosso maior impulso, o de viver e se reproduzir, não pode ser reprimido. Não pode ser afastado com argumentos. Já falei como Schopenhauer observa que o sexo se infiltra em tudo. Vejam o escândalo dos padres católicos pedófilos. Pensem em todas as áreas de atuação humana, todas as profissões, todas as culturas, todas as épocas. Perceber isso foi muito importante para mim, assim que conheci a obra de Schopenhauer: ele, uma das grandes inteligências do mundo, fez com que, pela primeira vez na vida, eu me sentisse totalmente compreendido.

— Então? — perguntou Pam, que até então esteve calada.

— Então o quê? — devolveu Philip, claramente nervoso, como sempre que Pam se dirigia a ele.

— O que mais? Foi só isso? Melhorou porque Schopenhauer lhe compreendeu?

Philip pareceu não entender a ironia de Pam e respondeu com calma e sinceridade.

— Foi muito mais que isso. Schopenhauer me fez ver que estamos condenados a girar sempre na roda da vontade: desejamos uma coisa, conseguimos, desfrutamos um instante de satisfação que logo passa a tédio e seguimos para o próximo "eu quero". O desejo não acaba. Seria preciso escapar da roda da vontade. Foi o que fez Schopenhauer, e o que eu fiz.

— Escapar da roda? O que quer dizer com isso? — perguntou Pam.

— Quer dizer anular completamente a vontade. Aceitar que nossa natureza mais íntima é uma luta implacável, que esse sofrimento está em nós desde o começo, e que somos condenados por nossa própria natureza. Quer dizer que precisamos primeiro entender o nada essencial desse mundo de ilusão e depois procurar uma forma de negar a vontade. Como todos os grandes artistas, temos que procurar viver no mundo das ideias platônicas. Algumas pessoas fazem isso através da arte; outras, do ascetismo religioso. Schopenhauer fez evitando o mundo do desejo, comungando com os grandes pensadores e praticando a contemplação estética. Tocava flauta uma ou duas horas por dia. Quer dizer que, além de atores, precisamos ser plateia. Precisamos admitir a força vital que existe na natureza e que se manifesta na vida de cada um, e que acabará sendo recuperada quando a pessoa deixar de existir.

"É o modelo que sigo. Minha maior relação é com os grandes pensadores, que leio diariamente. Procuro não encher a cabeça com coisas corriqueiras e pratico a contemplação jogando xadrez ou ouvindo música, também todo dia. Ao contrário de Schopenhauer, não tenho talento para tocar um instrumento."

Julius ficou encantado com o diálogo. Será que Philip não percebia o rancor de Pam? Nem tinha medo da raiva dela? E o que dizer da solução que ele encontrou para seu vício? Julius encantou-se com aquilo e também achou graça. O comentário de Philip de que, ao ler Schopenhauer, sentiu-se compreendido pela primeira vez na vida, foi como um tapa na cara dele. "Será que não sou nada?", pensou. "Trabalhei três anos com ele, tentei compreendê-lo e ter empatia." Mas Julius não disse nada. Aos poucos, Philip mudava. Às vezes, é melhor guardar as coisas e voltar a elas na hora certa, outro dia.

Semanas depois, o grupo tocou nesses assuntos por ele, na sessão que começou com Rebecca e Bonnie dizendo a Pam que ela havia mudado

A CURA DE SCHOPENHAUER

(para pior) desde que Philip chegou. Bonnie reclamou que Pam tinha perdido a gentileza, o afeto e a generosidade, e, embora tivesse menos raiva dele que nas primeiras discussões, o ódio continuava, congelado de forma dura e implacável.

— Acho que Philip mudou muito nos últimos meses — constatou Rebecca. — Mas você é tão dura com ele quanto foi com seu ex-marido e com seu ex-amante. Quer odiar pelo resto da vida?

Outros observaram que Philip tinha sido gentil e respondeu a tudo que Pam quis saber, mesmo quando foi muito irônica.

— Seja educado. Assim, poderá manipular os outros, como se aquece a cera para depois usá-la — disse Pam.

— O quê? — perguntou Stuart.

Outras pessoas também pareceram não entender o que ela disse.

— Estou só citando o guru de Philip. Esse é um dos conselhos de Schopenhauer e é também o que acho da gentileza de Philip. Nunca falei isso aqui, mas pensei em me especializar em Schopenhauer. Desisti depois de algumas semanas estudando a vida e a obra dele. Passei a desprezar tanto a pessoa que mudei de ideia.

— Então, você identifica Philip com Schopenhauer? — perguntou Bonnie.

— Identificar? Philip é Schopenhauer, uma alma gêmea, encarnação viva daquele maldito homem. Posso contar coisas da filosofia e da vida dele que vão gelar o sangue de vocês. E acho que Philip é um verdadeiro manipulador. Digo mais: me arrepia pensar nele doutrinando outras pessoas com o mesmo ódio à vida que Schopenhauer tinha.

— Você não consegue ver Philip como é hoje? — perguntou Stuart. — Não é a mesma pessoa que você conheceu há quinze anos. O que houve entre vocês muda tudo. Você não consegue esquecer nem perdoar.

— Você se refere ao que aconteceu como se fosse uma cutícula de unha. É mais que um fato. Quanto a perdoar, não acha que algumas coisas são imperdoáveis?

— Se você não consegue perdoar, não significa que algo não possa ser perdoado — disse Philip, em uma voz emocionada, que não era comum nele. — Anos atrás, você e eu fizemos um contrato social de curta duração. Nós nos oferecemos excitação sexual e alívio. Cumpri minha parte. Garanti que você ficasse sexualmente satisfeita e não achei que tivesse outras obrigações. A verdade é que obtive algo e você também: alívio sexual. Não devo nada a você. Quando conversamos depois, avisei que a noite tinha sido agradável, mas eu não queria continuar o relacionamento. Podia ser mais claro?

— Não estou falando de clareza. Estou falando de afeto, isto é, amor, carinho, preocupação com os outros.

— Você quer que eu tenha a mesma visão das coisas que você, que viva como você.

— Só queria que tivesse sofrido o que eu sofri.

— Se é assim, tenho uma boa notícia. Vai gostar de saber que depois do que houve entre nós, sua amiga Molly escreveu uma carta acusatória para todos os membros do departamento de filosofia, o diretor da universidade, o reitor e o conselho das outras faculdades. Apesar de eu ter recebido o doutorado com distinção e tido excelentes avaliações dos alunos, inclusive de você, nenhum membro do conselho quis me dar uma carta de apoio ou me ajudar a conseguir um emprego. Assim, nunca mais tive um lugar digno como professor, e nos últimos anos tenho feito palestras itinerantes em uma série de faculdades de terceira classe.

Stuart, esforçando-se para ser empático, observou:

— Você deve achar que pagou um alto preço à sociedade.

Surpreso, Philip olhou para Stuart e concordou.

— Não tão alto quanto o que paguei para mim mesmo.

Exausto, Philip desmontou na cadeira. Instantes depois, todos olharam paraPam, que, implacável, se dirigiu ao grupo:

— Não pensem que estou falando de um único fato que ficou no passado. Refiro-me a algo que continua. Vocês não ficaram arrepiados agora mesmo, quando Philip classificou a participação dele em nossa relação

A CURA DE SCHOPENHAUER

amorosa como uma obrigação em um contrato social? E o que dizer do comentário de que, depois de fazer três anos de análise com Julius, ele só se sentiu compreendido ao ler Schopenhauer? Vocês conhecem Julius, conseguem acreditar que em três anos ele não entendeu Philip?

O grupo ficou calado. Vários instantes depois, Pam dirigiu-se a Philip.

— Quer saber por que se sentiu compreendido por Schopenhauer e não por Julius? Porque Schopenhauer morreu há 140 anos e Julius está vivo. Você não sabe se relacionar com os vivos.

Não parecia que Philip fosse responder, e Rebecca apressou-se:

— Pam, você está muito agressiva. Precisa se acalmar.

— Philip não é o demônio, Pam — disse Bonnie. — Ele está arrasado. Você não consegue ver? Não sabe a diferença?

Pam balançou a cabeça.

— Por hoje, não consigo ir mais adiante.

Após um silêncio concreto e incômodo, Tony, que, ao contrário do normal, esteve calado, interveio:

— Philip, não vim socorrer, mas estava pensando. Você sentiu alguma coisa quando Julius contou há alguns meses do desejo sexual que teve depois que a mulher dele morreu?

Philip pareceu grato pela mudança de assunto.

— O que eu deveria sentir?

— Não sei o que deveria. Estou perguntando o que sentiu. Pensei o seguinte: quando fez análise com ele, acha que Julius teria mais capacidade de entender você se tivesse contado que também sentiu uma pressão sexual?

Philip concordou.

— Boa pergunta. A resposta é: sim, talvez. Poderia ter ajudado. Não tenho prova, mas os escritos de Schopenhauer mostram que ele tinha desejos sexuais parecidos com os meus em intensidade e frequência. Acho que por isso me senti tão compreendido por ele.

"Mas omiti uma coisa ao falar em minha análise com Julius e quero deixar claro agora. Quando contei que o tratamento não teve qualquer valor para mim, ele perguntou a mesma coisa que alguém aqui do grupo, há pouco tempo: por que fui querer um analista tão inútil como meu supervisor? A pergunta me fez lembrar de duas coisas da análise que funcionaram e foram úteis."

— Quais? — perguntou Tony.

— Quando contei qual era a sequência de minhas noites de sexo, ou seja, flertar com uma mulher, levá-la para jantar e depois transar, perguntei a Julius se ele estava chocado ou enojado. Ele respondeu apenas que parecia uma noite muito chata. Fiquei surpreso e percebi como tinha dourado minha fórmula com excitação.

— E qual foi a outra coisa?

— Julius uma vez perguntou qual a frase que eu mandaria colocar em meu túmulo. Não consegui dar nenhuma, e ele então sugeriu: "Ele gostava de foder." E acrescentou que o mesmo epitáfio podia servir para meu cachorro.

Algumas pessoas do grupo assobiaram, surpresas. Outras sorriram. Bonnie disse:

— Foi mal, Julius.

— Ele não disse com maldade. Queria me chocar, me acordar. E funcionou: foi importante para eu querer mudar de vida. Mas acho que queria esquecer essas coisas. Claro que não gosto de admitir que ele foi útil.

— Sabe por quê? — perguntou Tony.

— Estive pensando...Talvez porque fico competindo com ele. Se Julius ganhar, eu perco. Talvez porque não queira admitir que o estilo de orientação dele, tão diferente do meu, funciona. Talvez porque eu não queira me aproximar muito dele. Talvez Pam esteja certa: não consigo me relacionar com os vivos — disse, apontando na direção dela.

— Pelo menos, não consegue com facilidade. Mas está se aproximando — disse Julius.

E assim o grupo continuou por várias semanas: ninguém faltou às sessões, o trabalho foi muito produtivo e, afora as perguntas repetidas e ansiosas sobre a saúde de Julius e a permanente tensão entre Pam e Philip, o grupo estava seguro, próximo, otimista e até sereno. Ninguém estava preparado para a bomba que iria atingi-los.

CAPÍTULO
35

Autoanálise

Quando nasce um homem como eu, só se pode desejar uma coisa: que consiga ser sempre ele mesmo e viver para seus dons intelectuais.

MAIS QUE QUALQUER coisa, a autobiografia *A meu respeito* é um impressionante resumo das estratégias que ajudaram Schopenhauer a não afundar psicologicamente. Embora algumas estratégias, criadas em crises de ansiedade às três da madrugada e deixadas de lado ao amanhecer, sejam fugazes e ineficientes, outras provaram ser duradouros bastiões de apoio. Entre essas, a mais forte era sua certeza de ser um gênio.

"Desde jovem, percebi que os outros lutavam por bens exteriores, o que não me interessava, pois eu tinha dentro de mim um tesouro muito mais valioso do que todas as posses materiais. O mais importante era aumentar esse tesouro, bastando desenvolver a mente e ser totalmente livre. (...) Contra a natureza e os direitos do homem, tive que renunciar ao meu próprio bem-estar para me dedicar a servir à humanidade. Meu intelecto não pertencia a mim, mas ao mundo."

O peso do talento, disse ele, fez com que ficasse mais ansioso e desajeitado do que já era por herança genética. A sensibilidade dos gênios faz com que sofram mais e sejam mais ansiosos. Schopenhauer se convenceu de que existe uma ligação direta entre ansiedade e inteligência. Assim, os gênios têm obrigação de usar seu dom pela humanidade, mas como devem se dedicar apenas a cumprir sua missão, são levados a se privar das muitas alegrias (esposa, filhos, amigos, casa, acúmulo de bens) disponíveis para os outros humanos.

Ele se acalmava repetindo os mantras da constatação de sua genialidade: "Minha vida é heroica e não deve ser medida pelos padrões dos fariseus, dos comerciantes e dos homens comuns. (...) Não devo, portanto, ficar deprimido por não ter as coisas que fazem parte do curso normal da vida de um indivíduo. (...) Assim, não devo me surpreender se minha vida parece incoerente e sem qualquer meta." A certeza de que era um gênio serviu também para ter um duradouro sentido de vida: ele se considerou sempre um missionário da verdade a serviço da raça humana.

O demônio que mais o perseguiu foi a solidão, e Schopenhauer especializou-se em construir defesas contra isso. De todas, a mais valiosa era a certeza de ter, por ser o senhor do próprio destino, escolhido a solidão, em vez de ser escolhido por ela. "Quando mais jovem", dizia, "minha tendência era ser sociável, mas depois, aos poucos, adquiri um gosto pela solidão. Fui ficando pouco sociável e resolvi me dedicar inteiramente a mim pelo restante dessa vida fugaz." Dizia sempre para si mesmo: "Não estou no lugar que me é devido, nem entre meus iguais."

Portanto, as defesas contra o isolamento eram fortes e profundas: ele escolheu se isolar, os outros não mereciam sua companhia, sua missão exigia solidão; a vida dos gênios deve ser um "monodrama". A vida pessoal de um gênio deve servir a um propósito: facilitar a vida intelectual (portanto, "quanto menos vida pessoal, mais segura e melhor será a vida intelectual").

De vez em quando, Schopenhauer reclamava do peso do isolamento. "Sempre fui muito só e desejei, no fundo do meu coração, encontrar um ser humano, em vão. Continuei na solidão e posso, honesta e sinceramente, dizer que não foi por culpa minha, pois não afastei nem dispensei ninguém que fosse um ser humano."

Além disso, ele dizia que não estava totalmente só, pois (e eis outra poderosa estratégia de autoanálise) tinha seu círculo de amigos íntimos: os grandes pensadores da humanidade.

Só um desses pensadores foi contemporâneo: Goethe. A maioria dos demais era da Antiguidade, principalmente os filósofos estoicos, que citava sempre. Quase todas as páginas de *A meu respeito* têm algum aforismo de um grande nome para confirmar o que ele achava. Exemplos típicos:

> A melhor ajuda para a mente é romper para sempre com os grilhões que iludem o coração.
>
> — Ovídio
>
> Quem quer silêncio e calma deve evitar as mulheres, que são uma fonte permanente de problemas e discussão.
>
> — Petrarca
>
> Qualquer um pode ser completamente feliz, se depender apenas de si e tiver em si mesmo tudo o que chamar de seu.
>
> — Cícero

A técnica do "quem sou eu?" é usada por alguns especialistas em grupos de crescimento pessoal. Os integrantes escrevem sete respostas à pergunta, cada uma em um cartão, e as ordenam de acordo com a importância. A seguir, a pessoa pega um cartão com a resposta mais distante e pensa como ela seria se não fosse como é (ou seja, desidentifica-se com a resposta). Faz o mesmo com cada cartão até ficar só com suas qualidades essenciais.

Da mesma maneira, Schopenhauer atribuía e rejeitava diversas qualidades até chegar ao que ele considerava ser seu verdadeiro eu.

"Às vezes, se me sinto infeliz, é por achar que sou outra pessoa e lamentar a infelicidade e a perturbação desse indivíduo. Por exemplo: considerei-me um assistente que nunca chega a professor e que não tem ninguém para ouvir suas palestras. Ou ser alguém de quem os fariseus falam mal ou é motivo de boatos escandalosos. Ou ser o amante cuja amada não ouve o que ele diz. Ou ser o doente que não pode sair de casa, ou outras pessoas afligidas por dramas parecidos. Não fui nenhum desses; isso é o casaco que usei por pouco tempo e depois troquei por outro.

"Mas, então, quem sou eu? Sou o homem que escreveu O *mundo como vontade e representação*, que solucionou o grande problema da existência que talvez torne obsoletas todas as soluções anteriores. (...) Sou esse homem, e o que poderia perturbá-lo nos poucos anos que ainda lhe restam viver?"

Outra estratégia consoladora era a certeza de que mais cedo ou mais tarde, provavelmente após sua morte, teria sua obra conhecida e mudaria completamente o rumo da indagação filosófica. Ele declarou isso cedo, mas a certeza de um sucesso tardio nunca se realizou. Nesse ponto, foi como Nietzsche e Kierkegaard, dois pensadores independentes e desvalorizados, que tinham certeza de que alcançariam fama póstuma (e acertaram).

Ele desprezava qualquer consolo sobrenatural. Adotava apenas aqueles que tinham por base uma visão naturalista do mundo. Dizia, por exemplo, que a dor vem do erro de pensar que muitas necessidades da vida são acidentais e, portanto, evitáveis. É melhor perceber a verdade: que a dor e o sofrimento são inevitáveis, irreprimíveis e essenciais à vida: "A única coisa que varia no sofrimento é a forma com que se manifesta, e nosso atual sofrimento preenche um espaço (...) que, na falta deste, seria ocupado por outro qualquer. Se essa reflexão se tornar uma certeza de vida, pode provocar um grau considerável de tranquilidade estoica."

Ele nos incentivava a viver agora, em vez de viver na esperança de um futuro bom. Duas gerações mais tarde, receberia o apoio de Nietzsche, que considerava a esperança nosso maior flagelo e culpava Platão, Sócrates e o cristianismo por desviarem nossa atenção da única vida que temos para nos ligarmos a uma ilusória vida futura.

CAPÍTULO
36

*Onde estão os verdadeiros monógamos? Todos nós vivemos por
algum tempo na poligamia, e, uma maioria, para sempre.*

*Como todo homem precisa de muitas mulheres, é muito justo
que ele sustente várias. Com isso, a mulher ficará restrita
à sua condição verdadeira e natural de dependente.*

P AM INICIOU A sessão seguinte.

— Preciso contar uma coisa. — Todos olharam para ela. — Hoje é dia de confissão. Vá em frente, Tony.

Tony empertigou-se, olhou fixamente para ela um bom tempo. Depois, recostou-se na cadeira, cruzou os braços e fechou os olhos. Se estivesse de chapéu, teria dobrado a aba para baixo.

Pam concluiu que Tony não pretendia comentar nada e continuou com sua voz clara e ousada:

— Tony e eu estamos há algum tempo tendo relações sexuais e acho difícil não comentar isso aqui.

Após um pequeno e pesado silêncio, vieram as perguntas em série: "Por quê?", "Como começou?", "Há quanto tempo?", "Como é isso?" e "Onde vai parar?"

Rápida, calma, Pam respondeu:

— Há várias semanas. Não sei o que vai ser. Não sei como começou. Foi por acaso. Aconteceu um dia depois de uma sessão.

— Vai participar da discussão, Tony? — perguntou Rebecca, gentilmente.

Tony abriu os olhos devagar.

— Isso é novidade para mim.

— Novidade? Quer dizer que estou mentindo?

— Não, refiro-me a hoje ser dia de confissão e à frase "Vá em frente, Tony". Isso é novidade.

— Você parece não estar gostando — disse Stuart.

Tony virou-se para Pam.

— Quer dizer, eu exagerei em sua casa na noite passada. Na intimidade, entende? Intimidade... Quantas vezes ouvi dizerem aqui que as mulheres são mais sensíveis e querem mais do que a velha e simples intimidade sexual? Então, por que não ter intimidade para começar essa confissão comigo?

— Desculpe — disse Pam, sem parecer aborrecida. — As coisas não estavam batendo direito para mim. Depois que você saiu de minha casa, pensei no grupo quase a noite inteira e vi que temos pouco tempo. Só mais seis sessões. Não é isso, Julius?

— É... Mais seis sessões.

— Fiquei chateada de pensar que estava traindo você, Julius. E que traí o contrato com todos aqui. Traí a mim, também.

— Eu não sabia o que era, mas senti que tinha algo errado nas últimas sessões — disse Bonnie. — Você estava diferente, Pam. Lembro que Rebecca percebeu várias vezes. Você quase não falou sobre seus problemas. Não sei como estão as coisas entre você e John, nem se seu ex-marido tem aparecido ou não. Você praticamente só atacou Philip.

— Tony também estava diferente — acrescentou Gill. — Vejo agora que estava bem diferente. Ficou se escondendo. Senti falta do velho Tony cheio de jogo de cintura.

— Pensei umas coisas — disse Julius. — Primeiro, algo que Pam tocou ao usar a palavra "contrato". Sei que é uma repetição, mas é preciso reafirmar para quem estiver em um grupo no futuro — Julius olhou de relance para Philip — ou até orientando um. O único contrato que temos é nos esforçarmos para explorar nosso relacionamento com todos aqui. O mal de uma relação fora do grupo é ameaçar o trabalho na terapia. Por quê? Porque o casal vai valorizar mais o relacionamento do que a terapia. Foi exatamente o que aconteceu aqui: não só Pam e Tony esconderam a relação, o que é compreensível, mas por isso recuaram da terapia.

— Até o dia de hoje — disse Pam.

— Exato, até hoje, e aplaudo sua decisão de contar ao grupo. Vocês já sabem o que vou perguntar aos dois: por que agora? Vocês se conheceram aqui há uns dois anos e meio. E só agora as coisas mudam. Por quê? O que aconteceu algumas semanas atrás para resolverem ter relações sexuais?

Pam virou-se para Tony, sobrancelhas arqueadas, sugerindo que ele respondesse. Sugestão aceita.

— Primeiro os cavalheiros? Minha vez de novo? Está certo. Eu sei exatamente o que mudou: Pam sinalizou "pode vir". Sempre tive uma queda por ela e, se o sinal fosse há seis meses ou há dois anos, eu teria ido. Podem me chamar de "senhor solto na área".

— Ah, esse é o Tony que eu conheço e gosto. Bem-vindo de volta! — disse Gill.

— É fácil ver por que você estava diferente, Tony — disse Rebecca. — Conseguiu ficar com Pam e não quer que nada atrapalhe. É compreensível. Então, esconde-se, não querendo mostrar as partes que não são muito bonitas.

— A parte selvagem, você quer dizer? Talvez sim, talvez não, não é tão simples — disse Tony.

— O que quer dizer com isso? — perguntou Rebecca.

— Significa que as partes não tão bonitas são a deixa para Pam. Mas não quero falar nisso.

— Por quê?

— Ora, Rebecca, é óbvio. Por que está me colocando nos holofotes? Se eu continuar falando, posso acabar com minha história com Pam.

— Tem certeza? — insistiu Rebecca.

— O que você acha? Para mim, o fato de ela contar aqui mostra que está decidido. Ela já resolveu. A coisa está quente.

Julius perguntou de novo a Pam por que começou o caso com Tony. Ela ficou indecisa, o que não era comum.

— Não consigo ter uma perspectiva da situação. Estou muito perto dela. Só sei que não foi nada premeditado. Foi um impulso. Estávamos os dois tomando café depois de uma sessão. Os outros tinham ido embora. Como sempre, ele perguntou se eu não gostaria de comer alguma coisa e sugeri que fosse ao meu apartamento e tomasse uma sopa feita em casa. Ele foi e as coisas saíram do controle. Por que foi naquele dia e não antes? Não sei. Já tínhamos saído juntos, conversamos sobre literatura, emprestei-lhe alguns livros, incentivei-o a voltar a estudar, e ele me ensinou carpintaria e me ajudou a fazer uma mesinha de TV. Vocês sabem disso. Por que a relação passou a ter sexo agora? Não sei.

— Você gostaria de tentar saber? Não é fácil falar de uma coisa tão íntima na presença da pessoa — disse Julius.

— Hoje vim para cá decidida a tratar desse assunto.

— Bem, então o caminho é: pense no grupo. Quais os fatos importantes que estavam sendo tratados quando essa relação começou?

— Depois que voltei da Índia, aconteceram dois fatos importantes. O primeiro foi sua doença. Uma vez li um artigo maluco dizendo que um casal se forma em um grupo pelo desejo inconsciente de que o filho seja um novo líder, mas não é isso. Julius, não sei quanto sua doença fez com que eu ficasse mais envolvida com Tony. Talvez o medo de o grupo acabar me fez procurar uma ligação pessoal permanente. Talvez eu tenha pensado, inconscientemente, que isso possa manter o grupo unido por mais um ano. Estou apenas tentando adivinhar.

— Os grupos são como as pessoas: não querem morrer — disse Julius. — Talvez seu relacionamento com Tony tenha sido uma forma torta de manter o grupo. Todos os grupos de terapia tentam continuar, manter encontros periódicos, mas raramente conseguem. Como já falei aqui muitas vezes, o grupo não é a vida, é um ensaio geral para ela. Todos temos que achar um jeito de passar o que aprendemos aqui para nossa vida no mundo real. Fim da palestra. Mas, Pam, você falou em dois fatos importantes: um, minha saúde e o outro...

— Foi Philip. Penso muito nele. Detesto sua presença aqui. Você disse que essa presença pode acabar sendo boa para mim e confio em você, mas até agora foi uma droga, exceto por uma coisa, talvez. Tenho tanta raiva dele que parei de me preocupar com Earl e John. E acho que não vou mais pensar neles.

— Então, Philip é importante. Talvez a presença dele tenha um papel em sua relação com Tony — insistiu Julius.

— Pode ser.

— Tem alguma pista?

Pam negou com a cabeça.

— Não sei. Acho que foi simplesmente tesão. Há vários meses não transo, o que é raro acontecer comigo. Acho que foi só isso.

— Alguma reação aqui? — perguntou Julius, escaneando a sala.

Stuart apresentou-se, com sua mente arguta e organizada.

— Há mais do que conflito entre Pam e Philip. Há muita competição. Talvez seja exagero meu, mas minha tese é que o professor, o erudito, pegou Tony pela mão para educá-lo, e o que acontece? Pam ausentou-se do grupo algumas semanas e, ao voltar, constata que Philip invadiu a seara dela. Acho que ficou desorientada. — Stuart virou-se para Pam: — Todas as mágoas que você tinha dele há quinze anos aumentaram.

— E a ligação com Tony? — perguntou Julius.

— Bem, pode ter sido uma forma de competir. Se bem me lembro, foi nessa época que Pam e Philip tentaram confortar você com presentes. Philip trouxe aquela história do navio fazendo escala em uma ilha e lembro que Tony se envolveu bastante na discussão. — Virou-se para Pam: — Talvez isso lhe parecesse uma ameaça. Talvez não quisesse perder a influência sobre Tony.

— Obrigado, Stuart, ajudou muito — disse Pam. — Você acha que, para competir com esse zumbi, tenho que trepar com todos os caras do grupo! É assim que julga as mulheres?

— Isso exige resposta — disse Gill. — Porque essa história de zumbi está fora do contexto. Prefiro o desligamento de Philip do que ser rotulado de forma histérica! Pam, você é uma mulher irritada. Consegue parar de ser doida?

— Gill, você está agressivo. O que há? — perguntou Julius.

— Acho que vejo muito de minha mulher nessa nova Pam irritada e decidi não engolir nenhuma das duas. Tem mais: fico irritado de continuar invisível para Pam — acrescentou Gill, virando-se para ela. — Estou sendo direto e sincero, disse o que acho de você, disse que considero você "Juíza do Supremo", mas nada adianta, continuo sem fazer diferença. Você só enxerga Philip... e Tony. E acho que estou ajudando bastante. Eis mais uma ajuda: sei por que seu ex-namorado John pulou fora da relação: não foi por ser covarde, mas por causa de sua raiva.

Pam, imersa em pensamentos, continuou calada.

— Muitas emoções fortes se manifestando. Vamos continuar tentando entendê-las. Alguém tem alguma contribuição? — perguntou Julius.

— Admiro a honestidade de Pam hoje — disse Bonnie. — E entendo como deve estar magoada. Gostei também de Gill enfrentá-la. Uma incrível mudança, Gill. Parabéns. Mas, às vezes, acho que devia deixar Philip se defender. Não entendo por que ele fica quieto. — Virou-se para Philip: — Por que não se defende?

Philip negou com a cabeça e continuou calado.

A CURA DE SCHOPENHAUER

— Se ele não fala, eu falo por ele — disse Pam. — Ele obedece à orientação de Schopenhauer.

Ela pegou um papel na bolsa e leu:

— Fale sem emoção.

"Não seja espontâneo.

"Mantenha-se independente de todos.

"Considere-se a única pessoa na cidade com um relógio para saber as horas. Isso vai lhe ser útil.

"Desconsiderar é ganhar consideração."

Philip aprovou com a cabeça e disse:

— Gostei do que leu. Parece um bom conselho.

— O que está acontecendo? — perguntou Stuart.

— Estamos dando uma folheada na obra de Schopenhauer — disse Pam, mostrando as anotações.

Após um momento de silêncio, Rebecca rompeu o impasse.

— Tony, onde você está? O que há?

— Hoje não estou conseguindo falar. Parece que estou amarrado, uma pedra de gelo — disse ele, balançando a cabeça.

Para surpresa de todos, Philip reagiu:

— Acho que entendo esse seu "amarrado", Tony. Como disse Julius, você está entre duas exigências conflitantes: espera-se que participe do grupo e, ao mesmo tempo, tenta manter seu compromisso com Pam.

— Entendo, mas isso não basta. Não me solta. Mesmo assim, obrigado. E eis uma observação minha para você. O que disse há pouco, na primeira vez em que apoia a opinião de Julius sem desafiá-lo, é uma grande mudança, cara.

— Você diz que entender não basta. O que é preciso, então? — perguntou Philip.

Tony balançou a cabeça.

— Hoje não está fácil.

— Acho que posso ajudar — disse Julius, virando-se para Tony: — Você e Pam estão se evitando, sem demonstrar o que sentem. Talvez você esteja

323

guardando para dizer depois. Sei que é estranho, mas podem começar a falar aqui? Tentem se falar, não para nós.

Tony respirou fundo e virou-se para Pam:

— Não me sinto bem com isso. Fico inseguro. Estou chateado com o rumo que as coisas tomaram. Não consigo entender por que não me ligou antes e avisou que ia comentar nosso caso hoje.

— Desculpe, mas nós dois sabíamos que uma hora isso ia acontecer. Tocamos no assunto.

— É só o que você tem a dizer? E nosso encontro de hoje à noite? Ainda está valendo?

— Seria muito esquisito encontrar com você. A regra aqui é falar de todos os relacionamentos. E quero cumprir o contrato com o grupo. Não podemos continuar. Talvez depois que o grupo terminar...

— Sua relação com contratos é a mais conveniente e flexível — interrompeu Philip, dando sinais de agitação, o que não era comum nele. — Você cumpre um contrato quando lhe convém. Falei em honrar o contrato social que fiz com você no passado. Você se irritou comigo. Mas não respeita as regras do grupo. Faz jogadas secretas. Usa Tony como quer.

— Quem é você para falar em contratos? — perguntou Pam, em voz alta. — O que diz da relação entre professor e aluna?

Philip olhou para o relógio, levantou-se e anunciou:

— Seis horas. Cumpri meu tempo obrigatório. — Saiu da sala resmungando: — Por hoje, basta de chafurdar na lama.

Foi a primeira vez que alguém encerrou a sessão no lugar de Julius.

CAPÍTULO
37

*Quem ama sente uma enorme desilusão depois de finalmente
chegar ao prazer. E, surpreso, vê que aquilo que tanto
desejou traz o mesmo que qualquer outra satisfação sexual,
e assim não encontrará muita vantagem em amar.*

O FATO DE SE retirar da sala não ajudou a tirar a lama da cabeça de Philip. Ele andou, ansioso, pela Fillmore Street. O que tinha acontecido com seu arsenal de técnicas de segurança? Tudo o que havia tanto tempo lhe dava força e calma estava revirado: a disciplina mental, a perspectiva cósmica. Lutando para se acalmar, ordenou a si mesmo: não lute, não resista, fique calmo. Apenas assista ao espetáculo de seus pensamentos passando pela mente. Deixe que eles entrem e saiam.

Os pensamentos entravam, mas não estavam saindo. As imagens desfaziam as malas, dependuravam as roupas no armário e instalavam-se na cabeça dele. O rosto de Pam apareceu. Que surpresa! O rosto transformou-se ao escorrerem as lágrimas pelo rosto dele: rejuvenesceu, estava na frente dele a Pam que conheceu havia anos. Que estranho ver a mulher jovem na de agora. Ele costumava fazer o inverso: imaginar o futuro no presente, os ossos marcando a pele lisa da juventude.

Que rosto bonito! E que nitidez incrível! As centenas de mulheres cujos corpos ele tinha penetrado, e cujos rostos tinha esquecido havia muito, ficavam misturadas em um rosto arquetípico. Como era possível o rosto de Pam continuar tão nítido?

Depois, ele se surpreendeu com lembranças da Pam jovem: a beleza, a alegre agitação quando amarrou os pulsos dela com o cinto, a cascata de orgasmos que ela teve. A excitação sexual dele permaneceu como uma vaga memória do corpo, uma sensação muda e pesada de penetrar e encher-se de júbilo. Lembrou-se também de ficar abraçado com ela muito tempo. Foi por esse exato motivo que ele a considerou perigosa e resolveu na mesma hora não a encontrar mais. Pam era uma ameaça à liberdade dele. Buscava um alívio sexual rápido, uma credencial para obter a abençoada paz e solidão. Ele nunca desejava a carne. Desejava a liberdade, livrar-se da escravidão do desejo para entrar, embora por pouco tempo, no não desejo dos verdadeiros filósofos. Só após o alívio do prazer ele podia ter pensamentos elevados e apreciar seus amigos, os grandes pensadores cujos livros eram como cartas dirigidas a ele.

Surgiram mais fantasias; ele foi tomado pela excitação que, em uma grande onda, arrastou-o para longe do mirante de observação dos filósofos. Ele queria, ele desejava. Mais que tudo, queria segurar o rosto de Pam. Os pensamentos deixaram de ter uma ligação forte e ordenada. Imaginou um leão-marinho cercado por um harém de fêmeas, depois um macho uivando e se jogando contra uma cerca de aço que o separava de uma fêmea no cio. Sentiu-se um brutamontes, um homem das cavernas empunhando a clava, rosnando, afastando os rivais. Queria possuí-la, lambê-la, cheirá--la. Pensou nos braços musculosos de Tony, no marinheiro Popeye engolindo seu espinafre e jogando a lata vazia para trás. Viu Tony montando nela, ela com as pernas abertas, abraçada nele.Aquela boceta era dele, só dele. Ela não tinha o direito de sujá-la oferecendo-a para Tony. Tudo o que fez com Tony maculava a lembrança que tinha dela, vulgarizava-a. Teve vontade de vomitar. Ele era um bípede.

Philip virou a esquina e andou pela marina. Depois, passou pelo Crissy Fieldrumo à baía e à orla do Pacífico, onde se tranquilizou com o mar calmo e o cheiro salgado da maresia. Sentiu um arrepio e fechou a jaqueta. O dia estava chegando ao fim, o vento frio do Pacífico passava pela Golden Gate e batia nele como a vida que sempre passaria por ele sem calor nem alegria. O vento prenunciava os muitos dias de neve por vir, frio gelado, de acordar de manhã sem qualquer esperança de lar, amor, carinho, alegria. Sua mansão de pensamentos não tinha calor. Que estranho ele nunca ter percebido... Continuou a andar, mas com a vaga impressão de que sua casa e sua vida foram construídas sob alicerces falsos e frágeis.

CAPÍTULO
38

*Devemos encarar com tolerância toda loucura, fracasso
e vício dos outros, sabendo que encaramos apenas
nossas próprias loucuras, fracassos e vícios.*

NA SESSÃO SEGUINTE, Philip não comunicou ao grupo as alarmantes conclusões a que tinha chegado, nem os motivos para ter se retirado de repente. Embora agora participasse mais das discussões, era sempre por iniciativa própria e as pessoas já tinham aprendido que era desperdício de energia insistir para ele se abrir. Assim, deram atenção a Julius e perguntaram se ele tinha se sentido usurpado por Philip terminar a sessão anterior.

— Foi uma sensação agridoce — respondeu Julius. — A parte amarga está sendo compreendida. Todos os fins e renúncias têm por símbolo perder a influência e o papel. Dormi mal depois daquela sessão. Tudo piora às três da manhã. Tive um ataque de tristeza por todos os fins que se aproximam: do grupo, da análise com meus pacientes individuais, de meu último ano bom. Portanto, esse é o lado amargo. A parte doce é o orgulho que tenho de vocês. Inclusive de você, Philip. Orgulho da crescente autonomia de vocês. Os terapeutas são como pais. Um bom pai ou uma boa mãe dá condições para que o filho ou a filha tenha capacidade de sair de casa e ser adulto, como o bom terapeuta quer que seus pacientes saiam ao final do tratamento.

— Quero explicar um provável mal-entendido — avisou Philip. — Na semana passada, não tive a intenção de tomar seu lugar. Fiz aquilo para me proteger, pois aquela discussão me deixou muito agitado. Obriguei--me a ficar até o fim da sessão e tive que sair.

— Compreendo, Philip, mas minha preocupação com os finais agora é tão forte que sou capaz de ver sinais de fim e substituição até em situações positivas.Vejo também que sua explicação tem um afeto por mim. E agradeço.

Philip meneou de leve a cabeça.

Julius prosseguiu:

— A agitação que você citou parece importante. Podemos falar nela? Temos só mais cinco sessões. Recomendo que aproveitem esse grupo enquanto há tempo.

Philip negou com a cabeça, como se quisesse dizer que ainda não podia falar naquele assunto. Mas não ia ficar quieto para sempre e, nas sessões seguintes, foi muito participante.

Pam iniciou a sessão dirigindo-se a Gill, ousada:

— Hora de pedir desculpas! Fiquei pensando em você e acho, ou melhor, tenho certeza de que preciso me desculpar.

— Explique melhor. — Gill estava atento e curioso.

— Meses atrás, agredi você dizendo que nunca está presente. É tão distraído e impessoal que não aguentava ouvir o que diz. Lembra? Fui muito dura...

— Dura, é verdade, mas acertada — interrompeu Gill. — Foi bom, me fez parar de beber. Sabe que não tomei uma gota desde aquele dia?

— Obrigada, mas não é disso que estou falando. É do que aconteceu a partir daquele dia. Você mudou: tem estado presente, tem estado mais aberto e mais firme comigo do que qualquer outra pessoa aqui. Apesar disso, eu estava muito centrada em mim para reconhecer. Por isso, peço desculpas.

Gill aceitou o pedido.

— E o que falei para você serviu de alguma coisa?

— Bom, fiquei balançada vários dias por você me chamar de "Juíza do Supremo". Acertou no alvo, me fez pensar. Porém, o que mais me atingiu foi você dizer que John não quis largar o casamento dele para não enfrentar minha raiva, e não por ser covarde. Isso me pegou desprevenida, me fez pensar. Não consegui esquecer. Sabe do que mais? Vi que você tinha toda razão, e John estava certo de se afastar de mim. Não foi por causa dos problemas dele que eu o perdi, mas de meus problemas; ele não me aguentava mais. Dias atrás, telefonei para ele e disse isso.

— O que ele achou?

— Depois que conseguiu se recuperar do susto, foi ótimo. Tivemos uma conversa boa e amistosa: contamos novidades, falamos nos cursos que damos, nos alunos que temos em comum, na possibilidade de darmos aulas em dupla. Foi bom. Ele disse que eu parecia diferente.

— Ótima notícia, Pam — comentou Julius. — Largar a raiva é um enorme progresso. Concordo que você fica muito ligada à sua raiva. Gostaria que déssemos uma olhada nesse processo de deixar coisas de lado para termos uma referência, entender como você conseguiu.

— Foi sem querer. Acho que está ligado à sua frase "malhe em ferro frio". Meus sentimentos com relação a John esfriaram o suficiente para me distanciar e poder pensar racionalmente.

— E o que você tem a dizer de sua raiva de Philip? — perguntou Rebecca.

— Você não deve ter pesado a monstruosidade que ele me fez.

— Não é verdade. Eu tive pena de você... Me doeu quando você contou. Foi horrível o que você passou, mas não faz quinze anos? As coisas costumam esfriar depois de quinze anos. Por que esse ferro continua em brasa?

A CURA DE SCHOPENHAUER

— Na noite passada, eu estava cochilando e pensei em meu caso com Philip. Ele entrou em minha cabeça, invadiu meus pensamentos e espatifou-se no chão. Então, eu me vi olhando para o chão e examinando os cacos. Vi a cara dele, seu apartamento sem graça, minha juventude estragada, minha desilusão com a vida universitária, a amizade de Molly que perdi e, enquanto olhava aquela pilha de destroços, vi que tudo aquilo era... imperdoável.

— Eu me lembro de Philip dizer que não perdoar e imperdoável são duas coisas diferentes, não é, Philip? — perguntou Stuart.

Philip concordou com a cabeça.

— Não sei se entendi — disse Tony.

— Imperdoável deixa a responsabilidade fora de você, enquanto não perdoar coloca a responsabilidade em quem não quer perdoar — explicou Philip.

Tony fez sinal de entender.

— É a diferença entre assumir a responsabilidade pelo que faz ou culpar o outro?

— Exatamente. E, como disse Julius, a análise termina quando acaba a culpa e surge a responsabilidade — disse Philip.

— Só para citar Julius de novo, Philip, gostei do que você disse — acrescentou Tony.

— Você melhora o que eu digo. E mais uma vez, sinto que se aproxima, Philip. E gosto — disse Julius.

Philip sorriu de forma quase imperceptível. Quando ficou claro que não ia dizer mais nada, Julius dirigiu-se a Pam:

— Como está se sentindo?

— Para ser sincera, fico pasma como as pessoas se esforçam para ver mudanças em Philip. Ele empina o nariz e todo mundo faz "oooh!" e "aaah!". A arrogância dele é ridícula, e como as observações bobas que faz causam uma comoção. — Imitando Philip, ela repetiu em ritmo monótono: — A análise termina quando acaba a culpa. — Depois, mais alto: — E sua responsabilidade, onde está, Philip? Não disse nada sobre isso.

Só besteira sobre alteração de células cerebrais e, portanto, que não foi você quem fez aquilo. Não, você não esteve lá.

Após um silêncio estranho, Rebecca disse, gentil:

— Pam, quero deixar claro que você pode perdoar. Perdoou uma série de coisas. Disse que perdoou meu passeio pela prostituição.

— A única vítima foi você — respondeu Pam, rapidamente.

Rebecca continuou:

— Todos nós vimos como perdoou Julius na hora, sem nem perguntar se prejudicou alguma amiga por transar com ela.

Pam suavizou a voz.

— Julius tinha acabado de ficar viúvo. Estava em choque. Imagine o que é perder uma pessoa que ele amava desde o colégio. Dê uma folga para ele.

Bonnie alfinetou:

— Você perdoou Stuart pela transa com a mulher bêbada, perdoou até Gill por esconder de nós o alcoolismo por tanto tempo. Perdoou à beça. Por que não perdoa Philip?

Pam balançou a cabeça.

— É diferente perdoar alguém pelo que fez com outro e perdoar pelo que fez com você.

O grupo ouviu, solidário, mas insistiu:

— Pam, eu a perdoo por querer que John largasse os dois filhos pequenos — disse Rebecca.

— Eu também — disse Gill. — E perdoo pelo que fez com Tony aqui. Você também se perdoa por atirar na cara dele aquele dia de confissão e terminar o caso em público? Aquilo foi humilhante.

— Já pedi desculpas aqui por não falar com ele antes da confissão. Foi imprudência minha.

Gill insistiu:

— Tem mais: você se perdoa por usar Tony?

— Usar Tony? Eu usei Tony? O que você está dizendo?

— Parece que o caso foi bem mais importante para ele do que para você. Parece que você não estava se incomodando muito com Tony, mas com os outros, talvez até com Philip através de Tony.

— Ah, que ideia ridícula. Nunca fiz isso — disse Pam.

— Usado? Você acha que fui usado? — perguntou Tony. — Não tenho nada a reclamar. Podem me usar assim quando quiserem.

— Calma, Tony. Chega de brincadeiras. Pare de pensar com a outra cabeça — disse Rebecca.

— Outra cabeça?

— A cabeça do pau.

Tony deu uma risada lasciva, e Rebecca atacou:

— Filho da puta, você entendeu o que eu disse! Só queria que eu falasse. Não brinque, Tony. Temos pouco tempo. Você não pode dizer que não se incomodou com o que Pam disse.

Tony parou de rir.

— Bom, levar o fora de repente fez, sabe, com que me sentisse largado. Mas ainda tenho esperanças.

— Tony, você ainda tem muito a aprender sobre mulheres. Pare de implorar. É humilhante. Disse que as mulheres podem usar você como quiserem porque só quer uma coisa delas: transar. Isso deprecia você e elas também.

— Não achei que estivesse usando Tony — disse Pam. — Tudo me pareceu recíproco. Mas, para ser sincera, quando falei aqui, não pensei muito. Liguei o piloto automático.

— Como eu faço há muito tempo. Piloto automático — disse Philip, em voz baixa.

Pam ficou pasma. Olhou um instante para Philip e baixou o olhar.

— Quero perguntar-lhe uma coisa — disse Philip.

Como Pam não olhou, ele repetiu:

— Uma pergunta para você, Pam.

Pam levantou a cabeça e o encarou. Os outros se entreolharam.

— Há vinte minutos, você disse que se desiludiu com a vida universitária. Mas há poucas semanas disse também que, quando quis se especializar, pensou muito em fazer filosofia, até em uma tese sobre Schopenhauer. Assim, pergunto: será que fui um professor tão ruim?

— Jamais disse que foi um mau professor. Você foi um dos melhores professores que já tive — respondeu Pam.

Surpreso, Philip olhou para ela, sério.

— Diga o que está sentindo, Philip — pediu Julius.

Philip não quis responder, e Julius falou:

— Você se lembra de tudo, de cada palavra que Pam diz. Acho que ela é bem importante para você.

Philip continuou calado.

Julius virou-se para Pam.

— Estou pensando em suas palavras, que Philip foi um dos melhores professores que teve. Por isso, deve ter se desapontado e se sentido mais enganada.

— Acertou. Obrigada, Julius. Você está sempre atento.

Stuart repetiu o que ela disse.

— Um dos melhores professores que teve! Estou totalmente pasmo por você dizer algo tão... generoso para Philip. Um grande progresso.

— Não aumente as coisas — disse Pam. — Julius acertou na mosca. Por Philip ser um bom professor, o que ele fez foi ainda pior.

Tony considerou o que Gill disse a respeito de sua relação com Pam e abriu a sessão seguinte dirigindo-se a ela:

— Olha, é um pouco estranho, mas fiquei guardando meus sentimentos. Quer dizer, o que aconteceu conosco me deixou mais chateado do que admiti. Não fiz nada de errado. Nós dois fomos para a cama e, agora, eu sou a person non grata...

— Persona non grata — corrigiu Philip, em voz baixa.

— Persona non grata — repetiu Tony, e continuou: — E parece que estou sendo castigado. A gente se separou e eu não entendi. Éramos amigos, depois amantes, e agora estou em uma espécie de limbo. Você foge

A CURA DE SCHOPENHAUER

de mim. Gill tem razão: levar o fora em público foi humilhante à beça. Fiquei sem nada: nem cama, nem amizade.

— Ah, Tony, me perdoe. Eu errei, nós nunca deveríamos ter feito aquilo. Para mim, também está esquisito.

— Que tal a gente voltar ao começo?

— Voltar para onde?

— A sermos amigos. Mais nada. Sair depois da sessão, como todo mundo faz, exceto meu companheiro Philip, que está se aproximando. — Tony esticou a mão e deu um aperto carinhoso no ombro de Philip. — Sabe, voltarmos a conversar sobre o grupo, comentar de livros, essas coisas.

— Parece uma atitude adulta — respondeu Pam. — E seria a primeira vez, porque, depois que tenho um caso, sempre dou uma cortada no cara.

Bonnie ofereceu-se para falar.

— Fico pensando, Pam, se mantém distância de Tony por medo de ele interpretar uma proposta de amizade como um convite para sexo.

— É, isso mesmo. Tem muito disso. Tony só pensa em uma coisa.

— Bom... — disse Gill. — A solução é óbvia: explique. Seja clara, a indefinição piora tudo. Algumas semanas atrás, ouvi você dizer que pode ser que fiquem juntos depois que o grupo terminar. É isso mesmo ou só uma forma de amenizar o tranco? Aquela promessa só serve para atrapalhar a situação. Deixa Tony perdido.

— Exato! — interrompeu Tony. — Foi ótimo você dizer há umas semanas que podemos continuar um dia. Tento deixar as coisas como estão para manter essa possibilidade.

— Com isso, você perde a oportunidade de trabalhar seus problemas enquanto esse grupo e eu ainda estamos aqui — disse Julius.

— Sabe, Tony, transar não é a coisa mais importante do mundo. Não é a única coisa — disse Rebecca.

— Eu sei, eu sei. Por isso, estou falando agora. Me dá um tempo.

Após um pequeno silêncio, Julius disse:

— Tony, continue trabalhando nisso.

Tony olhou para Pam.

— Vamos fazer o que Gill sugeriu e esclarecer as coisas. O que você quer, Pam?

— Quero voltar ao começo. Quero que me perdoe pelo constrangimento de forçar você a contar uma coisa. Você é um cara ótimo, Tony. Gosto de você. Outro dia, ouvi meus alunos da faculdade usarem essa gíria, "ficar com alguém". Acho que foi o que fizemos e foi bom na hora, mas agora não é mais, nem no futuro, pois o grupo é mais importante. Vamos nos concentrar em resolver nossos problemas.

— Por mim, tudo bem. Aceito.

— Então, Tony, você está liberado. Pode falar tudo o que tem deixado de dizer sobre você, Pam ou o grupo — sugeriu Julius.

Nas sessões restantes, o liberado Tony voltou a ter seu papel. Instigou Pam a lidar com seus sentimentos com relação a Philip. Havia uma possibilidade de ela brigar com Philip depois de elogiá-lo como professor, mas isso não ocorreu. Então, Tony insistiu para ela pensar por que continuava com tanta raiva de Philip, embora conseguisse perdoar outras pessoas ali.

Pam respondeu:

— Já falei que é mais fácil perdoar gente como Rebecca, Stuart ou Gill, porque não fui vítima deles. O que fizeram não alterou minha vida. E mais: posso perdoar outros aqui porque eles se mostraram arrependidos e, acima de tudo, porque mudaram.

"Eu mudei. Hoje, acredito que é possível perdoar a pessoa, mas não o que ela fez. Acho que poderia perdoar Philip se ele tivesse mudado. Só que não mudou. Perguntaram como pude perdoar Julius. Bom, olhem para ele: é uma pessoa que não para de se doar. E tenho certeza de que vocês todos já perceberam que ele está nos dando uma última dádiva de amor: está nos ensinando a morrer. Conheci o Philip de antes e posso garantir que é o mesmo que está aqui. No máximo, está só mais frio e arrogante."

Após uma breve pausa, ela acrescentou:

— E não faria mal algum se ele me pedisse desculpas.

— Philip não mudou? — perguntou Tony. — Acho que você está vendo o que quer. Ele não corre mais atrás de mulheres. Isso mudou. — Então, Tony virou-se para Philip: — Você não disse, mas mudou, não?

A CURA DE SCHOPENHAUER

Philip concordou.

— Mudei muito. Não transo há doze anos.

— Isso não é mudança? — perguntou Tony para Pam.

— Ou reforma? — perguntou Gill.

Antes que Pam pudesse responder, Philip interrompeu:

— Reforma? Não, é incorreto. Não houve a intenção de reformar. Explico: não mudei minha vida ou, como foi dito aqui, meu vício em sexo, por alguma decisão moral. Mudei porque minha vida estava um desespero que não dava mais para aguentar.

— Como deu esse passo? Houve alguma gota d'água? — perguntou Julius.

Philip ficou sem saber se respondia. Depois, respirou fundo e começou a falar mecanicamente, como se fosse movido a corda:

— Uma noite, eu estava voltando para casa de carro após uma longa transa com uma mulher lindíssima e concluí que tinha conseguido o que queria. Estava saciado. O carro, eu, tudo cheirava a sexo: minhas mãos, meus cabelos, minhas roupas, meu hálito. Era como se eu tivesse entrado em uma banheira de sais aromáticos de mulher. E aí, no fundo de minha cabeça, percebi que o desejo estava voltando, pronto para atacar de novo. Foi essa a gota d'água. De repente, fiquei enjoado com minha vida e vomitei. Então — Philip virou-se para Julius — lembrei-me do que você disse do epitáfio. E vi que Schopenhauer tinha razão: a vida é um sofrimento eterno e o desejo é insaciável. A roda do sofrimento não para de girar. Eu tinha que dar um jeito de sair dela e foi aí que resolvi pautar minha vida pela de Schopenhauer.

— E deu certo durante todos esses anos? — perguntou Julius.

— Até agora, até eu entrar no grupo.

— Você melhorou tanto, Philip... — disse Bonnie. — Está mais acessível, mais afável. Vou ser sincera: do jeito que você era quando começou aqui, eu não via ninguém consultando você como terapeuta. Nem mesmo eu.

— Infelizmente, estar acessível aqui significa que preciso saber das desgraças de todo mundo, o que só aumenta a minha — respondeu Philip. — Diga, como esse acessível pode ser útil? Quando eu estava na vida, estava péssimo. Nos últimos doze anos, fui um visitante, um observador da vida que se passava em minha frente e vivi em um mar de tranquilidade. — Philip levantou-se e abaixou as mãos abertas para ilustrar o mar. — Agora que este grupo me obrigou a voltar à vida, estou de novo angustiado. Contei da agitação que tive depois do grupo, algumas semanas atrás. Ainda não voltei à calma de antes.

— Acho que há um erro no que você falou, Philip — disse Stuart. — Tem a ver com estar na vida.

Bonnie adiantou-se.

— Eu ia dizer isso. Acho que você nunca esteve na vida realmente. Nunca falou em um relacionamento verdadeiro. Não ouvi nada sobre amigos e, quanto a mulheres, você disse que era um conquistador.

— É mesmo, Philip? Nunca teve um relacionamento para valer? — perguntou Gill.

Philip balançou a cabeça.

— Todas as pessoas com as quais me relacionei me magoaram.

— Seus pais? — perguntou Stuart.

— Meu pai era uma pessoa distante e, acho, com depressão crônica. Suicidou-se quando eu tinha 13 anos. Minha mãe morreu há poucos anos, mas eu estava afastado dela havia vinte. Não fui ao enterro.

— Não tem irmãos? — perguntou Tony.

Philip balançou a cabeça.

— Sou filho único.

— Sabe o que pensei? — interrompeu Tony. — Quando eu era pequeno, quase não comia o que minha mãe fazia. Só dizia: "Não gosto disso", e ela sempre perguntava: "Como pode não gostar se não provou?" Sua vida me lembra isso.

Philip respondeu:

— Podemos conhecer muitas coisas apenas por meio da razão. A geometria, por exemplo. Ou alguém pode ter uma experiência dolorosa e concluir a partir dela, ou pode olhar, ler, observar os outros.

— Mas seu amado Schopenhauer não disse que conseguiu muita coisa ouvindo o próprio corpo, sentindo... como foi que você disse? A experiência do momento?

— A experiência imediata.

— Isso. A experiência imediata. Não acha que você está decidindo uma coisa importante com base em informações de segunda mão? Quer dizer... informações que não são sua experiência imediata?

— A pergunta é pertinente, Tony, mas tive uma experiência direta depois daquele dia da confissão aqui.

— Você se refere àquela sessão outra vez, Philip. Parece que foi um ponto de mutação — disse Julius. — Talvez seja hora de contar o que houve com você naquele dia.

Como antes, Philip parou, respirou fundo e passou a contar de maneira metódica o que ocorreu após aquela sessão. Quando falou na agitação que sentiu, sem conseguir dominar suas técnicas para se tranquilizar, ficou bastante nervoso. E, ao falar que o assunto não lhe saía da cabeça, gotas de suor brilharam em sua testa. Ao falar no ressurgimento de seu "eu" predador e agressivo, a camisa vermelho-clara ficou manchada nas axilas e o suor escorreu pelo queixo, o nariz e o pescoço. A sala ficou estática. Estavam todos impressionados com a torrente de palavras e a transpiração.

Ele parou de falar, respirou fundo outra vez e continuou:

— Fiquei pensando coisas sem sentido. As imagens surgiam confusas em minha cabeça, coisas esquecidas há muito tempo. Me lembrei de meus dois encontros com Pam. E vi o rosto dela, não o de agora, mas o de quinze anos atrás, como uma nitidez enorme. Era um rosto radiante. Eu queria segurar aquele rosto e... — Philip não conseguia refrear mais nada, seu ciúme, o desejo de homem das cavernas de possuir Pam, nem a imagem de Tony com músculos de Popeye. Ele transpirava sem parar e ficou totalmente molhado de suor. Levantou-se e saiu da sala dizendo:

— Estou encharcado. Preciso sair.

IRVIN D. YALOM

Tony foi atrás dele. Dois ou três minutos depois, os dois voltaram. Philip usando a camisa do San Francisco Giants de Tony e este só com sua camiseta preta e justa.

Philip não olhou para ninguém. Desmontou na cadeira, exausto, sem dúvida.

— Ressuscita ele — disse Tony.

— Se eu não fosse casada, me apaixonaria pelos dois, pelo que acabaram de fazer — falou Rebecca.

— Eu estou solto na área — sugeriu Tony.

— Sem comentários — disse Philip. — Para mim, chega por hoje. Não tenho mais uma gota a dizer.

— Uma gota? Essa é a primeira piada que faz aqui. Adorei — disse Rebecca.

CAPÍTULO
39

A fama, enfim

Alguns não conseguem se libertar dos seus próprios
grilhões, mas conseguem libertar os amigos.
NIETZSCHE

POUCAS COISAS FORAM tão menosprezadas por Schopenhauer quanto o desejo pela fama. Mesmo assim, ah, como ele a desejava!

A fama tem papel importante em seu último livro, *Parerga e paralipomena*, dois volumes de observações esparsas, ensaios e aforismos, completado em 1851, nove anos antes de sua morte. Com uma enorme sensação de missão cumprida e alívio, ele terminou o livro e declarou: "Vou enxugar a pena de minha caneta e dizer 'o resto é silêncio'."

Mas encontrar um editor era um desafio, e nenhum dos que teve antes aceitou a proposta, pois perderam muito dinheiro nos outros livros, que encalharam. Mesmo sua obra máxima, *O mundo como vontade e representação*, vendeu pouco e teve uma única e opaca resenha. Até que um de seus

IRVIN D. YALOM

fiéis apóstolos convenceu um livreiro de Berlim a imprimir 750 exemplares, em 1853. Schopenhauer receberia dez exemplares de graça, mas nenhum direito autoral.

O primeiro volume de *Parerga e paralipomena* contém uma notável trinca de ensaios sobre como ganhar e manter a autoestima. O primeiro ensaio, "O que é o homem", mostra como o pensamento criativo proporciona uma riqueza interior, que, por sua vez, confere autoestima e possibilita que se vença o vazio e o tédio da vida, causadores de seguidas conquistas sexuais, viagens sem fim e jogos de azar, de acordo com o autor.

O segundo ensaio, "O que o homem tem", analisa uma das maiores compensações para a pobreza interior: o acúmulo de bens, que acaba fazendo com que a pessoa seja possuída por suas posses.

O terceiro ensaio, "O que o homem representa", mostra melhor sua visão a respeito da fama. A autoestima, ou mérito interior, é o que importa. Daí a fama ser algo secundário, mera sombra do mérito. "Não é a fama, mas o que merecemos que realmente vale. (...) A maior felicidade do homem não é que a posteridade vá saber alguma coisa sobre ele, mas se ele vai ter ideias que merecem ser consideradas e mantidas por séculos." A autoestima baseada no mérito interior resulta em uma autonomia que não pode ser tirada de nós (fica em nosso poder), enquanto a fama jamais está em nosso poder.

Ele sabia que não querer a fama é difícil. Comparava essa negação a "extrair um doloroso espinho de nossa carne" e concordava com Tácito, que escreveu:"O homem sensato deve deixar por último a sede de fama." E ele jamais conseguiu deixar de lado essa sede. Seus escritos são cheios de amargura por ele não ter alcançado o sucesso. Costumava ler jornais e publicações em busca de alguma citação ou menção a ele e sua obra. Sempre que viajava, deixava a tarefa a cargo de Julius Frauenstädt, seu apóstolo mais fiel. Embora não parasse de reclamar de ser ignorado, acabou se conformando com o anonimato. No prefácio de seus últimos livros, ele se dirigiu às futuras gerações que o descobririam.

A CURA DE SCHOPENHAUER

Então, o inesperado aconteceu. O livro *Parerga e paralipomena*, que falava na insensatez de perseguir a fama, deu fama ao autor. Nessa obra derradeira, ele abrandou o pessimismo, diminuiu as lamentações e deu conselhos sensatos de como viver. Embora continuasse acreditando que "a vida é apenas uma camada fina de mofo sobre a superfície da Terra" e "uma alteração na ditosa calma do nada", seguiu um rumo mais prático em sua última obra. Como somos obrigados a viver, disse ele, devemos sofrer o menos possível. (Schopenhauer sempre viu a felicidade como um fato negativo — era a falta do sofrimento — e valorizava a máxima de Aristóteles: "O homem prudente não aspira ao prazer, mas à ausência da dor.")

Assim, *Parerga e paralipomena* ensina como pensar com independência, como manter o ceticismo e a razão, como evitar buscar emolientes sobrenaturais, como pensar bem de nós mesmos, ter ambições pequenas e evitar se apegar ao que se pode perder. Embora "todo mundo deva atuar no teatro de marionetes da vida e sentir o arame que nos mantém em movimento", há certo consolo na perspectiva sublime do filósofo de que, com relação à eternidade, nada importa. Tudo passa.

Parerga e paralipomena traz outro tom. Embora continue a destacar o trágico e lamentável sofrimento da vida, traz a ideia da ligação, ou seja, de que, por meio do sofrimento, nos ligamos aos outros. Em um importante trecho, o grande misantropo mostra uma visão mais suave e indulgente de seus companheiros bípedes.

"O tratamento mais adequado entre dois homens não deveria ser 'Senhor, Sir, Monsieur, mas meu companheiro sofredor'. Por mais estranho que pareça, estaria de acordo com os fatos, pondo o outro na luz adequada e nos lembrando do que é mais necessário: a tolerância, a paciência e o amor pelo próximo que todos precisam e, portanto, todos se devem."

Poucas frases depois, ele acrescenta uma ideia que poderia servir também na abertura de um livro atual de psicoterapia:

"Devemos encarar com tolerância toda loucura, fracasso e vício dos outros, sabendo que encaramos apenas nossas próprias loucuras, nossos próprios fracassos e vícios. Pois eles são os fracassos da humanidade à qual também pertencemos e assim temos os mesmos fracassos em nós. Não devemos nos indignar com os outros por esses vícios apenas por não aparecerem em nós naquele momento."

Parerga e paralipomena foi um grande sucesso e foram feitas inúmeras seleções de textos, publicadas separadamente com títulos mais populares (*Aforismos de sabedoria prática, Conselhos e máximas, Sabedoria de vida, Pensamento vivo de Schopenhauer, A arte da literatura, Religião: um diálogo*). Em pouco tempo, Schopenhauer estava na boca de todo alemão instruído. Até na vizinha Dinamarca, o filósofo Kierkegaard escreveu em seu diário, em 1854, que "o assunto literário do momento é S., jornalistas e escritorezinhos começam a se interessar por ele".

Começam também a aparecer elogios na imprensa. A Inglaterra, onde ele quase nasceu, foi a primeira a dedicar-lhe uma ótima resenha de sua obra completa com o título de "Iconoclasta na filosofia alemã", publicada no respeitado Westminster Review. Pouco depois, a resenha foi traduzida e muito lida na Alemanha. Artigos parecidos logo apareceram na França e na Itália, e a vida de Schopenhauer mudou por completo.

Curiosos entravam aos bandos no restaurante Englischer Hof para ver o filósofo almoçar. Richard Wagner mandou-lhe o libreto original da ópera *Anel do Nibelungo* com dedicatória. As universidades começaram a ensinar sua obra, ele recebia convites para participar de sociedades culturais e cartas elogiosas chegavam pelo correio; seus livros anteriores ressurgiram nas livrarias, os habitantes de Frankfurt o cumprimentavam na rua e as lojas de animais de estimação tiveram enorme procura por poodles iguais ao de Schopenhauer.

Eram óbvios o enlevo e a alegria do filósofo. "Quando alguém passa a mão no pelo de um gato, ele ronrona. Da mesma forma, quando se elogia um homem, seu rosto reflete um doce enlevo e alegria." Schopenhauer esperava que "o sol matinal de minha fama doure com seus raios o entardecer de minha vida e dissipe sua melancolia". A famosa escultora Elisabeth Ney passou quatro semanas em Frankfurt para fazer um busto dele, e Schopenhauer ronronou: "Ela trabalha o dia todo em minha casa. Quando chego, tomamos café juntos, sentamos no sofá e me sinto como se fosse casado."

Desde a melhor época de sua vida (os dois anos passados em Le Havre, com os Blesimaire), Arthur não falava com tanta ternura e satisfação da vida doméstica.

CAPÍTULO
40

Ao chegar ao fim da vida, nenhum homem sincero e de posse de suas faculdades vai desejar viver de novo. Preferirá morrer para sempre.

N A PENÚLTIMA SESSÃO, as pessoas entraram na sala com sentimentos diversos: algumas estavam tristes porque o grupo ia acabar logo; outras pensavam nos problemas pessoais que deixaram de abordar; outras, ainda, olhavam para Julius como se quisessem gravar o rosto dele na memória. E todas estavam muito curiosas para ver como Pam reagiria às revelações de Philip na sessão anterior.

Mas, em vez de satisfazer essa curiosidade, Pam tirou um papel da bolsa, desdobrou-o devagar e leu em voz alta:

— Um carpinteiro não vai me dizer: "Ouça o discurso que escrevi sobre a arte da carpintaria". Ele se compromete a construir uma casa e constrói. Seja assim você também: coma como um homem, beba como um homem.

A CURA DE SCHOPENHAUER

Case-se, tenha filhos, participe da comunidade, saiba como suportar as afrontas e os outros.

Depois, virando-se para Philip, perguntou:

— Adivinhe quem escreveu isso?

Philip deu de ombros.

— Seu filósofo, Epíteto. Por isso, eu trouxe. Sei que você o adora. Essa é uma parábola dele. Por que o citei? Estou tratando do tema levantado por Tony, Stuart e outras pessoas na semana passada ao dizerem que você nunca viveu. Acho que os textos de filósofos que você escolheu foram para confirmar sua opinião e...

Gill interrompeu:

— Pam, essa é nossa penúltima sessão. Se você vai fazer mais um de seus ataques a Philip, não tenho tempo para isso. Faça o que está mandando: seja objetiva e diga o que sente. Deve ter muito a comentar do que Philip falou na sessão passada.

— Não, não. Escute — respondeu Pam, rapidamente. — Não é um ataque. Minha intenção é outra. O ferro está esfriando. Quero dizer alguma coisa que seja útil para Philip. Acho que ele foge da vida apoiando-se na filosofia. Usa Epíteto conforme lhe convém ou não.

— Boa observação, Pam — disse Rebecca. — Tocou em uma coisa importante. Comprei em um sebo um livrinho chamado *A sabedoria de Schopenhauer*, que estou lendo há duas noites. Tem de tudo: coisas ótimas e péssimas. Li ontem um trecho que me arrasou, no qual ele diz que, se entrarmos em um cemitério, batermos nas lápides e perguntarmos aos espíritos lá dentro se gostariam de voltar a viver, todos diriam enfaticamente que não. — Virou-se para Philip e perguntou: — Você acha que seria assim? — Sem esperar resposta, Rebecca continuou: — Bem, eu não. Não é meu caso, mas queria conferir com vocês. Vamos votar?

— Eu gostaria de viver de novo. A vida é uma merda, mas também é ótima — disse Tony.

O grupo concordou em coro, e Julius atalhou:

— Só fico em dúvida em uma coisa: passar de novo pela dor da morte de minha mulher. Mesmo assim, aceitaria. Gosto muito de viver.

Só Philip continuou calado.

— Desculpem, mas concordo com Schopenhauer — disse ele depois. — A vida é um sofrimento do princípio ao fim. Seria melhor não haver nenhuma forma de vida.

— Melhor para quem? — perguntou Pam. — Para Schopenhauer, você quer dizer? Parece que, para as pessoas desta sala, não.

— Não é só Schopenhauer quem acha. Pense nos milhões de budistas para os quais a primeira das quatro grandes verdades é "a vida é sofrimento".

— Fala sério, Philip. O que houve com você? Quando fui sua aluna, você discorria com entusiasmo sobre métodos de discussão filosófica. Que método é esse? A verdade por decreto? Por uso da autoridade? É como a religião faz, mas você, sem dúvida, segue Schopenhauer no ateísmo. Será que lembrou que Schopenhauer tinha depressão crônica e que Buda viveu em um tempo e em um lugar no qual havia muito sofrimento causado pela peste e pela fome? E que, para a maioria das pessoas, a vida era realmente um sofrimento sem fim? Será que pensou...

— Que método de discussão filosófica é esse? — reagiu Philip. — Qualquer aluno mediano sabe a diferença entre síntese e eficácia de discussão.

— Um momento, um momento — pediu Julius. — Vamos parar um instante e conferir. — Olhou cada uma das pessoas no grupo. — Como os outros estão se sentindo com isso?

— Boa ideia. Eles estavam se esmurrando, mas com luvas de pelica — disse Tony.

— É melhor do que lançar olhares fulminantes — sugeriu Gill.

— É, eu também prefiro — concordou Bonnie. — Voavam faíscas entre Pam e Philip, mas eram menos incandescentes.

— Concordo, mas só até dois minutos atrás, quando a coisa mudou — disse Stuart.

— Stuart, na sua primeira sessão aqui, você disse que sua mulher o acusava de falar frases telegráficas — disse Julius.

— É... Você hoje está de poucas palavras. Se usar mais algumas, não vai lhe custar nada — disse Bonnie.

— Está bem. Pode ser que eu esteja regredindo porque... esta é a penúltima sessão. Não sei, não estou triste; como sempre, tenho que supor meus sentimentos. Só sei, Julius, que gosto de você cuidar de mim, me cobrar, tratar de meu caso. Fui claro?

— Foi ótimo, e vou continuar cuidando. Você disse que gostou da conversa de Pam e Philip até dois minutos atrás. Por quê?

— No começo, parecia uma boa discussão, como aquelas brigas de família. Mas o último comentário de Philip foi desagradável: "qualquer estudante mediano sabe disso". Não gostei, Philip. Foi desnecessário e, se você me dissesse isso, eu ficaria ofendido. E ameaçado, pois não sei nem o que discussão filosófica quer dizer.

— Concordo com Stuart — disse Rebecca. — Escute, Philip, o que você estava sentindo? Queria ofender Pam?

— Ofender? Não, nem um pouco. Era a última coisa que eu pretendia — respondeu Philip. — Fiquei... hum... aliviado... não sei bem que palavra usar... quando ela disse que o ferro não estava mais em brasa. O que mais senti? Sabia que uma das razões para ela trazer um texto de Epíteto era me confundir. Óbvio. Mas me lembrei do que Julius disse quando trouxe aquela fábula para ele: que estava contente com meu esforço e com o afeto que havia por trás do gesto.

— Bom, vou falar como Julius costuma dizer — disse Tony. — Parece que você queria dizer uma coisa, mas disse outra.

Philip fez cara de não ter entendido. Tony explicou:

— Você disse que ofender Pam era a última coisa que pretendia, mas ofendeu, não?

Relutante, Philip concordou.

— Então... — disse Tony, parecendo um advogado triunfante comparando provas. — Você precisa colocar a intenção e a ação no mesmo nível.

É preciso que sejam congruentes. Será essa a palavra? — Tony olhou para Julius, que concordou. — E talvez por isso você deveria fazer terapia. A terapia trata de congruência.

— Bem argumentado — disse Philip. — Não tenho nenhum contra-argumento. Você está certo: é por isso que preciso de terapia.

— O quê? — perguntou Tony, sem acreditar no que ouviu. Olhou para Julius, que fez cara de quem diz "esse sujeito é um espanto".

— Me segurem. Vou desmaiar — disse Rebecca, desmontando na cadeira.

— Eu também — disseram Bonnie e Gill, desmontando também.

Philip deu uma olhada na metade do grupo, que fingia estar desmaiado e, pela primeira vez desde que entrou lá, sorriu. Depois, acabou com a brincadeira voltando ao tema da orientação.

— A discussão de Rebecca a respeito da lápide de Schopenhauer mostra que a minha visão ou a de qualquer outra pessoa sobre o que ele disse é inválida. Lembrem que eu passei anos sofrendo muito com algo que Julius não pôde curar e só consegui seguindo os conselhos de Schopenhauer.

Na mesma hora, Julius concordou com Philip.

— Não nego que você fez um bom trabalho. A maioria dos terapeutas hoje acredita ser impossível vencer sozinho uma grave obsessão por sexo. O tratamento é bem longo, ou seja, dura anos, e o programa de recuperação consiste em análise individual e de grupo várias vezes por semana, em geral similares ao "Princípio dos Doze Passos", do AA. Mas naquela época ainda não existia um programa de recuperação e, sinceramente, não acredito que você fosse aceitá-lo. Portanto, quero registrar que foi um grande feito seu: as técnicas usadas por você para controlar seus impulsos funcionaram melhor do que tudo que ofereci, por mais que me esforçasse.

— Tenho certeza de que se esforçou ao máximo — disse Philip.

— Uma pergunta, Philip: será que seus métodos não estão obsoletos?

— Ob... o quê? — perguntou Tony.

— Obsoleto, do latim *obsoletus*, "estar fora de uso" — cochichou Philip, que estava sentado ao lado de Tony.

A CURA DE SCHOPENHAUER

Tony agradeceu com um aceno de cabeça.

— Outro dia... — falou Julius. — Fiquei pensando como dizer isso a você. Imaginei, então, uma cidade antiga que construiu uma muralha para se proteger das inundações de um rio. Séculos depois, o rio já estava seco havia muito tempo, mas a cidade ainda gastava muito dinheiro na conservação da muralha.

— Você fala de continuar usando uma solução, apesar de o problema ter acabado — disse Tony. — Como colocar um curativo em um machucado que já sarou.

— Exatamente. Talvez o curativo seja uma metáfora melhor — disse Julius.

— Discordo — disse Philip para Julius e Tony. — Meu machucado não está curado. Ainda exige cuidados. A prova é que fico pouco à vontade no grupo.

— Esse não é um bom exemplo. Você não tinha experiência em ficar próximo, em demonstrar sentimentos, em ter retorno do que fala ou faz e em se abrir com os outros. Isso é novo para você, que viveu anos ensimesmado, e eu joguei você no meio desse grupo forte. Claro que tinha que ficar pouco à vontade. Mas quero falar de seu problema manifesto, a obsessão sexual que talvez tenha acabado. Você está mais velho, passou por muita coisa, deve ter chegado à terra da calmaria sexual. É um lugar ótimo, de bom clima, ensolarado. Estou nele há anos.

— Eu diria que Schopenhauer curou você, mas agora você precisa se curar dele — disse Tony.

Philip abriu a boca para responder, mas a fechou e refletiu sobre o que Tony disse.

— Outra coisa: quando pensar em seu mal-estar no grupo, lembre-se da dor e da culpa que você enfrentou aqui por causa de um encontro casual no passado — disse Julius.

— Não ouvi nada sobre culpa da parte dele — disse Pam.

Philip respondeu na hora, encarando Pam.

— Se eu tivesse sabido, na época, dos anos que você ficou sofrendo, não faria o que fiz. Como já disse, foi falta de sorte você cruzar meu caminho. A pessoa que eu era não pensava nas consequências. Eu vivia no piloto automático.

Pam concordou e ficou olhando para ele. Philip encarou-a um instante e depois voltou a atenção para Julius.

— Entendo o que diz do enorme estresse nesse grupo, mas insisto que isso é só parte da história. É aí que discordamos na orientação. Concordo que o relacionamento com os outros é difícil e, provavelmente, gratificante também, embora eu não tenha essa experiência. Mesmo assim, tenho certeza de que viver é difícil e sofrido. Permita que eu cite Schopenhauer um minuto.

Sem esperar resposta, Philip olhou para cima e começou a declamar:

— Em primeiro lugar, o homem nunca é feliz. No entanto, passa a vida lutando por algo, pensando que isso o fará feliz. Não consegue, e, quando consegue, se desaponta: é um náufrago e chega ao porto sem mastros nem cordame. Portanto, não se trata de ser feliz ou infeliz, pois a vida não é senão o momento presente, que está sempre sumindo e, enfim, se acaba.

Após um longo silêncio, Rebecca disse:

— Senti um frio na espinha.

— Entendi — disse Bonnie.

— Pareço uma professora de inglês nervosa... — disse Pam, falando para todos. — Mas peço que não se iludam com a retórica. Aquele texto não acrescenta nada ao que Philip vem dizendo. Só enfatiza. Schopenhauer tinha muito estilo e o melhor texto de todos os filósofos, depois de Nietzsche, claro. Ninguém escreveu melhor que Nietzsche.

— Philip, quero responder ao seu comentário sobre a orientação que você e eu temos — disse Julius. — Não creio que estejamos tão distantes quanto acha. Concordo bastante com o que você e Schopenhauer disseram sobre o drama da condição humana. Nossa discordância está no que fazer. Como viver? Como encarar o fato de sermos mortais? Como viver, sabendo que somos apenas formas de vida, jogadas em um universo indiferente, sem qualquer finalidade definida?

"Como você sabe", continuou Julius, "embora eu tenha mais interesse por filosofia do que a maioria dos terapeutas, não sou especialista. Mas sei de outros grandes pensadores que enfrentaram esses duros fatos e encontraram soluções bem diferentes das de Schopenhauer. Falo especialmente de Camus, Sartre e Nietzsche, que defendem a ação em vez da resignação. O filósofo que conheço melhor é Nietzsche. Assim que soube da minha doença e entrei em pânico, abri *Assim falou Zaratustra* e fiquei ao mesmo tempo calmo e inspirado, sobretudo pelo comentário que celebra a vida, dizendo que devemos viver de forma que possamos aceitar a oportunidade se nos oferecerem viver outra vez e mais outra, exatamente do mesmo jeito."

— Por que essa ideia lhe deu alívio? — perguntou Philip.

— Pensei em minha vida e senti que tinha vivido direito, não tinha arrependimentos, embora, claro, detestasse o fato de minha mulher ter morrido. O livro me ajudou a resolver como eu deveria viver o tempo que me restava: continuando a fazer exatamente o que sempre deu prazer e teve sentido para mim.

— Não sabia desse fato entre você e o livro de Nietzsche, Julius — disse Pam. — Fico ainda mais próxima de você porque *Zaratustra*, melodramático como é, continua sendo um de meus livros preferidos. A frase de que mais gosto é ele dizendo: "É isso a vida? Então, de novo ela!" Gosto de gente que abraça a vida e me irrito com quem se encolhe frente a ela. Estou me referindo a Vijay, na Índia. Acho que, na próxima vez em que eu colocar anúncio em uma página de consultório sentimental de revista feminina, vou citar a frase de Nietzsche e a da lápide de Schopenhauer e pedir para os candidatos escolherem. Assim, fico sabendo quais são os derrotistas e quais são os lutadores.

"Tenho outra frase que gostaria de mostrar." Pam virou-se para Philip. "É claro que, após a última sessão, pensei muito em você. Estou dando um curso de biografia e, nas leituras da semana passada, encontrei um trecho ótimo da biografia de Erik Erikson sobre Lutero. Diz mais ou menos o seguinte: 'Lutero considerou a própria neurose como se fosse a de um paciente universal e depois tentou resolver em escala mundial o que não conseguiu resolver nele.' Acho que Schopenhauer também cometeu esse grande erro e você foi atrás."

— Talvez... — disse Philip, de forma conciliadora — ... a neurose seja uma construção social e precisemos de um tipo de terapia e de filosofia para cada tipo de pessoa: um para os que apreciam a proximidade com os demais; outro para os que preferem a vida intelectual. Pense, por exemplo, quanta gente vai a centros de meditação budista.

— Queria comentar uma coisa com você, Philip — disse Bonnie. — Acho que sua visão do budismo é equivocada. Participei de retiros budistas cujo foco estava no exterior, isto é, valorizavam a bondade e a ligação com os outros, e não para dentro, a solidão. Um bom budista pode ser uma pessoa ativa, que está no mundo, até politicamente ativa, só por amor aos outros.

— Então, está ficando mais claro que seu erro de avaliação envolve também os relacionamentos humanos — disse Julius. — Outro exemplo: você citou a visão de vários filósofos a respeito da vida e da morte, mas não o que eles, e estou me referindo aos gregos, falaram sobre as alegrias da *philía*, a amizade. Eu me lembro de um de meus supervisores citar um trecho de Epicuro no qual diz que a amizade é o ingrediente mais importante para uma vida feliz, e que fazer uma refeição sem a presença de um amigo era viver como um leão ou um lobo. E a definição de Aristóteles para amigo, aquele que incentiva e destaca o que o outro tem de melhor, é parecida com a ideia que faço do terapeuta ideal. Philip, como está se sentindo? Será que estamos jogando muita coisa para cima de você de uma vez?

— Rebato dizendo que nenhum dos grandes filósofos jamais se casou, exceto Montaigne, que era tão desinteressado da família que não sabia direito quantos filhos tinha. Mas, como só temos uma sessão, de que adianta dizer isso? É difícil gostar de ouvir ataques ao meu curso e a tudo o que planejo oferecer como orientador.

A CURA DE SCHOPENHAUER

— Acho que isso não é verdade. Você pode ajudar em muita coisa, da mesma forma que ajudou as pessoas aqui. Não é? — perguntou Julius, olhando o grupo.

Depois que muitas cabeças concordaram com firmeza, Julius continuou:

— Mas, se quer ser orientador, precisa entrar no mundo social. Gostaria de dizer que muitos, até a maioria dos que vão procurá-lo, precisarão de ajuda nos relacionamentos pessoais, e, se você quer viver desse trabalho, tem que entender muito do assunto, não há outro jeito. Dê uma olhada no grupo: todos entraram aqui devido a relacionamentos complicados. Pam por problemas com os homens; Rebecca porque sua aparência influenciava sua relação com os outros; Tony por causa de uma relação destrutiva com Lizzy e brigas com outros homens. O mesmo motivo para todos os demais integrantes do grupo.

Julius pensou e resolveu incluir os que faltavam.

— Gill veio por causa de conflitos conjugais; Stuart, porque a mulher ameaçava deixá-lo; Bonnie por solidão e problemas com a filha e o ex-marido. Como você vê, não se pode ignorar os relacionamentos. E lembre-se de que foi por isso também que insisti para você entrar no grupo, antes de fazer sua supervisão.

— Talvez eu não tenha jeito. Não tenho relacionamentos passados nem presentes. Não tenho família, amigos, nem namorada. Gosto da solidão, mas você se surpreenderia com o tamanho dela.

— Algumas vezes, depois da sessão, convidei você para ir comigo à lanchonete, mas não aceitou. Pensei que tivesse outro programa — disse Tony.

— Há doze anos, almoço e janto sozinho. Talvez tenha comido um sanduíche junto com alguém, não um almoço de verdade. Você tem razão, Julius. Epicuro deveria achar que vivo como um lobo. Algumas semanas atrás, depois daquela sessão que me deixou tão transtornado, uma das coisas que pensei foi que a mansão de ideias que construí não tem aquecimento. O grupo é caloroso. Esta sala é quente, mas o lugar onde moro é um gelo. Quanto ao amor, é coisa que desconheço.

— Aquelas mulheres todas, centenas, que você comentou conosco — disse Tony. — Deve ter havido algum amor. Você deve ter gostado de algumas, ou elas de você.

— Isso foi há muito tempo. Se alguma gostou de mim, tratei de evitá--la. E, se me amaram, não gostaram de mim, de meu verdadeiro eu, mas de minha técnica.

— Qual é seu verdadeiro eu? — perguntou Julius.

Philip respondeu, cada vez mais sério.

— Lembra no que eu trabalhava quando nos conhecemos? Eu era um exterminador, um químico inteligente que descobriu como matar insetos usando os hormônios deles para impedir que se reproduzissem. Que tal essa ironia? O matador com a arma de hormônio.

— E qual é seu verdadeiro eu? — insistiu Julius.

Philip olhou bem nos olhos dele.

— É um monstro, um predador. Solitário. Matador de insetos. — Seus olhos lacrimejaram. — Cheio de ódio. Intocável. Ninguém que me conheceu gostou de mim. Jamais. Nem podia.

De repente, Pam levantou-se e foi até Philip. Fez sinal para Tony trocar de lugar, sentou-se ao lado de Philip e segurou na mão dele. Disse, carinhosa:

— Eu poderia ter gostado de você. Foi o homem mais bonito e interessante que conheci. Liguei e escrevi semanas para você, depois que não quis me encontrar mais. Poderia ter amado você, mas você estragou...

— Shhh... — Julius tocou no ombro de Pam para ela se calar. — Não, Pam, não vá por aí. Fique na primeira parte. Repita.

— Eu poderia ter gostado de você.

— "Você foi o homem mais..." — ajudou Julius.

— O homem mais bonito que eu conheci.

— De novo.

Pam continuou segurando a mão de Philip, que chorava, e repetiu:

— Poderia ter gostado de você. Você foi o homem mais bonito...

Então, Philip escondeu o rosto com as mãos e saiu da sala.

Imediatamente, Tony encaminhou-se para a porta.

— É minha deixa.

Julius também se levantou e segurou Tony:

— Não, Tony. Essa deixa é minha. — Saiu da sala e viu Philip ao final do corredor, encostado na parede, soluçando. Julius abraçou-o e disse: — É bom colocar tudo para fora, mas temos que voltar para a sala.

Philip soluçou mais alto e negou com a cabeça, tentando retomar o fôlego.

— Tem que voltar, amigo. Foi por isso que veio para cá, exatamente para isso, e não pode desperdiçar. Você trabalhou bem hoje, do jeito que deve fazer para se tornar um terapeuta. Temos só mais dois minutos de sessão. Volte comigo e sente-se lá com os outros. Fique calmo.

Philip pôs a mão, apenas um instante, sobre a mão de Julius, aprumou-se e voltou com ele para a sala. Sentou-se. Pam tocou no braço dele, e Gill, sentado do outro lado, deu um tapinha em seu ombro.

— Como está você, Julius? Parece cansado — disse Bonnie.

— De cabeça, estou ótimo, satisfeito com o trabalho do grupo. Muito contente de ter participado disso tudo. De corpo, confesso que estou indisposto e cansado. Mas tenho energia para nossa última sessão na semana que vem.

— Julius, posso trazer um bolo para comemorar nossa última sessão? — perguntou Bonnie.

— Claro... Pode trazer um bolo de cenoura se quiser.

Mas não houve despedida. No dia seguinte à sessão, Julius teve uma dor de cabeça fortíssima. Horas depois, entrou em coma e morreu após três dias. Na segunda-feira, à mesma hora de sempre, o grupo reuniu-se na lanchonete e dividiu o bolo de cenoura em silenciosa tristeza.

CAPÍTULO
41

A morte chega para
Arthur Schopenhauer

*Consigo suportar a ideia de que, poucas horas depois que
eu morrer, os vermes comerão meu corpo, mas estremeço
ao imaginar professores criticando minha filosofia.*

SCHOPENHAUER ENFRENTOU A morte como tudo na vida: com extrema lucidez. Sem esquivar-se, sem entregar-se a fáceis crenças espirituais, continuou racional até o fim. É pela razão, disse ele, que descobrimos a morte: vemos os outros morrerem e, por analogia, concluímos que também morreremos. E é pela razão que chegamos à conclusão óbvia de que a morte é o fim da consciência e a destruição irreversível do eu.

Disse também que há duas formas de encarar a morte: pela razão ou pela ilusão e pela religião, com sua esperança de que existem consciência e vida após a morte. Assim, a existência da morte e o medo dela são o pai do pensamento e a mãe da filosofia e da religião.

A CURA DE SCHOPENHAUER

Por toda a vida, Schopenhauer lidou com a onipresença da morte. Em seu primeiro livro, escrito aos 20 e poucos anos, afirmou: "A vida é apenas a morte sendo evitada e adiada. (...) Cada vez que respiramos, afastamos a morte que nos ameaça e assim lutamos com ela a cada segundo."

Como ele descreveu a morte? Sua obra traz muitas metáforas sobre o tema: somos ovelhas pastando e a morte é o açougueiro que escolhe com cuidado uma ovelha e depois outra; ou somos como crianças em um teatro, ansiosas para a peça começar e, felizmente, sem saber o que vai nos acontecer; ou, ainda, somos marinheiros evitando os rochedos e redemoinhos do mar, seguindo para o grande e catastrófico naufrágio final. As descrições que faz do ciclo da vida mostram sempre uma viagem inexorável e desesperada.

"Como nosso começo é diferente do fim! No começo, temos o delírio do desejo e o êxtase do prazer sensual; no fim, a destruição de todos os órgãos e o cheiro do cadáver em decomposição. O caminho, do nascimento à morte, é sempre um declive no bem-estar e na alegria. Infância sonhadora, juventude alegre, vida adulta difícil, velhice frágil e, em geral, lastimável, a tortura da última doença e, por fim, a agoniada morte. Não parece que a vida é um tropeço cujas consequências aos poucos ficam mais óbvias?"

Será que Schopenhauer temia a morte? Em seus últimos anos, demonstrou muita calma em relação a ela. De onde vinha essa calma? Se o medo da morte é onipresente, se a morte nos ameaça a vida inteira, se é tão temida que muitas religiões surgiram para diminuir esse medo, então como o isolado e leigo filósofo conteve tal medo?

Seus métodos baseavam-se em analisar as origens da angústia da morte. Tememos a morte porque ela é estranha e desconhecida? Então, diz ele, estamos enganados, pois a morte é muito mais conhecida do que pensamos. Não só sentimos o que ela é todos os dias, no sono ou em estados de inconsciência, mas todos nós passamos por um estado de não ser antes de sermos concebidos.

Tememos a morte porque ela é má? (Pense nos horríveis desenhos e ilustrações que costumam representar a morte.) Nesse ponto, também, ele insiste que estamos enganados: "É absurdo considerar a não existência como ruim: cada mal, como cada bem, pressupõe existência e consciência. (...) E claro que não é ruim perder o que não se pode ter." O filósofo pede para lembrarmos que a vida é sofrimento, um mal em si. Então, será ruim perder uma coisa ruim? A morte, diz ele, deveria ser considerada uma benção, um alívio da inexorável angústia da existência bípede. "Deveríamos saudar a morte como um fato feliz e desejado, e não como costuma ser, com medo e tremor. Deveríamos insultar a vida por interromper nossa agradável não existência", e ele faz sua polêmica afirmação: "Se batermos nas lápides e perguntarmos aos mortos se querem voltar à vida, balançarão a cabeça dizendo que não." E cita frases parecidas de Platão, Sócrates e Voltaire.

Além de seus argumentos racionais, Schopenhauer tem mais um, que beira o misticismo. Ele namora (mas não se casa) com a ideia de uma espécie de imortalidade. Acredita que nossa natureza interior é indestrutível porque somos apenas uma manifestação da força da vida, a vontade, a coisa em si que continua existindo eternamente. Assim, a morte não é o fim, pois, quando nossa insignificante vida acaba, nós nos reintegramos com a força vital primal e atemporal.

A ideia de reintegrar-se a essa força vital após a morte dava um alívio a Schopenhauer e a muitos leitores dele (como Thomas Mann e seu protagonista Thomas Buddenbrook), mas, como não implica um eu contínuo, muitos acham que é apenas um pequeno consolo. (O consolo que Thomas Buddenbrook sente também é passageiro e acaba poucas páginas depois.) Schopenhauer criou um diálogo entre dois filósofos gregos em que a ideia da imortalidade não é muito confortadora. Na conversa, Filaleto tenta convencer Trasímaco (um grande cético) de que a morte não assusta, pois a essência humana é indestrutível. Os argumentos de ambos são tão lúcidos e firmes que o leitor fica sem saber o que pensa o autor. O cético Trasímaco não se convence e dá a palavra final.

FILALETO: Quando você diz eu, eu, eu quero existir, não é só você quem diz. Tudo diz, tudo o que tiver o menor traço de consciência. É o grito não do indivíduo, mas da própria existência. (...) Ele apenas admite o que você e sua vida são realmente, ou seja, a vontade universal de viver. A questão vai lhe parecer pueril e muito ridícula.

TRASÍMACO: Você é pueril e ridículo como todos os filósofos, e, se um homem de minha idade perde quinze minutos de conversa com um tolo desses, é apenas porque me diverte e passa o tempo. Tenho mais o que fazer, adeus.

Schopenhauer tinha outro método para afastar a angústia da morte: quanto mais realização pessoal houver, menor será a angústia. Se alguns acham que sua ideia de unidade universal é fraca, esse outro argumento é, sem dúvida, forte. Médicos que tratam de pacientes terminais já notaram que a angústia é maior nos que acham que tiveram uma vida mal realizada. A sensação de completude, de ter "consumado a vida", como diz Nietzsche, reduz a angústia da morte.

E o que diz Schopenhauer? Será que ele viveu bem e bastante? Cumpriu sua missão? Ele tinha certeza de que sim. Veja o fim de suas notas autobiográficas:

"Sempre quis morrer rápido, pois quem viveu só a vida inteira saberá avaliar melhor esse tema solitário. Em vez de sumir em meio às tolices e bufonarias preparadas para os lastimáveis bípedes humanos, vou terminar feliz, consciente de estar voltando para onde vim (...) e de ter cumprido minha missão."

O mesmo sentimento (orgulho de ter percorrido seu talentoso caminho) aparece em versos curtos que fecham seu último livro:

Estou cansado, no final da estrada
A fronte exausta mal consegue suportar os louros
Mesmo assim vejo com alegria o que fiz
Sem me intimidar com a opinião dos outros.

Quando foi lançado seu último livro, *Parerga e paralipomena*, ele constatou: "Estou muito satisfeito de ver o nascimento de meu último filho. É como se tirassem de meus ombros um peso que carrego desde os 24 anos. Ninguém imagina o que seja."

Na manhã do dia 21 de setembro de 1860, a criada preparou o café da manhã de Schopenhauer, limpou a cozinha, abriu as janelas da casa e saiu. O filósofo já havia tomado seu banho frio e estava lendo no sofá na sala, que era um cômodo grande e arejado, mobiliado com simplicidade. Ao lado do sofá, no tapete preto de pele de urso, estava deitado Atman, seu querido poodle. Na parede do sofá, havia um grande retrato a óleo de Goethe, vários desenhos mostrando cães, Shakespeare e o imperador romano Cláudio. Em outras partes da sala, havia daguerreótipos de Schopenhauer; na escrivaninha, um busto de Kant e, em um canto da mesa, um busto de Christoph Wieland, filósofo que incentivou o jovem Schopenhauer a estudar filosofia. Em um canto, ficava a estimada estátua dourada de Buda.

Pouco depois de a criada sair, o médico que lhe fazia visitas periódicas entrou na sala e encontrou seu cliente caído no canto do sofá. Um "ataque do pulmão" (embolia pulmonar) o levara desse mundo, sem dor. Seu rosto não estava alterado nem mostrava a agonia da morte.

O funeral em um dia chuvoso foi mais desagradável do que o normal, devido ao cheiro de carne putrefata no pequeno e fechado necrotério. Dez anos antes, Schopenhauer tinha dado instruções claras para ser enterrado pelo menos cinco dias após a morte, até a decomposição começar. Talvez esse tenha sido um último gesto de misantropia, ou talvez de medo de sofrer uma catalepsia — interrupção temporária das funções vitais — e ser enterrado vivo. O necrotério ficou tão cheio e o cheiro ficou tão forte que várias pessoas tiveram que sair durante o longo e empolado discurso feito por seu testamenteiro, Wilhelm Gwinner, que começou dizendo:

"Este homem que viveu entre nós, mas se manteve um estranho, era possuidor de raros sentimentos. Ninguém aqui presente está ligado a ele por laços de sangue. Morreu isolado como viveu."

A CURA DE SCHOPENHAUER

Sobre o túmulo de Schopenhauer, foi colocada uma pesada lápide de granito belga. O testamento pedia que nela constasse apenas seu nome, mais nada — nem data, ano ou palavra.

O homem enterrado naquele modesto túmulo queria que sua obra falasse por ele.

CAPÍTULO
42

Três anos depois

O ser humano aprendeu comigo algumas
coisas de que jamais se esquecerá.

O SOL DO ENTARDECER entrava pelas grandes janelas abertas do café Florio. A antiga jukebox tocava árias do Barbeiro de Sevilha acompanhadas pelo zunido de uma máquina de café espresso aquecendo o leite para os cappuccinos.

Pam, Philip e Tony estavam na mesma mesa à janela onde, desde a morte de Julius, se reuniam para um café toda semana. Outras pessoas do grupo tinham participado no primeiro ano, mas nos dois últimos só eles se encontravam. Philip parou a conversa para ouvir uma ária e cantarolar junto.

— *Una voce poco fa*, essa é uma das minhas árias preferidas — disse ele, quando retomavam a conversa. Tony mostrou o diploma da faculdade.

Philip informou que estava jogando xadrez duas noites por semana no Clube de Xadrez de São Francisco (a primeira vez que jogava com parceiros desde a morte do pai). Pam falou de sua boa relação com o novo namorado, especialista na obra de Milton, e também de suas idas aos domingos às cerimônias budistas em Green Gulch, Marin.

Ela olhou o relógio.

— Está na hora de vocês entrarem em cena, rapazes. — Olhou para os dois. — Vocês são dois fofos, estão ótimos. Mas, Philip, essa jaqueta... — Pam balançou a cabeça. — Não dá mais... Veludo côtelé não se usa há vinte anos, nem esses falsos remendos nos cotovelos. Na semana que vem, vamos fazer compras. — Olhou a cara deles. — Vocês vão fazer bonito. Se na hora você ficar nervoso, Philip, lembre-se das cadeiras que ganhou de Julius e que ele gostava dos dois. E eu também. — Deu um beijo na testa de cada um, deixou uma nota de vinte dólares na mesa e disse: — Hoje é um dia especial. Vocês são meus convidados — e foi embora.

Uma hora depois, sete pessoas entraram no consultório de Philip para a primeira sessão do grupo e sentaram-se, sem jeito, nas cadeiras que foram da sala de Julius. Depois de adulto, Philip tinha chorado duas vezes na vida: uma, na última sessão do grupo, e outra, ao saber que tinha herdado aquelas nove cadeiras.

— Sejam bem-vindos ao grupo. Tentamos dar as regras na sessão individual que tivemos com cada um de vocês. Agora, vamos começar.

— Certo. Só isso? Não há mais instruções? — perguntou Jason, um homem baixo e magro, de meia-idade, que usava uma camiseta Nike preta e justa.

— Eu me lembro do medo que tive em minha primeira sessão de grupo — disse Tony, que se inclinou para a frente na cadeira. Estava bem-vestido, de camisa branca de mangas curtas, calça cáqui e mocassins marrons.

— Não estou falando em medo, mas na falta de orientação sobre o funcionamento do grupo — replicou Jason.

— Bom, do que precisa para começar? — perguntou Tony.

IRVIN D. YALOM

— Informação, que é a mola do mundo hoje. Isso aqui é para ser um grupo de orientação filosófica. Vocês dois são filósofos?

— Eu sou, com doutorado na Universidade Columbia. Tony, meu assistente, é um aluno de orientação — disse Philip.

— Aluno? Não entendi. Como vocês vão atuar aqui?

— Philip vai trazer ideias da filosofia que possam ajudar, e eu, bem, estou aqui para aprender e ajudar em que puder. Sou mais especialista em facilitação emocional. Certo, companheiro? — perguntou Tony a Philip.

Philip concordou.

— Facilitação emocional? Dá para saber o que isso significa? — perguntou Jason.

— Jason, eu me chamo Marsha — interrompeu outra participante do grupo. — E gostaria de dizer que essa é a quinta agressão sua em cinco minutos...

— E daí?

— ... e que você é o tipo do sujeito machão exibicionista com o qual eu tenho problema à beça.

— E você é o tipo da patricinha que eu acho um pé no saco.

— Parem, parem. Vamos congelar a ação um instante — disse Tony. — E ter um retorno dos outros a respeito de nossos primeiros cinco minutos aqui. Primeiro, quero lhes dizer uma coisa, Jason, e a você, Marsha, algo que Philip e eu aprendemos com Julius, nosso professor. Tenho certeza de que vocês dois estão achando um começo tempestuoso, mas tenho a impressão, a forte impressão de que, quando este grupo terminar, vocês terão grande importância um para o outro. Certo, Philip?

— Certo, companheiro.

NOTAS

Página 9 "Cada vez que respiramos...": *The World as Will and Representation*, de A. Schopenhauer, trad. E. F. J. Payne, 2 vols. (Nova York, Dover Publications, 1969), vol. 1, p. 311, § 57.

Página 26 "Êxtase no ato da cópula...": *Manuscript Remains in Four Volumes*, de Schopenhauer, ed. Arthur Hübscher, trad. E. F. J. Payne (Oxford: Berg Publishers, 1988-90), vol. 3, p. 262, § 111.

Página 31 "A vida é uma coisa miserável...": ed. Eduard Grisebach, *Schopenhauer's Gesprächeund Selbstgespräche* (Berlim: E. Hoffman, 1898), p. 3.

Página 41 "Talento é quando um atirador...": *World as Will*, de Schopenhauer, vol. 2, p. 391, cap. 31: "On Genius".

Página 43 "Ninguém me ajudou...": *Schopenhauer and the Wild Years of Philosophy*, de Rüdiger Safranski, trad. Ewald Osers (Cambridge: Harvard University Press, 1991), p. 11.

Página 44 "Uma vida feliz é impossível...": *Parerga and Paralipomena*, de Schopenhauer, trad. E. F. J. Payne, 2 vols. (Oxford: Clarendon Press, 2000), vol. 2, p. 322, § 172a.

Página 50 "A sólida base de nossa visão...": ibid., vol. 1, p. 478, cap. 6: "On the Different Periods of Life".

Página 51 "Toda moça que pensa em se casar...": *Schopenhauer*, de Safranski, p. 14.

Página 51 "Eu não fingia amor ardente...": ibid., p. 13.

Página 53 "Se olharmos a vida em seus pequenos detalhes...": trad. de T. Bailey Saunders. *Complete Essays of Schopenhauer: Seven Books in One Volume* (Nova York: Wiley, 1942), livro 5, p. 24. Ver também *Parerga and Paralipomena*, de A. Schopenhauer, vol. 2, p.290, § 197a.

Página 58 "Uma só hora de calma...": *Os Buddenbrook*, de Thomas Mann, trad. H. T. Lowe Porter (Nova York: Vintage Books, 1952), p. 509.

Página 59 "Uma mente-mestra poderia se apoderar...": ibid., p. 510.

Página 59 "Será que eu queria continuar vivo ...": ibid., p. 513.

Página 60 "Tão perfeitas e consistentemente claras...": *Essays of Three Decades*, de Thomas Mann, trad. H. T. Lowe-Porter (Nova York: Alfred Knopf, 1947), p. 373.

Página 60 "Emocional, empolgante, jogando com contrastes enormes...": ibid., p. 373.

Página 60 "Aquele gênio dinâmico e lúgubre agir...": Ronald Hayman, *Nietzsche: A Critical Life* (Nova York: Penguin, 1982), p. 72.

Página 65 "A religião tem todas as coisas a seu favor...": *World as Will*, de Schopenhauer, vol. 2, p. 166, cap. 17: "On Man's Need for Metaphysics".

Página 67 "Poderíamos prever...": *Complete Essays*, de Saunders, livro 5, p. 3. Ver também *Parerga and Paralipomena*, de Schopenhauer, vol. 2, p. 298, § 155a.

A CURA DE SCHOPENHAUER

Página 68 "Em um espaço infinito, inúmeras esferas luminosas...": *World as Will*, de Schopenhauer, vol. 2, p. 3., cap. 1: "On the Fundamental View of Idealism".

Página 80 "Na infância, o aparelho...": ibid., vol. 2, p. 394, cap. 31: "On Genius".

Página 80 "Os mais felizes...": *Schopenhauer*, de Safranski, p. 26.

Página 81 "Não se esqueça de que seu pai deixou...": ibid., p. 29.

Página 81 "O encontro de dois amigos...": *Parerga and Paralipomena*, de Schopenhauer, vol. 2, p. 299, § 156.

Páginas 81-82 "Eu estava num país desconhecido...": *Schopenhauer*, de Safranski, p. 280.

Página 81 "A maior sabedoria é...": *Parerga and Paralipomena*, de Schopenhauer, vol. 2, p. 284, § 143.

Página 97 "Os reis deixaram aqui suas coroas e cetros...": *Schopenhauer*, de Safranski, p. 44.

Página 98 "Deixasse de lado todos esses escritores...": ibid., p. 37.

Página 100 "Aos 17 anos...": ibid., p. 41.

Página 101 "É esse o mundo que dizem ter sido...": ibid., p. 58.

Página 102 "No fim da vida...": *Parerga and Paralipomena*, de Schopenhauer, vol. 2, p. 285, § 145.

Página 118 "Uma pessoa de raros dons intelectuais...": *World as Will*, de Schopenhauer, vol. 2, p. 388, cap. 31: "On Genius".

Página 119 "Nobre e maravilhoso espírito, ao qual devo tudo...": *Schopenhauer*, de Safranski, p. 278.

Página 120 "Dançar e andar a cavalo..." e outras citações de cartas de Heinrich: ibid., p. 52-53.

Página 120 "Sei que você não foi um jovem..": ibid., p. 81.

Página 120 "Continuo com meu patrono...": ibid., p. 55.

Página 120 "Sua personalidade é tão diferente...": Johanna para A. Schopenhauer (28 de abril de 1807). Em Der Briefwechsel Arthur Schopenhauer Hrsg. v. Carl Gebhardt Drei Bände. Erste Band (1799) Munique: R. Piper & Co., p. 129ff. Trad. de F. Reuter e Irvin Yalom.

Página 120 "Sempre escolho o que for mais emocionante": Der Briefwechsel Arthur Schopenhauer Herausgegeben von Carl Gebhardt. Erster Band (1799–1849). Munich: R. Piper, 1929. Auo. Arthur Schopenhauer: Sämtliche Werke. Herausgegeben von Dr. Paul Deussen. Vierzehnter Band. Erstes und zweites Tausend. Munich: R. Piper, 1929. p. 129ff. Nr.71. Correspondence, Gebhardt and Hübscher, eds. Carta de Johanna Schopenhauer (28 de abril de 1807), trad. por Felix Reuter and Irvin Yalom.

Página 121 "O tom calmo e sério...": ibid.

Página 122 "Se você fosse outra pessoa...": *Schopenhauer*, de Safranski, p. 84.

Página 124 "É interessante que...": *World as Will*, de Schopenhauer, vol. 1, p. 85, § 16.

Página 132 "Só a mente masculina...": *Parerga and Paralipomena*, vol. 2, p. 619, § 639.

Página 132 "Seus eternos sofismas...": *Schopenhauer*, de Safranski, p. 92-94.

A CURA DE SCHOPENHAUER

Página 135 "Sei como são as mulheres. Elas encaram o...": Arthur Schopenhauer: Gespräche Hrsg, v. Arthur Hübscher, Stuttgart-Bad Cannstatt, 1971, p. 152. Trad. de F. Reuter e Irvin Yalom.

Página 136 "Veja bem minhas condições...": Schopenhauer, de Safranski, p. 94.

Página 137 "Raiz quádrupla?...": ibid., p. 169.

Página 137 "A porta que você fechou com tanto estrondo...": ed. Paul Densen, Journal of the Schopenhauer Society, 1912-1944, trad. F. Reuter. Frankfurt: 1973, p. 128.

Página 138 "A maioria dos homens sente atração...": *Manuscript Remains*, de Schopenhauer, vol. 4, p. 504. Ἐιζεαυτον, § 25. Tradução adaptada por Felix Reuter e Irvin Yalom.

Página 139 "As grandes dores fazem com que as menores...": *World as Will*, de Schopenhauer, vol. 1, p. 316, § 57. Tradução adaptada por Walter Sokel e Irvin Yalom.

Página 152 "Nada mais consegue assustá-lo ou emocioná-lo...": ibid., vol. 1, p. 390, § 68.

Página 164 "É preciso ter o caos...": *Thus Spoke Zarathustra*, de F. Nietzsche, trad. R. J. Hollingdale (Nova York: Penguin, 1961), p. 46.

Página 167 "A flor respondeu...": *Parerga and Paralipomena*, de Schopenhauer, vol. 2, p. 649, cap. 314, § 388.

Página 184 "A alegria e a despreocupação da nossa juventude...": ibid., vol. 1, p. 483, cap. 6: "On the Different Periods of Life".

Página 185 "Meio louco devido aos excessos...": *Arthur Schopenhauer*, de Arthur Hübscher:Ein Lebensbild, Dritte Auflage, durchgesehen von Angelika Hübscher, mit einer Abbildungund zwei Handschrift proben. (Mannheim: F.A. Brockhaus, 1988), S. 12.

Página 185 "Embora eu não dê qualquer importância...": Schopenhauer, de Safranski, p. 40.

Página 185 "Gostaria que você tivesse aprendido...": ibid., p. 40.

Página 185 "Ao lado do quadro estão...": ibid., p. 42.

Página 186 "Acho que a vista do cume de uma montanha...": ibid., p. 51.

Página 186 "A filosofia é uma estrada isolada em uma grande montanha...": *Manuscript Remains*, de Schopenhauer. vol. 1, p. 14.

Página 186 "Entramos em um aposento onde havia criados bêbados...": Schopenhauer, de Safranski, p. 51.

Página 186 "O canto estridente da multidão...": e citações seguintes nesse parágrafo: ibid., p. 43.

Página 187 "Lamento que sua estada ...": ibid., p. 45.

Página 187 "Sempre que me misturo aos homens...": *Manuscript Remains*, de Schopenhauer, vol. 4, p. 512, Έιζεαυτον, § 32.

Página 187 "Repare se seus julgamentos objetivos...": *Schopenhauer*, de Safranski, p. 167.

Página 188 "Feliz é o homem...": *Complete Essays*, de Saunders, livro 2, p. 63. Ver também *Parerga and Paralipomena*, de Schopenhauer, vol. 1, p. 445, cap. 5: "Counsels and Maxims".

Página 200 "O sexo intromete-se com seu lixo...": *The World as Will and Representation*, de Schopenhauer, vol. 2, p. 533, cap. 44: "The Metaphysics of Sexual Law".

A CURA DE SCHOPENHAUER

Página 201 "Obit anus, abit onus...": *The Philosophy of Schopenhauer*, de Bryan Magee (Oxford: Clarendon Press, 1983, revista em 1997), p. 13, nota de rodapé.

Página 201 "Puta prestimosa": Schopenhauer, de Safranski, p. 66.

Página 201 "Eu gostaria muito delas...": ibid., p. 67.

Página 202 "Mas eu não queria as uvas...": *Arthur Schopenhauer: Gespräche*. Heraus gegebenvon Arthur Hübscher. Neue, stark erweiterte. Ausg. Stuttgart-Bad Cannstatt, 1971, p. 58, trad. Felix Reuter.

Página 202 "Espero que você não perca a capacidade...": *Schopenhauer*, de Safranski, p. 245.

Página 202 "É contra a natureza da mulher limitar-se a um só homem...": ibid, p. 271.

Página 202 "Em uma certa fase ...": ibid., p. 271.

Página 203 "Todos os grandes poetas foram infelizes ...": *Manuscript Remains*, de Schopenhauer, vol. 4, p. 505, Ἑιζεαυτον, § 25.

Página 203 "Casar-se em idade avançada...": *Manuscript Remains*, de Schopenhauer, vol. 4, p. 504, Ἑιζεαυτον, § 24.

Páginas 203-204 "Depois do amor à vida...": *The World as Will and Representation*, de Schopenhauer, vol. 2, p. 523. "Life of the species".

Página 204 "Se considerarmos tudo isso...": ibid., vol. 2, p. 534, cap. 44: "The Metaphysics of Sexual Love".

Página 204 "Embora os dois envolvidos ignorem...": ibid., vol. 2, p. 535, cap. 44: "The Metaphysics of Sexual Love".

IRVIN D. YALOM

Página 204 "Portanto o que realmente conduz...": ibid., vol. 2, p. 539, cap. 44: "The Metaphysics of Sexual Love".

Página 204 "O homem é possuído pelo espírito...": ibid., vol. 2, p. 554-555, cap. 44: "The Metaphysics of Sexual Love".

Página 204 "Pois está sob influência...": ibid., vol.2, p. 556, cap. 44: "The Metaphysics of Sexual Love".

Página 205 "O que não é concedido pela razão...": ibid., vol. 2, p. 557, cap. 44: "The Metaphysics of Sexual Love".

Página 206 "Se não conto meu segredo... ": *Parerga and paralipomena*, de Schopenhauer, vol. 1, p. 466, cap. 5: "Counsels and Maxims".

Página 221 "A primeira regra para não ser...": *Manuscript Remains*, de Schopenhauer, vol. 4, p. 466, Ειζεαυτον, § 20.

Página 222 "Se você se interessa...": *Epíteto: Discourses and Enchiridion*, trad. T. Wentworth Higginson (Nova York: Walter J. Black, 1944), p. 338.

Página 224 "Quando eu tinha 30 anos...": *Manuscript Remains*, de Schopenhauer, vol. 4, p. 513, Ειζεαυτον, § 33.

Página 224 "Em um dia frio de inverno...": *Parerga and Paralipomena*, de Schopenhauer, vol. 2, p. 651, § 396.

Página 225 "Quem tem muito calor interno...": ibid., vol. 2, p. 652.

Página 225 "Mais alta classe do gênero...": *Manuscript Remains*, de Schopenhauer, vol. 4, p. 498, Ειζεαυτον, § 20.

Página 225 "Minha inteligência não pertence a mim...": ibid., vol. 4, p. 484, Ειζεαυτον, § 3.

A CURA DE SCHOPENHAUER

Página 226 "O jovem Schopenhauer parece ter mudado...": *Schopenhauer*, de Safranski, p. 120.

Página 226 "Seu amigo, o grande Goethe...": ibid., p. 177.

Página 226 "Concordamos em vários pontos...": ibid., p. 190.

Página 227 "O homem de gênio brilha...": *World as Will*, de Schopenhauer, vol. 2, p., 390, cap. 31: "On Genius".

Página 227 "Em uma discussão, se...": *Parerga and Paralipomena*, de Schopenhauer, vol. 2, p. 268, § 135.

Página 227 "É melhor não dizer nada...": *Manuscript Remains*, de Schopenhauer, vol. 4, p. 512, Ἐιζεαυτον, § 32.

Página 227 "Um verdadeiro ser humano...": ibid., vol. 4, p. 501, Ἐιζεαυτον, § 29.

Páginas 227-228 "Quase todo contato com os homens...": ibid., vol. 4, p. 508, Ἐιζεαυτον, § 22.

Página 228 "Não conte a um amigo o que seu inimigo...": *Parerga and Paralipomena*, de Schopenhauer, vol. 1, p. 466, cap. 5: "Counsels and Maxims".

Página 228 "Considere todos os assuntos...": ibid., vol. 1, p. 465, cap. 5: "Counsels and Maxims".

Página 228 "Metade da sabedoria consiste...": ibid., vol. 1, p. 466, cap. 5: "Counsels and Maxims".

Página 228 "A segurança é a mãe da desconfiança..": *Manuscript Remains*, de Schopenhauer, vol. 4, p. 495, Ἐιζεαυτον, § 17.

Página 228 "Esquecer os defeitos ...": *Parerga and Paralipomena*, de Schopenhauer, vol. 1, p. 466, cap. 5: "Counsels and Maxims".

Página 228 "A única forma de um homem se manter superior...":
Complete Essays, de Saunders, livro 2, p. 72. Ver também
Parerga and Paralipomena, de Schopenhauer, vol. I, p. 451,
§ 28.

Página 228 "Desconsiderar é ganhar consideração": ibid., p. 72. Ver
também *Parerga and Paralipomena*, de Schopenhaeur, vol. I,
p. 451, § 28.

Página 228 "Se temos alguém...": Ibid., p. 72. Ver também *Parerga and
Paralipomena*, de Schopenhauer, vol. I, p. 451, § 28.

Página 228 "Melhor deixar que os homens sejam...": *Manuscript Remains*,
de Schopenhauer, vol. 4, p. 508, Έιζεαυτον, § 29, nota de
rodapé.

Página 228 "Jamais devemos demonstrar raiva e ódio...": *Parerga
and Paralipomena*, de Schopenhauer, vol. I, p. 466, cap. 5:
"Counsels and Maxims".

Página 228 "Se você for educado e simpático...": ibid., p. 463.

Página 229 "Poucas coisas deixam...", *Parerga and Paralipomena*, de
Schopenhauer, vol. I, p. 459, cap. 5: "Counsels and
Maxims".

Página 244 "Deveríamos limitar nossos desejos....": ibid., vol. I, p. 438,
cap. 5: "Counsels and Maxims".

Página 249 "Não há rosa sem espinhos...": *Complete Essays*, de Saunders,
livro 5, p. 97. Ver também *Parerga and Paralipomena*, de
Schopenhauer, vol. 2, p. 648, § 385.

Página 250 "O corpo é um objeto material...": Ver discussão em
Philosophy of Schopenhauer, de Magee, p. 440-453.

A CURA DE SCHOPENHAUER

Páginas 251-252 "Para todo lugar que olhamos...": *The World as Will and Representation*, de Schopenhauer, vol. 1, p. 309, § 56.

Página 252 "Trabalho, preocupação, cansaço, problemas...": *Parerga and Paralipomena*, de Schopenhauer, vol. 2, p. 293, § 152.

Página 253 "Em primeiro lugar, o homem nunca é feliz...": *Complete Essays*, de Saunders, livro 5, p. 21. Ver também *Parerga and Paralipomena*, de Schopenhauer, vol. 2, p. 284, § 144.

Página 253 "Somos como cordeiros brincando no campo...": *Parerga and Paralipomena*, de Schopenhauer, vol. 2, p. 292, § 150.

Página 254 "Não escrevi para a multidão...": *Manuscript Remains*, de Schopenhauer, vol. 4, p. 207, Pandecital II, § 84.

Página 265 "De repente, o homem...": *Complete Essays*, de Saunders, livro 5, p. 19. Ver também *Parerga and Paralipomena*, de Schopenhauer, vol. 2, p. 283, § 143.

Páginas 266-267 "Em uma viagem, quando o navio...": *Discourses and Enchiridion*, de Epíteto, p. 334.

Página 268 "A vida pode ser comparada a um bordado...": *Parerga and Paralipomena*, de Schopenhauer, vol. 1, p. 482, cap. 6: "On the Differents Periods of Life".

Página 272 "Mesmo sem motivo, sinto...": *Manuscript Remains*, de Schopenhauer, vol. 4, p. 507, Ἐιζεαυτον, § 28.

Página 274 "Teve uma agenda rígida": *Philosophy of Schopenhauer*, de Magee, p. 24.

Página 275 "Doaria o objeto de ouro aos pobres...": *Schopenhauer's Anekdotenbuchlein* (Frankfurt, 1981). Trad. Felix Reuter e I. Yalom, p. 58.

Página 275 "Contam-se muitas histórias...": ibid.

Página 276 "Boa constituição física...": *Schopenhauer*, de Safranski, p. 284.

Página 276 "Só como celibatário...": *Manuscript Remains*, de Schopenhauer, vol. 4, p. 503, Ἑιζεαυτον, § 24.

Página 277 "Dois meses no quarto...": *Schopenhauer*, de Safranski, p. 288.

Página 278 "Os escritos e ideias...": *Manuscript Remains*, de Schopenhauer, vol. 4, p. 487, Ἑιζεαυτον § 7.

Página 295 "Eruditos e filósofos europeus...": ibid., vol. 4, p. 121.

Página 295 "Desconfiança, sensibilidade, impetuosidade e orgulho...": ibid., vol. 4, p. 506, Ἑιζεαυτον § 28.

Páginas 295-296 "Herdei de meu pai...": ibid., vol. 4, p. 506, Ἑιζεαυτον § 28.

Página 296 "Precauções e rituais...": *Schopenhauer*, de Safranski, p. 287.

Página 296 "Em 1906, um médico e historiador...": Iwan Bloch, "Schopenhauers Krankheitim Jahre 1823" em *Medizinische Kloinik*, nOS 25-26 (1906).

Página 297 "Não lerei mais suas cartas...": *Schopenhauer*, de Safranski, p. 240.

Página 297 "Um banal, oco, asqueroso...": *Parerga and Paralipomena*, de Schopenhauer, vol. 1, p. 96, § 12.

Página 298 "Não podemos deixar sem resposta...": *Schopenhauer*, de Safranski, p. 315.

Página 298 "Mas deixe-o em paz...": *Complete Essays*, de Saunders, livro 5, p. 97. Ver também *Parerga and Paralipomena*, de Schopenhauer, vol. 2, p. 647.

A CURA DE SCHOPENHAUER

Página 299 "Vista da juventude...": ibid., vol. 1, p. 483-484, cap. 6: "On the Differents Periods of Life".

Página 308 "Quer dizer anular completamente a vontade...": Ver discussão em *Philosophy of Schopenhauer*, de Magee, p. 220-225.

Página 313 "Quando nasce um homem como eu...": *Manuscript Remains*, de Schopenhauer, vol. 4, p. 510, Ἑιζεαυτον, § 30.

Página 313 "Desde jovem, percebi...": ibid., vol. 4, p. 484, Ἑιζεαυτον, § 3.

Página 314 "Minha vida é heroica...": ibid., vol. 4, p. 485-486, Ἑιζεαυτον, § 4.

Página 314 "Quando mais jovem...": ibid., vol. 4, p. 492, Ἑιζεαυτον, § 12.

Página 314 "Não estou no lugar...": ibid., vol. 4, p. 495, Ἑιζεαυτον, § 17.

Página 314 "Quanto menos vida pessoal...": *Schopenhauer's Gespräche*, de Grisenbach, p. 103.

Página 315 "Sempre fui muito só...": *Manuscript Remains*, de Schopenhauer, vol. 4, p. 501, Ἑιζεαυτον, § 22.

Página 315 "A melhor ajuda para a mente...": ibid., vol. 4, p. 499, Ἑιζεαυτον, § 20.

Página 315 "Quem quer silêncio e calma...": ibid., vol. 4, p. 505, Ἑιζεαυτον, § 26.

Página 315 "Qualquer um pode...": ibid., vol. 4, p. 517, "Ἑιζεαυτον: Maxims and Favourite Passages".

Página 316 "Às vezes, se me sinto infeliz ...": ibid., vol. 4, p. 488, Ἑιζεαυτον, § 8.

IRVIN D. YALOM

Página 316 "A única coisa que varia...": *The World as Will*, de Schopenhauer, vol. 1, p. 315.

Página 317 "Onde estão os verdadeiros monógamos?...": *Complete Essays*, de Saunders, livro 5, p. 86. Ver também *Parerga and Paralipomena*, de Schopenhauer, vol. 2, p. 624, § 370.

Página 325 "Quem ama...": *World as Will*, de Schopenhauer, vol. 2, p. 540, cap. 44: "The Metaphysics of Sexual Love".

Página 328 "Devemos encarar com tolerância...": *Parerga and Paralipomena*, de Schopenhauer, vol. 2, p. 305. cap. 2, § 156a.

Página 341 "Alguns não conseguem se libertar dos seus próprios grilhões...": *Thus spoke Zarathustra*, de F. Nietzsche, p. 83 (Nova York: Penguin Books, 1961). Tradução adaptada por W. Sokel e I. Yalom.

Página 341 "Vou enxugar a pena...": *Philosophy of Schopenhauer*, de Magee, p. 25.

Página 342 "Não é a fama...": *Parerga and Paralipomena*, de Schopenhauer, vol. 1, p. 397 e 399, cap. 4: "What a Man Represents".

Página 342 "Extrair um doloroso espinho ...": ibid., vol. 1, p. 358, cap. 4: "What a Man Represents".

Página 343 "A vida é apenas uma camada fina...": *World as Will*, de Schopenhauer, vol. 2, p. 3: "On the Fundamental View of Idealism".

Página 343 "Uma alteração na ditosa...": *Parerga and Paralipomena*, vol. 2, p. 299, § 156.

Página 343 "O homem prudente não aspira...": *Manuscript Remains*, de Schopenhauer, vol. 4, p. 517: Ἑιζεαυτον, Maxims and Favourite Passages".

A CURA DE SCHOPENHAUER

Página 343 "Todo mundo deva atuar no teatro...": *Parerga and Paralipomena*, de Schopenhauer, vol. 2, p. 420, § 206.

Página 343 "O tratamento mais adequado...": ibid., vol. 2, p. 304 e 305, § 156.

Páginas 343-344 "Devemos encarar com tolerância...": *Parerga and Paralipomena*, de Schopenhauer, vol. 2, p. 305, cap. 2, § 156a.

Página 344 "O assunto literário do momento...". *Philosophy of Schopenhauer*, de Magee, p. 26

Página 344 "Quando alguém passa a mão...": *Parerga and Paralipomena*, de Schopenhauer, vol. 1, p. 353, cap. 4: "What a Man Represents".

Página 344 "O sol matinal de minha fama...": *Manuscript Remains*, de Schopenhauer, vol. 4, p. 516, Ειζεαυτον, § 36.

Página 345 "Ela trabalha o dia todo na minha casa...": *Schopenhauer*, de Safranski, p. 348.

Página 346 "Ao chegar ao fim da vida, nenhum homem...": *World as Will*, de Schopenhauer, vol. 1, p. 324, § 59.

Página 346 "Um carpinteiro não vai me dizer...": *Philosophy as a Way of Life: Spiritual Exercices from Socrates to Foucault*, de Pierre Hadot, ed. Arnold Davidson, trad. de Michael Chase (Oxford: Blackwell, 1995).

Página 352 "Em primeiro lugar...": *Parerga and Paralipomena*, de Schopenhauer, vol. 2, p. 284, § 144.

Página 358 "Consigo suportar a ideia...": *Manuscript Remains*, de Schopenhauer, vol. 4, p. 393: Senilia, § 102.

Página 359 "A vida é apenas a morte...": *World as Will*, de Schopenhauer, vol. 1, p. 311, § 57.

Página 359 "Como nosso começo...": *Parerga and Paralipomena*, de Schopenhauer, vol. 2, p. 288, § 147.

Páginas 359-360 Pensamentos finais de Schopenhauer sobre a morte: *Schopenhauer*, de Safranski, p. 348.

Página 360 "É absurdo considerar a não existência...": *World as Will*, de Schopenhauer, vol. 2, p. 465, cap. 41: "On Death and Relation to the Indestructibility of Our Inner Nature".

Página 360 "Deveríamos saudar a morte...": *Parerga and Paralipomena*, de Schopenhauer, vol. 2, p. 322, § 172a.

Página 360 "Se batermos nas lápides...": *The World as Will*, de Schopenhauer, vol. 2, p. 465, cap. 41: "On Death and Relation to the Indestructibility of Our Inner Nature".

Página 360 "Diálogo entre dois filósofos gregos...": *Parerga and Paralipomena*, de Schopenhauer, vol. 2, p. 279, § 141.

Página 361 "Quando você diz eu, eu, eu...": ibid., vol. 2. p. 281, §141.

Página 361 "Sempre quis morrer rápido...": *Manuscript Remains*, de Schopenhauer, vol. 4, p. 517, Ἑιζεαυτον, § 38.

Página 361 "Estou cansado, no final da estrada...": *Parerga and Paralipomena*, de Schopenhauer, vol. 2, p. 658: Finale.

Página 362 "Estou muito satisfeito de ver...": *Philosophy of Schopenhauer*, de Magee, p. 25.

Página 362 "Este homem que viveu entre nós...": *Schopenhauer*, de Karl Pisa. (Berlim: Paul Neff Verlag, 1977), p. 386.

Página 364 "O ser humano aprendeu...": *Manuscript Remains*, de Schopenhauer, vol. 4, p. 328: Spicegia, § 122.

Este livro foi impresso pela Assahi em 2024 para a HarperCollins Brasil. O papel do miolo é o pólen natural 80g/m², e o da capa, o cartão 250g/m². A família tipográfica utilizada é a Requiem, de Jonathan Hoefler, para a Hoefler & Co em 1992.